Die Moonlight Academy an der Küste Irlands zählt zu den geheimnisvollsten Orten der Feenwelt. Doch für Elanor bedeutet sie vor allem eins: einen Neuanfang. Dieser gestaltet sich allerdings schwerer als gedacht, denn auf einmal steht ihr wieder Elijah gegenüber – der Junge, der für sie verboten ist. Im Gegensatz zu dem mysteriösen Kylian, der mit seinen Tattoos und der anziehenden Art eine neue Seite in ihr weckt. Fest entschlossen, sich davon nicht ablenken zu lassen, konzentriert sich die Mondfee ganz auf ihre magische Ausbildung. Diese hält jedoch unerwartete Herausforderungen für sie bereit, denn das Gleichgewicht zwischen Gut und Böse gerät ins Wanken und droht die Feenwelt in ihren Grundfesten zu erschüttern ...

JULIA KUHN

MOONLIGHT ACADEMY

FEENZAUBER

CARLSEN

Für Norena.

Weil du meine gute Fee bist.

ELANORS PLAYLIST

Twin Flame – Machine Gun Kelly
Tell Me Ma – Sham Rock
Never Say Never – The Fray
Hold On – Chord Overstreet
Roundtable Rival – Lindsey Stirling
Heart Attack – Into The Nightcore
Hurtless – Dean Lewis
Climb – 24kGoldn, Machine Gun Kelly, Tommy Lee,
Audio Cateau
Never There – Sum41
You Were There For Me – Henry Moodie
Just A Dream – Nelly
Replay – Davai, CIRE
National Anthem – Lana Del Rey
The Other Side – Into The Nightcore
Take It Off – Kesha
Story of My Life – One Direction
What Makes You Beautiful – One Direction
Gasolina – Daddy Yankee
She Keeps Me Up – Nickelback

PROLOG

Mein Atem ging stoßweise und ich wagte es nicht, mich zu rühren. Mein Körper … er fühlte sich so schwer an. Als würde eine unsichtbare Kraft mich erdrücken. Und da war diese Schwärze, die nach mir griff und mich zu verschlucken drohte. Ein beklemmendes Gefühl gemischt mit aufkommender Panik breitete sich in mir aus und schnürte mir unnachgiebig die Kehle zu. Atmen, ich musste atmen. Mühsam kämpfte ich dagegen an, Sekunde um Sekunde, bis sich die Dunkelheit um mich herum endlich zurückzog. Umrisse, die sich nach und nach zu einem Raum formten, den ich noch nie zuvor gesehen hatte, traten an ihre Stelle. Karge Einrichtung, Wände gefertigt aus altem Mauerwerk und keine Anzeichen von Technik ließen darauf schließen, dass er einem längst vergangenen Jahrhundert entsprungen war. Genau wie die junge Frau, die über ein Buch gebeugt auf einem Stuhl kauerte. Zeile für Zeile schien sie darin zu lesen, bis ihr Murmeln teilweise für mich verständlich wurde.

»… Wenn das neunzehnte Lebensjahr zweier Mitglieder … Havswood und Lightwell verstrichen ist und … Akt der Liebe zwischen ihnen … diese für sieben Jahre verflucht und von Pech verfolgt. So soll es geschehen …«

Ich machte einen zaghaften Schritt auf die Frau zu, die mit ihrem langen schwarzen Kleid aus Seide fast wie die Personi-

fizierung der Dunkelheit selbst wirkte. Im nächsten Moment erhob sie sich, klappte das Buch zu und kam auf mich zu. Sie schien mich nicht zu sehen und mit jedem Schritt, den sie tat, begann mein Herz schneller zu schlagen. Aber bevor sie durch mich hindurchtreten konnte, umspielte mich ein kühler Windhauch, der mit einem Sog einherging und mir das Gefühl gab, den Halt unter den Füßen zu verlieren. Ich fiel immer schneller und schneller …

»Elanor!«, erklang es aus der Ferne, wurde immer deutlicher und riss mich schließlich aus der alles durchdringenden Schwärze.

Schwer atmend schlug ich die Lider auf und blickte benommen in lavendelfarbene Augen, die meinen so ähnlich waren. Ich brauchte einen Moment, um zu realisieren, dass meine Mutter tatsächlich in meinem Zimmer stand. Was in Anbetracht unseres angespannten Verhältnisses wirklich seltsam war.

»Was tust du hier?« Langsam richtete ich mich etwas auf und stützte mich mit den Ellbogen auf meinem Bett ab.

»Ich habe dich schreien gehört und dann hast du etwas vor dich hingemurmelt«, drangen ihre Worte an mein Ohr. »Elanor, du hattest eine Vision, oder?« Bedächtig ließ sich meine Mutter neben mich auf das Bett sinken.

Was? Eine Vision? Mühsam versuchte ich mich daran zu erinnern, was Sekunden zuvor geschehen sein musste. Allein von dem Gedanken beschleunigte sich mein Herzschlag. Ich hatte zwar gewusst, dass Mondfeen Visionen bekommen konnten, aber bisher hatte ich nie eine gehabt und war ehrlich gesagt froh darum gewesen. Schließlich bedeuteten Visionen in den seltensten Fällen etwas Gutes. Und genau das war nun auch der Grund, weshalb ich mich dazu zwang, die Bilderfetzen in meinem Kopf zusammenzufügen. Da war diese Frau gewesen … ihre Worte, die wie ein dunkles Versprechen in mir nachhallten … und … ungläubig starrte ich zu meiner Mutter, in deren Blick ich nun einen Hauch von Enttäuschung gemischt mit Gewissheit erkannte.

»Du scheinst langsam wieder zu dir zu kommen. Schön, dann kannst du mir ja vielleicht mal erklären, was hier vor sich geht.« Ihre Stimme war ruhig. Viel zu ruhig. Abwartend ruhig. Wie die Ruhe vor dem Sturm.

Ich schluckte schwer und überlegte fieberhaft, was ich antworten sollte, da ich es selbst noch nicht ganz verstand. Hatte die Vision etwas mit Elijah und mir zu tun? Doch sie hatte von Havswood und Lightwell gesprochen … und von einer Liebe. Und da sich unsere Familien nicht ausstehen konnten, blieb nur eine Möglichkeit … Wir waren gemeint. Unwillkürlich fiel mir das Atmen schwerer und die Sicht verschwamm vor meinen Augen. Nein, nein, nein. Bitte nicht! Schließlich hatte ich es fünf Jahre lang geschafft, Elijah und mein Geheimnis zu bewahren.

»Elanor, du hast vor dich hingemurmelt, als du die Bilder gesehen hast. Ich weiß Bescheid«, erklärte meine Mutter kühl und durchbrach damit die bedrückende Stille, die sich über uns gelegt hatte. Dann stand sie ruckartig auf und verschwand aus meinem Zimmer.

Wie benommen schaute ich ihr nach, kaum in der Lage zu begreifen, was hier gerade geschah. Doch bevor ich überhaupt richtig durchatmen konnte, erklang ein Poltern aus dem Nebenraum, das von der Leiter unserer hauseigenen Bibliothek stammen musste. Kurze Zeit später trat meine Mutter mit einem ledergebundenen Buch in der Hand wieder in mein Sichtfeld.

»W-was ist das?«, fragte ich leise, obwohl ich nicht mal wusste, ob ich die Antwort überhaupt hören wollte. Noch immer fühlte ich mich, als wäre ein Teil von mir in der Vision gefangen, während die grausame Wahrheit in der Realität lauerte.

»Ein uraltes Tagebuch, das mir meine Großmutter vererbt

hat. Es erzählt die Geschichte von Lisea Brennan. Sie hat damals einen Fluch über die Familien verhängt. Den Fluch aus deiner Vision.«

Verwirrt blickte ich von meiner Mutter zu dem Buch und wieder zurück. Meine Lippen versuchten zwar Worte zu formen, aber ich schaffte es nicht, einen vernünftigen Satz zu bilden. Das hielt meine Mutter natürlich nicht davon ab weiterzusprechen.

»Weißt du, ich hatte schon oft den Verdacht, dass zwischen dem Havswood-Jungen und dir mehr ist. Elanor, ich bin enttäuscht von dir. Wie konntest du uns so belügen und eine Beziehung mit einem von ihnen eingehen? Wo du doch weißt, dass unsere Familien seit vielen Jahrzehnten verfeindet sind! Sie haben uns damals das Stück Land mithilfe von Feenmagie genommen und, und …« Aufgebracht fuhr sich meine Mutter mit der Hand über ihr Gesicht, bevor sie mich wieder anschaute. »Und Fakt ist, eure Beziehung ist nun Vergangenheit. Denn der Fluch existiert wirklich. Da du heute neunzehn wirst, gewinnt er an Wirksamkeit. Denn das ist genau das Alter, in dem einst deine Vorfahrin war, als der Fluch ausgesprochen wurde. Und dieser würde uns alle in den Abgrund reißen!«

Hörbar atmete ich ein und aus, nicht in der Lage, die vielen Gedanken zu sortieren, die jetzt in meinem Kopf umherschwirrten.

»Ich …«, setzte ich kopfschüttelnd an und schloss für einen kurzen Moment die Augen. Mir wurde das alles zu viel. Die Worte meiner Mutter, die Vision, all die Geheimnisse der letzten Jahre. Vielleicht war es endlich Zeit für die Wahrheit. Und bevor ich mich bremsen konnte, sprudelten die Worte aus mir heraus.

»Ja, ich bin mit Elijah zusammen. Und das seit fünf Jahren!« Ihre Reaktion abwartend blickte ich wieder zu ihr und versuchte mir nicht anmerken zu lassen, dass ich kurz davor war, innerlich zu zerbrechen.

»Du *warst* mit ihm zusammen«, korrigierte sie mich und zog dabei den Kragen ihres Morgenmantels fast schon grob zurecht.

»Aber wie kann das sein, dass dieser Fluch überhaupt existiert?« Ihre Aussage ignorierte ich vorerst, weil ich noch immer nicht verstand, was es mit diesem Fluch auf sich hatte.

»Das kannst du alles in dem Tagebuch nachlesen.« Meine Mutter reichte mir das Exemplar, das offensichtlich die besten Jahre schon hinter sich hatte. Zumindest ließen die vergilbten, brüchigen Seiten und das abgenutzte Leder darauf schließen.

»Wieso hast du mir nie davon erzählt?« Vorsichtig fuhr ich mit dem Zeigefinger die filigranen Muster auf dem Einband nach.

»Wieso hast du mir nie davon erzählt, dass du dich auf einen Havswood eingelassen hast?«, schoss sie zurück, doch bevor ich darauf eingehen konnte, fuhr sie fort. »Weil es nicht akzeptabel ist. Nicht in deiner Position. Und genau aus dem Grund hatte ich angenommen, dass dieser Tagebucheintrag niemals relevant werden würde. Jetzt lies die erste Seite, wir sprechen uns morgen früh.« Meine Mutter schenkte mir noch einen letzten vernichtenden Blick, dann wandte sie sich ab und verließ den Raum.

Fassungslos blickte ich ihr hinterher und war erst nach einigen Minuten in der Lage, das Tagebuch aufzuschlagen. Dann begann ich zu lesen.

13. Mai 1795

Schon lange Zeit bevor die Menschen unsere Feenstadt überfielen, habe ich die Bedrohung gespürt. Der Wind hat

vor der sich anbahnenden Gefahr gewarnt, während düstere Wolken Unheil versprachen. Ich hingegen habe die Vorzeichen ignoriert, denn ich war vollends gefesselt von dieser einen Liebe.
Erwin Harswood. So heißt der Mann, den ich begehre und eines Tages heiraten sollte. Doch ich weiß schon seit Langem, dass er eine Liebschaft mit der Lightwell-Erbin verbirgt. Unzählige Male habe ich beobachtet, wie sie heimlich unter den Obstbäumen des Dorfes verliebte Blicke tauschen und sich an der Gegenwart des anderen erfreuen. Dabei würden ihre Familien niemals zulassen, dass sie den Bund der Ehe eingehen. Aber an dem heutigen Tage sind sie zu weit gegangen. Sie haben einen Plan geschmiedet, um gemeinsam die Stadt zu verlassen. Um durchzubrennen und vermählt in die Arme ihrer Familien zurückzukehren. Lightwells und Harswoods miteinander vereint. Eine Familie, ein Land, ein Anwesen. Und ich, die so viele Jahre um das Ansehen der Familie Harswood gekämpft hat, wäre leer ausgegangen. Ohne die Reichtümer, die mir nun einmal zustehen. Das konnte ich nicht zulassen.
Und so bin ich aus meinem Versteck gekommen und habe sie in einer Gosse abgefangen. Verhüllt in einen schwarzen Umhang habe ich mein Gesicht vor ihnen verborgen und dann den Fluch ausgesprochen, den ich mir fein säuberlich zurechtgelegt hatte.
»So trenne, was nicht zusammengehören darf, kraft eines Fluches, der allein durch einen Kuss sieben Jahre Pech für die Familien verspricht. Das Leid möge sich an die Nachfahren ab Vollendung ihres neunzehnten Lebensjahres binden und die Liebe schwinden.«
Kaum hatte ich die Worte gesprochen, bin ich verschwunden

und habe sie ihrem Schicksal überlassen. Eine gerechte Strafe für das, was Erwin Harswood mir angetan hat. Und dieses Schicksal der Familien wird noch über mein Ableben hinaus Bestand haben.

Langsam ließ ich das Tagebuch sinken und starrte in die Dunkelheit meines Zimmers. Mit jedem Satz war mein Herz schwerer geworden. Das durfte einfach nicht wahr sein …

Ohne darüber nachzudenken, klappte ich das Buch zu und sank zurück in die weichen Kissen. Ich musste mit Elijah reden. Sofort. Also entschied ich mich für den Weg, den ich bereits seit fünf Jahren so viele Male gegangen war. Ich würde ihn in seinen Träumen besuchen.

Voller Sorge und Zweifel starrte ich zu der stuckverzierten Decke und beobachtete die tanzenden Schatten, die das Mondlicht durch das Fenster erschuf. Für einen Moment überlegte ich, wie ich ihm all das beibringen sollte und ob es die richtige Entscheidung war. Aber mir war bewusst, dass ich es tun musste. Zitternd atmete ich ein und aus, konzentrierte mich auf meine Magie und schloss die Augen.

Das Meer lag ruhig vor mir und am Himmel zeichneten sich bloß vereinzelte Wolken ab. Alles schien friedlich zu sein in der Traumwelt von Elijah. Nur wie lange noch?

Langsam näherte ich mich der Hütte, die unser Zufluchtsort sowohl in der realen als auch in der Traumwelt war. Ich wusste, dass er bereits auf mich wartete. Das spürte ich einfach. Aber wie sollte ich ihm von dieser Vision erzählen? Was, wenn es danach kein Wir mehr gab? Und was, wenn …

Plötzlich ging die Tür auf und Elijah kam zum Vorschein. Ein breites Lächeln stahl sich auf seine Lippen. »Happy Birthday, Moonshine!« Er nahm mein Gesicht in seine Hände und wollte mich gerade küssen, als er meinen Gesichtsausdruck zu bemerken schien. Ich war noch nie eine Meisterin im Verheimlichen gewesen.

»Was ist los?« Er musterte mich aufmerksam und erst als er eine Träne von meiner Wange wischte, stellte ich fest, dass ich weinte.

»Ich …« Meine Stimme versagte.

Wortlos griff er nach meiner Hand und führte mich ins Innere der Hütte, um mich sanft auf das Sofa zu drücken. Mein Blick schweifte unruhig durch unseren Rückzugsort. Erinnerungen stiegen in mir auf und ich musste daran denken, wie oft er im Kamin für uns ein Feuer entfacht hatte, während ich in der kleinen Küchenzeile Kakao kochte …

Minuten mussten verstrichen sein, bis ich wieder zu ihm schaute und versuchte die richtigen Worte zu finden.

»Elijah, ich hatte eine Vision …« Und dann erzählte ich ihm alles. Von der Frau, unseren Vorfahren und dem Fluch. Doch mit jedem Satz, den ich über die Lippen brachte, sah ich in seinen Augen größeres Entsetzen aufflackern.

»Ich weiß nicht, was ich sagen soll«, flüsterte er, sobald ich geendet hatte, und der Schmerz in seinen Worten drohte mich innerlich zu zerbrechen.

»Wir kriegen das doch hin, oder?« Da war noch ein letzter Funken Hoffnung in mir, an den ich mich verzweifelt klammerte.

»Elanor. Ich verstehe einfach nicht, was das alles zu bedeuten hat.« Er fuhr sich mit der Hand durch das braune Haar und die Zweifel in seinen grünen Augen mischten sich mit Sorge und einem Hauch von Angst. Dieselbe Angst, die mit jeder Sekunde ihre Fesseln enger um mich schnürte. Die Angst, dass wir uns verlieren würden. Wegen eines Fluchs, der vor langer, langer Zeit ausgesprochen worden war und uns nun einholte.

»Bitte sag mir, wir finden eine Lösung«, beschwor ich ihn erneut.

Doch in dem Moment, in dem er sich zu mir drehte, nach meiner Hand griff und in meine Augen sah, ahnte ich, dass die Pläne für unsere Zukunft nichts mehr als ein Wunsch bleiben würden.

»Ich weiß es nicht. Wie auch? Visionen von Mondfeen entsprechen stets dem, was geschehen ist oder noch geschehen wird. Wie sollen wir also an unserer Liebe festhalten, wenn sie unsere Familien verflucht, sollten wir uns nur küssen?« Er klang traurig. So traurig, dass es mir beinahe das Herz zerriss. »Du weißt, dass du alles für mich bist. Aber allein der Gedanke, dass wir unsere Familien zerstören könnten … Ich glaube nicht, dass ich das mit meinem Gewissen vereinbaren kann. Auch wenn es mir das Herz bricht.«

»Elijah, ich …«, haspelte ich erstickt und die Tränen liefen mir nun unaufhaltsam über die Wangen.

»Es tut mir leid. So verdammt leid …«

Und dann verblasste der Traum.

KAPITEL 1

Die Enzyklopädie – Welt der Feen umfasst uraltes Wissen, das über Jahrzehnte hinweg zusammengetragen worden ist. Wer sie studiert, findet in ihrem Inneren Legenden, Erzählungen und Niederschriften aus längst vergangenen Tagen und der Gegenwart.

ENZYKLOPÄDIE – WELT DER FEEN, KAPITEL 1

DREI WOCHEN SPÄTER

Hier stand ich also. Vor einem hoch aufragenden Schloss an der Küste Irlands, das umgeben war von einem Meer aus Blumen und Efeuranken. So, wie es sich für eine Feen-Academy wohl auch gehörte. Die meisten sahen diesen Ort als Quelle des Wissens und Lernens. Aber für mich hielten die alten Gemäuer eine unausgesprochene Hoffnung bereit. Eine Hoffnung, die mich Tag und Nacht begleitete. Die mir den nötigen Halt gab, um nach vorne zu schauen. Und mir einen Neuanfang versprach.

Mein Blick schweifte über den prächtigen Hof und ich erkannte einen mit Blumenbeeten gesäumten Weg, der zu dem imposanten Schloss mit seinem hohen Glockenturm und etlichen kleineren Türmchen hinführte.

Ich seufzte leise auf und strich mir eine Haarsträhne zurück hinters Ohr. Wenn ich diesen Hof überquerte, dann würde ich alles hinter mir lassen. Ich würde *ihn* hinter mir lassen. Und dazu war ich bereit. Bereit, hier ein neues Zuhause zu finden. Das musste ich einfach. Viel zu oft hatte ich mich in den letzten Wochen in einem Gedankenstrudel verloren, der gedroht hatte, mich mit sich zu reißen. Aber damit sollte nun Schluss sein. Wie mit so vielen Dingen, die ihren Schatten auf mich geworfen hatten.

Entschlossen atmete ich die kühle Meeresluft ein und folgte dem Weg zum Schloss. Von Weitem sah ich bereits meinen Bruder auf mich zukommen. Als er mich entdeckte, beschleunigte er seine Schritte.

»Du bist endlich da«, begrüßte mich Paxton mit einem Grinsen auf den Lippen, als hätte er mich ewig nicht mehr zu Gesicht bekommen. Dabei waren es erst zwei Tage.

Ich erwiderte sein Lächeln. »Wann wolltest du mir erzählen, dass du schon vor mir eintriffst? Hat Mutter dich geschickt?«

»Ich musste noch etwas im Auftrag des Feenrates erledigen, deswegen bin ich bereits gestern angereist.« Er deutete mit einer Handbewegung auf die etlichen Schüler und Schülerinnen, die sich im vorderen Teil des Schlosshofes tummelten. »Gestern war es so still, dass man nur das Geheule der Geister hören konnte, und nun muss man aufpassen, nicht umgerannt zu werden.«

Ich hob eine Augenbraue. »Sollte es hier tatsächlich Geister geben, hoffe ich, dass sie uns wohlgesonnen sind. Oder bist du schon einem über den Weg gelaufen?« Ein Schmunzeln huschte über meine Lippen, auch wenn mir natürlich bewusst war, dass es in unserer Welt tatsächlich Geister gab. Meine Freundin Lilly hatte sogar während meines Austauschjahres an einer Hexen-Academy gegen welche gekämpft. Also echte Geister, die aus der Anderswelt geflohen waren, und nicht solche, wie sie mein Bruder vielleicht gesehen hatte. Denn dabei handelte es sich in den meisten Fällen um Naturnymphen.

Nichtsdestotrotz fand ich die verschiedenen Wesen, die auf dieser Erde wandelten, wirklich faszinierend und freute mich darauf, in den nächsten Monaten noch mehr über sie zu erfahren. Denn laut Stundenplan, den ich vor einer Woche per Post erhalten hatte, war *Geschichte der übernatürlichen Wesen* auch hier Teil des Unterrichts.

Paxton unterbrach meine Gedanken, indem er brummend nach dem Koffer in meiner Hand griff und mir bedeutete, den Rucksack abzunehmen. Ich folgte seiner Aufforderung nur zu gerne, denn dieser war bis oben hin vollgestopft mit allerlei Kram, den ich als notwendig für meine Zeit auf der Moonlight Academy erachtete. Wie alle *Vampire-Diaries*-Folgen auf DVD. Paxton schien das zusätzliche Gewicht zumindest nichts auszumachen, während er sich umdrehte und losmarschierte.

Wortlos folgte ich meinem großen Bruder den gepflasterten Weg entlang, bis wir letztendlich das steinerne Gebäude mit den hohen Türmen erreichten. Dahinter schimmerte das Meer in all seiner Pracht und harmonierte perfekt mit den vielen verschiedenen Blumen, die sich vor dem Gebäude sammelten.

Während Paxton immer wieder Schüler und Schülerinnen begrüßte, wurde ich mit jedem Schritt aufgeregter. Zwar war dies mein drittes Ausbildungsjahr, dennoch fühlte es sich wie das erste an. Schließlich war es eine neue Academy für mich. Ich würde mich ein weiteres Mal einleben und von vorne anfangen müssen. Aber ich sollte die Vergangenheit hinter mir lassen und in die Zukunft blicken. Denn *Er* war nicht hier.

»Worüber grübelst du, Schwesterchen?«, riss mich Paxton aus den Gedanken. Schon früher hatte er ein gutes Gespür dafür gehabt, wann ich mich mal wieder in meiner Gedankenwelt verloren hatte. Denn während er der pragmatische Typ war, hing ich lieber Tagträumereien nach. Und das, obwohl wir beide Mondfeen waren und dieselben Fähigkeiten teilten.

Langsam schüttelte ich den Kopf. »Nichts Wichtiges.« Um schnell vom Thema abzulenken, fragte ich beiläufig: »Wirst du eigentlich auch einer meiner Lehrer sein?«

Paxton hatte erst vor wenigen Wochen erfahren, dass er an der Moonlight Academy als Lehrer angenommen worden war und nun unterrichten durfte. Ich freute mich für ihn, denn damit ging sein Kindheitswunsch in Erfüllung. Außerdem würde ich ihn so öfter sehen.

Er schmunzelte. »Wäre das denn schlimm, wenn dich dein Bruder in *Geschichte der übernatürlichen Wesen* unterrichtet?«

Ich warf ihm einen vielsagenden Seitenblick zu, woraufhin Paxton zu lachen begann.

»Und was ist mit dem Kampfsporttraining? Übernimmst du das?« Bis vor ein paar Tagen hatte er selbst noch nicht gewusst, ob er beide Stellen besetzen würde. So oder so stellte es eine Abwechslung zum Bogenschießen dar, das während meines ersten Ausbildungsjahres an der Skyfall Academy im Norden Irlands unterrichtet worden war – genauso wie bei meinem Austauschjahr an der Ravenhall Academy.

»Nein, du wirst Kylian als Trainer haben. Er wird euch genauso gut zeigen können, wie ihr euch auch ohne Feenmagie verteidigt.«

»Kylian? Ist das der, denn du vergangenen Sommer kennengelernt hast?«, erkundigte ich mich und dachte an einen der Briefe meines Bruders zurück, die er mir im Laufe seines Aufenthalts in den Kerry Highlands im Südwesten Irlands geschickt hatte. Er hatte davon gesprochen, einen neuen Freund gefunden zu haben, der im Kampf genauso begabt war wie er.

»Ja, das ist er.« Paxton hob meinen Koffer hoch und stemmte ihn die vielen Stufen empor, die zum Eingang der Academy führten.

Während ich hinter ihm die Treppe erklomm, ließ ich ein

weiteres Mal meinen Blick über das uralte Gebäude schweifen. Mit den unzähligen Sprossenfenstern, deren Gläser teilweise im Sonnenlicht aufblitzten und bunte Elemente hatten, versprühte die Academy einen wirklich ganz besonderen Charme.

Lächelnd riss ich mich davon los und betrat die Eingangshalle, die ein besonderes Highlight für uns bereithielt. Denn vor uns plätscherte ein Brunnen, der im Zentrum der Halle stand. Da im Untergeschoss der Academy der Feenrat tagte, war ich bereits oft hier gewesen. Und jedes Mal bewunderte ich aufs Neue den Brunnen des ewigen Mondlichts. Er war das Wahrzeichen der Academy. Sein Wasser kam aus dem Meer und wurde vom Mondlicht zum Strahlen gebracht. Sollte die Academy je in Gefahr sein, stellte er seine Dienste ein, um allen eine Warnung zu sein.

Ehrfürchtig schaute ich nach oben zu der hohen gewölbten Decke, in der ein großes rundes Loch prangte, durch das jede Nacht der Mond hindurchschien.

»Kommst du? Wir müssen ein Stockwerk weiter nach oben.« Paxton ging um den Brunnen aus hellem Marmor herum und führte mich zum Fuße einer geschwungenen Treppe, die wir gemeinsam emporstiegen.

»Im Westflügel befinden sich die Zimmer der Mädchen und im Ostflügel die der Jungs«, erklärte er mir, kaum dass wir das zweite Stockwerk erreicht hatten. Hier herrschte bereits reges Treiben. Schüler und Schülerinnen liefen mit ihren Koffern hin und her, unterhielten sich und in der Luft konnte man die Aufregung des ersten Schultages regelrecht greifen.

Dabei sollte man meinen, dass es für mich schon fast zur Gewohnheit geworden war, auf eine neue Academy zu gehen. Denn schließlich hatte ich im Gegensatz zu den meisten sogar die Möglichkeit bekommen, nach meinem ersten Jahr an der Skyfall die Ravenhall Academy für Hexen in London zu besuchen. Währenddessen hatten alle anderen, mit denen ich mein erstes Jahr auf der Skyfall verbracht hatte, bereits ihr zweites und letztes Jahr an der Moonlight absolviert. Und nun war ich ebenfalls hier, wenn auch mit einem Jahr Verzögerung. Aber da diese Austauschjahre sehr hoch angesehen waren in der Welt der Feen und ich dort Freunde fürs Leben gefunden hatte, war es das wert gewesen. Na ja, und weil ich mehr Zeit mit *ihm* hatte verbringen können … nein, stopp. Ich durfte nicht daran denken. Nicht jetzt. Nicht bei dem Versuch eines Neuanfangs.

Schnell riss ich mich zusammen und konzentrierte mich wieder auf Paxton, der mir meinen Koffer reichte. »Mein Zimmer findest du ein Stockwerk über dir, im Ostflügel. Es hat die gleiche Zimmernummer wie deins. Dort oben befinden sich alle Räumlichkeiten des Lehrpersonals. Da du ein Familienmitglied bist, hast du freien Zugang.«

»So gern ich dich auch habe, aber ich bin froh, wenn ich dich hier nicht allzu häufig sehen muss. Schließlich bist du mir die vergangenen Wochen kaum von der Seite gewichen.« Ich zwinkerte ihm zu, obwohl das vermutlich sogar noch eine Untertreibung gewesen war. In schlaflosen Nächten hatte Paxton mit mir meine Lieblingsserie geschaut und sich mindestens alle zehn Minuten nach meinem Wohlbefinden erkundigt. Liebeskummer war wirklich scheiße. Aber erträglicher, wenn man so einen Bruder hatte.

Er schnaubte bloß. »Du weißt wieso.«

»Ich bin über ihn hinweg«, nuschelte ich wenig überzeugend.

»Dir ist doch auch bewusst, dass ihr keine Zukunft gehabt hättet. Und ehrlich gesagt gibt es diesbezüglich noch etwas, was ich dir sag-«

»Mr Lightwell, ich habe Sie bereits überall gesucht. Es wurde kurzfristig ein Termin für alle Lehrkräfte angesetzt. Folgen Sie mir bitte«, unterbrach uns eine ältere Dame mit strengem Blick.

Mein Bruder lächelte mir entschuldigend zu, bevor er der Frau zunickte und wortlos mit ihr verschwand.

Für einen Moment starrte ich ihm noch hinterher, dann setzte ich mich seufzend in Bewegung. Den Koffer hinter mir herziehend steuerte ich auf den Westflügel zu und lief dabei einen langen Korridor entlang. Ich passierte unzählige Porträts vergangener Berühmtheiten der Feenwelt, bis ich die Tür mit der Ziffer Neun erreichte. Von einem Übersichtsplan, der uns vor einigen Tagen per Post erreicht hatte, wusste ich, dass dies mein neues Zuhause für die kommenden Monate sein würde.

Aufgeregt drückte ich die Türklinke nach unten und betrat das Zimmer. Sogleich wurde ich von Meeresrauschen und dem Duft nach Freiheit begrüßt. Das große Sprossenfenster, von dem aus man auf einen kleinen Balkon gelangen konnte, war geöffnet und gewährte mir einen Blick auf die Unendlichkeit des Meeres. Neben dem Fenster stand ein Bett, auf dem bereits meine *Vampire-Diaries*-Decke ausgebreitet lag. Offensichtlich das Werk meines Bruders, von dem ich sie hatte.

Grinsend stellte ich meinen Koffer am Fußende des Bettes ab und lief zielsicher nach draußen auf den Balkon. Die frische Brise wirbelte mein Haar auf und strich mir sanft über die Haut. Tief atmete ich den Geruch des bevorstehenden Sommers ein und ließ die Kulisse auf mich wirken. Früher hatte ich oft Ausflüge an die Küste Irlands unternommen. Sowohl mit meiner Familie als auch mit … *ihm*. Ich schluckte schwer. Allein seinen Namen auszusprechen oder gar zu denken, versetzte meinem Herzen einen schmerzhaften Stich. Damals war alles leichter gewesen. Selbst wenn wir unsere Beziehung geheim halten mussten … da war noch nicht der Fluch präsent gewesen, der uns nun voneinander fernhielt.

Schnell schüttelte ich den Kopf, als könnte ich die Erinnerungen so vertreiben, und begab mich wieder in mein Zimmer.

Auf der anderen Seite des Raums stand ein Schreibtisch mit allen Lehrbüchern, die für dieses Schuljahr benötigt wurden. Zumindest nahm ich das an, denn ihre Titel stimmten mit den Unterrichtsfächern meines Stundenplans überein. Daneben war ein Wandschrank in das Mauerwerk eingelassen, der mit zarten Blütenblättern und goldenen Elementen verziert war. Zu meiner Rechten befand sich eine Tür, die zum angrenzenden Bad führen musste.

Ich warf einen kurzen Blick hinein und wandte mich dann meinem Koffer zu, klappte ihn auf und sortierte meine wenigen Habseligkeiten in den Schrank, in dem bereits meine Schuluniform hing. Ein dunkelblauer Rock mit weißer Bluse und Kniestrümpfen. Auf dem rechten Ärmel waren meine Initialen in goldener Schrift aufgestickt worden. Aber das war noch nicht alles. Auf Brusthöhe prangte ein Halbmond, der mich als Mondfee kennzeichnete, und direkt darunter war das Wappen der Academy abgebildet. Ein goldener Schlüssel auf filigranen Feenflügeln.

Mehrere Sekunden fuhr ich die Umrisse der Stickereien mit dem Finger nach, bevor ich schließlich meine normale Kleidung gegen die Uniform tauschte und den Rest in meinen Schrank hängte. Gerade als ich einen raschen Blick in den Spiegel warf, der gegenüber an der Wand hing, klopfte es an der Tür.

»Herein«, rief ich, während ich meine Mähne zu einem Zopf knotete. Kurz darauf schaute ich in allzu vertraute leuchtend gelbe Augen. Ein Lächeln stahl sich auf meine Lippen und ich lief meiner Cousine Leona entgegen, um mich in ihre Arme zu schmeißen. Sie erwiderte meine Umarmung stürmisch und als wir uns wieder voneinander lösten, strahlten ihre Augen noch eine Spur heller.

»Ich freue mich so, dass wir zusammen auf der Moonlight Academy sind! Als du in England warst, habe ich dich echt vermisst!« Meine Cousine kicherte und knuffte mir liebevoll in den Oberarm.

»Es ist schön, dich wiederzusehen! Wie war's in New York? Dein Urlaub dort war schließlich der Grund, weshalb wir uns nicht früher getroffen haben, um unseren *Vampire-Diaries*-Marathon zu starten.« Eine Tradition, die wir vor vielen Jahren eingeführt hatten, als unsere Eltern wie so oft bis in die Nacht hinein für den Feenrat gearbeitet hatten. Da ihre Mutter alleinerziehend war, aber eine hoch angesehene Position im Feenrat bekleidete sowie einen kleinen Laden besaß, hatte Leona viel Zeit bei uns verbracht. Vielleicht fühlte es sich auch deshalb so an, als wäre sie mehr Schwester als Cousine.

»Die ersten zwei Wochen waren großartig, dann musste Mum allerdings zu einigen Sitzungen des amerikanischen Feenrats. Natürlich sollte ich sie begleiten. Superlangweilig, sag ich dir. Schließlich gibt es in Amerika kaum Feen und entsprechend auch nicht viel Redebedarf. Doch jetzt erzähl, wie geht es dir? Ich wäre gerne für dich da gewesen, nach der Trennung von … na ja, du weißt schon.« Leona seufzte.

Ich winkte ab und setzte mich auf mein Bett. Meine Cousine folgte mir und nahm gegenüber auf dem Schreibtischstuhl Platz.

»Du warst für mich da, selbst wenn uns ein Ozean getrennt hat.« Ich lächelte sie dankbar an und erinnerte mich an die vielen Telefonate und Nachrichten, mit denen sie mich nahezu stündlich bombardierte, nachdem ich ihr alles erzählt hatte. »Mir geht es okay. Es wird besser. Schließlich könnte das hier mein Neuanfang sein, oder?«, ging ich dann auf ihre Frage ein.

»Das wird es, ganz sicher!«, sagte Leona zuversichtlich.

»Ich habe übrigens etwas für dich aus London mitgebracht.« Ich stand auf, um meinen Rucksack zu suchen. Allerdings fand ich ihn nirgends. Mist. Wo konnte er nur … und da fiel es mir ein. Paxton.

»Wirklich? Wow, ist das aufregend! Du weißt, ich liebe Überraschungen«, rief Leona freudestrahlend.

»Ich glaube, du musst noch einen Moment darauf warten.« Ich seufzte. »Paxton hat meinen Rucksack aus Versehen mitgenommen. Ich schau kurz bei ihm vorbei, wartest du hier?«

Ich bekam ein Nicken zur Antwort und machte mich dann auf den Weg. Währenddessen rief ich mir Paxtons Worte ins Gedächtnis. Sein Zimmer war direkt über meinem und ich hatte laut ihm Zugang. Außerdem war bereits eine halbe Stunde verstrichen. Wenn ich Glück hatte, war der Termin schon vorüber und mein Bruder zurück.

Kaum hatte ich jedoch die Zimmertür hinter mir geschlossen, wurde ich fast überrannt, weil nun noch mehr auf dem Korridor los war als zuvor. Ich schlängelte mich durch die Menge und bahnte mir einen Weg die Treppe nach oben. Innerlich ärgerte ich mich darüber, dass Paxton in der Eile vergessen hatte, mir meinen Rucksack zu geben. Andererseits brachte mich diese Tatsache auch zum Grinsen, wenn ich bedachte, dass er nun mit einem abgenutzten Rucksack, auf dem Buttons von den *Vampire-Diaries*-Darstellern prangten, herumlief. Das war einer der Momente, in denen ich es großartig fand, die kleine Schwester zu sein.

Noch immer schmunzelnd bei dem Gedanken, überwand ich die letzte Stufe zum zweiten Stockwerk. Kurz orientierte ich mich und stellte schnell fest, dass es nicht viel anders aussah. Zumindest was die etlichen Porträts anging. Lediglich die vielen Bücher, die in der Mitte des Durchgangsraums in deckenhohen Regalen verstaut waren, unterschieden sich von der unteren Etage. Davor standen bequem aussehende Sessel, die zum Lesen einluden. Doch bevor ich dem Drang nachgab, mir die Bücher genauer anzuschauen, lief ich den Korridor zum Ostflügel entlang, in dem sich das Zimmer meines Bruders befinden musste.

Gerade als ich bei Nummer acht ankam, tippte mir jemand auf die Schulter. Überrascht wirbelte ich herum und starrte in das Gesicht einer Frau, die mich streng über ihre Lesebrille hinweg anschaute.

»Schülern und Schülerinnen ist das Betreten dieses Stockwerks nicht gestattet.«

»Ich, äh …«, stotterte ich, wurde aber nur weiter mit einem abwartenden Blick gestraft.

Erneut setzte ich zu einer Erklärung an. »Mein Bruder Paxton ist hier Lehrer.«

»Mr Lightwell?«

Ich nickte. »Ja, genau.«

Sie musterte mich einige Sekunden lang mit ihren dunklen, durchdringenden Augen, bis sie knapp erwiderte: »Nun gut.« Dann wandte sie sich zum Gehen. Schnell griff ich nach der Türklinke und wollte sie gerade herunterdrücken, als die ältere Fee sich noch einmal umdrehte. »Ihre Augen verraten die Ähnlichkeit zu Ihrem Bruder, doch ansonsten sind Sie wie Tag und Nacht.« Mit diesen Worten verschwand sie um die Ecke.

Ich konnte ihr bloß zustimmen. Während mein Bruder aschblondes Haar hatte, war meins so dunkel wie die tiefste Nacht. Auch sonst hatten wir keinerlei Ähnlichkeiten. Außer einem Muttermal am Schulterblatt und den lavendelfarbigen Augen, die uns beide als Mondfeen kennzeichneten.

Gedankenverloren zog ich die Tür zu Paxtons Zimmer auf und stellte schnell fest, dass es meinem sehr ähnlich war. Nur der Balkon fehlte, aber dafür war der Raum größer und bot Platz für einen großen Schreibtisch, auf dem sich etlicher Papierkram stapelte. Neugierig lief ich darauf zu und griff nach einem der Bücher, die darauf lagen. Es handelte sich um ein Notizbuch und vermutlich war es der Einband, der meine Aufmerksamkeit auf sich gezogen hatte. Ich hatte nämlich ein ganz ähnliches. Dabei nutzte mein Bruder keine Notizbücher für seine Träume, im Gegensatz zu mir.

Plötzlich fiel hinter mir eine Tür ins Schloss. In der Erwartung, meinen Bruder vor mir zu haben, wirbelte ich herum. »Du hast noch meinen Ruck-« Die Worte blieben mir im Halse stecken, während sich meine Augen weiteten und ich auf eine nackte, tätowierte Brust starrte.

»Ich glaube, du befindest dich im falschen Zimmer«, erklang eine raue, tiefe Stimme, die zu dem offensichtlich feuchten Oberkörper gehören musste.

»Äh, aber, mein Bruder …«, stammelte ich und riss mich von seinem Körper los, um dem fremden Mann ins Gesicht zu schauen.

Dieser grinste mich an und seine eisblauen Augen durchbohrten mich regelrecht. »Du suchst das Zimmer von Paxton«, schlussfolgerte der halb nackte Mann und während er sprach, versuchte ich die Tatsache zu ignorieren, dass er bloß mit einem Handtuch bekleidet vor mir stand. »Aber dafür musst du einen Raum weiter.«

»Das hier ist Zimmer Nummer neun, oder?«

Sein Grinsen wurde ein Stück breiter und er fuhr sich mit der Hand durch das schwarze, nasse Haar. »Nein, Elanor. Du bist in Zimmer Nummer acht.«

Woher kennt er meinen Namen, schoss es mir unweigerlich durch den Kopf.

»Ich bin Kylian Collins.«

Und dann fiel der Groschen. Verdammt, verdammt, verdammt. Ich war nicht ernsthaft in das Zimmer meines Kampfsporttrainers gestolpert, der auch noch der beste Freund meines Bruders war.

»Okay, also ähm, es tut mir leid, dass ich Sie –«

»Für dich nur Kylian, Elanor.« Er musterte mich. »Schließlich trennen uns gerade einmal zwei Jahre und ich bin mit deinem Bruder befreundet.«

Knapp nickte ich. »O-okay.«

»Es hat mich sehr gefreut, dich kennenzulernen.«

Während seine Worte zu mir durchdrangen, ertappte ich mich erneut dabei, wie mein Blick auf seinem nackten Oberkörper ruhte. Verflucht. Abrupt schaute ich wieder in seine eisblauen Augen, die nun amüsiert funkelten.

»Ich sollte mir jetzt besser etwas anziehen. Schließlich beginnt gleich die Eröffnungszeremonie.«

Ich schluckte schwer. »Äh, ja, klar.« Doch kaum lief ich auf die Tür zu, ging sie auf und mein Bruder streckte seinen Kopf hindurch, bevor er eintrat. Als er mich erblickte, wurden seine Augen erst groß und verengten sich dann.

»Was ist hier los?«, fragte Paxton anscheinend etwas misstrauisch.

»Also ich, ähm, wollte …«, stammelte ich.

»Deine Schwester hat sich in der Zimmernummer vertan«, erklärte Kylian gelassen.

Ich räusperte mich und deutete auf meinen Rucksack, den Paxton umklammert hielt. »Ich glaube, der gehört mir.«

Mit einem knappen Nicken reichte mein Bruder mir meinen treuen Begleiter.

»Gut, dann lass ich euch mal wieder allein, damit, äh, du, Kylian, dir was anziehen kannst.« Automatisch erhitzten sich meine Wangen und ich verschwand aus dem Zimmer. Kaum fiel die Tür hinter mir ins Schloss, seufzte ich auf. Dem eigenen Trainer bloß in einem Handtuch bekleidet am ersten Schultag zu begegnen … das konnte auch nur mir passieren.

KAPITEL 2

Im Gegensatz zu den ersten Hexen, die durch einen Pakt mit dem Teufel ihre Magie gewonnen haben, wurden Feen von der Natur erschaffen. Ihre Aufgabe war bereits seit Anbeginn der Zeit, das Gleichgewicht zwischen Gut und Böse in der magischen Welt aufrechtzuerhalten.

ENZYKLOPÄDIE – WELT DER FEEN, KAPITEL 5

»Du hast mir ein Armband aus den 50er-Jahren mitgebracht? Wie cool ist das denn!«, rief Leona aufgeregt, nachdem ich wieder zurückgekommen war und ihr den antiken Schmuck überreicht hatte.

»Das habe ich in einem Antiquitäten-Laden in Camden Town entdeckt und es hat regelrecht ›Leona‹ geschrien.« Ich lächelte ihr zu, während ich mich neben sie auf mein Bett sinken ließ.

»Danke! Es ist wirklich großartig!« Meine Cousine legte sich das silberne Armband um, betrachtete es eingehend und sah erneut zu mir auf. Dann legte sie den Kopf schief und musterte mich prüfend.

»Sag mal, ist irgendetwas passiert?«

Sie kannte mich einfach zu gut. »Na ja, um ehrlich sein, habe ich gerade unseren neuen Trainer kennengelernt.« Ich biss mir auf die Unterlippe und dachte wieder an die Begegnung mit Kylian zurück. Und an seinen nackten Oberkörper …

»Ich will alles wissen.«

Mit einem Seufzen gab ich nach und fasste die letzten Minuten zusammen. Als ich mit meiner Erzählung endete, breitete sich ein Grinsen auf ihren Lippen aus.

»Leona, ich will diesen Vorfall am liebsten aus dem Gedächtnis radieren«, fügte ich noch hinzu, bevor sie mich weiter ausfragen konnte. Schließlich wusste ich, wie neugierig meine Cousine sein konnte.

»Ist er heiß?« Natürlich ignorierte sie meine letzten Worte. Und das Funkeln ihrer gelb schimmernden Augen verriet mir, dass sie sich so schnell nicht vom Thema ablenken lassen würde.

Kurz grübelte ich über ihre Frage nach und auch wenn ich es leugnen wollte, so konnte ich doch nicht aufhören, an Kylians tätowierte Brust zu denken, auf der sich noch vereinzelte Wassertropfen befunden hatten. Ich schluckte schwer und schob das Bild von dem attraktiven Kerl schnell wieder beiseite.

»Ja … irgendwie schon. Trotzdem ist er unser Trainer, vergiss das nicht«, entgegnete ich und fixierte sie mit einer hochgezogenen Augenbraue.

»Na ja, ein Trainer ist kein offizieller Lehrer. Außerdem wird das Kampfsporttraining nicht einmal als Unterrichtsfach gewertet oder benotet. Und ich frag ja auch nicht wegen mir, schließlich bin ich glücklich vergeben. Aber du bist wieder Single und –«

Bevor sie weitersprechen konnte, unterbrach ich Leona. »Stopp, ich will nicht hören, dass unser Trainer *und* der beste Freund meines Bruders ein guter Fang wäre.«

»Also, das mit dem guten Fang hast *du* jetzt gesagt«, entgegnete sie und ihr Grinsen wurde noch ein Stück breiter.

»Ich will mir über Männer keine Gedanken machen. Nicht in unserem letzten Jahr auf einer Academy.« Vehement schüttelte ich den Kopf, wobei sich einige Strähnen aus meinem Zopf lösten.

Leona seufzte auf. »Ich weiß, dass du nach wie vor nicht über ihn hinweg bist, doch verschließ dich bitte nicht vor der Liebe.«

»Mache ich nicht«, versprach ich leise und stand auf. Mir war klar, dass Leona nur das Beste für mich wollte und sich Sorgen um mich machte. Und das wusste ich zu schätzen. Aber bevor mein Kopf wieder die Erinnerungen an die letzten Wochen hervorkramte, in denen ich mit einem Becher Eis in der Hand und Tränen in den Augen mit ihr telefoniert hatte, konzentrierte ich mich lieber auf das bevorstehende Ereignis. Die Eröffnungszeremonie.

»Nun kommen wir aber zu der wichtigsten Frage des bevorstehenden Abends. Hast du schon eine Idee, was ich anziehen soll?«, fragte ich meine Cousine und öffnete den Kleiderschrank.

»Hast du das schwarze Kleid mit der Spitze an den Ärmeln eingepackt? Dann zieh das an«, erwiderte Leona und erhob sich ebenfalls von meinem Bett. Sie trug bereits ein gelbes Kleid, das nicht nur perfekt zum Juni passte, sondern auch mit ihren lockigen braunen Haaren harmonierte.

»Das schwarze Kleid habe ich von …« Mir blieben die Worte im Halse stecken. *Ihm.*

»Aber es wäre zu schade, wenn es bloß im Kleiderschrank hängt. Vielleicht schaffst du einfach neue Erinnerungen mit dem Kleid.« Sie legte einen Arm um mich und drückte mich kurz an sich.

»Na gut, du hast recht.« Mit diesen Worten griff ich nach dem Kleid und ohne länger darüber nachzudenken, lief ich in das Badezimmer und zog es mir über. Als ich wieder zurückkam, war Leona gerade dabei, ihre braunen Haare nach oben zu stecken, sodass ihre glitzernden Ohrringe perfekt zur Geltung kamen. Als sie mich hinter sich im Spiegel entdeckte, wurden ihre Augen groß und sie wandte sich zu mir um. »Du siehst umwerfend aus. Aber eine Kleinigkeit fehlt noch.« Dann nahm sie meine Hände in ihre und schaute mich aufmerksam an. Ihre gelben Augen begannen hell zu leuchten und sofort spürte ich Wärme in jede Faser meines Körpers fließen.

»Nun leuchtest du so hell wie die Sterne am Nachthimmel. Wie es einer Mondfee gebührt.« Meine Cousine zwinkerte mir zu und bedeutete mir, mein Spiegelbild zu betrachten.

Langsam drehte ich mich um und musste erst einige Male blinzeln, bevor ich realisierte, welche Magie Leona soeben gewirkt hatte. Mein schwarzes Haar war mit leuchtenden silbernen Strähnen durchzogen, die mit meinen lavendelfarbenen Augen um die Wette funkelten.

»Leona, aber wie hast du …«

»Lehre der Lichtfeen, Stufe drei. Und keine Sorge, dieser Zauber hält nur ein paar Stunden«, erklärte sie begeistert.

Ich grinste Leona an. Sie war wirklich eine begabte Lichtfee und das bewies sie immer wieder aufs Neue. Vor allem, weil Stufe drei erst in diesem Jahr gelehrt wurde.

»Danke dir«, erwiderte ich und wünschte mir einmal mehr, ebenfalls solche Fähigkeiten zu besitzen. Doch als Mondfee konnte ich lediglich in Träumen wandeln, Gefühle beeinflussen und Visionen bekommen. Obwohl ich Letzteres tunlichst aus meinem Kopf zu verbannen versuchte. Allein eine einzige Vision hatte gereicht, um mein Leben auf den Kopf zu stellen.

»Erde an Elanor, wir sollten aufbrechen«, riss mich Leona wieder aus meinem Gedankenstrudel.

»Äh, ja«, antwortete ich und folgte ihr zur Tür.

»Und unser Trainer, wird er auch bei dem Empfang sein?«, warf mir Leona noch über die Schulter hinweg zu, als wir bereits die Treppen nach unten liefen.

Ich hob nur eine Augenbraue und schüttelte schmunzelnd den Kopf. »Ich hätte dir nicht von ihm erzählen dürfen.«

»Oder besser gesagt von eurem Aufeinandertreffen«, korrigierte sie mich zwinkernd und überwand die letzte Stufe. Gemeinsam liefen wir an dem großen Brunnen mit dem Wasserfall vorbei und folgten dann einigen anderen Feen zu einer großen offenen Flügeltür, die auf eine Terrasse führte. Als wir nach draußen traten, marschierte Leona zielsicher zu Stühlen in der zweiten Reihe, die in der Nähe der Brüstung standen. Denn dort wartete bereits ihre Freundin Clara auf sie.

Ich blieb ein Stück zurück und beugte mich über die Brüstung aus hellem Marmor. Tief durchatmend betrachtete ich das tosende Meer, das sich direkt unter meinen Füßen befand. Für mich war die irische Küste schon immer ein Zuhause gewesen. Schließlich war ich nur einen Ort weiter aufgewachsen. Und hier, umgeben von dem Rauschen der Wellen, fühlte ich mich geborgen. Im Vergleich zu der Unendlichkeit des Ozeans schienen meine Sorgen so klein, so unbedeutend zu sein.

»Elanor!«, erklang hinter mir eine sanfte, liebevolle Stimme.

Mit einem Lächeln auf den Lippen drehte ich mich um und fand mich sogleich in der Umarmung von Clara wieder.

»Wie geht es dir?« Die Tierfee löste sich von mir und musterte mich eindringlich.

»Besser als bei unserem letzten Milchshake!«, entgegnete ich schmunzelnd und dachte an das Treffen vor zwei Wochen zurück, als wir zwei einsame Seelen uns zusammengetan und uns in unserem Stammcafé getroffen hatten. Clara hatte Leona vermisst, die ja in New York gewesen war, und ich hatte Elijah hinterhergetrauert.

»Das klingt gut.« Clara zwinkerte mir aus ihren dunkelbraunen Tierfee-Augen zu, bevor sich auch schon Stille über die anwesenden Schüler und Schülerinnen legte.

Wir ließen uns auf den Stühlen in unserer Nähe nieder und wandten uns dann Richtung Tür, in der Direktorin Ms O'Connor erschien. Anmutig schritt sie uns entgegen und strahlte dabei die Autorität einer Königin aus. Ihr langes helles Kleid, das sich im sanften Wind wiegte, sah nahezu majestätisch aus. Außerdem ging von ihr ein Strahlen aus, mit dem sie alle für sich einnahm. Wie ich war sie eine Mondfee und inzwischen viele Jahre in ihrem Amt.

Als sie schließlich auf ein Podest am anderen Ende der Terrasse trat und ihre Arme einladend ausbreitete, verstummte auch das letzte Geräusch. Einzig das tosende Meer unter uns war im Hintergrund zu hören.

»Willkommen an der Moonlight Academy, verehrte Feen. Dies ist Ihr letztes Ausbildungsjahr und ich freue mich, dass Sie es hier an der irischen Küste absolvieren werden. Einige von Ihnen haben bereits das erste der zwei Jahre auf der Skyfall Academy gemeistert und ein paar wenige hatten die Möglichkeit, ein Austauschjahr an der Ravenhall Academy in London zu absolvieren. Umso erfreulicher ist es, dass Sie sich nun alle für das letzte Jahr eingefunden haben.«

Kurz machte sie eine Pause und lächelte in die Runde, bevor sie fortfuhr. »Die Aufteilung der Klassen erfolgt im Anschluss. Die jeweilige Liste finden Sie zu meiner Rechten.« Mit einer Handbewegung deutete sie auf einen Glaskasten, der mit Efeuranken verziert war und in dem sich drei aufgerollte Pergamentrollen befanden.

Während ich inständig hoffte, dass ich gemeinsam mit Leona in einer Klasse sein würde, klärte uns Ms O'Connor über Hausregeln, den Stundenplan und einige andere organisatorische Dinge auf. Als plötzlich der Name meines Bruders fiel, wurde ich jedoch hellhörig.

»Also, wenn Sie irgendwelche Anliegen haben, wenden Sie

sich bitte an unseren Vertrauenslehrer Mr Lightwell, der sich freundlicherweise dieses Jahr dazu bereit erklärt hat, diese wertvolle Aufgabe zu übernehmen.« Die Direktorin deutete auf Paxton, der soeben aus der Tür zur Terrasse trat, und sprach dann weiter: »Um das neue Schuljahr gebührend einzuleiten, gibt es hier eine besondere Tradition. Seit vielen Jahren begrüßen wir das Meer als Teil unserer Schule. Und auch in diesem Jahr wird das wieder Ms Gibson übernehmen.« Die Direktorin klatschte in die Hände und bedeutete einer älteren Dame nach vorne zu treten. Bei genauerem Hinsehen erkannte ich sie sogar. Sie war die Fee, die meinen Bruder vorhin wegen des Termins gesucht hatte.

Gespannt verfolgte ich, wie sie sich in dem Mittelgang zwischen unseren Stühlen positionierte und anmutig beide Arme ausbreitete. Dann begannen ihre dunkelblauen Augen zu leuchten und ihr silbernes Haar tanzte mit dem aufkommenden Wind um die Wette. Sogleich wurde auch das Rauschen des Meeres lauter, während sich nach und nach hohe Wellen um die Terrasse herum bildeten. Diese vermischten sich miteinander und türmten sich immer weiter über uns auf, bis wir uns vollständig unter einer Art Kuppel aus Wasser befanden.

Die Meeresbrise spielte mit meinem Haar und ein salziger Geschmack legte sich auf meine Lippen. Über uns war kein Himmel mehr zu sehen, sondern bloß ein Schauspiel aus Wasser, von dem sich nun zarte Tropfen lösten und wie funkelnde Kristalle sanft auf uns niederrieselten. Doch kurz bevor die ersten Tropfen meine Nasenspitze erreichten, verpufften sie und verwandelten sich in kleine bunte Funken. Nur Sekunden später machte die Lehrerin eine weitere Bewegung und die Welle über unseren Köpfen brach entzwei, sodass der strahlend blaue Himmel wieder zum Vorschein kam. Das tosende Wasser beruhigte sich und wurde von Applaus abgelöst.

»Vielen Dank für diesen großartigen Willkommensgruß, Ms Gibson«, hallte die Stimme der Direktorin über uns hinweg.

Die Wasserfee nickte und setzte sich zurück auf ihren Platz in der ersten Reihe.

»Da wir Feen bekannt sind für unsere Feste, lassen Sie uns jetzt die Zusammenkunft und den Beginn des neuen Schuljahres gebührend zelebrieren. Das Büfett ist eröffnet.« Ms O'Connor deutete hinter sich auf einen großen Tisch, der noch zuvor von einem Laken verdeckt worden war. Jetzt präsentierten sich uns unzählige Speisen, die verführerisch aussahen und mir das Wasser im Mund zusammenlaufen ließen.

Elegant schritt die Direktorin von dem Podest und sogleich erklang eine leise Melodie, die perfekt zu dem voranschreitenden Sonnenuntergang am Horizont passte.

»Wusstest du eigentlich, dass Paxton Vertrauenslehrer ist?«, fragte mich Leona, sobald wir uns wie alle anderen Anwesenden erhoben hatten und zu den Klassenplänen liefen.

Ich nickte. »Die Academy hielt es für sinnvoll, da Paxton nur wenige Jahre älter als wir ist und sich so besser in die Schüler und Schülerinnen hineinversetzen kann.«

»Ich find's super! Aber jetzt kommt, lasst uns herausfinden, ob wir in derselben Klasse sind«, sagte Clara und überwand die letzten Meter zum Glaskasten.

Wir folgten ihr gespannt und ich konnte es kaum noch erwarten zu erfahren, ob ich das nächste Schuljahr zwei Sitznachbarinnen haben würde, die Freundinnen für mich waren. Als wir endlich an der Reihe waren und einen Blick auf die Listen werfen konnten, überflog ich mit schnell schlagendem Herzen die Namen.

»Auf der ersten Liste sind Elanor und ich schon mal nicht drauf«, schlussfolgerte Leona, als sich ihre Brauen plötzlich zusammenzogen und ein enttäuschter Ausdruck in ihre Augen trat. »Aber du, wie es scheint, Clara.« In ihrer Stimme schwang Traurigkeit mit und auch das Lächeln ihrer Freundin erstarb für einen Moment.

Ich konnte nur erahnen, wie schwer diese Tatsache für die beiden war. Sie waren unzertrennlich und während ich auf der Ravenhall Academy gewesen war, hatten die beiden ihr erstes Jahr an der Skyfall Academy gemeinsam absolviert. Und sich sogar ein Zimmer geteilt.

»Wir kriegen das hin, okay? Wir sehen uns trotzdem jeden Tag«, sagte Clara zuversichtlich.

Leona drückte ihre Hand. »Okay.« Dann wandte sie sich wieder den Listen zu. »Dafür sind wir in der derselben Klasse, Cousinchen!«, stellte Leona nur Sekunden später fest und lächelte mich warmherzig an.

Ohne weiter auf die unzähligen Namen zu schauen, drückte ich sie fest an mich. »Das kommende Schuljahr wird bestimmt toll und ihr beide werdet einfach viel Zeit in den Pausen und nach dem Unterricht miteinander verbringen!« Ich löste mich von Leona und gerade, als sie Clara etwas sagen wollte, erklang hinter mir eine sehr vertraute Stimme. Für eine Sekunde hörte mein Herz auf zu schlagen. Nein, das konnte nicht sein. Das *durfte* nicht sein.

»Entschuldigung, könntet ihr einen Schritt beiseite-«

Bevor er den Satz beenden konnte, wirbelte ich auch schon zu ihm herum. »Elijah?«, wisperte ich und blickte in die Augen des Jungen, der meine Gedanken und Träume noch immer beherrschte.

»Elanor«, erwiderte er mit einem traurigen Lächeln.

Leona räusperte sich neben mir. »Ich glaube, wir lassen euch beide kurz allein.«

Ich wollte sie gerade aufhalten, da waren sie bereits in der Menge verschwunden. Mit wild pochendem Herzen wandte ich mich wieder zu Elijah um und erst jetzt bemerkte ich, wie mir sein Anblick immer mehr die Luft zum Atmen nahm.

»Was machst du hier?«, kam es mir etwas zu forsch über die Lippen. Allein ihn jetzt vor mir stehen zu sehen, von seinem Duft eingehüllt zu werden und in seine unendlich moosgrünen Augen zu blicken, sorgte dafür, dass all die Erinnerungen wieder an die Oberfläche kamen. Gerade einmal drei Wochen war es jetzt her, dass das mit uns in die Brüche gegangen war. Und nur wegen dieses verdammten Fluchs. Weil wir unsere Familien gefährden würden, wenn wir uns zu nahe kamen. Gedankenfetzen an meine Vision, die dieses ganze Desaster erst ausgelöst hatte, blitzten vor mir auf.

»Meine Schwester.« Elijahs Augen verdunkelten sich. »Sie hatte einen Unfall. Deshalb habe ich meinen Aufenthalt in Finnland abgebrochen und bin zurückgereist. Das kommende Schuljahr werde ich an der Moonlight Academy absolvieren.«

»Sally? Wie geht es ihr?« Sofort breitete sich Sorge in mir aus. Sally war sechs Jahre jünger als Elijah und der Sonnenschein der Familie Havswood.

»Sie ist bei einem ihrer Kletterausflüge auf einen morschen Ast getreten und vom Baum gefallen. Dabei hat sie sich das rechte Bein gebrochen.« Er seufzte auf und schüttelte den Kopf. »Glücklicherweise nimmt sie ihre aktuelle Lage mit Humor und fragt bereits wieder, wann sie auf den nächsten Baum klettern darf.«

»Sie ist eben eine kleine Kämpferin«, entgegnete ich schmunzelnd.

»Das ist sie. Und da mein Vater aktuell im Auftrag des Rates unterwegs ist und meine Mutter sich allein um Sally kümmert, habe ich mich dazu entschlossen, sie zu unterstützen.«

Auch wenn das für uns beide vieles in den kommenden Monaten nicht einfacher machen würde, konnte ich seine Entscheidung nachvollziehen. Da seine Familie ebenfalls unmittelbar in der Nähe der Academy wohnte, war es bloß verständlich, dass er nun hier war.

»Elanor, ich weiß, dass es nicht leicht ist«, sprach Elijah weiter. »Aber die Academy ist groß, ich werde versuchen, dir aus dem Weg zu gehen.«

Ich nickte knapp. »In welcher Klasse wirst du sein?« Mein Verstand sagte mir, dass es besser wäre, wenn wir so wenig wie möglich miteinander zu tun hatten, doch mein verräterisches Herz war da wohl anderer Meinung.

Elijah schob verlegen seine Hände in die Hosentaschen seiner Jeans und warf einen raschen Blick über meine Schulter, zu den Listen. »Wie es scheint, in derselben Klasse wie du«, gestand er leise.

Ich lachte auf und verschränkte die Arme vor der Brust. »Was auch sonst.«

»Wir bekommen das hin.« Er klang wenig überzeugend.

»Genauso, wie du es hinbekommen hast, dich per Telefon von mir zu trennen, als du bereits auf dem Weg nach Finnland warst?«, sprudelte es aus mir heraus. Verdammt. Wieso musste ich gerade jetzt damit anfangen? *Du wolltest doch mit alldem abschließen, Elanor,* tadelte mich meine innere Stimme.

»Ich konnte dich einfach kein weiteres Mal sehen. Ansonsten hätte ich es nicht über mich gebracht, mich von dir fernzuhalten«, antwortete er und über seine Züge huschte ein resignierter Ausdruck.

Und allein diese Reaktion sorgte dafür, dass mir Tränen in die Augen stiegen. »Du hast recht. Es ist besser, wenn wir uns voneinander fernhalten. Auch hier«, brachte ich erstickt hervor, wandte mich ab und ließ ihn einfach stehen. Ich schaffte es einfach nicht, seine Anwesenheit noch länger zu ertragen. Alles in mir schrie nach ihm. Dem Jungen, der so lange mein größtes

Geheimnis gewesen war und dem gleichzeitig mein Herz gehört hatte. Ich vermisste seinen Atem auf meiner Haut, seine Lippen auf den meinen. Die rauen Hände, mit denen er immer durch mein Haar gefahren war. Aber das war Vergangenheit. Denn allein ein einziger Kuss würde alles zerstören.

»Ich muss dich sprechen«, riss mich die Stimme meines Bruders aus dem Gedankenchaos. Offensichtlich hatten mich meine Füße wie automatisch zu dem Büfett getragen. Schon bei dem Anblick der Köstlichkeiten knurrte mein Magen laut. Schnell schnappte ich mir einen Erdbeer-Cupcake und biss frustriert hinein. Dann richtete ich meine volle Aufmerksamkeit auf meinen Bruder.

»Was gibt's?«, nuschelte ich zwischen zwei Bissen.

»Bevor wir vorhin von Ms Gibson unterbrochen worden sind, wollte ich dir etwas erzählen.« Er kratzte sich am Hinterkopf, was er immer tat, wenn er nachdachte.

»Jetzt sag schon«, gab ich zurück und schnappte mir einen zweiten Cupcake. Einfach die beste Medizin bei einem von Liebeskummer schmerzenden Herzen.

»Also … Elijah wird sein letztes Jahr hier an der Academy absolvieren. Ich weiß, das kommt ein wenig ungelegen, aber in seiner Familie gab es einen Vorfall«, stieß er in einem Rutsch hervor, ohne Luft zu holen.

Kurz verharrte mein Blick auf Paxton, in dessen Augen sich nun alle möglichen Emotionen spiegelten. Vorneweg Sorge, gefolgt von Zweifel.

»Das Gespräch kommt ein bisschen zu spät, Bruderherz. Ich habe ihn gerade getroffen.«

Paxton seufzte auf und verschränkte die Arme vor der Brust, was sein weißes Hemd dazu brachte, sich an einigen Stellen zu spannen. »Shit. Ich wollte nicht, dass er dich überrumpelt.«

»Hat er nicht.«

»Elanor … bitte versprich mir, dass ihr euch voneinander fernhaltet. Du weißt, wie der Fluch aussieht, und die Visionen von Mondfeen lügen nicht«, flüsterte er.

»Ist mir bewusst«, gab ich zurück, vermied es jedoch, ihm ein Versprechen zu geben. Vielleicht war der Funken Hoffnung schuld, den ich zeitgleich verteufelte und dennoch sicher in mir verwahrte.

»Bist du dir da sicher?«, hakte mein Bruder nach. »Vergiss nicht, dass er dich nach der Vision im Stich gelassen hat und nach Finnland gereist ist. Selbst wenn es für alle Beteiligten besser war, hat er nicht mit der Wimper gezuckt und dich allein gelassen.«

Paxtons Ehrlichkeit durchbohrte mein Herz wie ein Pfeil. Und auch Elijahs Version der Geschichte änderte daran nichts, denn wir hatten uns stets versprochen, füreinander da zu sein.

»Ich bin mir sicher«, erwiderte ich nickend, obwohl ich mir selbst kein Wort glaubte.

KAPITEL 3

Die Moonlight Academy wurde im achtzehnten Jahrhundert erbaut. Genauer gesagt im Jahre 1754 von der Gründungsfamilie O'Connor. Das Wahrzeichen der Academy ist ein goldener Schlüssel mit Feenflügeln.

ENZYKLOPÄDIE – WELT DER FEEN, KAPITEL 31

Ein lautes Donnergrollen riss mich mitten in der Nacht aus dem Schlaf. Gähnend setzte ich mich auf und blinzelte einige Male, bis sich meine Augen komplett der Dunkelheit anpassten. Als Mondfee hatte ich einen ausgeprägteren Sehsinn als andere Feen, was sich oftmals als praktisch erwies. Genau wie jetzt, als ich meinen Blick zur Tür meines Balkons gleiten ließ und erkannte, dass sie noch offen stand und kalten Wind passieren ließ.

Ein weiteres Mal überkam mich ein Gähnen und ich verfluchte das Wetter. Nach dem Empfang war ich regelrecht ins Bett gefallen, doch die Begegnung mit Elijah hatte mich nicht losgelassen und so hatte es Ewigkeiten gedauert, bis ich überhaupt weggedämmert war. Und auch jetzt spürte ich wieder diese Unruhe in mir, die mein Herz schneller klopfen ließ. Also schlug ich die Bettdecke beiseite und stand auf.

Bevor ich allerdings die Tür verriegelte, trat ich einen Schritt nach draußen und ließ die Atmosphäre auf mich wirken. Am

Horizont tobte ein Gewitter und das Spiegelbild der Blitze tanzte auf den Wellen des Meeres. Der Wind peitschte das Wasser immer wieder gegen die hohen Felsen, während sich nach und nach Regen zu dem Naturschauspiel gesellte.

Als mich der erste Tropfen auf der Nasenspitze traf, wollte ich mich abwenden, um mich zurück in mein warmes Bett zu verkrümeln. Doch im gleichen Moment ließ mich ein lautes Rufen aufhorchen. Ich schaute über das Geländer des Balkons und suchte die Landschaft ab, bis ich am Rande der hohen Klippen vier Feen entdeckte. Sie würden doch nicht … Scharf zog ich die Luft ein, doch zu spät, einer nach dem anderen sprang in die Tiefe, direkt hinein in die unberechenbaren Wellen.

Ich verkrampfte mich und starrte zu der Stelle, wo sie eben noch gestanden hatten. Wartete, zählte die Sekunden, bis endlich der Erste wieder auftauchte. Getragen von einer Welle, die eigentlich hätte tödlich sein müssen.

Ich seufzte auf. Offensichtlich handelte es sich dort unten um Wasserfeen, die dieses Wetter als Anlass nahmen, ihrer liebsten Sportart nachzugehen. Selbst wenn das Klippenspringen an der Academy offiziell verboten war. Ich entspannte mich und beobachtete, wie sich auch die restlichen Feen an Land bringen ließen. Alles in allem war daran nichts Außergewöhnliches, doch eine Tatsache ließ mich stutzen. Zwischen den ganzen magischen Wellen entdeckte ich auch Algen, die jemanden an die Küste trugen. Und diese konnten von keiner Wasserfee beeinflusst werden, sondern nur von einer …

Ich stockte.

Das konnte nur eine Waldfee.

Instinktiv dachte ich an Elijah, der selbst einst Klippenspringer gewesen war … aber würde er es seit jenem Vorfall ein weiteres Mal wagen, alles aufs Spiel zu setzen? Allein bei dem Gedanken begann mein Herz wie wild zu pochen und ich schüttelte die Erinnerung schnell wieder ab. Nein, er hatte es mir versprochen. Doch was waren seine Versprechen noch wert? Was, wenn er wirklich dort draußen war? Was, wenn … plötzlich öffnete der Himmel über mir seine Pforten und der Regen verstärkte sich.

Schützend legte ich meine Arme über den Kopf und machte mich daran, ins Innere zu kommen. Schnell schloss ich die Balkontür und zog die Vorhänge zu. Dann kramte ich gedankenverloren in meinem Kleiderschrank ein trockenes Oberteil hervor, zog es mir über und kuschelte mich unter die Bettdecke. In der Wärme versuchte ich mir einzureden, dass Elijah ganz bestimmt nicht so lebensmüde wäre, sich erneut mit den Naturgewalten anzulegen. Es funktionierte nur bedingt. Trotzdem holte mich die Müdigkeit nun doch ein und bevor ich mich weiter mit dem Gesehenen befassen konnte, schlief ich mit dem beruhigenden Geräusch der Regentropfen ein, die wegen des Windes unaufhörlich gegen das Fensterglas prasselten.

»Elanor, mach die Tür auf! Heute gibt es Bagels zum Frühstück!«

Abrupt schoss ich in die Höhe. Hatte ich verschlafen? Ein Blick auf die Uhr ließ mich wieder zurücksinken. Ich hatte noch genügend Zeit, um pünktlich im Unterricht zu erscheinen.

Ein lautes Klopfen ertönte und erinnerte mich daran, was oder eher wer mich geweckt hatte. Ich gähnte laut, quälte mich aus dem Bett und schlurfte noch immer erschöpft von der unruhigen Nacht zur Tür. Kaum schob ich sie einen Spaltbreit auf, schlüpfte meine Cousine an mir vorbei und musterte mich von oben bis unten. Heute trug sie einen anderen Look als gestern. Offensichtlich hatte sie spontan entschlossen, sich dunkelrote Haarsträhnen in das braune Haar zu färben.

»Wieder eine neue Haarfarbe?«, fragte ich grinsend. Man konnte ihre nächtlichen Haarfärbemissionen schon beinahe als Ritual bezeichnen.

»Du weißt, wie schnell mich eine Farbe langweilt.« Sie zwinkerte mir zu. »Wieso trägst du Elijahs Oberteil?«

Verwirrt blickte ich an mir herunter und stellte mit Entsetzen fest, dass sie recht hatte. Offensichtlich hatte ich gestern Nacht nach dem nächstbesten Kleidungsstück gegriffen und ausgerechnet dieses eine Oberteil erwischt. Ich seufzte auf. Es war ein schwacher Moment gewesen, als ich es in meinen Koffer gelegt hatte. Aber ich war nun einmal ein Fan von Erinnerungen und konnte mich nur schwer von Dingen – oder gewissen männlichen Feen mit grünen Augen – lösen.

»Lange Geschichte«, erwiderte ich zerknirscht und machte mich schnell daran, in meine Schuluniform zu schlüpfen.

Leona zog in der Zwischenzeit die Vorhänge auf, sodass helles Sonnenlicht den Raum flutete. Von dem Unwetter der letzten Nacht war nichts mehr zu sehen und da die Wärme des beginnenden Sommers bereits jetzt zu spüren war, entschied ich mich für ein kurzärmeliges weißes Oberteil, das Teil der Uniform war. Auch hier entdeckte ich den aufgestickten Halbmond sowie meine Initialen.

Ich warf einen kurzen Blick auf Leonas Outfit, das statt des Mondes drei goldene Lichtsprenkel präsentierte. Doch anders als ich trug Leona ihre Uniform ihrem eigenen Stil angepasst. Eine glitzernde Brosche zierte ihre Brust und dazu hatte sie schwarze Lederboots mit goldenen Schnürsenkeln kombiniert.

Schnell machte ich mich daran, meine Schulbücher für den ersten Tag in meinen Rucksack zu sortieren. Dank des Stundenplans, den Leona und ich ausführlich studiert hatten, wusste ich, dass heute als Erstes *Lehre der Feenmagie* auf dem Programm stand.

»Bist du bereit? Die Bagels warten auf uns!« Leona wippte auf ihren Füßen freudestrahlend vor und zurück.

Ich nickte knapp und gemeinsam machten wir uns auf den Weg in den Speisesaal, der sich im Erdgeschoss befand. Wir liefen an dem Wasserfallbrunnen vorbei, direkt auf eine große Flügeltür zu, die mit filigranen Ornamenten bedeckt war. Kaum waren wir vor ihr angekommen, schwang sie auf und hieß uns in dem aus Glas errichteten Saal willkommen. Die Sicht auf die Gärten der Academy war von allen Seiten gegeben und Efeuranken, die an der Glasfassade emporrankten, unterstrichen die grüne Anlage des Schlosses.

Wir tauschten einen begeisterten Blick und bahnten uns dann einen Weg zum Büfett, das bereits reichhaltig auf uns wartete. Ich belud mir einen Teller mit frischem Obst und einem Bagel, um dann Leona zu Clara zu folgen, die an einem der runden Tische auf uns wartete.

»Guten Morgen, ihr zwei Schlafmützen«, begrüßte sie uns fröhlich und zwirbelte mit dem Finger eine ihrer langen Haarsträhnen auf, bevor sie Leona musterte. »Also, die Haarsträhnen sehen bei Tageslicht noch viel besser aus!«

»Danke, dass du mich immer bei meinen spontanen Aktionen unterstützt.« Leona gab ihrer Freundin einen Kuss und drückte liebevoll ihre Hand.

Unwillkürlich musste ich lächeln, auch wenn dieser Anblick meinem Herzen einen kurzen Stich versetzte, denn solche Momente hatte es zwischen mir und Elijah auch gegeben, nur eben in aller Heimlichkeit …

»Also …«, unterbrach Leona meine Grübelei und ich versuchte mich wieder auf die beiden zu konzentrieren. Für einen Moment schien sie noch zu überlegen, wie sie ihre nächsten Worte am besten formulieren sollte, entschied sich dann aber wohl für die kürzeste Form. Die direkte. Typisch Leona eben.

»Elijah ist jetzt das ganze kommende Jahr hier auf der Academy?«

Ich nickte knapp.

»Wie geht es dir damit?«, fragte sie einfühlsam.

»Ich weiß es nicht«, gestand ich ehrlich. »Einerseits wäre es für uns beide das Beste gewesen, wenn er in Finnland geblieben wäre … andererseits …« Ich verstummte, denn ich wollte mir nicht eingestehen, was mein Herz mir sagte.

»Du musst nach vorne schauen … wo ich übrigens gerade den neuen Trainer stehen sehe«, kicherte sie.

»Oh, ist er das?!«, fügte Clara hinzu und schaute aufgeregt an mir vorbei.

»Leona, Clara!« Ich fixierte sie mit einem strengen Blick, denn hinter ihnen tauchte plötzlich mein Bruder mit einem voll beladenen Tablett auf.

Für einen Moment schaute er zwischen uns dreien hin und her, zuckte dann jedoch nur mit den Achseln. »Schon als ihr klein wart, habt ihr mich nicht in eure Geheimnisse eingeweiht. Also frage ich besser nicht, was Leona oder Clara gesagt haben, damit du so rot anläufst, Schwesterchen.«

Meine Cousine begann erneut zu kichern. »Frauengespräche, du verstehst?«

Schmunzelnd biss ich ein Stück von dem noch warmen Bagel ab, während mein Bruder murmelte: »Wenn es um Jungs geht, will ich es gar nicht hören.«

Ich setzte zu einer Erwiderung an, wurde allerdings vom Läuten zur ersten Schulstunde unterbrochen. Sogleich brach Trubel im Speisesaal aus und auch wir erhoben uns. Nur Paxton setzte sich hin und kaute genüsslich auf seinem Rührei herum. Als er meinen fragenden Blick auf sich spürte, erwiderte er bloß: »Was? Ich habe zwei Leerstunden, bevor mein erster Unterricht in *Geschichte der übernatürlichen Wesen* beginnt.«

Also verabschiedeten wir uns von ihm, brachten unsere Tabletts zurück und machten uns auf den Weg in den Südflügel, wo unsere erste Stunde stattfinden sollte. Es war beinahe ein Wunder, dass wir uns nicht in dem großen verwinkelten Gebäudekomplex verliefen, aber dank Leonas ausgeprägtem Orientierungssinn fanden wir direkt zu dem Klassenzimmer. Als wir eintraten, drohte mir mein Herz beinahe aus der Brust zu springen, als ich *ihn* sah. Das lenkte mich sogar von der anmutigen Erscheinung dieses Raumes ab, der mit einer Decke aus detailliertem Rippengewölbe samt Kronleuchter aufwartete.

Elijah unterhielt sich gerade mit seinem Kumpel Jade, den ich selbst ebenfalls gut kannte. Sein Dad Christopher war der beste Freund meines Vaters. Sie arbeiteten zusammen als Partner für den Feenrat und ich hatte dadurch oft Zeit mit Jade verbracht. Vor allem an Nachmittagen, an denen unsere Familien zusammengesessen und Tee getrunken hatten. Im Gegensatz zu meinen Eltern hatte seine Familie aber kein Problem mit den Havswoods, weswegen er schon, seit er klein war, mit Elijah befreundet war.

Für ein, zwei Sekunden hegte ich die Hoffnung, unauffällig auf einen der Plätze huschen zu können, ohne dass sie mich bemerkten, doch als hätte Elijah meine Anwesenheit gespürt, drehte er sich im selben Moment zu mir um. Seine moosgrünen Augen durchbohrten mich, nahmen mich gefangen. Die Stimmen im Raum wurden immer leiser und vermittelten mir das Gefühl, es gäbe nur uns. Dabei hasste ich mein verräterisches Herz dafür, dass es noch immer an ihm hing, wo mein Verstand doch so mit der Wut und dem Schmerz zu kämpfen hatte, weil er mich und unsere Liebe im Stich gelassen hatte. Und all diese gegensätzlichen Emotionen sorgten dafür, dass ich mich nicht von seinem Blick lösen konnte. Von diesen vertrauten Augen, die nicht mehr ein Teil meines Lebens sein konnten.

»Elanor, kommst du?« Leonas Worte katapultierten mich zurück ins Hier und Jetzt.

Blinzelnd schaute ich zu ihr und nickte stumm. Dann folgte ich ihr zu einem der hinteren Plätze, am anderen Ende des Raumes, vorbei an Tischen, in deren Holz das Schulwappen eingraviert war.

Kaum hatten wir uns niedergelassen, kramte ich mein Schulbuch hervor und versuchte mich auf Leonas Bericht über die nächtliche Haarfärbemission zu fokussieren. Auch wenn mir bewusst war, dass sie das nur erzählte, damit ich abgelenkt war. Gerade als sie an der Stelle ankam, wie sie aus Versehen den restlichen Tubeninhalt mit Farbe auf dem Boden verteilt hatte, kam Ms Gibson in einem langen blauen Kleid hereingeeilt.

»Guten Tag, ich bin Ms Gibson und Ihre Lehrerin in diesem Fach.« Sie blieb hinter dem Pult stehen, nahm ein Stück Kreide und während sie an die Tafel hinter sich schrieb, sprach sie weiter: »In diesem Fach lernen Sie alles über die unterschiedliche Magie der Feen. Da Sie sich bereits im letzten Schuljahr befinden und einige der relevanten Themen bereits behandelt haben, ist dieses Fach vor allem praktisch ausgelegt.«

Sie drehte sich wieder zu uns um. »Wie Sie es sich bereits denken können, besitzt jede Fee andere Fähigkeiten. Eine Wetterfee kann beispielsweise das Wetter in ihrer unmittelbaren Nähe steuern, eine Waldfee hat dagegen ein Händchen für Pflanzen und kann den Lauf der Natur beeinflussen. Eine Mondfee wiederum ist spezialisiert auf das Traumwandeln und Visionen.«

Ms Gibson machte eine ausladende Handbewegung. »Natürlich gibt es noch etliche andere Feenarten. Und wie Sie bestimmt schon wissen, kann jeder von uns Eigenschaften der Magie anderer Feen in sich aufnehmen und in geringem Maße wirken lassen. Dafür ist jedoch viel Übung und Durchhaltevermögen vonnöten. Deswegen …« Ms Gibson machte eine bedeutungsvolle Pause. »… werden Sie das in Zweiergruppen trainieren. Ihre Aufgabe für die kommenden Wochen besteht darin, Ihrem Partner oder Ihrer Partnerin bestmöglich beizubringen, wie man einen Teil Ihrer Magie wirkt.«

Ein Raunen ging durch die Klasse und wie automatisch blickten Leona und ich uns an.

»Diese Arbeit erledigen Sie bitte in Ihren Freistunden. Außerdem wird Ihr Können am Ende benotet, deshalb geben Sie sich Mühe. Alles zu dem Thema finden Sie in der Bibliothek oder in Ihrem Lehrbuch.« Ms Gibson griff nach einem Blatt Papier, das vor ihr auf dem Pult auf einem Stapel Bücher lag. »Ich rufe jetzt nacheinander die Namen auf. Bitte tun Sie sich nach dem Unterricht zusammen und sprechen sich ab.« Sie räusperte sich und begann dann alphabetisch vorzulesen: »Conner Burke und Margret Smith, Dalia Tobin und Quenn Duffy, Elanor Lightwell und …«

Bitte Leona, bitte Leona, schoss es mir durch den Kopf.

»… Elijah Havswood.«

Für einen Moment stand meine Welt still. *Nein. Nein, nein, nein, verdammt!* Das konnte nicht sein. Nein, das *durfte* nicht sein. Alles, bloß das nicht. Wie in Trance schaute ich erst zu Leona, die mich ebenso perplex musterte, bevor mein Blick zu Elijah wanderte. Dieser starrte nur mit angespannter Miene zu Ms Gibson, als wollte er nicht akzeptieren, was sie soeben von sich gegeben hatte. Jade, der neben ihm saß, boxte ihn sachte in den Oberarm, doch Elijah rührte sich nicht.

In diesem Zustand blieb er, bis die Stunde vorüber war. Als der erlösende Schulgong erklang, stand Elijah auf und lief mit schnellen Schritten auf Ms Gibson zu. Mit verschränkten Armen versuchte er ihr etwas zu erklären und als ihr Blick auf mich fiel, wusste ich gleich, was das Thema dieses Gespräches war. Er wollte sie umstimmen. Ich schluckte schwer. Selbst wenn ich wusste, dass es die vernünftigste Lösung wäre, so tat die Erkenntnis mehr weh, als ich zugeben wollte.

»Elanor, vielleicht kann dein Bruder noch mal mit Ms Gibson reden.« Leona schenkte mir ein aufmunterndes Lächeln, als wir unsere Sachen packten

Mit wenig Hoffnung schaute ich sie an, während wir Richtung Tür liefen. »Wir werden sehen. Die Zusammenarbeit wird definitiv eine Herausforderung. Für uns beide.«

Kaum dass die Worte über meine Lippen gekommen waren, überholte uns Elijah mit Jade im Schlepptau. Außer einem vielsagenden Blick kam nichts von ihm.

»Die ganze Situation ist nicht leicht«, murmelte Leona. »Aber weißt du, was immer hilft? Ein Milchshake von *Breenes*!«

KAPITEL 4

Viele Feen siedeln sich bereits seit der Zeit des Barocks in kleinen Dörfern an und gründen Gemeinschaften. Vorzugsweise an der Küste Irlands, da sich Feen in der Nähe von Wasser und weiten grünen Landschaften am wohlsten fühlen.

ENZYKLOPÄDIE – WELT DER FEEN, KAPITEL 19

»Schokolade mit kalter Milch gemischt und einer Portion Sahne obendrauf. Das wird dich sicher aufmuntern!«, sagte Leona überzeugt und reichte Clara und mir jeweils einen großen Becher. Gemeinsam setzten wir uns an einen runden, kleinen Tisch vor unserem Stammcafé in unserer Heimatstadt Dungarvan.

»Wenn du meinst.« Ich lachte und nahm einen Schluck. Sofort zerging mir die Schokolade auf der Zunge. »Na gut, du hattest recht. Wisst ihr, als ich in England war, habe ich diesen Shake echt vermisst!«, gestand ich, wobei meine Gedanken für einen Moment um meine Zeit auf der Ravenhall Academy kreisten. Nie hätte ich gedacht, dass nach dem Austauschjahr mit Elijah Schluss sein würde. Wir hatten Pläne für unsere Zukunft geschmiedet und nun waren sie dank eines uralten Fluches ein verblassendes Versprechen.

»Ich glaube ja, Mr Breene mischt irgendeine Feenmixtur in diesen Traum aus Schokolade und Milch«, meinte Clara und ließ ihren Blick über die Fassade des urigen Ladens schweifen.

Breenes Eisdiele since 1938 war ein echtes Phänomen und wir drei waren hier bereits als Kinder ein und aus gegangen, hatten den Mittag spielend auf der Straße dieses magischen Ortes verbracht und waren durch die Gassen geschlichen.

Gedankenverloren murmelte ich ein paar bestätigende Worte in Claras Richtung und kämpfte gegen die Nostalgie und Wehmut an, die in mir hochstiegen. Denn hier war ich auch Elijah das erste Mal vor fünf Jahren begegnet. Genauer gesagt an dem Stand, der sich schon immer neben der Eisdiele befunden hatte und die besten Pommes des Landes verkaufte. Damals hatte ich nicht genug Geld für eine Portion übrig gehabt, weil ich alles für einen Füller ausgegeben hatte, mit dem ich in mein erstes Traumtagebuch schreiben wollte. Elijah, der im Schatten eines Baumes gesessen hatte, war meine Situation nicht entgangen. Irgendwann hatte er sich getraut, mich anzusprechen, und seine restlichen Pommes kurzerhand mit mir geteilt.

Als ich zwei Tage später wieder an dem Pommes-Stand vorbeigegangen war und Elijah dort sah, entschied ich mich spontan dazu, ihn einzuladen. Und so hatte sich über den Sommer nach und nach eine Art Ritual entwickelt, bei dem wir abwechselnd auf den anderen gewartet und mit ihm eine Portion Pommes geteilt hatten.

Doch bereits damals hatten wir gewusst, dass unsere Familien es niemals gutheißen würden, wenn wir uns näherkamen. Die Fehde zwischen unseren Vorfahren war nun die unserer Eltern und dauerte nach wie vor an. Und das nur, weil der Grenzverlauf der zwei Ländereien, auf denen unsere Eltern zu Hause waren, nicht geklärt werden konnte. Zwei mächtige Feenfamilien, die sich nicht zu schade waren, die jeweils andere mit Ignoranz zu strafen. Inzwischen war dieser Familienstreit dermaßen ausgeartet, dass eine gigantisch hohe Mauer aus Pflanzen und Geäst die Ländereien voneinander trennte …

»Elanor? Hallo, ist jemand zu Hause?«, erklang plötzlich Leonas Stimme neben mir und holte mich wieder in die Gegenwart zurück.

Ich blinzelte und schenkte ihr dann ein entschuldigendes Lächeln. »Entschuldige, war in Gedanken. Hast du was gesagt?«

Clara beugte sich grinsend zu mir vor. »Ich habe gefragt, ob du auch mit in den kleinen Antiquitätenladen um die Ecke kommen möchtest? Leona und ich haben dort vor Kurzem tollen Schmuck entdeckt!«

Meine Cousine und ihre Freundin teilten ihre große Leidenschaft für alten Schmuck und waren immer auf der Suche nach neuen Schätzen. Vor allem nachdem sie nach jahrelanger Freundschaft zusammengekommen waren. Ich hingegen konnte mich eher für antike Bücher begeistern und so schüttelte ich den Kopf. »Äh, nein, geht ruhig. Ich wollte noch zu deiner Mum in den Laden, Leona. Das Wetter ist ja heute ausnahmsweise schön, da kann ich zurücklaufen.« Wir waren zwar mit Claras Auto hergefahren, aber ein Spaziergang tat mir sicherlich gut. Zudem war diese Kleinstadt nur etwas mehr als zwei Kilometer von der Academy entfernt.

»Bist du sicher?«, hakte Leona unsicher nach.

Ich lächelte die beiden an. »Natürlich. Los, geht schon, nicht dass der Schmuck bereits einen Besitzer gefunden hat.«

Die beiden nickten grinsend und verschwanden dann Richtung Antiquitätenladen, bevor ich mich ebenfalls auf den Weg machte. Gemächlich schlenderte ich an den verschiedenen Geschäften vorbei und grüßte immer wieder Leute, die mir entgegenkamen. Die meisten davon kannte ich bereits seit meiner Kindheit, genau wie all die Läden, die zum Großteil älter waren als ich selbst. Aber obwohl alles um mich herum vertraut schien, so hatte sich doch vieles geändert. Zumindest für mich.

Ich seufzte innerlich auf und dachte an die bevorstehenden

Wochen. Wie sollte ich es schaffen, mit Elijah zusammenzuarbeiten? Die restlichen Stunden des Unterrichts heute waren bereits unerträglich gewesen. Obwohl ich versucht hatte, den Blick zu Elijah zu meiden und mich voll und ganz auf den Unterricht zu konzentrieren, war ich grandios gescheitert. Zumindest hatte ich Paxton in der Mittagspause meine Situation geschildert und er würde sich darum bemühen, Ms Gibson umzustimmen.

Bevor ich mich jedoch erneut in meinem Gedankenchaos verlieren konnte, erreichte ich glücklicherweise den Laden, der meiner Tante gehörte. Als ich die verschnörkelte Holztür aufzog, begann über meinem Kopf Frieda zu gackern. Kurz blickte ich nach oben zu dem Huhn aus Plastik, das bereits viele Jahre zum Inventar gehörte und die Kunden willkommen hieß.

»Meine Liebe! Wie schön, dass du deine Tante mal wieder besuchst.« Mathilda kam auf mich zugeeilt und nahm mich fest in die Arme. Sofort hüllte mich der vertraute Duft von Vanille und alten Büchern ein.

Lächelnd erwiderte ich die Umarmung. »Es freut mich auch, endlich wieder hier zu sein.«

»Wo hast du denn Leona und Clara gelassen? Meine Tochter hat auf dem Weg hierher eine Nachricht auf meine Mailbox gesprochen, aber du weißt ja, dass ich mit diesem neumodischen Kram nichts anfangen kann!« Sie löste sich von mir und wirbelte herum, wobei sich einige der grauen Strähnen aus ihrem langen Zopf lösten.

»Lass mich raten … du kommst wegen eines neuen Notizbuchs?«, rief sie und steuerte bereits zielsicher auf das passende Regal zu.

Daran gewöhnt, dass Mathilda einen gerne mal etwas mit ihrer Art überrollte, folgte ich ihr einfach durch den vollgestopften Laden, in dem es nicht nur alle möglichen Bücher, sondern auch sonstigen Krimskrams zu entdecken gab. Ich stolperte fast über einen alten Koffer im Schottenmuster und blieb an einer Lampe aus goldenen Zweigen hängen. Kopfschüttelnd dachte ich darüber nach, wie sehr sich doch dieser Ort von Mathildas Leben als Mitglied des Feenrats unterschied.

»Oder ist eine Neuausgabe von *Vampire Diaries* als Buch erschienen?«, sprach sie weiter und ließ ihren Blick fragend zu mir wandern. »Schließlich fällt deine alte beinahe auseinander und …«

»Die alte Ausgabe ist perfekt, wie sie ist«, unterbrach ich sie schnell. »Aber ja, ich brauche ein neues Notizbuch.«

»Du musst mittlerweile etliche davon besitzen.«

»Ich habe schließlich früh damit angefangen, alles niederzuschreiben. Wie du weißt, hilft es mir, mich jedes Mal ein wenig besser in der Traumwelt zurechtzufinden.«

»Dennoch heiße ich das nicht gut. Ich habe dir schon oft gesagt, dass es gefährlich sein kann«, erwiderte Mathilda und schaute mich streng unter ihrer mondförmigen Brille an. Wie auch ich war meine Tante eine Mondfee, obwohl ihre Tochter dem Licht angehörte. Leona hatte ihre Magie von ihrem Vater geerbt, da dieser jedoch früh verstorben war, setzte sich Mathilda mehr mit den Fähigkeiten ihrer Tochter auseinander als mit ihren eigenen. Allerdings hatte sie das nicht davon abgehalten, mir immer wieder zu predigen, dass ich nicht in Träumen wandeln sollte.

»Es ist nur gefährlich, wenn man die Kontrolle verliert und sich nicht konzentriert … Außerdem habe ich das momentan auch gar nicht vor. Das Notizbuch ist lediglich für den Unterricht«, verteidigte ich mich. *Schließlich waren die einzigen Träume, in denen ich gewandelt bin, die von Elijah,* fügte ich gedanklich hinzu. Wobei ich zugeben musste, dass ich die Notizbücher nie wirklich dazu genutzt hatte, meine Erkenntnisse zur Traumwelt festzuhalten. Die Wahrheit war, dass ich in ihnen meine

Erinnerungen an die Zeit mit Elijah niedergeschrieben hatte. Für die Zeiten, in denen die Sehnsucht nach ihm zu groß wurde. Mit diesem neuen Notizbuch wagte ich mich tatsächlich an einen Neuanfang. Vielleicht konnte ich mich so etwas von den ganzen verwirrenden und schmerzhaften Gedanken befreien.

»Schau dich gerne um, du findest bestimmt etwas Passendes! Und nun entschuldige mich bitte, ich muss noch einen Kunden im Nebenzimmer bedienen, der nach einem Geschichtsbuch sucht«, flötete Mathilda und eilte um die nächste Ecke.

Schmunzelnd drehte ich mich um und widmete mich dann dem vollgestopften Regal. Mit den Fingern fuhr ich sanft über die bunten Einbände und zog ein Buch nach dem anderen heraus. So unterschiedlich ihre Hüllen auch waren, im Inneren waren sie alle unbeschrieben und wollten ihre eigene Geschichte erzählen. Der Kauf eines neuen Notizbuches war für mich stets ein besonderes Moment. Wieder ein erster Satz und eine erste Erinnerung, die niedergeschrieben wurden. Normalerweise wusste ich immer sofort, welches Notizbuch es werden sollte. Es war, als würde es genau wissen, dass es zu mir gehörte. Doch heute war es anders. Heute …

»Elanor«, erklang hinter mir eine tiefe Stimme, die mir verdächtig bekannt vorkam.

Mit einem verräterisch schnell schlagenden Herzen in der Brust drehte ich mich um und blickte in ein Paar dunkelblauer Augen … Moment mal, waren die bei unserer letzten Begegnung nicht eisblau gewesen?

»Kylian, was … was machst du hier?«, fragte ich ein wenig verwirrt.

»Ich habe nach einem neuen Buch gesucht.« Demonstrativ hob er einen dicken Wälzer mit dunkelrotem Einband hoch. »*Enzyklopädie – Welt der Feen* … Mal schauen, was es noch über die Geschichte der Feen zu lernen gibt.«

»Oh, okay«, erwiderte ich und spähte an ihm vorbei, zu meiner Tante, die neugierig an einem Türrahmen lehnte.

»Und du? Was machst du hier?«, hakte er nach.

»Äh, ich brauche ein neues Notizbuch«, antwortete ich und deutete auf das Regal hinter mir.

»Hast du bereits eins gefunden?« Er ging darauf zu und studierte sie. »Leere Notizbücher haben etwas von einem Neuanfang, findest du nicht?«, sprach er meine vorherigen Gedanken aus.

Ich nickte und wollte gerade etwas erwidern, als er auch schon eins der Notizbücher im obersten Regalbrett herauszog.

»Das erinnert mich an den Sternenhimmel und der Mond darauf ist eine Neumondsichel … schau.« Auffordernd hielt er mir das Buch vor die Nase.

Wie in Zeitlupe streckte ich die Hand aus, nahm es ihm ab und dann berührten sich unsere Finger. Ein elektrisierendes Kribbeln durchfuhr mich und ich zog meine Hand schnell wieder zurück.

»Danke, es ist perfekt«, murmelte ich und betrachtete das funkelnde Cover. Ein Meer aus Sternen und eine zarte Sichel auf dunkelblauem Grund leuchteten mir entgegen. Es erinnerte an den Nachthimmel in einer klaren Sommernacht. Sanft fuhr ich mit dem Finger darüber und dachte über Kylians Worte nach. Neumond, Neuanfang …

»Ich muss dann schon wieder gehen. Dein Bruder und ich wollen noch ein wenig trainieren.«

Ich blickte auf und biss mir auf die Unterlippe. »Äh, ja, klar. Und danke.«

»Nichts zu danken, Elanor.« Er zwinkerte mir zu, wandte sich dann ab und verließ den Laden.

Perplex schaute ich ihm nach und fragte mich, weshalb er genau dieses eine Notizbuch ausgewählt hatte, wo doch …

»Wie ich sehe, bist du fündig geworden.« Meine Tante schlenderte zu mir und deutete mit einem wissenden Lächeln auf den Lippen auf das Buch. »Wer war der junge Mann, dass er so gut wusste, dass du Notizbücher mit Monden sammelst?«

Und genau diese Frage stellte ich mir auch. Wie konnte er ahnen, dass jedes meiner Notizbücher mit einem Mond geschmückt war? Hatte mein Bruder es in seiner Gegenwart erwähnt? Aber nein, das konnte nicht sein. Schließlich wusste nur meine Tante von meiner Notizbuchsammlung und sie hütete jedes Geheimnis wie einen Schatz.

»Er ist mein Trainer«, ging ich nachdenklich auf ihre Frage ein.

»Und noch sehr jung.« Mathilda legte ihren Kopf schief. »Ist er derjenige, den dein Bruder auf seiner Reise kennengelernt hat?«

»Genau, als er in den Kerry Highlands unterwegs war.«

»Ich fand es ja schon von Anfang an eine gute Idee, dass Paxton sich eine Auszeit nimmt und die Kultur der Feen in ganz Irland kennenlernt.« Sie zwinkerte mir zu. »Aber umso schöner, dass er nun seiner Berufung nachgehen kann.«

Zustimmend nickte ich und kramte Geld für das Buch hervor. »Ich sollte mich auch langsam auf den Weg machen.«

»Du weißt doch, dass diese Notizbücher immer mein Geschenk an dich sind«, entgegnete meine Tante lächelnd und begleitete mich zur Tür.

»Danke dir«, sagte ich.

»Grüß Leona von mir, ihr solltet gemeinsam mit Clara mal wieder bei mir vorbeischauen.«

»Mach ich«, versicherte ich ihr, bevor ich mein neues Notizbuch im Rucksack verstaute und aus dem Laden trat. Inzwischen hatte es sich zugezogen und eine dicke Wolkendecke begrüßte mich.

Ich seufzte auf. Wie so üblich konnte man sich hier in Irland nicht auf ein beständiges Wetter verlassen. *Die Unbeständigkeit ist hier Beständigkeit,* wie meine Mutter so schön zu sagen pflegte.

Unwillkürlich beschleunigte ich mein Tempo und lief den gepflasterten Weg entlang, vorbei an den vielen Geschäften, bis ich die Stadtgrenze von Dungarvan erreichte. Ab hier waren es noch etwa zwanzig Minuten Fußmarsch. Ich ließ meinen Blick über die weitläufige Landschaft schweifen. Am Horizont, über einem Lavendelfeld, an dessen Rand eine uralte Ruine stand, zu der Leona und ich früher immer Ausflüge gemacht hatten, glitzerten die letzten Sonnenstrahlen, die nach und nach hinter den zunehmenden Wolken verschwanden. Wie lange es wohl dauern würde, bis der Himmel seine Pforten öffnete?

Abrupt spürte ich die ersten Regentropfen auf meiner Haut. *Na großartig.* Für eine winzige Sekunde überlegte ich, den Weg zum Anwesen meiner Eltern einzuschlagen. Aber lieber wurde ich bis auf die Unterwäsche nass, als jetzt freiwillig bei meiner Mutter zur Tea Time aufzukreuzen, denn an den meisten Tagen hatte sie Gesellschaft. Auf die verurteilenden Blicke der Elite-Frauen konnte ich getrost verzichten.

Automatisch beschleunigte ich meine Schritte, um noch mehr Abstand von der Idee zu nehmen, dort auszuharren, bis das Schlimmste vorüber war. Dabei versuchte ich die Tatsache zu ignorieren, dass der Regen weiter zunahm und ein entferntes Donnergrollen über die Landschaft hinwegrollte. Immer wieder musste ich mir das nasse Haar aus dem Gesicht streifen, damit meine Sicht nicht komplett verschwamm, so sehr prasselte der Regen binnen Sekunden auf mich nieder. Ich hoffte inständig, dass mein Rucksack auch nach all den Jahren das Wetter davon abhielt, mein neues Notizbuch zu durchnässen.

Als ich gerade überlegte, ein Stück zu rennen, hupte es hinter mir. Perplex wirbelte ich herum und sah mich einem dunkelgrünen Jeep gegenüber, den ich nur allzu gut kannte. Noch während das Fenster des Wagens herunterfuhr, setzte ich meinen Weg fort. Ich wollte jetzt nicht mit ihm sprechen. Der Jeep überholte mich und hielt neben mir auf der Straße an.

»Elanor, bitte, steig ein! Es regnet in Strömen!«

»Danke für den Hinweis, den Regen habe ich schon bemerkt. Aber ich laufe lieber!«, rief ich, ohne stehen zu bleiben.

Kurz hörte ich abklingende Motorengeräusche, doch ich drehte mich nicht zu ihm um. Sekunden später umklammerten warme Finger mein Handgelenk.

Erschrocken drehte ich mich um und prallte gegen die Brust, auf die ich so viele Male meinen Kopf gelegt hatte. Schnell versuchte ich Abstand zu gewinnen, doch Elijah hielt noch immer mein Handgelenk. Sanft genug, dass ich mich davon lösen könnte, wenn ich wollte. Trotzdem hatte diese Berührung eine unvorstellbare Wirkung auf meinen Körper. Ich bemühte mich, das schmerzhafte Zusammenziehen meines Herzens zu verdrängen, und schaute zu ihm auf. Als er meinem Blick begegnete, sah ich etwas darin zerbrechen und sogleich ließ er mich los.

»Lass mich einfach vorbei, ich komm gut allein zurecht.«

»Das weiß ich, Elanor, aber ich kann dich hier nicht bei diesem schrecklichen Wetter zurücklassen. Ansonsten wirst du nachher krank und …«

»Und das würde dir ja bestimmt nicht in den Kram passen, oder?«, unterbrach ich ihn. »Schließlich hast du heute Morgen Ms Gibson gefragt, ob du einen anderen Partner für das Projekt an deiner Seite haben kannst!«, fuhr ich ihn an. Und in diesem Moment merkte ich, wie sehr mich seine Reaktion verletzt hatte. Natürlich war es vermutlich besser so und ich hatte meinen Bruder ja auch um Hilfe gebeten … doch irgendetwas in mir kam mit seiner Abweisung nicht klar. So viele Jahre waren wir ein Team gewesen und jetzt war alles ein einziger Scherbenhaufen.

»Elanor, du weißt, dass wir nicht zusammenarbeiten können … nicht unter diesen Umständen.« Er fuhr sich mit der Hand durch das mittlerweile nasse dunkelbraune Haar. »Ich schaffe es nicht, in deiner Nähe zu sein, ohne …« Er brach ab und presste die Lippen zusammen.

»Wieso bist du dann hier, Elijah?«

»Weil … ach, verdammt! Ich weiß es nicht!«

»Ich kann das alles nicht mehr. Ich kann dich nicht andauernd sehen und wissen, dass das mit uns der Vergangenheit angehört. Du hast mich im Stich gelassen. Du bist einfach nach Finnland gereist, ohne uns die Möglichkeit zu geben, nach einer Lösung zu suchen!« Meine Stimme versagte. Ich konnte nicht länger in seiner Nähe sein. Nicht jetzt. Erneut setzte ich mich in Bewegung und lief an ihm vorbei.

»Elanor!« Elijah holte mich innerhalb von Sekunden ein und versperrte mir den Weg. Sein weißes Shirt war vom Regen durchnässt und lag eng an seinem durchtrainierten Oberkörper an. »Jahrelang haben wir für unsere Beziehung gekämpft, haben sie vor allen geheim gehalten. Und nun, da alle Bescheid wissen und dieser verdammte Fluch auf unseren Familien lastet … uns wurden zu viele Hürden in den Weg gelegt. Ich weiß nicht mehr, ob es dafür eine Lösung geben kann.« Seine Augen verdunkelten sich und in dem warmen Moosgrün begann ein Sturm zu toben.

»Ich dachte, wir kämpfen füreinander. Egal, was auch geschieht«, erinnerte ich ihn an das Versprechen, das wir uns in einer sternenklaren Nacht vor fünf Jahren unter einem alten Kastanienbaum gegeben hatten.

»Elanor, bitte …« Die Verzweiflung in seiner Stimme war kaum zu überhören.

»Es ist zu spät. Du hast recht. Nun wissen alle Bescheid. Unsere Eltern, die seit dem Tag noch mehr streiten, und all diejenigen, die wir verletzt haben, weil wir es ihnen nicht erzählt haben.«

»Lass mich dich mit zurück zur Academy nehmen«, sagte er, ohne ein weiteres Mal auf meine Worte einzugehen.

»Nein.« Im selben Moment jagte ein lautes Donnergrollen, gefolgt von Blitzen über uns hinweg. *Wirklich fantastisch.*

»Elanor, du spazierst hier sicher nicht allein in der Natur herum, wenn es dermaßen gewittert. Dann begleite ich dich eben.«

Ich verschränkte die Arme vor der Brust. So ungern ich es auch zugab, aber vermutlich war es vernünftiger, einfach nachzugeben. Seufzend und gleichzeitig vor mich hingrummelnd stapfte ich auf seinen Jeep zu, nahm meinen Rucksack ab und ließ mich auf dem Beifahrersitz nieder. Sofort hüllte mich sein Duft ein, und die Schutzfee, die ich ihm als Anhänger geschenkt hatte, baumelte noch immer an seinem Rückspiegel. Ich unterdrückte den Drang, ihr über die kleinen Feenflügel zu streichen, wie ich es stets getan hatte, wenn ich in diesem Auto gesessen hatte.

»Du kannst deine Schutzfee wiederhaben«, sagte Elijah, als er einstieg und kurz von mir zu dem Anhänger blickte.

»Sie war ein Geschenk. Behalte sie«, erwiderte ich und schluckte den Kloß in meinem Hals hinunter, der sich wegen seiner Worte gebildet hatte. Ich hatte ihm die Schutzfee zur bestandenen Führerscheinprüfung geschenkt und bisher hatte ich angenommen, sie würde ihm etwas bedeuten … aber wie es schien, war dem nicht so, oder?

»Dann zieh wenigstens meine Jacke an, du frierst ja.« Elijah beugte sich zur Rückbank und holte seine Sweatjacke hervor.

»Es geht schon, danke. Fahr einfach«, murmelte ich.

»Ich fahr nicht los, bevor du sie angezogen hast. Bitte, Elanor.«

Früher hatte ich seine Sturheit und Fürsorge gemocht. Aber nun …

Ich seufzte auf und griff nach seiner Jacke. Als sich der weiche Stoff an meine Haut schmiegte und sein Parfüm mich einhüllte, musste ich mich zwingen, nicht tief einzuatmen. Stattdessen ließ ich meinen Blick aus dem Fenster schweifen, während Elijah den Motor startete und wir wortlos zurück zur Academy fuhren.

KAPITEL 5

In allen Städten und Dörfern, in denen sich Feen angesiedelt haben, befinden sich Schulen. Auf diese gehen alle Feen für mehrere Jahre, bevor sie auf die Skyfall Academy und anschließend auf die Moonlight Academy wechseln.

ENZYKLOPÄDIE – WELT DER FEEN, KAPITEL 89

»Behalte die Jacke, ich brauch sie nicht.« Das waren Elijahs letzte Worte gewesen, nachdem er mich gestern in der Eingangshalle der Academy abgesetzt hatte und dann direkt mit Jade zum Klettertraining gegangen war. Früher hatte er es gehasst zu klettern, nachdem er von seinem Dad immer dazu gezwungen worden war, und nun suchte er freiwillig den Wald auf, um zu trainieren? Ich verstand es nicht. Nein, ich verstand ihn nicht. Nicht mehr.

Seufzend zupfte ich mein Sportoberteil zurecht und konzentrierte mich wieder darauf, meine Haare in eine Frisur zu zwängen, die dem Kampftraining standhalten würde. Egal, wie sehr mich Elijah immer noch beschäftigte, heute musste ich mich zusammenreißen, um die erste Einheit mit Kylian ohne Blessuren zu überstehen. Denn ich ahnte, dass uns Paxtons bester Freund auf dem Übungsplatz nicht schonen würde. Und obwohl es mir egal sein konnte, wie ich in Sportkleidung aussah – schließlich ging es um Sport, etwas, das ich nur tat, wenn es von mir verlangt wurde oder ich fechten durfte –, so wurde ich den Gedanken an einen sehr leicht bekleideten Kylian nicht los … Rabiater als sonst schlang ich ein Haargummi um meinen Dutt, zog dann meine weißen Sneaker an und machte mich auf den Weg zur letzten Unterrichtsstunde des Tages. Ich würde das schaffen. Ich musste.

Entschlossen trat ich in die Eingangshalle und wäre fast mit Leona zusammengestoßen, die auf mich gewartet zu haben schien. Gut gelaunt hakte sie sich bei mir unter.

»Bist du bereit für einen sexy Trainer, der dich eindeutig zu mögen scheint?« Grinsend zwinkerte sie mir zu.

»Pssst!«, zischte ich und schaute mich um. Hoffentlich hatte das niemand gehört.

»Was denn, ist doch bloß die Wahrheit. Und denk nur an eure Begegnung in Mums Laden. Als du mir gestern davon erzählt hast, wäre ich fast vom Stuhl gekippt, so süß war das.«

»Leona«, gab ich zurück und kniff sie sachte in die Seite, woraufhin sie zu kichern begann.

»Alles, was dich von Elijah ablenkt, tut dir gut. Die letzten Jahre musstest du genug geheim halten, vielleicht wird es Zeit für ein neues Abenteuer.«

Leona war die Einzige aus meiner Familie, die immer über uns Bescheid gewusst hatte. An Tagen, an denen ich mich heimlich mit Elijah getroffen hatte, war sie meine Alibi-Verabredung gewesen. Und wenn die Zweifel mal wieder überhandgenommen hatten, war sie zu meinem Anker geworden. Noch heute war ich ihr unglaublich dankbar dafür, was sie alles auf sich genommen hatte, obwohl wir nicht immer einer Meinung waren – zumindest, was mein katastrophales Liebesleben anging.

»Ich halte das für keine gute Idee«, flüsterte ich.

»Ob es eine gute oder schlechte Idee ist, weißt du nur, wenn du es tust«, entgegnete sie grinsend.

Ich verdrehte lächelnd die Augen und trat gemeinsam mit ihr aus dem Kreuzgang, der zum hinteren Teil der Academy führte. Dann folgten wir einem kurzen Kiesweg bis zum Trainingsbereich. Staunend betrachtete ich ein großes viereckiges Feld, das aus schwarzen Matten bestand, die in die Wiese eingelassen worden waren. Drum herum hatten sich bereits einige Mitschüler und Mitschülerinnen unserer Klasse versammelt. Auch Elijah stand bei einer Gruppe Jungs bestehend aus Wald-, Sonnen- und Wetterfeen. Und obwohl sie sich angeregt über etwas zu unterhalten schienen, war Elijah mein Kommen offensichtlich nicht entgangen. Für einen Moment musterte er mich von oben bis unten. Selbst aus einigen Metern Entfernung konnte ich seinen eindringlichen Blick auf meiner Haut spüren.

Schnell drehte ich mich zu Leona um und entdeckte dabei Kylian, der nun das Trainingsfeld betrat. Er klatschte in die Hände und sorgte damit dafür, dass sich die ganze Aufmerksamkeit auf ihn richtete.

»Ich bin Kylian und ab sofort euer Trainer im Kampfsport.« Er schaute in die Runde. »Die Kunst des Nahkampfs ist seit Jahrhunderten eine wichtige Verteidigungsstrategie in der Welt der Feen und fördert zudem die Konzentration. Heute fangen wir mit den Basics an und ich erkläre euch anhand einfacher Tricks, wie ihr jemanden zu Fall bringt. Schließlich habt ihr, soviel ich weiß, in eurem ersten Schuljahr auf der Skyfall Academy nur Bogenschießen gehabt.« Sein Blick blieb an mir hängen und kurz huschte ein Lächeln über seine markanten Züge. »Elanor, wärst du so freundlich, einmal vorzukommen?«

Ungläubig blinzelte ich und wich zurück. Auf keinen Fall. Ich würde sicherlich nicht … doch dann spürte ich Leonas Hand in meinem Rücken, die mich wieder sanft nach vorne schob.

»Los jetzt«, zischte sie mir zu.

Alle Augenpaare waren nun auf mich gerichtet. Innerlich seufzte ich auf. Mir blieb wohl nichts anderes übrig.

Also lief ich mit schnellen Schritten auf Kylian zu und versuchte alles um mich herum auszublenden. Vor allem Elijah, dessen Blick sich nach wie vor brennend heiß auf meiner Haut anfühlte.

Als ich Kylian erreichte, lächelte er mich an. »Danke, dass du mitmachst.«

»Hatte ich eine andere Wahl?«, flüsterte ich zurück.

Sein Lächeln wurde noch eine Spur breiter, was im Kontrast zu seinem Dreitagebart und den markanten Wangenknochen stand, die seine Züge härter wirken ließen.

»Du hast immer eine Wahl.« Einen Moment lang schaute er mir tief in die Augen, dann wandte er sich wieder den anderen zu.

»Als Erstes ist es wichtig, dass ihr bei einem Angriff des Gegners seine Attacke blockiert und abwehrt.« Kylian blickte erneut zu mir. »Elanor, greif mich an.«

Verwirrt schüttelte ich den Kopf.

»Los, versuch auf mich einzuschlagen«, forderte er mich auf.

Auch wenn sich alles in mir sträubte, jemanden anzugreifen, so wusste ich, dass es Übungszwecken galt. Also hob ich meine Hand, ballte sie zu einer Faust und schlug, ohne zu überlegen, auf Kylian ein. Doch dieser war schnell und duckte sich unter meinem Schlag weg.

Meine Hand ging ins Leere und ich verlor das Gleichgewicht. Ich geriet ins Taumeln, aber bevor ich Bekanntschaft mit dem Boden machen konnte, spürte ich zwei Hände auf meinen Hüften, die mir Halt gaben. Sobald ich mich gefangen hatte, ließ Kylian mich schon wieder los und erklärte an die anderen gerichtet: »Ihr könnt den Schlag auch abwehren, indem ihr den

Arm vor euer Gesicht hebt, oder ihr weicht zurück.« Während er sprach, demonstrierte er die Abwehrmethoden. »Dann gibt es noch die Möglichkeit, euch aktiv zu wehren. Dazu richtet ihr die Kraft eures Angreifers gegen ihn.«

Er wandte sich wieder mir zu. »Greif mich erneut an, Elanor.«

Noch einmal führte ich den Schlag von eben aus und kaum näherte sich meine Hand seinem Gesicht, spürte ich Kylians festen Griff um meinen ausgestreckten Arm. Wenige Sekunden später lag ich bereits keuchend auf dem Boden. Kylian war über mich gebeugt und stützte sich links und rechts von mir ab. Sein heißer Atem kitzelte die sensible Stelle zwischen meinem Hals und meiner Brust, während der Duft seines Aftershaves mir in die Nase stieg. Sein Blick war unergründlich und mein Körper reagierte unweigerlich auf seine Nähe.

Was ist nur los mit mir?, schoss es mir durch den Kopf, während ich versuchte mein pochendes Herz zu ignorieren.

»Alles okay bei dir?«, fragte er mich leise.

»J-ja, ich glaube schon«, antwortete ich und schluckte schwer.

Kylian stand auf, reichte mir seine Hand und half mir auf die Beine. Dann erklärte er den anderen: »Um jemanden zu Fall zu bringen, packt ihr bei dem Angriff den Arm eures Widersachers, mit der anderen freien Hand drückt ihr gegen seine Schulter und gleichzeitig nutzt ihr euer Bein, um es gegen den Knöchel desjenigen zu pressen. In etwa so.« Er schaute fragend zu mir und als ich nickte, forderte er mich auf, meine Hand erneut schlagbereit zu heben.

Ich tat wie geheißen und Kylian griff nach meinem Arm, während er gleichzeitig meine Schulter nach hinten drückte. Dabei spürte ich, wie sich sein Becken seitlich an meins schob und sein Bein meinen Knöchel berührte. Binnen Sekunden landete ich weich auf den Übungsmatten.

Dieses Mal gab ich meinem Körper keine Gelegenheit, auf Kylians Nähe zu reagieren, und rappelte mich schnell wieder auf.

Unser Trainer klatschte in die Hände. »So, nun seid ihr dran. Tut euch zusammen und versucht euch gegenseitig zu Fall zu bringen.«

Ein Raunen ging durch die Klasse und es bildeten sich Zweierteams.

Auch ich machte mich daran, schnell zurück zu Leona zu laufen, die bereits grinsend auf mich wartete.

»Das war heiß!«, begrüßte sie mich.

Fragend blickte ich sie an.

»Na, das, was da auf der Matte zwischen dir und Kylian abging.«

»Da war nichts«, gab ich zurück.

»Also, ich habe die Funken regelrecht gespürt. Und du hättest Elijahs Gesicht sehen sollen …«

»Moment mal, was?«, unterbrach ich sie.

»Na ja … er konnte die Augen nicht von dir lassen und seine Eifersucht habe ich bis hier gespürt.«

Wie automatisch scannte ich den Übungsplatz nach ihm ab und als mein Blick ihn fand, blieb mir das Herz für einen Augenblick stehen. Offensichtlich war nicht mehr viel übrig von seiner angeblichen Eifersucht, denn nun trainierte er mit Annabelle und schien daran Gefallen zu finden. Zumindest wenn ich das breite Grinsen, das er ihr zuwarf, während sie ihr Bein gegen seins drückte, richtig interpretierte.

»Du weißt, dass sie nur befreundet sind«, versuchte Leona die startende Achterbahnfahrt meiner Gefühle zu bremsen.

»Das sieht seine Familie aber anders«, antwortete ich und wandte mich von dem Anblick der beiden ab. Annabelle war die Fee, die sich Elijahs Familie an seiner Seite wünschte. Sie waren zusammen aufgewachsen und als Waldfeen verband die beiden so einiges. Schon früher war Annabelle Grund für so manche Eifersuchtsmomente meinerseits gewesen. Schließlich hatte sie etwas, was ich ihm nie geben konnte. Die Anerkennung und volle Akzeptanz seiner Familie.

»Sie sind nur Freunde«, wiederholte Leona ihre Worte. »Du weißt, dass er nichts für sie empfindet.«

»Es sollte mir egal sein«, entgegnete ich und versuchte meine eigenen Worte zu glauben. »Es sollte mir *wirklich* egal sein, was er denkt, fühlt oder mit wem er sich trifft.«

»Ist es aber nicht, das sehe ich dir an.« Leona seufzte. »Und das ist auch in Ordnung.«

»Trotzdem muss ich es lernen und mich auf andere Dinge konzentrieren«, erwiderte ich.

»Zum Beispiel auf unseren Kampftrainer?« Ein Schmunzeln huschte über Leonas Züge und kaum hatte sie den Satz beendet, räusperte sich jemand hinter uns.

Ertappt wirbelten wir beide herum und starrten in das Gesicht des besagten Trainers. Oh, shit.

Kurz verharrte Kylians Blick auf mir und ich wusste, dass er unser Gespräch mitbekommen hatte. Zumindest den letzten Teil. »Ladys, bitte nutzt doch noch die restliche Zeit, um die Kampftechnik zu lernen.« Er zwinkerte uns zu, bevor er weiterging und sich zwei anderen Schülern widmete.

»Verdammt, Leona!«, fluchte ich.

»Du wirst ja ganz rot.« Sie grinste. »Gern geschehen.«

»Was meinst du –«

»Wir sollten trainieren«, unterbrach sie mich und setzte zum Schlag an.

Laute Musik dröhnte durch die Nacht, während ich gemeinsam mit Leona und Clara vorsichtig einem halb zugewucherten Pfad runter zum Wasser folgte. Heute Abend fand die legendäre Strandparty der Moonlight Academy statt, von der mir mein Bruder so oft erzählt hatte. Und bereits von hier aus war der Blick auf unser Ziel, das sich unterhalb der Klippen befand, wirklich sehr vielversprechend.

»Seit Monaten freue ich mich auf diesen Abend«, sagte Leona aufgeregt und griff nach Claras Hand.

»Ich hoffe nur, dass ich nicht ständig Paxton über den Weg laufe. Wieso muss gerade er heute Abend Aufsicht haben?«, stöhnte ich und überwand die letzten Meter zum Strand. Als meine Füße den weichen Sand erreichten, war ich froh über die Entscheidung, Flip-Flops angezogen zu haben. Die kleinen Körner kitzelten meine Füße und ich genoss die Wärme, die sie noch abgaben. Ich blickte zum Horizont und wurde mit einem beeindruckenden Sonnenuntergang belohnt, der den ganzen Himmel in Flammen aufgehen ließ.

Für einen Moment ließ ich den Anblick einfach auf mich wirken, atmete tief durch und wandte mich dann wieder meinen Begleiterinnen zu.

»Leona hat mir von deiner Show-Einlage mit Kylian heute Morgen erzählt.« Clara zwinkerte mir grinsend zu. »Anscheinend haben dich etliche Mädchen beneidet. Schade, dass ich nicht in eurer Klasse bin!«

Ich stieß Leona in die Seite. »He, musstest du es ihr erzählen? Da war nichts!«

»Du weißt, dass ich ihr alles erzähle«, verteidigte sich Leona und deutete auf eine große Box, die an ein Seil gekettet im Wasser schwamm. »Kommt, holen wir uns etwas zu trinken.« Und schon marschierte sie los.

Lachend folgten wir ihr und sobald wir unsere Getränke in

den Händen hielten, steuerten wir auf das Lagerfeuer zu, an dem bereits etliche Schüler und Schülerinnen saßen und sich miteinander unterhielten. Wir ließen uns auf einer der provisorischen Sitzbänke aus Treibholz nieder und lauschten den Gesprächen um uns herum.

Entspannt lehnte ich mich zurück und nippte an meiner Cola, während die Stimmung immer ausgelassener wurde. Trotzdem konnte ich nicht verhindern, dass meine Gedanken mal wieder zu Elijah und Kylian wanderten. War da heute Morgen wirklich etwas gewesen? Und hatte Elijah tatsächlich Grund zur Eifersucht gehabt? Aber da war nichts zwischen Kylian und mir, oder? Außerdem wusste ich nicht einmal, ob ich bereit für etwas Neues war.

Nachdenklich ließ ich meinen Blick über die Anwesenden schweifen und entdeckte Paxton bei einer Gruppe Jungs etwas abseits. Ich wollte ihm gerade zuwinken, als ich Elijahs Stimme wahrnahm. Und Annabelles Lachen. Alles in mir schrie danach, dass ich die beiden einfach ignorieren sollte, doch wie automatisch schaute ich in ihre Richtung, während ich Leonas Hand auf meinem Rücken spürte. Eine Geste, zu der sie immer griff, wenn sie mich beruhigen wollte. Heute schien sie jedoch wirkungslos.

Ich verkrampfte mich und beobachtete, wie Elijah und Annabelle, die sich auf einer der Sitzgelegenheiten niedergelassen hatten, sich mehr als vertraut miteinander unterhielten. Sie lachte soeben über irgendetwas, was er gesagt hatte, und legte ihre Hand auf seinen Oberschenkel. Elijah stimmte in ihr Lachen ein und allein das nahm mir die Luft zum Atmen. Wieso gerade sie? Wieso? Ich verstand es nicht. All die Zeit hatte er sie nicht ausstehen können und nun saßen sie so eng beieinander. So vertraut.

Gerade als ich mich zwang, wieder wegzuschauen und mich auf Leona und Clara zu konzentrieren, sah ich im Augenwinkel, wie sie sich zu Elijah hinüberbeugte und ihm etwas ins Ohr flüsterte. Ihre Hand, die soeben noch auf seinem Oberschenkel geruht hatte, wanderte nun zu seinem Nacken, zog ihn näher heran und … mir wurde speiübel.

Ich stand auf, blickte entschuldigend in die Richtung meiner Begleiterinnen und flüchtete. Ich lief und lief. Egal wohin. Es war überall besser als in seiner Nähe. Tränen rannen meine Wangen hinab und mein Herz brach ein weiteres Mal. Wie so oft in den letzten Wochen.

Wie sollte ich es ertragen, ihn in den kommenden Monaten täglich zu sehen? Verzweiflung gemischt mit Leid und Kummer machte sich in mir breit. Ich wusste nicht weiter. Es schien, als würde der Boden unter meinen Füßen schwanken, meine Welt mit jedem Tag, der verging, mehr in sich zusammenbrechen. Vermutlich war das ein Gefühl aus der Situation heraus, aber ich schaffte es nicht, die aufkommende Einsamkeit gepaart mit der Hilflosigkeit zu unterdrücken. Viel zu oft hatte ich das in den vergangenen Wochen versucht. Und ich hatte keine Ahnung, wie lange ich es noch schaffte, dem standzuhalten. Der salzige Geschmack der Tränen breitete sich auf meinen Lippen aus und ich wischte sie mit dem Saum meines Ärmels beiseite.

»Elanor?«, drang eine mir vertraute Stimme an mein Ohr und ließ mich aufblicken.

Vor mir im Mondschein stand Kylian.

»Ist alles okay?«, fragte er vorsichtig und auf seinen Zügen zeichnete sich Sorge ab.

»Äh, ja«, erwiderte ich, obwohl das Krächzen in meiner Stimme etwas anderes sagte. Nichts war okay. Gar nichts.

»Bist du dir sicher?«

Als Antwort nickte ich bloß. Für einen Moment standen wir uns einfach gegenüber. Und auch wenn ich es nicht verstand, hatte es doch etwas Beruhigendes, ihn einfach anzuschauen. Es lenkte mich von dem Gedankenchaos ab, das nur darauf wartete, mich einzuholen.

Irgendwann räusperte ich mich. »Was machst du hier draußen?«

»Ich habe Muscheln gesucht.« Schmunzelnd griff er in seine Hosentasche, um eine hervorzuholen. Diese leuchtete in einem satten Hellblau und aus ihrer kleinen Öffnung stiegen winzige goldene Lichter auf.

Fasziniert betrachtete ich sie und blickte mich dann um. »Aber woher …«

»Komm, ich zeige es dir.« Mit einem Nicken deutete er auf einen breiten Spalt, der sich durch den Felsen der Klippe zog.

Gemeinsam setzten wir uns in Bewegung und kaum traten wir wenig später in das Innere des Felsens, kam ich aus dem Staunen nicht mehr heraus. An dem Gestein hangelten sich unzählige Muscheln entlang und leuchteten in den prächtigsten Farben. Immer wieder stießen sie kleine goldene Lichtpunkte in die Höhe, die sekundenlang durch die Dunkelheit schwebten, um dann wie Schnee hinunterzurieseln. Fasziniert drehte ich mich im Kreis, blickte nach oben und entdeckte Pflanzen, die sich sachte im Wind wiegten und dadurch aussahen wie Wellen an einem ruhigen Sommertag.

»Ich habe die Höhle nie zuvor wahrgenommen«, gestand ich staunend.

»Die Muscheln leuchten auch nur zu bestimmten Mondphasen und unter speziellen Sternenkonstellationen. Bei uns in den Highlands gibt es viele dieser Höhlen. Meist sind sie an den großen Seen angesiedelt.« Kylian fuhr sich verlegen durch sein mitternachtsschwarzes Haar. »Deswegen habe ich ein wenig recherchiert, bevor ich hergekommen bin, und herausgefunden, dass es diese magischen Plätze hier ebenfalls gibt.«

»Es ist zauberhaft«, antwortete ich und hob eine Hand, um

mit einem Finger vorsichtig über eine rosa leuchtende Muschel zu streicheln. Sie reagierte mit weiteren Lichtpunkten. Unwillkürlich stahl sich ein Lächeln auf meine Lippen. Etwas, mit dem ich an diesem Abend nicht mehr gerechnet hatte. Und das hatte ich Kylian zu verdanken.

»Mein Abend war bisher nicht besonders schön. Danke, dass du mir diesen Ort gezeigt hast«, sagte ich in seine Richtung.

»Elanor, wenn du reden magst …« Er verstummte und für einige Sekunden schaute er mich einfach nur fragend an.

Ich schluckte schwer und erwiderte seinen intensiven Blick. Dann legte ich den Kopf schief. *Deine Augen verändern ihre Farbe.*

»Was hast du gesagt?«, hakte Kylian nach.

»Bitte, was?« Doch schon im selben Moment sickerte die Erkenntnis zu mir durch. Verdammt! Hatte ich etwa laut gedacht?! O Gott, bitte nicht. Daran waren nur diese verflucht hypnotisierenden Augen schuld!

»Deine Augen verändern ihre Farbe«, sprach ich meine Gedanken ein weiteres Mal aus.

»Dass dir das auffällt …« Kylian machte einen Schritt auf mich zu. »Schau mich an, Elanor.«

Wie automatisch kam ich seiner Aufforderung nach … und dann verlor ich mich in seinen Augen, die bis gerade eben noch eisblau gewesen waren, sich jetzt jedoch nach und nach verdunkelten, bis sie einem sternenlosen Nachthimmel glichen. Und trotzdem lag in ihnen ein Funkeln, das sonst den hellsten Sternen vorbehalten war.

Natürlich war mir bewusst, dass die Augen von allen Feen leuchteten, aber das …

»Wie ist das möglich?«, fragte ich nachdenklich.

»Meine Eltern gehören unterschiedlichen Feenarten an. Nur dass meine Mutter aus einer mächtigen und uralten Familie stammt, von der man sagt, dass deren Mitglieder dunkelblaues Blut in sich tragen. Das ist auch der Grund, weshalb meine Augen ihre Farbe ändern«, erklärte Kylian und dachte offensichtlich gar nicht daran, wieder Abstand zwischen uns zu bringen. Seine Augen schimmerten inzwischen wieder eisblau.

Noch immer betrachtete ich ihn fasziniert. Leonas Eltern gehörten ebenfalls unterschiedlichen Feenarten an und doch hatte sie die Augenfarbe ihres Dads … aber vielleicht war es bei all den unterschiedlichen Feenarten, die es in unserer magischen Welt gab, gar nicht so verwunderlich, wenn sich auch mal die Fähigkeiten und Eigenschaften miteinander vermischten.

»Wann sind sie dunkelblau und wann hellblau?«

»Nun, dunkelblau werden sie, wenn ich …« Erneut nahmen seine Augen die Farbe des Nachthimmels an und für einen Moment flackerte etwas in seinem Blick auf, das ich nicht ganz deuten konnte. »… nein, das werde ich nicht verraten. Vielleicht findest du es eines Tages selbst heraus.« Und mit diesen Worten ließ Kylian von mir ab und lief Richtung Ausgang, der sich nur wenige Meter von uns entfernt befand. »Kommst du, Elanor?«

Ich schluckte schwer, versuchte mich zu sammeln und holte ihn dann schnell ein. »Wenn deine Augen dunkelblau sind, dann bist du zum Teil eine Nachtfee, oder?«

»Gut erkannt, Mondfee.«

»Und was bist du noch?«

»Vielleicht erzähle ich dir das ein anderes Mal, jetzt aber sucht jemand nach dir, glaube ich.« Wir traten aus der Höhle und Kylian deutete nach links.

Ich folgte seinem Fingerzeig mit dem Blick und entdeckte Elijah, der an einem niedrigen Felsen lehnte und in unsere Richtung schaute.

»Kommst du zurecht?«, fragte Kylian leise.

Ich atmete ein und aus und sagte kaum hörbar: »Ja. Danke

für den kleinen Ausflug.« Ich schenkte ihm ein letztes Lächeln, dann entfernte ich mich von ihm und lief auf Elijah zu, der sich mittlerweile von dem Felsen abgestoßen hatte.

»Elijah, was willst du?« Obwohl ich versuchte selbstbewusst zu klingen, war meine Stimme kraftlos. Genau wie ich mich fühlte.

»Ich habe nach dir gesucht.« Elijah schob seine Hände in die Hosentaschen und blickte mich an. Etwas, das er immer tat, wenn er unsicher war.

»Das hättest du nicht tun müssen«, gab ich zurück und ging an ihm vorbei, auf das Lagerfeuer zu.

»Aber ich wollte«, erwiderte er fest.

»Dazu gibt es keinen Grund«, versetzte ich. Wie automatisch spielte sich das Szenario von vorhin in meinem Kopf ab. Elijah und Annabelle. Annabelle, wie sie ihn mit seiner Hand näher gezogen … »Lass mich einfach in Ruhe«, fügte ich hinzu.

»Elanor, da ist nichts«, sprach er den Gedanken von mir aus, der wie eine kleine Hoffnungsflamme in mir brannte. Aber wie konnte ich ihm glauben, wenn ich mit eigenen Augen gesehen hatte, wie vertraut sie miteinander waren?

»Außerdem scheinst du dich auch gut mit unserem Kampftrainer zu verstehen«, fuhr Elijah fort und ungewollt begann es in mir zu brodeln.

»Verdreh nicht die Tatsachen, Elijah. Lass es einfach.« Dann wandte ich mich ab und ließ ich ihn einfach stehen. Er durfte die Tränen nicht sehen, die sich in meinen Augen sammelten. Seinetwegen. In den letzten Wochen war es immer seinetwegen gewesen. Und ich wusste nicht, wann er nicht mehr der Grund sein würde.

KAPITEL 6

Der irische Feenrat wurde zu Beginn des achtzehnten Jahrhunderts gegründet, um die magische Welt für die Feen sicherer zu machen. Damit er schnell und organisiert vorgehen kann, befindet sich der Ratssitz innerhalb des Wirkungsfeldes der Moonlight Academy, unter einer Kuppel auf dem Meeresgrund.

ENZYKLOPÄDIE – WELT DER FEEN, KAPITEL 54

»Ich verstehe nicht, wieso wir auch zu der Ratsversammlung müssen. Meistens gibt es eh nicht viel Neues und es wird wieder gestritten, weil jeder sich für was Besseres hält. Ich hoffe, dass unsere Generation entspannter sein wird.« Genervt pustete sich Leona eine ihrer Haarsträhnen aus dem Gesicht und überwand die letzte Treppenstufe, die zum Untergeschoss führte.

»Dann müssen wir so einiges anders machen«, erwiderte ich und seufzte. Diese Sitzungen waren in den meisten Fällen überflüssig, zumindest für uns – den Kindern der obersten Mitglieder des irischen Feenrates. Doch da wir eines Tages die Plätze unserer Eltern im Rat einnehmen würden, hielten unsere Familien es für sinnvoll, dass wir bei ausgewählten Sitzungen anwesend waren. Wenn auch nicht zur Freude aller Mitglieder. Einige der Älteren verstanden nicht, was wir dort verloren hatten, und ehrlich gesagt konnte ich ihnen nur zustimmen.

Früher war das anders gewesen. Früher hatte ich die nächste Sitzung kaum erwarten können. Schließlich waren Elijahs Eltern auch Mitglieder und ihr Sohn damit ebenfalls anwesend. Über die Jahre hatten wir uns angewöhnt, uns heimlich Zettel zuzuschieben oder uns geheime Zeichen zu geben. Aber nun war da diese unsichtbare Mauer, diese bittere Wahrheit zwischen uns, die uns all das genommen hatte.

»Ich habe dich gestern gar nicht mehr gesehen, nachdem du von dem Lagerfeuer verschwunden bist«, sagte Leona, während wir in den Gang einbogen, der zu dem Ratssaal führte. An seinen Wänden reihten sich unzählige Porträts vergangener Ratsmitglieder aneinander, die uns alle kritisch zu beäugen schienen. Doch an diesem Nachmittag hatte ich keinen Blick für die ernst dreinschauenden Feen.

»Als ich zurückgekommen bin, wart ihr schon weg«, erwiderte ich tonlos.

»Hat dich Elijah gefunden? Wir wollten nach dir schauen, doch er hat darauf bestanden, dass er zuerst mit dir redet.«

Ich warf ihr einen ungläubigen Seitenblick zu. Reden. Er hatte reden wollen. Bloß worüber? Für mich war alles gesagt.

»Geht es dir gut?«, hakte Leona nach, während sie vor der großen Tür am Ende des Ganges stehen blieb.

Nickend hielt ich ebenfalls inne. »Ich denke schon.« Dann legte ich meine Hand auf die goldene Tafel, die in der Tür eingelassen war. »Lass uns einfach die Sitzung hinter uns bringen.« Kaum berührten meine Finger die kalte Oberfläche, öffnete sich der Zugang und wir wurden von lautem Stimmengewirr begrüßt.

Gemeinsam übertraten wir die Schwelle und für einen Moment ließ ich den Anblick auf mich wirken. Selbst wenn die Versammlungen meistens gähnend langweilig waren, so schaffte es zumindest der Saal, mich in seinen Bann zu ziehen. Denn die

Glaskuppel, unter der wir uns nun bewegten, befand sich auf dem Grund des Meeresbodens. Über unseren Köpfen schwammen Fische aller Art, während sich die Meerespflanzen im Wassers wiegten und die Korallen ihre prächtigsten Farben zeigten. Dieser Ort war einfach magisch. Und ließ mich für wenige Sekunden all meine Probleme vergessen.

»Komm, die Sitzung beginnt gleich!« Leona packte mich sanft am Handgelenk und zog mich hinter sich her, zu den Stühlen, die in regelmäßigen Abständen vor einem Podest positioniert worden waren. Überall saßen bereits Gäste, die der Sitzung beiwohnen durften. Dabei handelte es sich meist um Lehrer und Lehrerinnen, Geschäftsleute oder Angehörige der Ratsmitglieder. Und zu einem solchen setzten wir uns jetzt.

Paxton begrüßte uns mit mürrischer Miene. »Die Bedingung war, dass ich Lehrer und dafür kein Mitglied werde. Trotzdem schafft es Mutter immer wieder, dass ich hier lande und mir anhöre, was irgendwelche Ratsältesten beschäftigt.« Er verschränkte schmollend die Arme vor der Brust. Eine Angewohnheit, die er bereits als Kind perfektioniert hatte, um zu demonstrieren, dass er sich ungerecht behandelt fühlte.

»Eine Schnute ziehen sorgt bloß für Falten«, entgegnete Leona lachend.

Die Antwort von Paxton bekam ich nicht mehr wirklich mit, denn meine Aufmerksamkeit galt demjenigen, der sich nun in die Reihe vor uns setzte. Elijah. Unweigerlich reagierte mein Herz auf ihn, obwohl es schmerzte und keinen Grund hatte, schneller zu schlagen … na ja, außer eben sein Lächeln, der vertraute Duft und einfach seine bloße Anwesenheit. Auch wenn ich es nur ungern zugab.

Glücklicherweise kündigte sich genau in dem Moment der Feenrat an und verhinderte so, dass ich gedanklich auf Abwege geriet.

Ich setzte mich etwas auf und beobachtete, wie die Mitglieder langsam in die Kuppel traten, eingehüllt in purpurfarbene Mäntel. Während sie nach und nach auf das Podest stiegen, betrachtete ich die Symbole, die auf den Rückseiten ihrer Mäntel prangten und ihre Feenart repräsentierten. Meine Eltern, die jetzt ihre Plätze einnahmen, hatten beide einen Mond auf dem Rücken und waren mehr als stolz auf ihr Erbe – was Paxton und ich in den letzten Jahren immer wieder zu spüren bekommen hatten.

Ein Räuspern erklang und Stille legte sich über den Saal.

»Guten Abend, Feen Irlands«, begrüßte uns die Feenälteste Ms Waith. »Mir ist bewusst, dass diese Sitzung sehr spontan war, doch mir blieb keine andere Wahl. Mich hat eine Nachricht erreicht, die ab sofort oberste Priorität haben wird.«

Sogleich ging ein lautes Raunen durch die Kuppel.

Ich blickte unterdessen zu meinen Eltern, die direkt neben Leonas Mutter saßen und nun ebenfalls besorgt dreinblickten.

»Ich bitte um Ruhe«, rief die Ratsälteste und wartete, bis auch die letzten Feen verstummt waren. »Viele Jahre hatten wir keinen Vorfall mehr, der uns hat aufhorchen lassen. Aber jetzt ist es wieder passiert. Hundert Jahre Ruhe, seit zuletzt eine Fee ermordet wurde.«

Entsetzt drehte ich mich zu Leona und Paxton, die mich mit gleicher versteinerter Miene anblickten.

»Dieser Mord ereignete sich vor nicht einmal vier Stunden. Doch außer einer Blutlache haben wir keine Spur«, sprach die Fee weiter. »Deswegen sind wir heute hier versammelt. Zumindest ein Großteil von uns. Denn wie vielleicht schon aufgefallen ist, fehlt ein Teil unserer Mitglieder. Dieser ist bereits auf dem Weg in die Kerry Highlands zum Tatort.« Ms Waith atmete tief ein und aus, rieb sich dann über die Nasenwurzel, als würde sie nachdenken, bevor sie erneut zu uns sah.

»Wir hoffen, dass es der einzige Vorfall bleibt. Was die Schuldigen angeht, hatten wir zunächst die schottischen Feenclans in Verdacht, aber nach einer Sitzung mit deren Rat kann davon ausgegangen werden, dass sie nicht beteiligt waren. Allerdings werden wir sie trotzdem beobachten.«

Wie eine aufkommende Welle ging erneut ein lautes Raunen durch den Saal und Anspannung lag in der Luft.

»Die schottischen Feen haben einen Friedenspakt mit uns geschlossen. Ich glaube kaum, dass sie diesen brechen würden«, warf ein jüngerer Mann aus dem Rat mit langem Vollbart ein. Soviel ich wusste, war er selbst mit einer schottischen Fee liiert. Verständlich, dass er nun ihre Heimat verteidigen wollte.

»Unser Verhältnis war in den letzten Jahren viel zu angespannt, als dass wir ihnen blind vertrauen könnten. Darum werden wir sie im Auge behalten«, entgegnete Ms Waith.

Mehrere der Ratsmitglieder nickten zustimmend.

»Des Weiteren werden in den Kerry Highlands Feen von uns befragt«, erklärte Ms Waith. »Bis dahin erwarte ich von Ihnen, dass Sie Ruhe bewahren. Die Sitzung ist hiermit beendet.« Abrupt drehte sie sich um, lief die Treppen nach unten und rauschte aus dem Saal.

Sofort schwoll der Pegel an Stimmen wieder an. Alle redeten wild durcheinander, stellten Vermutungen auf und suchten bereits Verdächtige. Es war ein einziges Chaos, in dem nur ich zu bemerken schien, dass sich am Rande des Saals die nächste Katastrophe anbahnte. Denn dort standen nicht nur meine Eltern, sondern auch Elijahs Mum.

Elijah schien ebenfalls realisiert zu haben, was gleich folgen würde, und bewegte sich mit schnellen Schritten auf die drei zu. Doch zu spät. Ich konnte sogar von hier hören, wie mein Vater, der sonst eher der ruhige Part war, Elijahs Mum einen Vorwurf nach dem anderen an den Kopf warf.

Sofort begann es in mir zu brodeln. Ich hatte keinen Nerv mehr dafür, dass jedes Aufeinandertreffen so endete. Vor allem, seit sie von unserer Beziehung erfahren hatten.

Wie automatisch erhob ich mich, setzte mich in Bewegung und marschierte auf sie zu. Als Elijah mich entdeckte, schüttelte er kaum merklich den Kopf. Mir war bewusst, dass er mich bloß schützen wollte, indem er mich fernhielt, aber hier ging es um uns. Und auch wenn wir kein Paar mehr waren, so hatten sie nicht das Recht, über unsere Beziehung zu urteilen. Als ich sie wenige Schritte später erreichte, richteten sich alle Augenpaare auf mich.

»Mum, Dad«, begrüßte ich meine Eltern.

»Elanor, wie schön, dass du es zur Sitzung geschafft hast.« Der leicht sarkastische Unterton in der Stimme meiner Mutter fehlte mir gerade noch. Selbst wenn ich wusste, dass sie es nicht böse meinte.

Doch irgendwo hatte sie auch recht. In den vergangenen Wochen hatte ich die Sitzungen regelmäßig schleifen lassen. Zum Missfallen meiner Eltern. Ihnen war es wichtig, dass ich stets präsent war und den Schein der perfekten Familie wahrte. Meiner Mutter war es egal gewesen, dass ich mich stundenlang weinend unter der Bettdecke verkrochen hatte. Wenn eine öffentliche Sitzung stattfand, sollte ich anwesend sein. Egal, was mein Herz machte.

»Aber ich hoffe, dass Elijah in Zukunft nicht mehr den Sitzungen beiwohnen wird«, entgegnete mein Dad.

»Das Gleiche könnte ich über Elanors Anwesenheit sagen«, gab Elijahs Mum zurück.

»Schafft ihr es zumindest eine Versammlung lang, euch nicht in die Haare zu kriegen?«, ging Elijah dazwischen.

»Hättest du uns das nicht eingebrockt, wäre das gar kein Problem«, rügte ihn seine Mum und schob ihre Brille zurecht.

Sie hatte mich schon früher an die Schauspielerin von Nanny McPhee erinnert, was ich Elijah auch einmal gesagt hatte. Danach hatte er den Film *Die zauberhafte Nanny* nicht mehr sehen können, da er darin immer seine Mutter erkannte. Obwohl ich ja nur fand, dass sie wie die Nanny am Ende des Filmes aussah und nicht wie am Anfang …

»Und hätte Elanor keine Vision gehabt, hätten wir nie von der Beziehung erfahren«, warf mein Vater ein.

»Mum, Dad. Könnte ich euch sprechen?«, warf Paxton ein, der zu uns geschlendert kam.

In diesem Moment hätte ich ihn am liebsten fest an mich gedrückt, so dankbar war ich für die Ablenkung.

Mit einem letzten Blick auf Elijahs Mutter und einem kurzen Nicken in meine Richtung wandten sich meine Eltern Paxton zu und verließen mit ihm den Saal. Und das Gleiche tat ich auch. Ich hatte keine Kraft mehr, länger hierzubleiben. Also winkte ich Leona zum Abschied und lief schnell aus dem Saal.

Ich wollte nur noch weg.

In meine Bettdecke eingekuschelt ging ich noch mal die letzten Stunden durch. Nach der Ratssitzung hatten Leona, Clara und ich es uns in der Bibliothek bequem gemacht, die auch als eine Art Aufenthaltsraum genutzt wurde. Und bereits dort hatten wir uns über das Geschehene ausgetauscht.

Selbst wenn wir die ermordete Fee nicht gekannt hatten, beschäftigte uns ihr Tod. Schließlich kam es nur selten vor, dass solch ein Verbrechen begangen wurde. Jedenfalls in unseren Kreisen. Feen lebten sehr friedlich unter ihresgleichen. Zumindest, seit der Friedenspakt mit den schottischen Feenclans geschlossen worden war.

Ich seufzte leise und drehte mich auf die Seite. Viel zu viele Fragen schwirrten mir durch den Kopf und ich hoffte, dass es bald Antworten geben würde. Wobei ich mich dann wieder mit dem anderen Problem namens Elijah beschäftigen müsste. Schnell versuchte ich die Bilder vom Lagerfeuer zu verdrängen, aber zu spät. Ob er wohl wirklich etwas mit Annabelle hatte, jetzt, da das mit uns Geschichte war? Oder waren sie bloß Freunde? Aber Freunde würden sich doch nicht so nah kommen, oder? Doch weshalb war er mir dann gefolgt? Ich verstand es nicht.

Gähnend kuschelte ich mich tiefer in mein Kissen, aber der Schlaf wollte sich nicht einstellen. Frustriert drehte ich mich erneut um. Die Bilder von Elijah und Annabelle verfolgten mich und erst als ich sie wirklich zuließ, schien sich mein Geist zu beruhigen. Manchmal war Verdrängung wohl doch nicht die beste Lösung. Nach und nach wurden meine Lider schwerer und die Müdigkeit holte mich ein.

»Was tust du hier, Elanor?«

»I-ich weiß es nicht«, stotterte ich verwirrt und schaute mich um. Wieso träumte Elijah von unserer Hütte? Und warum war ich gerade in diesem Moment in seinen Traum gerutscht?

»Du weißt, dass das jedes Mal passiert, wenn du vor dem Einschlafen zu viel an mich denkst.« Ein wissendes Lächeln stahl sich auf seine Lippen.

»Habe ich nicht«, flunkerte ich schnell.

»Moonshine …«

»Nenn mich nicht so«, gab ich zurück und atmete tief ein. Wie lange ich seinen Spitznamen für mich nicht mehr aus seinem Mund gehört hatte.

»Wir wissen beide, dass du an mich gedacht hast«, wiederholte er seine Worte und stand auf, um im Kamin ein Feuer zu entfachen.

»Die Frage ist doch wohl eher, warum du von diesem Ort träumst«, versuchte ich das Thema auf ihn zu lenken und blickte aus dem kleinen Fenster. Draußen tobte ein Gewitter und gleichzeitig fiel Schnee auf den weichen Sand. Jeder ging im Schlaf anders mit der eigenen Gefühlswelt um. Und Elijahs Emotionen spiegelten sich im Wetter wider. Wenn er aufgebracht war, gewitterte es immer. Schneegestöber bedeutete hingegen, dass er versuchte etwas zu verbergen oder zu verdrängen. Wie Schnee es eben auch mit der Landschaft in der realen Welt tat.

Ich seufzte auf und als ich wieder zu Elijah schaute, wurde mein Herz schwer. Dieser Ort. Er war unserer gewesen. Nur unserer. Der einzige Ort, an dem wir ein Wir sein konnten. Diese Hütte am Strand war unser Marmeladenglas gewesen. Randvoll mit Momenten und Erinnerungen an eine Zeit, die längst Vergangenheit war. Und von der ich mir doch wünschte, dass sie meine Gegenwart und Zukunft sein könnte. Selbst wenn ich es mir nicht eingestand. Oder nicht eingestehen wollte.

»Du weißt, weshalb ich von diesem Ort träume«, katapultierten mich Elijahs Worte aus dem Gedankenkarussell.

»Das solltest du nicht«, sagte ich leise und ließ mich auf das kleine Sofa sinken. Mit dem Zeigefinger fuhr ich über eines der Kissen. Hier hatten wir gelegen. Stundenlang. Hatten bei offenem Fenster dem Meeresrauschen gelauscht und uns Geschichten erzählt. Und manchmal, da …

»Meine Eltern wollen die Hütte verkaufen«, platzte es aus Elijah heraus. »Vielleicht ist das auch ein Teil des Grundes, weshalb ich von diesem Ort träume.«

Mein Herz durchfuhr ein Stich. Verkaufen. Das konnte nicht sein.

»Wieso?«, fragte ich.

Elijah entfernte sich vom Kamin und setzte sich neben mich.

Sofort wurde ich mir seiner Nähe bewusst. Seiner verlockenden Nähe.

»Weil die Hütte gepflegt werden muss. Als wir noch zusammen waren, da war ich regelmäßig hier. Wenn auch mit der Ausrede, dass ich den Abend mit Freunden verbringe. Doch seit wir kein Paar mehr sind, war ich nicht in der Hütte.« Schmerz lag in seiner Stimme. Der gleiche Schmerz, der mir seit Wochen ein treuer Begleiter war.

»Das … das war mir nicht klar«, antwortete ich mit zittriger Stimme. Und bevor ich wusste, was ich tat, griff ich nach seiner Hand und fuhr mit den Fingern über die raue Haut. Mein Verstand sagte mir, dass es besser wäre, sie zurückzuziehen, doch mein Herz flüsterte etwas anderes. Es verlangte nach den vergangenen Momenten in dieser Hütte, als sie noch unsere gewesen war. Und allein das Gefühl, dass diese Hütte kein Rückzugsort mehr sein würde, raubte mir die Luft zum Atmen.

»Vielleicht ist es besser so«, murmelte Elijah plötzlich.

Als hätten sich seine Worte auf meine Haut gebrannt, zog ich meine Finger zurück. »Das war ein Fehler. Ich hätte nicht in deinen Traum stolpern dürfen. Du hast recht, vielleicht ist es besser so«, erwiderte ich etwas zu forsch. Seine Worte gaben mir das Gefühl, als wäre all das hier nichts mehr wert.

»Elanor, so meinte ich das nicht. Du weißt, was mir diese Hütte bedeutet, was du mir bedeutest. Aber manchmal müssen wir akzeptieren, dass es besser so ist.«

»Tu mir bitte einen Gefallen und wach wieder auf.« Ich überging seinen Erklärungsversuch.

»Elanor, bitte …«

»Wach auf«, forderte ich ihn erneut auf.

Und so schnell ich in den Traum gestolpert war, so schnell wurde ich wieder aus meinem Schlaf gerissen.

Schwer atmend schlug ich die Augen auf und setzte mich auf. Das hätte nicht passieren dürfen. Dieser Traum. Er hatte erneut meine Mauer zum Bröckeln gebracht, die ich seit Wochen Stein für Stein sorgfältig aufbaute. Verdammt. Ich stöhnte auf und vergrub mein Gesicht in den Händen. Im selben Moment donnert es draußen laut. *Na großartig.* Elijahs Traum-Emotionen schienen jetzt schon in der realen Welt auf mich überzuspringen. Es fehlte bloß noch Schnee, der auf Irlands Küste rieselte.

Frustriert schob ich die Decke beiseite und stand auf. Unruhig ging ich im Zimmer auf und ab. Am liebsten wäre ich sofort zu Leona geeilt, die nur wenige Türen entfernt war, um ihr von der Traumbegegnung mit Elijah zu berichten. Doch unsere Hausmutter würde meinen Versuch wohl sofort unterbinden. Also hieß es bis morgen warten. Mein Blick fiel auf die Uhr. Gerade einmal kurz nach Mitternacht. Das würde eine lange Nacht werden.

Für den Bruchteil einer Sekunde keimte in mir das Bedürfnis auf, die Traumbegegnung in meinem neuen Notizbuch zu verewigen. Was dazu führte, dass ich wie automatisch auf dem Schreibtisch danach tastete. Als sich meine Finger um die samtige Oberfläche legten, stöhnte ich frustriert auf. Nein. Ich durfte nicht in alte Gewohnheiten verfallen.

Also ließ ich das Notizbuch wieder sinken und rieb mir über die Augen. Normalerweise fehlte es mir an Energie, sobald ich in Träumen gewandelt war, doch ich war hellwach. Ich durfte abends wirklich nicht mehr an ihn denken, damit hatte Elijah recht gehabt. Sobald mein Herz sich mit meinem Verstand zusammenmischte, verlor ich die Kontrolle. Selbst, wenn ich es nicht wollte. Schließlich war ich sehr wohl in der Lage, meine Träume zu kontrollieren, egal ob ich aktiv mit anderen Menschen kommunizierte oder nur Zuschauerin war. Aber wieso hatte es dieses Mal nicht geklappt? Hatte mein Unterbewusstsein etwa doch an Elijah gedacht? Es gab zu viele Fragen, auf die ich keine Antwort hatte. Also ließ ich mich wieder auf mein Bett sinken, schnappte mir meinen Laptop von dem Nachttischchen, klappte ihn auf und startete meine Lieblingsserie *Vampire Diaries*. In solchen Momenten half immer das Drama von Elena, Stefan und Damon.

KAPITEL 7

Mondfeen fühlen sich zu der Nacht hingezogen. Zu ihren Fähigkeiten gehören unter anderem das Traumwandeln, die verschärfte Sicht bei Nacht, die Möglichkeit, Glücksgefühle zu übermitteln, und die Gabe der Visionen. Letzteres besitzen jedoch nur wenige Mondfeen.

ENZYKLOPÄDIE – WELT DER FEEN, KAPITEL 108

Ich drehte die Musik auf volle Lautstärke, zog mir den Brustschutz über und schlüpfte in die Handschuhe. Dann griff ich nach der Maske und drehte mich zu Paxton um.

»Ich frag mich bis heute, weshalb du dabei jedes Mal Musik hören musst.« Grinsend ging er an mir vorbei und begab sich auf die Planche, um in Position zu gehen.

»Weil ich dich damit noch einfacher besiegen kann«, gab ich selbstsicher zurück und summte für einen Moment die Melodie des Liedes mit, das durch den Raum schallte.

»Du hast seit über einem Jahr deinen Degen nicht mehr geschwungen. Sei dir da also mal nicht so sicher.« Herausfordernd hob er eine Augenbraue.

Leider traf er damit genau ins Schwarze. Seit meinem Austauschjahr hatte ich nicht mehr gefochten. Auf der Ravenhall Academy hatte es sich nicht ergeben und danach hatte mich die Trennung von Elijah daran gehindert. Ich war einfach zu aufgebracht gewesen und hatte es nicht geschafft, mich auf mein Hobby zu konzentrieren. Dabei half mir genau das in den meisten Fällen, einen klaren Kopf zu bekommen.

Glücklicherweise gab es meine Cousine, die das genau wusste und mich direkt in die Trainingshalle geschickt hatte, nachdem ich ihr heute Morgen von meiner Traumbegegnung mit Elijah berichtet hatte. *»Du musst dich wieder auf dich konzentrieren, Elanor«*, waren ihre Worte gewesen. Und vielleicht hatte sie recht. Allein die Tatsache, dass ich mich so sehr mit Elijah beschäftigte, dass es mich in seinen Traum zog, war beunruhigend.

Und so hatte ich meinem Bruder geschrieben, der seit unserer Kindheit mein Trainingspartner war. Gott sei Dank verfügte die Academy über Räumlichkeiten, die für das Fechten ausgelegt waren. Früher hatten wir zu Hause Unterricht bekommen, in dem privaten Trainingsraum meiner Eltern. Irgendwann, als Paxton dann Schüler auf der Moonlight Academy gewesen war, hatten wir unser regelmäßiges Training hierher verlegt.

»Bist du bereit zu verlieren, Schwesterchen?« Grinsend zog sich mein Bruder die Maske auf und hob seinen Degen.

»Das gilt wohl eher für dich. Sobald der Song endet und ein neuer einsetzt, beginnt das Duell«, sagte ich und tat es ihm gleich. Noch einmal streichelte ich über das geschmeidige Metall meines Degens, den ich liebevoll Swordy getauft hatte. Fechten war schon immer ein wichtiger Bestandteil unserer Familie gewesen und wir gaben unseren Degen stets Namen.

Tief atmete ich durch und konzentrierte mich auf die letzten Sekunden des Songs. Dann legte sich für einen Moment Stille über den Raum. Kurz schien es, als ob die Zeit stillstünde, bevor alles ganz schnell ging. Paxton stürmte auf mich zu und unsere Degen trafen klirrend aufeinander.

Ich gab mich dem Takt der Musik hin, wich den Angriffen

meines Bruders aus und versetzte ihm einen Stoß nach dem anderen. Swordy glitt nur so durch die Luft. Paxton jedoch kannte mich genau und landete ebenfalls einige Treffer. Wir bewegten uns wie zu einer unbekannten Choreografie, ließen uns völlig von unseren Fähigkeiten leiten und wurden eins mit unseren Degen. Ich lachte auf, weil ich mich seit einer Ewigkeit nicht mehr so frei gefühlt hatte. Und dann setzte ich zum letzten Hieb an. Den würde ich schaffen. Es stand 3:4 für mich. Ein Punkt und ich hatte es geschafft. Während der Refrain einsetzte, hob ich schwungvoll den Arm und traf zielsicher die Brust meines Bruders.

Sein Lachen tönte durch den Raum und er zog die Maske ab. »Ich habe dich gewinnen lassen, weil du so lange nicht mehr im Spiel warst.«

Auch ich schob meine Maske nach oben. »Erzähl keinen Unsinn. Ich war schon immer die Bessere von uns beiden«, antwortete ich grinsend.

»Es ist schön, dich wieder so zu sehen«, erwiderte Paxton nun etwas ernster.

»Das Fechten hat mir gefehlt«, gestand ich ihm. »Deswegen bin ich jetzt bereit, dich ein weiteres Mal zu besiegen.« Ich hob eine Augenbraue und zog meinen Schutz erneut über den Kopf. Dann wartete ich, bis das neue Lied einsetzte, und griff ihn ein weiteres Mal an.

Wir trainierten über eine Stunde und als wir Schluss machten, war ich mit mehr Energie gefüllt als zuvor. Und eins wurde mir klar: Ich hätte viel früher wieder fechten sollen. Ich musste Leona wirklich danken. Ohne sie hätte ich Swordy vielleicht noch viel länger nicht angerührt. Dabei hatte mein Dad in den vergangenen Wochen so viele Versuche gestartet, mich zu überreden. Schließlich war er jahrelang unser Trainer gewesen und hatte uns zu Turnieren begleitet, bei denen wir eine Medaille nach der anderen abgestaubt hatten. Eines der wenigen Dinge, die mich mit meinem Dad verbanden.

»Ich habe jetzt gleich eine Nachhilfestunde. Was steht bei dir an? Bald gibt es ja schon wieder Abendessen«, fragte Paxton, während wir an dem Platz vorbeiliefen, auf dem das Kampftraining stattfand.

»Ich geh in die Bibliothek und recherchiere.« Allein bei dem Gedanken daran umklammerte ich den Riemen meines Rucksacks fester. Ich hoffte einfach, dass ich die Aufgabe von Ms Gibson zum größten Teil auch ohne Elijah meistern konnte.

»Es tut mir leid, dass ich keine Lösung habe.« Paxton seufzte.

Ich nickte nur. Vor unserer Trainingsstunde hatte er mir gestanden, dass Ms Gibson nicht nachgegeben hatte und darauf bestand, dass Elijah und ich ein Team bildeten. Während des Fechtens hatte ich den Gedanken daran verdrängt, doch nun holte er mich wieder ein. Wie sollte ich es schaffen, mit Elijah zusammenzuarbeiten? Aber ich würde es versuchen. Selbst wenn ich noch nicht wusste wie.

»Ist schon okay, du hast dein Bestes gegeben.« Dankbar lächelte ich ihn an.

»Mum und Dad waren gestern ziemlich aufgebracht. Sie sind nicht begeistert davon, dass du mit Elijah in einer Klasse bist. Und dass ihr sogar zusammenarbeiten müsst, habe ich ihnen lieber verschwiegen«, erzählte Paxton und überbrückte die zwei Treppenstufen zum steinernen Hintereingang der Academy, der in einen Kreuzgang führte. Hier schien es, als wäre die Zeit stehen geblieben. Efeu rankte sich an den steinernen Fensterbögen empor und drohte die antiken Laternen, die in regelmäßigen Abständen am Stein befestigt waren, unter sich zu begraben. Doch das Faszinierendste waren die Rosen, die an steinernen Skulpturen hinaufgeklettert waren und sich in den prächtigsten Farben präsentierten.

»Denkst du, sie werden sich irgendwann beruhigen und akzeptieren, dass ich mit Elijah zusammen war?«, fragte ich leise. Natürlich hatte ich ein schlechtes Gewissen gegenüber meinen Eltern, weil ich es ihnen all die Jahre verschwiegen hatte. Doch hatte ich eine andere Wahl gehabt?

»Lass ihnen Zeit. Du warst jahrelang mit dem Sohn der Familie zusammen, mit der unsere seit Generationen zerstritten ist. Elanor, du bist ihre Tochter. Sie werden es verstehen. Eines Tages«, sagte Paxton behutsam und fuhr sich mit der Hand durch das aschblonde Haar.

»Ich muss jetzt los. Denk an das Abendessen morgen!« Er winkte mir noch einmal zu und bog dann um die Ecke.

Ich verdrehte genervt die Augen. Das Abendessen bei unseren Eltern hatte ich schon wieder verdrängt. Einer der Nachteile der Moonlight Academy war eindeutig, dass mein Elternhaus nur ein paar Kilometer entfernt war. Aber ich hatte keine andere Wahl. Sie würden mir die Hölle heißmachen, wenn ich nicht aufkreuzte.

Ich pustete mir eine Haarsträhne aus dem Gesicht und lief auf die Bibliothek zu, die sich am Ende des Gangs befand. Das Hochgefühl, das ich beim Fechten empfunden hatte, war so gut wie verflogen. Seufzend schob ich den Riemen meines Rucksacks etwas höher und überwand die letzten Meter bis zum Eingang der alten Räumlichkeiten. Kurz blieb ich stehen und fuhr mit dem Zeigefinger über das Feenflügelsymbol, das sich auf dem antiken Holz der hohen Tür abzeichnete.

»Schenke mir das Wissen aller«, flüsterte ich und sogleich öffnete mir die Bibliothek ihre Pforten.

Während ich mich wie so oft fragte, warum sie überhaupt durch einen Zauber geschützt wurde, der ausschließlich Feen passieren ließ, übertrat ich die Schwelle und ließ meinen Blick über die hohen und eindrucksvollen Bücherregale schweifen.

Die Moonlight-Bibliothek war bekannt für ihre Ästhetik. Edler Marmor zierte den Boden und hohe Säulen trugen die prachtvolle Decke, die man einfach bewundern musste. Wie automatisch lief ich auf eine große Sitzbank zu, die zeitgleich als Liegefläche diente, und ließ mich darauf niedersinken.

Den Kopf auf eines der großen, dunkelblauen Kissen gebettet, schaute ich nach oben. Zwar war ich mit meiner Familie oft als Kind hier gewesen, aber jetzt, Jahre später, wusste ich diesen Anblick ganz anders wahrzunehmen. Die Decke sah aus wie ein sternenklarer Nachthimmel. Der Vollmond schien so hell und klar, dass er beinahe echt wirkte. Dazu trugen auch die kleinen Feen bei, die mit ihren prachtvollen Flügelchen auf den Silhouetten der Sterne tanzten.

»Wirklich einzigartig, nicht wahr?«, erklang es da über mir und ich merkte, wie sich jemand neben mich setzte.

Ich drehte den Kopf und blickte direkt in Kylians eisblaue Augen, die einen unglaublichen Sog auf mich ausübten.

»Was machst du hier?«, fragte ich und riss mich wieder von seinem Anblick los, um nach oben zu schauen.

»Ich habe heute Aufsicht in der Bibliothek. Ehrlich gesagt ist das nicht unbedingt der Ort, an dem ich mich sonst oft aufhalte. Ich bin lieber in der Natur unterwegs oder stehe auf dem Trainingsplatz.« Er lachte. »Und weshalb bist du hier?«

Ich seufzte. »Eigentlich sollte ich ein Projekt für Ms Gibsons Unterricht in Angriff nehmen, aber ich versuche mich gerade davor zu drücken.«

Kurz herrschte Stille, bevor sich Kylian räusperte. »Ich wollte mich noch bei dir bedanken.«

»Wieso?« Ich wandte mich ihm erneut zu und wurde mir erst jetzt so richtig seiner Nähe bewusst. Er musterte mich intensiv, und das auf eine Weise, die ich sonst nur von Elijah kannte.

»Weil du mir bei der Trainingsstunde dein Vertrauen geschenkt hast.« Kaum hatte er die Worte ausgesprochen, wurden seine Augen dunkler und nahmen ein klares Mitternachtsblau an, das dem Himmel an der Decke glich.

»Gerne«, hauchte ich nur.

»Vielleicht können wir das irgendwann wiederholen.« Er fuhr sich mit der Hand durch das schwarze Haar. »Also, falls du Nachhilfe möchtest.« Ohne meine Antwort abzuwarten, stand er auf. »Ich sollte einen Rundgang machen und meiner Aufgabe als Aufsicht nachkommen.« Er zwinkerte mir zu, bevor er zwischen den hohen Regalen verschwand.

Perplex setzte ich mich auf und atmete einmal tief ein und aus. Was war das gerade gewesen? Hatte er … nein, oder? Hatte er mit mir geflirtet? Zumindest war da etwas in seinem Blick gewesen, das mich zum Nachdenken brachte. Aber nein, das bildete ich mir bestimmt nur ein. Schließlich war er mein Trainer. Was zwar kein Lehrer war, trotzdem …

Bevor ich mir weiter Gedanken darüber machen konnte, stand ich schnell auf, schnappte mir meinen Rucksack und steuerte auf die vielen Regale zu. Um mich herum waren inzwischen auch andere Schüler und Schülerinnen unterwegs und schienen auf der Suche nach irgendwelchen Büchern zu sein. Einige saßen bereits in Gruppen zusammen und machten Hausaufgaben oder unterhielten sich miteinander – was mich unweigerlich an den Grund meines Hierseins erinnerte.

Eigentlich hatte Ms Gibson ausdrücklich gesagt, dass wir in Teamarbeit die Aufgabe erledigen sollten. Vielleicht konnte ich aber auch allein herausfinden, wie man sich einen Teil der Magie anderer Feenarten aneignete.

Ich strich mir eine Haarsträhne aus dem Gesicht und las die Aufschriften auf den Regalen. *Mittelalter, Neunzehntes Jahrhundert, Feen in Märchen, Feenmagie.* Jackpot. Schnell lief ich auf die hohe Regalreihe zu und legte meinen Rucksack ab. Dann machte ich mich daran, die Buchrücken nacheinander zu studieren. Hauptsächlich handelte es sich um uralte Werke, deren Schrift kaum noch leserlich war. Aber auch neue Bücher hatten sich daruntergemischt.

Ich drang tiefer und tiefer in die Bibliothek vor und ertappte mich immer wieder dabei, wie ich Bücher aufschlug und froh darüber war, wenn ich nicht fand, wonach ich suchte. Obwohl ich wusste, dass das die falsche Einstellung war. Doch ein Teil von mir wollte Zeit mit Elijah verbringen.

Auf einer Holzleiter stehend, zog ich gerade erneut eines der Bücher aus dem Regal, als sich unter mir jemand räusperte.

Ich blickte nach unten, ließ vor Schreck das Buch fallen und während ich versuchte es noch zu fangen, geriet ich ins Straucheln. Bevor ich reagieren konnte, verlor ich den Halt und fiel von der Leiter. Ich erwartete bereits den harten Aufprall auf dem Boden, doch fast in der gleichen Sekunde schoben sich Ranken einer Pflanze unter meine Arme, die mich sanft Richtung Boden transportierten und dort absetzten.

Ich schwankte leicht und nahm bloß am Rande wahr, wie die Pflanze wieder von mir abließ und sich zu einem der runden Tische zwischen den Regalen zurückzog. Dafür umschlossen mich nun Elijahs kräftige Hände, als ich ohne die Stütze der Pflanze das Gleichgewicht zu verlieren drohte. Einige Sekunden hielt er mich einfach nur fest, bis ich mich beruhigt hatte. Was ich allerdings von meinem Puls, der durch seine Nähe zu rasen begann, nicht behaupten konnte. Verdammt, wieso musste er auch so gut aussehen. Mit diesem intensiven Ausdruck in den Augen. Und dazu noch seine Schuluniform, die aus einem weißen Hemd und einer dunkelblauen Hose bestand.

Ich schluckte schwer, nicht in der Lage zu verbergen, dass mir das Atmen schwerfiel. Dieser Typ brachte mich selbst nach all den Jahren, in denen wir uns nun schon kannten, um den Verstand. Würde das jemals aufhören? Schließlich hatte er mir das Herz gebrochen.

»Moonshine, du musst besser aufpassen«, murmelte er und riss mich aus meiner Trance.

»Dann schleich dich nicht an«, gab ich zurück, löste mich von ihm, schnappte mir meinen Rucksack und blieb etwas entfernt von ihm stehen. »Und ich habe es dir schon einmal gesagt: Hör auf, mich so zu nennen.«

»Im Traum. Das gilt nicht«, erwiderte er und ein freches Grinsen stahl sich auf seine Lippen.

»Du weißt genauso gut wie ich, dass die Träume real sind.« Ich seufzte und verschränkte die Arme.

»Aber trotzdem habe ich es nur geträumt«, widersprach Elijah.

Ich verdrehte die Augen, konnte mir ein kurzes Lächeln jedoch nicht verkneifen. Das hatte Elijah immer als Argument auf Lager gehabt, wenn wir uns in der Traumwelt gezankt hatten. Dann hatte der Streit in seinen Augen nicht gezählt und es war so gewesen, als hätte es ihn nie gegeben.

»Das wird nicht wieder vorkommen.«

»Was, dass du mir widersprichst oder dass du mich in meinen Träumen besuchst?« Er legte den Kopf schief, wobei ihm eine seiner Locken in die Stirn fiel.

»Letzteres. Ersteres werde ich so lange, wie es sein muss.«

»Deine Hartnäckigkeit war immer eine Eigenschaft, die ich zu schätzen gewusst habe«, antwortete er.

»Was willst du hier eigentlich?«, lenkte ich vom Thema ab.

Er blickte von mir zu dem Buch auf dem Boden und hob es dann auf. »Die gleiche Frage könnte ich dir stellen. *Waldfeen und ihre Fähigkeiten*, echt jetzt, Moonshine?«

Mit einem erneuten Augenrollen überging ich meinen Spitznamen. »Ich wollte schon einmal vorarbeiten.«

»Und das hat nicht zufällig den Grund, dass du versuchst meine Nähe zu meiden?«, riet er.

Ich biss mir auf die Unterlippe. »Nein ...«, flunkerte ich.

»Also ja.« Er klappte das Buch zu. »Ich will dieses Jahr meinen Notenschnitt verbessern. Also bitte, lass es uns richtig durchziehen.«

Ich schluckte schwer, denn ich erinnerte mich wieder daran, weshalb es Elijah so wichtig war, sein Jahr mit guten Noten abzuschließen. Er wollte danach Feenlehre studieren, um Mitglied des Feenrates zu werden. Genau wie ich. Und erst jetzt wurde mir bewusst, dass meine Enttäuschung und der Schmerz dafür gesorgt hatten, dass ich nur an mich gedacht hatte. Doch ich wollte ihm das nicht verbauen. Nicht seinen Traum.

»Okay«, grummelte ich. »Wieso bist du eigentlich hier?«

»Ich habe dich wegen des Projekts gesucht. Und dann Leona auf dem Korridor getroffen. Sie meinte, du bist in der Bibliothek.« Er ging an mir vorbei und sagte über die Schulter hinweg: »Wenn wir schon einmal hier sind, können wir direkt starten.«

»Aber ich muss –«

»Mit Leona *Vampire Diaries* schauen?«, schlussfolgerte er. »Ich weiß, dass ihr jedes Jahr im Juni einen Serienmarathon startet. Doch das zählt nicht als Ausrede.«

Ich seufzte, streckte Elijah dann hinter seinem Rücken die Zunge raus und folgte ihm.

»Ich habe dich vorhin mit Kylian dort gesehen.« Im Vorbeilaufen deutete Elijah mit einem Nicken auf die Stelle, an der ich mich noch kurz zuvor mit Kylian unterhalten hatte.

»Weshalb interessiert dich das?«

»Weil ...« Er machte eine Pause, als müsste er überlegen, was er antworten sollte. »Ach, bloß so«, sagte er dann schnell. »Wollen wir uns hier hinsetzen?« Elijah deutete auf eine kleine Sitzecke, über der eine Laterne flackerte.

Ich nickte nur und ließ mich auf der Bank nieder.

»Hast du die Übersicht mit den Punkten dabei, die wir nacheinander abarbeiten sollen?«, fragte er mich und zog zeitgleich aus seiner ledernen Umhängetasche das Arbeitsblatt, das wir am Ende der Unterrichtsstunde von Ms Gibson bekommen hatten.

Ohne auf seine Frage einzugehen, tat ich es ihm gleich und fischte das Dokument aus meinem Rucksack. Allerdings hatte ich es bisher nicht einmal überflogen. Einfach, weil ich tunlichst versucht hatte das Projekt zu ignorieren.

»Gut, dann gehen wir jetzt die Fragen durch, okay?«

»Lass uns starten«, gab ich nur zurück und las die erste Frage vor. *»1. Welche Ihrer Eigenschaften würde Ihre Partnerfee am ehesten selbst beherrschen wollen?«* Ich blickte wieder zu Elijah auf, der bereits zu schreiben begann.

»Hey, ich habe dir doch noch gar nicht geantwortet!«, sagte ich empört und nahm ihm den Stift aus der Hand. Dabei streiften seine Finger die meinen. Ein elektrisierendes Gefühl wie kleine Blitze jagte durch meinen Körper und ich konnte das aufkommende Kribbeln nicht unterdrücken.

»Gib mir den Stift zurück. Ich weiß die Antwort«, erwiderte Elijah gelassen.

Ich verschränkte die Arme vor der Brust und dachte gar nicht daran. »Und woher?«

»Weil du, schon seit wir uns kennen, sagst, dass du selbst gerne die Fähigkeit hättest, sterbenden Pflanzen wieder Leben einzuhauchen.«

Ich schnaubte, biss mir jedoch ertappt auf die Unterlippe. Verflucht. Damit hatte er ins Schwarze getroffen.

»Na gut.« Widerstrebend gab ich ihm seinen Stift zurück. »Aber ich kenne auch deine Antwort.«

Elijah hob herausfordernd eine Augenbraue. »Okay, los, Moonshine.«

Kurz überlegte ich, nahm dann einen Stift aus der dazugehörigen Halterung am Tisch und schrieb auf das Arbeitsblatt: *Die Fähigkeit, anderen ein Glücksgefühl zu verleihen*. Eine Gabe, auf die ich sehr stolz war, obwohl ich sie selten anwandte, da sie mir die Energie meiner eigenen Stimmung rauben konnte.

Ich drehte das Blatt um und zeigte ihm meine geschriebenen Worte.

Schmunzelnd musterte er mich. »Wir wissen beide, dass das nicht die richtige Antwort ist.«

Ich seufzte auf. »Ich werde dir nicht beibringen, in Träumen zu wandeln, Elijah.«

»Nenn mir einen Grund.«

»Weil ich es nicht will.«

»Einen guten Grund«, korrigierte er sich.

»Weil du sonst die Möglichkeit hättest, in den meinen zu wandeln«, antwortete ich knapp.

Etwas in Elijahs Miene veränderte sich. »Und solltest du mal wieder in meine stolpern, ist es in Ordnung?«

»Der Unterschied ist, dass du als Waldfee eine Mauer aus Geäst errichten kannst, die dich davor bewahrt. Das kann ich als Mondfee nicht. Wenn ich in deinen Traum stolpere, dann nur, weil du es so willst«, konterte ich.

»Touché«, erwiderte er grinsend. »Aber die Fähigkeit mit dem Glücksgefühl ist auch eine passable Antwort.« Er hob sein Stück Papier. »Okay, nächste Frage: 2. *Nennen Sie drei Charaktereigenschaften Ihres Partners.*«

Ich seufzte auf. »Echt jetzt?«

Elijah hob fragend eine Augenbraue.

»Ich mein, was sind das für Fragen und wozu sollen sie dienen?«

»Vermutlich sollen wir uns besser kennenlernen«, murmelte er, während er etwas auf sein Papier kritzelte.

Unauffällig versuchte ich zu erkennen, was genau er da schrieb, doch Elijah ertappte mich prompt.

»Sei nicht so neugierig.« Plötzlich grinste er, als hätte er eine Erkenntnis gehabt. »Das wäre die dritte Charaktereigenschaft von Elanor Lightwell.«

Ich verdrehte die Augen. »Ich bin nicht neugierig.«

»Bist du wohl.«

»Bin ich nicht.«

»Moonshine …«

»Elijah.«

Er legte den Stift beiseite, beugte sich zu mir vor und musterte mich einige Sekunden lang. Gefühlt hielt ich die ganze Zeit die Luft an, während mein Herz zu rasen begann. Er musste damit aufhören. Ansonsten würde ich diese Zusammenarbeit nicht überstehen.

»Hartnäckig. Das ist eine weitere Eigenschaft.«

»Das hast du nicht aufgeschrieben!«, gab ich empört zurück.

Er grinste mich frech an und seine moosgrünen Augen funkelten verschwörerisch. »Wer weiß.«

»Hast du nicht.« Ich schüttelte den Kopf. Elijah wusste, dass ich es nicht ausstehen konnte, wenn er mich als hartnäckig bezeichnete.

»Siehst du, das bist du sogar in diesem Moment«, sagte er und sein Lächeln wurde noch eine Spur breiter.

»Na gut. Dann schreibe ich jetzt deine drei Charaktereigenschaften auf«, grummelte ich und überlegte, was ihn am besten beschreiben würde. Es gab so viel, das ihn ausmachte. Er war beschützend, humorvoll, leidenschaftlich, selbstbewusst … doch wenn ich an seine Aktion mit Finnland dachte, würde ich *überstürzt* und *unüberlegt* aufschreiben. Kurzerhand entschied ich mich dazu, alle Züge einmal zu notieren. Obwohl es mehr als drei waren.

»Du hast bald keinen Platz mehr auf dem Blatt«, kommentierte Elijah trocken, während ich eins nach dem anderen aufzählte.

Ich warf den Stift nach ihm, den er lässig auffing, und erwiderte: »Du weißt nicht, ob die Eigenschaften positiv oder negativ sind.«

»Ich frag besser nicht nach.« Er konzentrierte sich wieder auf das Blatt Papier vor seiner Nase. »Die nächste und auch letzte Frage lautet: *3. Sind Sie imstande, Ihrem Partner vollends zu vertrauen?*« Kurz blickte er auf, als würde er neugierig sein, wie ich auf die Frage reagierte. »Darunter steht, dass die Frage wichtig ist, um das Projekt in Angriff nehmen zu können. Ohne eine gewisse Vertrauensbasis kann die Magie nicht erzeugt werden.«

In Gedanken wiederholte ich die Frage. *Vertrauen …* Vor wenigen Monaten noch hätte ich sie, ohne zu zögern, mit Ja beantwortet. Doch nun war ich mir nicht mehr sicher. Denn als er mich zurückgelassen und nach Finnland gereist war, hatte er mein Vertrauen in uns, in ihn, mit Füßen getreten. Und den abrupten Bruch, den er uns zugemutet hatte, konnte ich ihm nach wie vor nicht verzeihen. Und das hieß auch, dass ich ihm nicht vollständig vertraute.

»Die Frage können wir mit Ja beantworten … oder?«, hakte er nach.

Ich biss mir auf die Unterlippe. Was sollte ich darauf antworten?

»Elanor?«

»Ja?«, nuschelte ich.

»Stimmt etwas nicht?«

Wie in Zeitlupe nickte ich.

Elijahs Augen wurden groß, als er begriff, was ich ihm sagen wollte. »Du bist nicht der Meinung, dass wir uns vollends vertrauen?«

Wieder nickte ich zaghaft und sah dabei zu, wie sich Elijahs Miene verfinsterte. Es verstrichen Sekunden, die sich anfühlten wie Stunden, bis er sich räusperte. »O-okay. Damit hatte ich nicht gerechnet.«

»Weshalb nicht?«, konterte ich ein wenig zu forsch. Doch ich verstand nicht, weshalb er nach wie vor annahm, dass ich ihm gänzlich vertraute.

»Weil wir uns schon immer vertrauen konnten«, antwortete Elijah beinahe flüsternd.

»Aber nicht, seit du mich zurückgelassen hast!«, sagte ich hingegen etwas zu laut, sodass sich ein paar Schülerinnen zu uns umdrehten.

Kurz schaute mich Elijah an, als würde er überlegen, was er darauf erwidern sollte. Doch dann zog sich ein Schleier über seinen Blick. Als würde er eine Schutzmauer um seine Gefühle aufbauen.

»Ich werde dir immer vertrauen«, sagte er dann und schrieb es auf das Arbeitsblatt.

Ich atmete tief durch und konzentrierte mich ebenfalls auf die leere Zeile unter der Frage.

Ich vertraue Elijah. Ich hielt inne und las die Worte ein weiteres Mal. *Vertraue, vertraue* … hmmm. Es klang nicht ganz richtig. Kurzerhand strich ich die drei Worte durch und schrieb stattdessen: *Ich versuche Elijah zu vertrauen.*

Denn das war es, was ich fühlte. Ich wollte ihm ja vertrauen, so wie er nach wie vor mir vertraute. Doch ich war nicht bereit dafür. Noch nicht.

Meine Aufmerksamkeit wurde wieder auf Elijah gelenkt, als die silbernen Schnallen seiner Umhängetasche klapperten. Er verstaute das Arbeitsblatt und stand dann auf. »Ich muss jetzt nach Hause, Sally hat einen Arzttermin.«

»Wie geht es ihr?«, erkundigte ich mich.

»Mit jedem Tag ein wenig besser.« Elijah nickte mir zum Abschied zu und wandte sich zum Gehen.

Ich griff gerade nach meinem eigenen Arbeitsblatt, als er sich noch mal zu mir umdrehte.

»Elanor, willst du denn gar nicht wissen, was die dritte Charaktereigenschaft von dir ist?«

Ich blickte ihn fragend an.

»Dass du die Feen um dich herum verzauberst«, sagte er und ging davon.

Tagebucheintrag von Lisea Brennan

14. Mai 1795

Der Sieg über die Liebschaft der von Lightwell und Harswood ist mein. Endlich ist es vollbracht. Aber Zeit für den Triumph darüber bleibt kaum, denn Vater braucht mich für eine Verurteilung. Hoffentlich reicht die Magie meines Amuletts noch dafür aus …

Ich habe einen gravierenden Fehler begangen … Jetzt ist es allerdings zu spät, ich kann das Geschehene nicht mehr rückgängig machen.
Es vergeht kein Tag, an dem ich die Bilder nicht vor meinem inneren Auge sehe. Davon, wie ich den Marktplatz betrete, die neun Wetterfeen vor mir, gefesselt und nebeneinander aufgereiht, bereit für ihre Bestrafung. Hinter ihnen mein Vater und die weiteren Feen, die für Recht und Ordnung in dieser Stadt sorgen sollen. Dass ich nicht lache. Sie sind Schwächlinge, die auf mich angewiesen sind. Dennoch hätten sie niemals zulassen sollen, dass mein Vater mich nach vorn bittet, damit ich die Gefangenen verfluchen kann.
Trotzdem ist keiner eingeschritten. Alle haben gebannt darauf gewartet, dass ich den Fluch ausspreche. Stolz und

selbstsicher wie ich war, habe ich das Pergament mit dem Fluch von meinem Vater entgegengenommen. Die Worte, die ich daraufhin sprach, haben sich in mein Gedächtnis eingebrannt.

»Ihr seid heute hier, um euch euren Vergehen zu stellen. Dreizehn Feen habt ihr auf brutalste Weise Magie entzogen, nur um selbst an Stärke zu gewinnen. Um der Gerechtigkeit Genüge zu tun, wird euch heute dasselbe Leid zugefügt. So spreche ich den Fluch:
Leid und Unheil habt ihr über die Feen gebracht,
so soll für Gerechtigkeit gesorgt werden.
Eure Magie wird entzogen …«

Wenn ich doch nur ein wenig schneller gesprochen und früher auf dem Marktplatz erschienen wäre, hätte vielleicht noch das Schlimmste verhindert werden können. Aber für mich war wohl ein anderer Weg vorgesehen und so haben mich angsterfüllte Schreie unterbrochen. Der Anblick von einer Schar Menschen, die mit Fackeln in unsere Stadt gestürmt sind, hat mich kurzzeitig völlig erstarren lassen. Unser größter Feind hat uns gefunden; ich kann noch immer nicht fassen, dass das wirklich geschehen ist, nachdem wir so lange unter uns geblieben sind.
Allerdings spielt das jetzt für mich auch keine große Rolle mehr, denn mich hat etwas viel Schlimmeres ereilt als die Mordlust der Menschen, die anscheinend von den Wetterfeen hergelockt worden sind. Und das nur, um Rache zu nehmen – Rache an mir und vielen weiteren Feen.
Mit Hass in der Stimme haben sie den Fluch, den ich nicht mehr vollendet habe, fortgeführt:

»… doch sie wird an die nächsten neun Feen weitergereicht. Mit Boshaftigkeit und Hang zur Sünde bei Tag und Reue bei Nacht. So möge es geschehen. Doch reichen tut uns das lange nicht. Sobald wir der Totenwelt angehören, wird ein Unwetter über diesen Ort hereinbrechen, Jahr für Jahr, bis in alle Ewigkeit.«

Die fremde Magie, die in der nächsten Sekunde in mich gefahren ist, hat mich beinahe von innen heraus verbrannt. Und bis zum heutigen Tag wütet sie in mir und nimmt mir Stück für Stück meine Seele, das spüre ich. Die Dunkelheit und Wut lauern unter der Oberfläche, bereit, mich jederzeit in die unendliche Schwärze zu ziehen, wie sie es heute schon einmal getan haben. Denn die verurteilten Feen existieren nicht mehr. Ich habe sie töten lassen, habe sie an unsere Feinde verraten und sie auf sie gehetzt, auf dass sie ewig in der Hölle schmoren mögen …

KAPITEL 8

Im Jahre 1795 wurden die Feen der Verborgenen durch einen Fluch erschaffen und haben viel Leid über die Feenwelt gebracht. Ihren Namen haben sie jedoch einem magischen Pakt zu verdanken, der sie an die Nacht gebunden hat.

ENZYKLOPÄDIE – WELT DER FEEN, KAPITEL 49

»Ah! Das ist meine liebste Szene!« Leona deutete mit dem Zeigefinger auf den Bildschirm des Laptops, der zwischen uns auf dem Boden stand. »Elena und Damon beim Tanz, hach!«, fügte sie hinzu, wobei ihre gelben Augen noch heller zu funkeln schienen.

»Jedes Mal, wenn wir bei dieser Stelle ankommen, darf ich mir das anhören.« Ich stupste sie in die Seite. »Und trotzdem bist du Team Stefan. Wie auch immer wir mit solchen Meinungsverschiedenheiten Cousinen sein können.« Ich grinste breit. In diesem Moment war ich mehr als froh, dass Leona und ich endlich unseren Serienmarathon fortsetzen konnten. Bis vor einer Stunde hatten wir uns nämlich noch mit einem Aufsatz zu den Geisterwesen in der Feenwelt herumgeärgert.

»Stefan ist aber so ein Gentleman und Damon ist … nun, einfach Damon.«

»Irgendwann werde ich deine Meinung über Damon und Elena bestimmt noch ändern.«

»Das versuchst du immer, wenn wir die Serie schauen, vor allem bei dieser Szene«, entgegnete Leona.

»Clara ist auch Team Damon.«

»Das ist eine Tatsache, die ich nicht akzeptiere«, widersprach Leona und schüttelte den Kopf, was ihre braune Mähne durcheinanderbrachte.

»Schade, dass sie heute nicht mit uns schauen kann.« Ich seufzte und griff in die Schüssel Popcorn, die zwischen uns stand.

»Sie kommt leider erst später von dem Treffen mit ihrem Dad zurück. Aber den restlichen Abend verbringen wir zusammen«, sagte Leona mit einer Spur Vorfreude in der Stimme.

»Und ich darf zum Familienessen. Na großartig«, grummelte ich mit vollem Mund.

»Immerhin kommt Paxton auch. Dann wird es halb so wild«, versuchte mich meine Cousine zu beruhigen.

»Hoffentlich wird sein Job zum Gesprächsthema Nummer eins und nicht Elijah und ich«, gab ich zurück, strich mir die Popcornkrümel von meinem dunkelblauen Kleid und rappelte mich auf. »Allerdings muss ich mich jetzt beeilen. Du weißt, wie sehr Mutter Unpünktlichkeit hasst.«

Leona zog den Laptop auf ihren Schoß. »Ich schaue die Folge noch einmal.«

Ein Grinsen stahl sich auf meine Lippen. »Noch mal? Weil du ja auch nicht weißt, wie es ausgeht.« Ich kicherte und schnappte mir meine Handtasche von der Stuhllehne. Zum Abschied winkte ich ihr noch einmal zu und schlüpfte dann auf den Korridor. Für einen kurzen Moment blieb ich vor Leonas Zimmertür stehen, atmete tief ein und aus und versuchte meine Stimmung ein wenig zu heben. Allerdings lag die Betonung eindeutig auf *versuchte*. Denn wenn es eine Sache gab, die ich weniger leiden konnte als Katherine aus *Vampire Diaries*, dann war es ein Abendessen bei meinen Eltern. Hochgestochenes Gerede, wertende Blicke seitens meiner Mutter und die Eiseskälte zwischen uns, die mir oft das Gefühl gab, eine dicke Jacke überziehen zu wollen. Kurz gesagt: Ich würde heute Abend lieber überall anders sein als in meinem Elternhaus.

Ich stieß mich von der Tür ab, lief den Korridor entlang, die Treppen nach unten, durchquerte die Eingangshalle und begrüßte meinen Bruder, der auf dem Parkplatz vor dem Tor zur Academy auf mich wartete.

»Du bist spät«, waren seine ersten Worte.

»Ich brauchte noch ein paar Minuten«, murmelte ich und stieg auf der Beifahrerseite ein.

»Wer braucht die nicht, wenn er die Höhle des Löwen betritt«, scherzte er und startete den Motor.

Wir ließen Blumenfelder und Waldabschnitte hinter uns, bis sich kurze Zeit später das riesige Anwesen meiner Eltern vor uns erstreckte. Mir entwich ein genervtes Stöhnen. Das konnte nur ein langer Abend werden. Obwohl ich hier aufgewachsen war, hatte ich mich nie richtig heimisch gefühlt. In diesem Anwesen, das mit seinem gepflegten Vorgarten und der dunkelbraunen Backsteinfassade gleichermaßen beeindruckend wie auch einschüchternd wirkte.

Das Klicken von Paxtons Sicherheitsgurt erklang und erinnerte mich daran, dass es wohl an der Zeit war, mich meinen Eltern zu stellen. Noch einmal atmete ich tief ein und öffnete dann die Autotür.

Paxton war bereits vorausgeeilt, um unsere Eltern zu begrüßen, die gerade aus der Tür traten. Und wie jedes Mal, wenn ich sie besuchte, keimte in mir die Frage auf: *Sollte ich mich hier nicht zu Hause fühlen? So wie andere, wenn sie wieder an den Ort ihrer Kindheit zurückkehren?* Doch ich hatte schon früh gelernt, dass dieses Gefühl mit viel mehr verbunden war als einem

Gebäude. Äußerlich könnte es aus einem Märchen stammen, dahinter aber zerbröckelte die Fassade. Schließlich zeigte dieses Haus am besten, wie das Verhältnis zwischen meiner Mutter und mir war. Von außen den Schein perfekt wahrend, doch im Inneren kalt und leer. Früher hatte ich versucht herauszufinden, weshalb das Verhältnis zwischen uns so kühl war. Doch mittlerweile hatte ich aufgegeben, nach Antworten zu suchen.

Ich seufzte, strich mein Kleid glatt und lief auf meine Eltern zu. Paxton trat in der Zwischenzeit beiseite und fokussierte ein weiteres Auto, das in diesem Moment vorfuhr. Aber bevor ich mich damit näher auseinandersetzen konnte, musste ich die Begrüßung hinter mich bringen. Schnell ging ich auf meine Eltern zu und sagte knapp angebunden: »Hi.«

»Na, bist du zufrieden?« Die ersten Worte meiner Mutter trieften nur so vor Empörung. »Du hast uns bei der letzten Sitzung des Hexenrats blamiert!«

Ich blinzelte einige Male, konnte nicht glauben, was sie mir da entgegenschleuderte. »Moment mal, was?«

»Reicht es dir nicht, dass du uns all die Jahre etwas vorgegaukelt hast? Musst du dich auch noch in ein Gespräch mit Mrs Havswood einmischen?«

Leichte Wut flammte in mir auf. Würde es jemals ein Aufeinandertreffen mit meinen Eltern geben, bei dem ich einfach nur Tochter sein konnte?

»Ich habe mich nicht eingemischt. Außerdem geht euch meine Beziehung zu Elijah nichts an.«

»Das tut sie sehr wohl, wenn wir sie nicht gutheißen. Wenigstens seid ihr jetzt getrennt und du kannst nach vorne schauen«, fuhr meine Mutter fort.

»Ihr heißt doch gar nichts gut, was ich tue.«

»Und dass das gerechtfertigt ist, hat sich ja gezeigt, als die Beziehung zu Elijah herauskam«, antwortete sie.

»Sollte dich, als offizielles Mitglied des Feenrates, nicht mehr die Frage beschäftigen, was es mit dem Angriff auf die Fee auf sich hat, anstatt dir Gedanken über mein Liebesleben zu machen?«, gab ich mit hochgezogener Augenbraue zurück und ich wusste, dass ich meine Mutter mit dieser Aussage ebenso traf wie sie mich mit ihren Worten. Denn im Gegensatz zu meinem Dad, der bereits mehrere Auszeichnungen vom Rat erhalten hatte, war meine Mutter eher passiv veranlagt. Sie beschäftigte sich viel lieber damit, das Ansehen der Familie zu wahren, als auf Spurensuche zu gehen.

»Esmé, möchtest du unseren neuen Gast schon einmal begrüßen?«, mischte sich nun mein Vater ein.

Mit einem kurzen Blick in meine Richtung ging sie ohne ein weiteres Wort davon.

»Musste das sein?«, fragte er mich seufzend. Mein Vater sah müde aus. Augenringe prägten sein Gesicht und seine Schultern hingen herunter, als hätte er keine Kraft mehr.

»Wie war eure Spurensuche?« Seine Frage überging ich lieber, sonst würde der Abend nur noch schlimmer werden.

»Bisher gibt es keine neuen Informationen. Außer, dass der Fee jegliche Art von Magie fehlte.« Nachdenklich rückte er die Brille auf seiner Nasenspitze zurecht, während ich verwirrt blinzelte.

»Ihre Feenmagie war einfach weg? Aber wie? Und weshalb?« Natürlich hatte ich schon von dunklen Feen gehört, die Magie raubten … aber das war laut Aufzeichnungen schon viele, viele Jahre nicht mehr vorgekommen. Und allein die Vorstellung, die eigene Magie auf diese Weise zu verlieren, jagte einen Schauder über meinen Rücken. Schließlich gehörte sie zu uns wie der Mond zur Nacht.

»Das wissen wir nicht. Morgen reisen wir noch einmal zum Ort des Geschehens und suchen nach weiteren Spuren.«

»Wen meinst du mit *wir*? Christopher und du?«, hakte ich nach und bekam meine Antwort in Form eines Nickens. Eigentlich hätte ich mir die Frage auch sparen können. Schließlich war Christopher, Vaters ältester Freund, stets an seiner Seite. Zusammen hatten sie bereits alle möglichen Fälle in den Diensten des Rates bearbeitet.

»Kleine Fee«, sprach er meinen Spitznamen aus, den er mir bereits wenige Stunden nach meiner Geburt geschenkt hatte.

Wie immer wurde mir warm ums Herz, wenn er mich so nannte.

»Du solltest noch mal mit deiner Mutter reden. Sie meint es nicht so, das weißt du. Aber sie versteht einfach nicht, wieso du uns nicht früher davon erzählt hast. Dann hätten wir dir auch schon eher von dem Fluch berichten können«, erklärte er und fuhr sich, wie meistens, wenn er nachdachte, über den weißen Bart.

Mein Vater war immer der Nachgiebigere und Harmoniebedürftigere gewesen. Das half zumindest, die ganzen Anlässe zu überstehen, bei denen meine Mutter und ich unweigerlich aufeinandertrafen. Doch in Bezug auf das, was er über den Fluch gesagt hatte, konnte ich ihm nicht zustimmen. Denn ich war froh, dass ich nicht früher Bescheid gewusst hatte. Natürlich wäre Elijah und mir vieles erspart geblieben. All das Leid, die Sorgen und Ängste. Aber dann hätte ich keine Marmeladenglasmomente, unvergessliche Sternenhimmelabende und Nächte in der Hütte erlebt. Und allein die Erinnerung daran war es wert. Selbst wenn sie manchmal schmerzte.

»Nun komm, lass uns unseren heutigen Gast begrüßen«, sagte Dad, bevor er an mir vorbeilief.

Neugierig darauf, wen er wohl meinte, drehte ich mich erneut um und wurde von einem dunkelblauen Augenpaar begrüßt, an das ich in den vergangenen Tagen immer wieder hatte denken müssen.

Nachdem mein Vater Kylian empfangen hatte, ging dieser einige Schritte auf mich zu. »Elanor, schön dich zu sehen«, sagte er, während sein Blick über meinen Körper schweifte.

Auch ich kam nicht umhin, ihn zu mustern. Er trug eine dunkelgraue, enge Jeanshose und ein weißes Hemd mit hochgekrempelten Ärmeln, das im Kontrast zu den schwarzen Tattoos an seinen Armen stand.

Ich schluckte schwer. »Kann ich nur zurückgeben. Aber was machst du hier?«

»Deine Eltern haben mich zum Abendessen eingeladen. Euer Anwesen ist wirklich«, kurz stockte er, »beeindruckend.« Während er die Worte aussprach, verharrte sein Blick weiter auf mir.

Als ich realisierte, dass er nicht über das Gebäude, sondern über *mich* sprach, wurde mir unwillkürlich heiß.

»Wollen wir reingehen?«, presste ich hervor.

Kylian nickte knapp und folgte mir dann den gepflasterten Weg entlang, am Brunnen vorbei, die Treppen nach oben. Kaum betraten wir den Eingangsbereich, wurden seine Augen groß. Eine typische Reaktion, die ich bereits viele Male gesehen hatte. Mich allerdings schreckten der große Kronleuchter, bei dem ich ständig Zweifel hatte, ob er wirklich so befestigt war, wie es sein sollte, oder die pompös geschwungenen Treppen, die zu dem offenen zweiten Stockwerk führten, eher ab. All das gehörte zu einer Welt, die den Reichen und Schönen vorbehalten war. Und in der Machtspiele zur Tagesordnung gehörten.

»Paxton hat nie ein Wort über seine Eltern verloren«, flüsterte Kylian, während er ein Familienbild von Weihnachten betrachtete, das in einem goldenen Rahmen an der Wand hing.

»In dieser Hinsicht sind wir uns sehr ähnlich. Uns beiden fällt es schwer, unsere Herkunft und die dazugehörigen Pflichten zu akzeptieren. Aber jetzt komm, heute gibt es Cottage Pie«, entgegnete ich und bedeutete ihm, mir zu folgen. Der Rest meiner Familie saß bestimmt schon am Esstisch.

Auf dem Weg kamen wir an etlichen Porträts meiner Vorfahren vorbei und als wir beim letzten angelangt waren, blieb Kylian stehen. Für ein, zwei Sekunden betrachtete er es.

»Deine Augen«, sagte er und wandte sich zu mir um. Sein intensiver Blick glitt über mein Gesicht.

»Was ist mit ihnen?« Ich wusste nicht, was es war, aber allein mit seiner tiefen Stimme sorgte Kylian dafür, dass ein Schauder über meinen Rücken hinabjagte.

Langsam machte er einen Schritt auf mich zu. »Deine Augen wurden perfekt eingefangen. Sie wirken so lebendig.« Er überbrückte den letzten Abstand zwischen uns und beugte sich zu mir, sodass seine Bartstoppeln mein Ohr kitzelten. »Und wunderschön.«

Und wunderschön. Flirtete er mit mir? Kylian? Doch bevor ich reagieren konnte, brachte er wieder Abstand zwischen uns und schlenderte dann den Flur entlang, auf die geöffnete Flügeltür zu, die klar das Esszimmer kennzeichnete.

Ich pustete mir eine verirrte Haarsträhne aus der Stirn und versuchte zu verstehen, was da gerade zwischen uns gewesen war. Und vor allem, wie es Kylian geschafft hatte, dass mein Herz immer noch schneller schlug. Dann sammelte ich mich, atmete tief durch und folgte ihm durch die Tür, hinter der bereits alle an einem runden Tisch saßen, der unterhalb eines Kronleuchters stand.

»Gut, jetzt haben sich ja alle eingefunden«, sagte meine Mutter in die Runde, als ich mich auf dem Platz neben Kylian niederließ.

Mein Vater erhob sich und schaute uns nacheinander an. »Ich freue mich, dass ihr hier seid. Das Schuljahr an der Moonlight

Academy hat frisch begonnen und dass du, Paxton, dort als Lehrer präsent bist, ist eine große Ehre für unsere Familie.« Er lächelte meinen Bruder aufrichtig an, bevor er zu Kylian blickte. »Zudem hat Paxton einen Freund mitgebracht, der ihm in seiner Zeit in den Kerry Highlands viel beigebracht hat. Es freut mich, Sie hier in Dungarvan willkommen zu heißen. Dieser Ort ist einer der wenigen in Irland, die einzig uns Feen vorbehalten sind.«

Kylian nickte dankbar und kaum setzte sich mein Vater, wurden die Speisen serviert. Der Pie duftete herrlich und ich versuchte mich nur auf die Köstlichkeit vor mir zu konzentrieren, anstatt dem Gespräch zu folgen. Doch als sie auf Kylian zu sprechen kamen, wurde ich wieder hellhörig.

»Wo haben Sie so gut gelernt, zu kämpfen, Mr Collins?«, fragte mein Vater zwischen zwei Schlucken seines teuren Weines, dessen Trauben von unserem Anwesen stammten.

»Mein Onkel hat es mich gelehrt, Sir. Und später habe ich mein Wissen an andere weitergegeben. Die Kerry Highlands gelten ja allgemein als eher gefährliche Gegend, und das, obwohl Feen meist friedlich unter ihresgleichen leben.« Kylian lächelte meinen Vater höflich an, hob dann ebenfalls das Weinglas an und nickte meinem Bruder zu. »Und wie es der Zufall so will, bin ich dabei Paxton begegnet.«

»Ich bin froh, wieder hier zu sein. Die Highlands waren doch ein ziemliches Abenteuer. Allgemein meine ganze Reise. Aber ich habe viel über die verschiedenen Feenkulturen gelernt«, gestand Paxton. »Und die Kampftechnik, die Kylian mir beigebracht hat, war es definitiv wert. Und natürlich die ganzen hübschen Frauen, die wir in langen Nächten in Pubs –«

»Paxton!«, unterbrach ihn meine Mutter, während mein Vater nur eine Augenbraue hob.

Ich konnte mir ein Grinsen nicht verkneifen. Paxton war

bekannt dafür, dass er nichts anbrennen ließ und etliche Geschichten auf Lager hatte. Aber er hatte von *wir* gesprochen … War Kylian auch so? Sprunghaft und freiheitsliebend wie mein Bruder? Andererseits, was interessierte mich das überhaupt? Schnell nahm ich einen Bissen von meinem Salat und konzentrierte mich wieder auf Paxton.

»Keine Sorge, seit ich Lehrer bin, halte ich mich privat sehr zurück. Außerdem habe ich in den letzten Wochen eh viel Zeit mit meinem Schwesterchen verbracht, nicht wahr, Elanor?« Er grinste mich breit an und ich verdrehte nur die Augen. Eine Geste, die er von mir gewohnt war, wenn er versuchte, das Thema auf mich zu lenken. Was ihm in den meisten Fällen auch gelang. Genau wie jetzt.

»Na ja, es war dringend nötig, dass sie sich diesen … diesen Havswood aus dem Kopf schlägt.« Bei Elijahs Nachnamen verzog meine Mutter das Gesicht zu einer spöttischen Miene. »Ich habe erst neulich seine Mutter in der Stadt gesehen, wie sie neue Kristalle eingekauft hat. Merkwürdige Frau.«

Der Griff um die Gabel in meiner Hand wurde fester. *Widersprich ihr nicht, Elanor, sonst geht das noch den ganzen Abend so*, schoss es mir durch den Kopf.

»Weißt du, wie ich mich gefühlt habe, als ich erfuhr, dass meine eigene Tochter ein Verhältnis mit einem Havswood hat?«, sprach sie weiter.

Für einen Moment schloss ich die Augen, versuchte die Worte meiner Mutter nicht an mich ranzulassen, auch wenn es mir schwerfiel. Noch einmal holte ich tief Luft, öffnete dann meine Augen und griff nach der Wasserkaraffe. Wobei mein Ellbogen jedoch gegen die Gabel stieß, die mit einem lauten Klirren zu Boden fiel. Schnell bückte ich mich, um sie aufzuheben … und begegnete dabei Kylians Hand, die nun meine umschloss. Offensichtlich hatte er denselben Gedanken wie ich gehabt. Meine

Haut begann unter seiner Berührung zu kribbeln und als sein Blick dem meinen begegnete, wusste ich, dass es ihm genauso erging, denn seine eisblauen Augen verdunkelten sich gefährlich.

Wie in Zeitlupe ließ er die Gabel los und fuhr dabei hauchzart mit seinen Fingern über meinen Handrücken, bis hoch zu meinem Arm, kitzelte mit seinen Fingerspitzen die empfindlichen Stellen meines Innenarms und richtete sich dann wieder auf.

Mein Herz pochte schneller, im Gegensatz zu meinem Atem, der nur noch stoßweise ging. Ich riss mich zusammen, hob die Gabel auf und versuchte tunlichst nicht in Kylians Richtung zu schauen.

»… und im Endeffekt bin ich froh, dass du zurück bist, Elanor. Dann kann ich ein Auge auf dich haben.« Meine Mutter nahm jetzt erst so richtig an Fahrt auf.

»Ich bin alt genug, um mein eigenes Leben zu führen«, unterbrach ich ihren Redeschwall und warf ihr einen Blick zu, der meine Aussage untermauerte.

»Sieht man ja«, gab sie zurück und funkelte mich ebenso herausfordernd an. Mein Vater saß einfach nur da und sagte nichts. Doch allein der Gesichtsausdruck meiner Mutter sorgte dafür, dass etwas in mir zu brodeln begann. Seit Wochen behandelte sie mich schon so. Und jetzt redete sie sogar in Kylians Gegenwart über all das. Mir reichte es.

Ohne nachzudenken, schob ich meinen Stuhl nach hinten, stand auf und schaute noch mal in ihre Richtung. »Ich führe mein eigenes Leben und treffe meine eigenen Entscheidungen. Ob du willst oder nicht.« Und dann rauschte ich aus dem Esszimmer, hinaus in den weitläufigen Garten, bis zu der kleinen Bank, die unter einem großen Kastanienbaum stand. Ich ließ mich darauf nieder und presste für einen kurzen Moment die Hände auf meine Augen, die sich ungewollt mit Tränen füllten.

Dabei sollte mich diese Tatsache nicht wundern. Dank meiner Mutter hatte ich hier schon oft gesessen und geweint.

Natürlich war mir bewusst, dass das mit Elijah für meine Eltern nicht einfach zu verdauen war. Ihre Tochter, die sich nie etwas hatte zuschulden kommen lassen, hatte ihnen ihre große Liebe so lange verheimlicht. Was war mir auch anderes übrig geblieben? Es war jeden Moment wert gewesen. Elijah war es wert gewesen. Und ich bereute es keine Sekunde. Selbst wenn ich mir wünschte, meine Mutter könnte mir verzeihen. Zumindest sah ich meinem Vater an, dass ihm das Wohl seiner Tochter am Herzen lag. Im Gegensatz zu ihr. Ihr war nur das eigene Wohl und der Ruf der Familie wichtig. Aber diese Erkenntnis war nicht neu für mich. Mit ihr hatte ich schon früh lernen müssen umzugehen.

Ich seufzte auf, blinzelte die letzten Tränen weg und beobachtete eine Weile den Brunnen mit der Mondsichel-Statue, den mir mein Vater zum siebten Geburtstag geschenkt hatte. *Er soll dir immer Ruhe schenken, wenn du sie gerade brauchst,* hallten mir seine Worte durch den Kopf. Kurz darauf war die hölzerne Bank gefolgt, auf der ich jetzt saß, damit ich dem Plätschern des Brunnens lauschen konnte, wenn ich es wollte.

»Hey, ist alles gut bei dir?«

Ich drehte meinen Kopf in Kylians Richtung, der mit den Händen in den Hosentaschen auf mich zugeschlendert kam. Kurz nickte ich.

»Darf ich mich setzen?«

Erneut ein Nicken.

Er ließ sich neben mich auf die Bank sinken und musterte mich sorgenvoll. Ganz langsam hob er eine Hand, legte sie an meine Wange und wischte die letzten verirrten Tränen weg. Und bevor ich mir seiner Berührung so richtig bewusst werden konnte, ließ er seine Hand schon wieder sinken.

»Bist du dir sicher?«

Ich wollte erneut nicken, doch mein Herz hinderte mich daran. Also schüttelte ich kaum merklich den Kopf.

»Willst du darüber reden, was da gerade am Esstisch vorgefallen ist?«

Ich atmete hörbar aus. »Meine Mutter ist vorgefallen.«

»Euer Verhältnis scheint nicht das beste zu sein.« Fragend musterte er mich von der Seite.

»Das war es noch nie. Natürlich hatten wir Höhen und Tiefen. Doch meine Erinnerungen sind eher geprägt von den Tiefen.« Traurig lächelte ich. »Dafür gab es viele schöne Momente mit meinem Vater.« Wieder ging mein Blick zu dem Brunnen, der im Mondschein fast wie aus einer anderen Welt wirkte.

»Familie kann man sich nicht aussuchen, aber dafür den Menschen nah sein, die einem wichtig sind.«

»Du scheinst dich auszukennen«, schlussfolgerte ich und wurde neugierig. Schließlich wusste ich nicht viel über Kylian. Obwohl es mich vielleicht auch gar nichts anging …

»Meine Eltern sind verschwunden, als ich noch klein war. Besser gesagt, sie sind abgehauen. Daher bin ich bei meinem Onkel aufgewachsen«, erzählte Kylian und fuhr sich durch das schwarze, verstrubbelte Haar.

»Das tut mir leid«, flüsterte ich. Selbst wenn ich mit meiner Mutter oft aneinandergeriet, war die Vorstellung, ohne sie zu sein, schlimm.

»Muss es nicht. Mein Onkel hat mich vieles gelehrt. Durch ihn bin ich erst so gut im Kampf geworden und habe vieles über die Geschichte der Feen in den Kerry Highlands erfahren.«

»Geschichte? Wie sind die Feen dort? Ich meine, du bist schließlich an diesem Ort aufgewachsen, oder?«, fragte ich.

»In meiner Heimat sind viele Nachtfeen aufgewachsen und entsprechend machen sie die Nacht zum Tag. Und da es irische

Nachtfeen nur in den Kerry Highlands gibt, bleiben sie eher für sich.« Er seufzte. »Auch wenn ich gerne hier bin, vermisse ich meine Familie.«

»Das erinnert mich ein wenig an die Geschichten aus meiner Kindheit. Mein Vater hat mir oft von den Feen der Verborgenen erzählt. Sie sollen dazu verdammt gewesen sein, in der Dunkelheit zu leben, weil die dunklen Mächte in ihnen bei Tageslicht die Oberhand gewonnen hätten. Schuld daran war wohl ein Fluch.« Ich blickte erneut zu Kylian und kurz schien es, als würde er ebenfalls den Geschichten von früher hinterherhängen. Doch dann schüttelte er den Kopf.

»Uralte Erzählungen. Davon gibt es unzählige.«

»Für mich hört es sich so an, als wären Nachtfeen ähnlich. Nur ohne die Boshaftigkeit und den Fluch«, kam ich erneut auf das ursprüngliche Thema zurück. »Und wie ist es dann für dich, hier zu sein, und das tagsüber, obwohl du es gewohnt bist, nachts aktiv zu sein?«, fragte ich weiter. Da ich als Mondfee selbst die Energie der Nacht spürte, fand ich das Leben der Nachtfeen unglaublich spannend. Aber vielleicht lag es auch daran, dass ich Kylian besser kennenlernen wollte …

»Das erzähle ich dir mal irgendwann anders, Paxton scheint nach uns zu suchen.« Er deutete mit einem Nicken an mir vorbei.

Ich wandte mich um und entdeckte meinen Bruder, der uns neugierige Blicke zuwarf.

»Wusste ich doch, dass du hier draußen sein wirst. Dann habe ich Kylian ja den richtigen Tipp gegeben.« Paxton schob seine Hände in die Hosentaschen. »Aber nicht, dass du dich von Kylians Charme blenden lässt, Schwesterchen«, fügte er scherzend hinzu.

»Du hast Kylian gesagt, er soll mich suchen?«, erwiderte ich perplex und überging seinen letzten Kommentar.

»Ich wusste, dass du nicht mit mir reden wollen würdest. In den meisten Fällen belohnst du mich mit Schweigen, wenn du dich mal wieder mit Mutter gestritten hast.«

»Das hättest du nicht tun müssen.« Ich drehte mich peinlich berührt zu Kylian um.

»Aber ich wollte«, gab er zurück und lächelte mich warmherzig an.

»Möchtest du dich noch mit Mutter aussprechen oder können wir aufbrechen?«, unterbrach uns Paxton.

Da musste ich nicht lange nachdenken. »Ich verabschiede mich kurz von Vater, dann können wir gerne gehen.«

KAPITEL 9

Mithilfe des Baums der Feen wird magischer Feenstaub hergestellt. Denn möchte man für kurze Zeit an Stärke gewinnen oder spezielle Tränke brauen, so ist Feenstaub die beste Wahl. Allerdings gehen mit der Anwendung der magischen Substanz Regeln einher, die jede Fee einzuhalten hat.

ENZYKLOPÄDIE – WELT DER FEEN, KAPITEL 74

Ich kuschelte mich tiefer in meine Wolljacke, als wir am nächsten Tag auf dem Hof der Academy standen und auf unsere Lehrerin Ms Gibson warteten. Bibbernd am ganzen Körper ließ ich meinen Blick zu dem trüben Himmel schweifen, dessen Wolken tief über den Wäldern hingen. Allein bei der Aussicht auf das sich anbahnende Regenwetter zog ich meine Jacke noch fester um mich. Ich hatte keine Lust. Vor allem nicht, wenn es gleich zu regnen beginnen würde. Obwohl das nur ein Teil des Grundes war. Gestern waren wir erst spät nach Hause gekommen, nachdem meine Mutter mich noch ein weiteres Mal abgefangen und mir einen Vortrag gehalten hatte. Nur Kylians Ablenkungsversuchen war es zu verdanken, dass sie mich damit nicht schon wieder zur Weißglut getrieben hatte.

Schnell verwarf ich den Gedanken daran, bevor meine Laune sich weiter verschlechterte. Doch genau in dem Moment trat eine Schülerin beiseite und Elijah erschien in meinem

Sichtfeld. Na großartig, das hatte mir gerade noch gefehlt. Trotzdem konnte ich mir ein Schmunzeln nicht verkneifen, als ich sein Outfit registrierte. Von warmen Sachen keine Spur, stattdessen trug er bloß eine Hose und ein Poloshirt mit dem Schulwappen. Selbst im tiefsten Winter fror er nur selten, was vermutlich an seinen Waldfee-Genen lag. Diese führten angeblich dazu, dass Elijah die Wärme der Natur in sich aufnehmen konnte.

Als hätte er meine Gedanken über ihn gehört, drehte er plötzlich seinen Kopf in meine Richtung. Für ein paar Sekunden schauten wir uns einfach an. Seit unserem Treffen in der Bibliothek hatten wir nicht mehr miteinander gesprochen. Und ich wurde das Gefühl nicht los, dass es ihn mehr traf, als er zugeben mochte, dass ich ihm nicht mehr ganz vertrauen konnte.

»Wisst ihr, was Ms Gibson hier draußen vorhat?«, erklang es neben mir und ich drehte mich zu Clara um, die mit Leona zu mir trat und den Reißverschluss ihrer Jacke bis unters Kinn zog. Zumindest schien ich nicht die Einzige zu sein, die so ihre Schwierigkeiten mit dem irischen Juni hatte.

Heute war ausnahmsweise auch die Parallelklasse dabei, weswegen sich Clara uns angeschlossen hatte.

»Keine Ahnung, aber wenigstens hat sie heute alle Klassen einbestellt, dann kannst du uns bei was auch immer Gesellschaft leisten. Ich hoffe mal nicht, dass sie mit uns wandern gehen möchte«, gluckste Leona und verflocht ihre Finger mit denen ihrer Freundin.

»Bei dem Wetter –« Weiter kam ich nicht, denn im gleichen Moment tauchte unsere Lehrerin auf und klatschte schwungvoll in die Hände.

Sogleich richtete sich die gesamte Aufmerksamkeit auf die ältere Fee. Trotz ihrer langen schwarzen Weste, die bis zum Boden reichte, und des grauen Kleids, das sanft im Wind flatterte und sie eher wie eine strenge Lehrerin aussehen ließ, wirkte sie nahezu enthusiastisch. Als könnte sie die heutige Unterrichtsstunde kaum erwarten.

»Meine Damen und Herren, heute begeben wir uns auf den Lichter-Hügel, um Feenstaub herzustellen. Folgen Sie mir bitte«, erklärte Ms Gibson und marschierte an uns vorbei.

Wir überquerten den Hinterhof, vorbei an dem Trainingsstand, und liefen dann einen schmalen Pfad entlang, der von dicht aneinanderstehenden Bäumen gesäumt wurde. Schließlich erreichten wir einen Hügel, an dessen Besteigung wir uns nun machten. Es würde zwar bloß wenige Minuten bis nach oben dauern, aber dennoch ging immer wieder ein Stöhnen und Jammern durch die Klassen. Was ich allzu gut verstehen konnte, auch ich wurde nach und nach langsamer. Nur Elijah und Jade stiegen den Hügel problemlos hoch.

»Sportlich ist er ja«, flüsterte Leona mir in diesem Moment zu.

Ich biss mir auf die Unterlippe. »Das ist er.« Als Waldfee konnte er auf die höchsten Bäume klettern, Stämme heben und schwere Steine herumtragen. Wie automatisch flackerte wieder eine Erinnerung in mir daran auf, wie er immer stapelweise Holz in die Hütte am Meer gebracht hatte, um uns Feuer zu machen. Und wie wir, nachdem wir uns nähergekommen waren, die wohlige Hitze auf unseren eng umschlungenen Körpern genossen hatten …

»Erde an Elanor.« Leona schnipste mit ihrem Finger vor meiner Nase herum.

»Was ist?« Ich blickte sie an.

»Ich frage mich nur, weshalb du plötzlich so rot geworden bist. Über was hast du nachgedacht?« Sie grinste mich breit an und auch Clara schaute neugierig zu mir herüber.

»Das, äh, geht dich nichts an«, gab ich schmunzelnd zurück.

Elijah nackt … über mich gebeugt … ach, verdammt. Ich sollte wirklich aufhören, solche Erinnerungen wieder hervorzurufen.

»Und schon wieder denkt sie daran.« Leona feixte und kickte einen Ast beiseite, der auf dem Trampelpfad lag. Nur noch wenige Meter und wir hatten es geschafft.

Für einen Moment wanderte mein Blick zum Himmel hinauf. Am Horizont türmten sich immer mehr Wolken auf. Würde uns ein Gewitter erwarten? Hoffentlich nicht. Allerdings war das Wetter in Irland für eine genaue Vorhersage zu unbeständig, vor allem in der Nähe der Küste. Doch wenn man dem Tanz der umliegenden Blätter zuschaute, schien es, als ob das Gewitter Richtung Norden ziehen würde. Weg von uns.

»Dann verrate uns wenigstens, an wen du gedacht hast. Und ich hoffe, deine Antwort ist Kylian.« Leonas Worte ließen mich wieder zu ihr blicken. Sie grinste mich vielsagend an und ein aufgeregtes Funkeln trat in ihre gelben Augen.

Lachend schüttelte ich den Kopf, konnte aber nicht verhindern, dass mir noch heißer wurde. Zumindest fror ich nicht mehr. Mit Leona über mein Liebesleben zu sprechen, war immer wie ein Reality-Talk. Sie zog mir alles aus der Nase und ihr Hang zur Dramatik brachte mich immer zum Grinsen.

»Nein, nicht Kylian.«

»Jetzt sag nicht Elijah. O Gott, ich will gar nicht wissen, wo ihr es schon überall –« Als wären ihr die Worte im Hals stecken geblieben, endete sie abrupt und schaute mit größer werdenden Augen an mir vorbei. »Oh, verflucht«, murmelte Leona nur.

Ich wirbelte herum und sah mich Elijah gegenüber, der uns aufmerksam musterte.

»Wo wir überall *was?*«, wiederholte er Leonas Worte.

»Ach nichts«, grätschte ich schnell dazwischen, bevor sich meine Cousine verplapperte. Diese nickte bloß zustimmend, doch Claras Kichern würde uns bestimmt verraten.

»Was machst du überhaupt hier hinten? Gerade eben warst du noch mit Jade an der Spitze.« Fragend hob ich eine Augenbraue und hoffte damit vom Thema abzulenken.

»Ich weiß eh, was du sagen wolltest, Leona. Elanors rote Wangen haben schon früher ihre Gedanken verraten.« Sein Blick verdunkelte sich, als würde er nun ebenfalls daran denken.

Unwillkürlich biss ich mir auf die Unterlippe. Verfluchte Mondfee, wieso war ich bloß so leicht zu durchschauen?

»Außerdem musste ich meinen Schuh binden, wenn das deine Frage beantwortet. Obwohl sie anscheinend nur der Ablenkung diente.« Ein wissendes Lächeln stahl sich auf seine Lippen.

»Na, dann ist es ja gut, dass der Unterricht jetzt eure Ablenkung voneinander ist«, meldete sich nun wieder Leona zu Wort.

Ich warf ihr einen *Bitte-sei-leise-mit-deinen-zweideutigen-Anspielungen*-Blick zu, den sie nur mit einem Zwinkern kommentierte. Und dann hatten wir auch schon unser Ziel erreicht. Sofort hüllte mich ein magisches Gefühl ein, das sich in mir ausbreitete und mir eine Gänsehaut bescherte. Fasziniert von der Wirkung, die dieser Ort zu haben schien, schaute ich mich um.

Wir befanden uns am Rande einer blühenden Wiese, in deren Zentrum ein riesiger Kastanienbaum emporragte. *Baum der Feen.* So wurde er genannt. Jahrhundertealt. Sogar älter als die Academy. Er war für die Feen heilig und konnte nur mit reiner, guter Magie in Berührung kommen. Feen, die böse Absichten hegten und sich der Magie des Baumes bedienten, verfluchte er für die nächsten dreizehn Jahre. Dazu gab es auch etliche Geschichten, die mir mein Vater als Kind immer erzählt hatte.

Jetzt jedoch war ich vor allem gespannt darauf zu erfahren, warum Ms Gibson uns heute hierhergeführt hatte. Diese räusperte sich auch im nächsten Augenblick und wandte sich zu uns allen um.

»Feenstaub wird in erster Linie hergestellt, um Magie zu verstärken. Manchmal erfordern Situationen einen größeren Bedarf an Energie und dann ist es von Vorteil, auf den Feenstaub zurückgreifen zu können. Er wird oftmals auch in Gegenständen eingesetzt, damit diese eine eigene Seele erhalten und sich zum Beispiel von allein bewegen können. Aber auch für Tränke und Salben kann der Staub verwendet werden.«

Unwillkürlich fühlte ich mich zurückversetzt in den Kräuterkunde-Unterricht bei Mrs Campbell an der Ravenhall Academy. Hexen brauten zu allerlei Situationen Tränke, die von hohem Nutzen waren. Ich selbst hatte dank dieses Unterrichts viel Erfahrung darin gesammelt und konnte mit meiner eigenen Feenmagie zumindest bestimmte Tränke herstellen.

»Ein *Baum der Feen* hilft Feen dabei, an ihr Feenstaub zu gelangen. Und glücklicherweise gibt es nicht nur einen, sondere unzählige weitere Exemplare, die überall in der magischen Welt zu finden sind. Meistens erkennt man sie an der Rinde«, Ms Gibson lief auf den Kastanienbaum zu und deutete auf dessen uralten Stamm, »die kleine Kringel bildet. Zudem verfügt jeder Baum über ein hohles Loch, in dem der Feenstaub durch Ihre Gaben entstehen wird.« Mit einer Handbewegung Richtung der hohlen Stelle im Baumstamm, die sich auf Augenhöhe befand, fuhr sie fort: »Die Gabe besteht aus einem Gegenstand, der der Magie einer Fee am nächsten kommt und sie in sich aufnehmen kann. Eine Wasserfee kann also ihr Element verwenden, eine Lichtfee eine Kerze oder ebenfalls Wasser, da dies Licht reflektiert.«

Ms Gibson lief zielsicher auf einen kleinen Bach zu, der durch die Wiese auf dem Hügel hinunter zum Tal floss, entnahm eine Handvoll von dessen Wasser und eilte damit zum Baum zurück. Dann schloss sie die Augen, legte ihre andere Hand schützend über das Wasser und rief ihre Magie. Das erkannte man daran, dass das Wasser des Bachs nun zarte Tropfen in der Luft tanzen ließ und die Feuchtigkeit der nassen Erde um sie herumwirbelte. Als Ms Gibson ihre Augen wieder öffnete, leuchteten diese in einem intensiven Blau.

Kurz darauf streckte sie ihre Hand mit dem verzauberten Wasser in die ausgehöhlte Stelle im Stamm. Sogleich begann der Baum zu rascheln und ließ seine Äste sanft aufschimmern. Wenige Sekunden verweilte Ms Gibson in der Position, bis sie langsam ihre Hand zurückzog und sich uns wieder zuwandte.

In ihrer Handkuhle, wo zuvor noch Wasser gewesen war, schimmerte nun ein gräulich-blauer Staub. Mit der freien Hand griff Ms Gibson in einen Beutel, den sie bei sich trug, und holte eine Phiole hervor. Vorsichtig ließ sie den Feenstaub hineinrieseln, bis er das Glas vollständig ausfüllte. Danach verschloss sie das Gefäß mit einem Korken, auf dem die Abbildung einer Welle prangte.

»Um Feenstaub herzustellen, legen Sie den benötigten Gegenstand in Ihre Hand, vereinen ihn mit Ihrer Magie und tauchen Ihre Finger dann in den Stamm. Dabei versuchen Sie sich nur auf den Moment zu konzentrieren, bis der Baum seine Magie gewirkt hat und Sie Staub zwischen Ihren Fingerspitzen fühlen«, fasste Ms Gibson zusammen und hob die Phiole hoch.

»Beachten Sie bitte, dass wir Feen bloß alle dreizehn Wochen Feenstaub herstellen können. Ansonsten schwächt es unsere Magie erheblich. Das bedeutet auch, dass Sie nur einen Versuch heute haben.« Sie warf uns nacheinander einen strengen Blick zu. »Stellen Sie sich bitte nacheinander in der Reihe auf und probieren Sie es. Bitte behalten Sie ebenfalls im Hinterkopf, dem Baum mit Respekt zu begegnen.«

Mit diesen Worten trat Ms Gibson beiseite und ließ uns den Vortritt. Da Leona, Clara, Elijah und ich allerdings ganz vorne standen, reihten sich alle hinter uns ein. Als ich feststellte, dass wohl ich die Erste war, packte ich Elijah kurzerhand am Handgelenk und schob ihn vor mich.

»Moonshine!«, zischte er.

»Du machst das schon, viel Glück«, sagte ich schnell und gab ihm noch mal einen leichten Schubser nach vorne.

Er warf mir einen letzten vielsagenden Blick über die Schulter zu und ging dann auf den *Baum der Feen* zu. An dessen Stamm wuchsen kleine Fliegenpilze. Einer davon war bereits abgetrennt und lag neben den anderen. Diesen ergriff Elijah nun und hob ihn auf. Von ihm wusste ich, dass eine Regel der Waldfeen lautete: *Tu keinen Pflanzen weh, außer sie dienen dir als Nahrung und für das Leben.*

Gespannt verfolgte ich seine weitere Vorgehensweise. Er legte die andere Hand über den Fliegenpilz und schloss die Augen. Mit zwei tiefen Atemzügen rief er seine Magie zu sich. Diese antwortete sogleich und begrüßte ihn mit einem Rascheln der umliegenden Büsche und Sträucher. Geäst und gefallene Blätter erhoben sich und wirbelten um Elijah herum, zerzausten sein dunkelbraunes Haar und brachten seine Gesichtszüge zum Strahlen.

Unwillkürlich stahl sich ein Lächeln auf meine Lippen. Schon früher hatte ich ihm gern dabei zugesehen, wenn er seine Magie anwandte. Es schien, als würde die Natur ihm gehorchen und dienen.

Ganz langsam öffnete er nun wieder die Augen, welche jetzt in einem satten Moosgrün leuchteten. Für einen Moment begegneten sich unsere Blicke und allein das sorgte dafür, dass sich eine Gänsehaut auf meinem Körper ausbreitete. Denn ich kannte diesen Ausdruck und das intensive Leuchten …

Schnell schob ich den Gedanken beiseite und atmete tief durch. Selbst wenn ich seine Nähe und Berührungen vermisste, so stand noch immer zu viel zwischen uns. Es gab kein Zurück. Nie wieder würden wir Momente der Zweisamkeit erleben.

Ich seufzte und versuchte mich wieder auf Elijah zu konzentrieren, der sich nun erneut abwandte und sich auf den Baum fokussierte, um seine Hand mit dem Fliegenpilz in die Aushöhlung zu strecken. Genau wie bei Ms Gibson begann der Baum sanft zu leuchten und mit seinen Blättern zu rascheln. Ein paar Sekunden verstrichen, bis Elijah seine Finger herauszog und uns einen grünen Staub präsentierte, der seiner Augenfarbe glich. Auf seinen Lippen zeichnete sich ein Lächeln ab, als ihm Ms Gibson zu seinem Erfolg gratulierte und eine Phiole reichte, auf der eine Tanne abgebildet war. Vorsichtig füllte Elijah den Staub in das Gefäß und kam mit schnellen Schritten auf mich zugelaufen. Er beugte sich nach vorne und raunte mir ins Ohr: »Mach das mal nach, Moonshine.«

Allein seine Nähe ließ mich erzittern, genauso wie seine Kampfansage. Er wusste genau, dass ich es mochte, wenn er mich herausforderte. Doch in diesem Augenblick holte mich eine bittere Erkenntnis ein: Vor paar Monaten hätten wir uns nie so in der Öffentlichkeit zeigen können, aus Angst, dass unsere Eltern von unserer Beziehung etwas mitbekamen … und nun versteckten wir unsere Verbindung nicht länger, aber konnten trotzdem nicht mehr zusammen sein. Wie oft hatte ich mir genau diese Situationen der Unbeschwertheit herbeigewünscht?

Ich schob mir eine Haarsträhne hinters Ohr und versuchte mich auf meine Aufgabe zu konzentrieren. Mein Blick glitt über den Hügel, der zu meiner Enttäuschung nicht allzu viel zu bieten hatte, außer Blumen, Büsche und … Gestein! Das war es. Ich stiefelte auf den kleinen Felsen links von dem Baum zu und mit jedem Schritt hoffte ich, dass ich recht behalten würde. Denn ich durfte Elijah nicht den Triumph gönnen zu gewinnen. Das war einfach unser Ding. Selbst wenn es in unserer Beziehung nie einen Verlierer gegeben hatte. Wir hatten uns für den jeweils anderen gefreut und uns durch diese kleinen Kampfansagen angespornt, noch besser zu werden, in dem, was wir taten. Doch jetzt war da ein Gefühl in mir, Elijah tatsächlich etwas beweisen zu wollen.

Als ich den Felsen erreichte, scannte ich das Gestein ab, konnte aber auf den ersten Blick nichts erkennen. Also ging ich auf die Knie und tastete ihn ab. Immer noch nichts. Leichte Zweifel machten sich in mir breit, aber ich war nicht bereit aufzugeben. Ich schaute genauer hin und erkannte dabei einen schmalen Schlitz, der halb von Löwenzahn verdeckt wurde. Darin schimmerte etwas, das verdächtig nach meinem gesuchten Edelstein aussah. Ohne zu zögern, griff ich in die Spalte … und wurde gebissen. »Autsch«, rief ich und zog meine Hand hinaus. Im selben Moment sah ich mich einer kleinen Eidechse gegenüber, die mich beleidigt anfunkelte.

»Ist alles in Ordnung, Ms Lightwell?«, fragte Ms Gibson und war bereits im Begriff, zu mir hinüberzueilen.

Kurz streifte mein Blick den von Elijah, der mich besorgt musterte. Ich schluckte schwer und drückte mit meiner anderen Hand auf die nun pochende Wunde an meinem Zeigefinger. Verflucht, tat das weh. Aber so schnell gab ich nicht auf. Rasch gab ich Ms Gibson ein »Alles gut« als Antwort und widmete mich wieder der Eidechse, die mich noch immer aufmerksam anschaute. Ich seufzte leise und lächelte diesen kleinen Teufel dann an. »Ich tue dir nichts, ich brauch den Mondstein für meinen Feenstaub.«

Die Eidechse schien allerdings wenig beeindruckt von meinem Versöhnungsversuch und blinzelte mich nur an.

Na großartig. So schnell würde ich sie wohl nicht loswerden – na ja, außer … ein weiteres Mal drehte ich mich zu den anderen um und suchte den Blick von Clara, die mir ein liebevolles

Lächeln schenkte. Mit einem kleinen Nicken zu der Eidechse versuchte ich ihr zu vermitteln, was ich von ihr wollte. Denn Tierfeen konnten die Anwesenheit von Tieren stets spüren, wenn sie sich darauf konzentrierten. Als ihr Grinsen noch ein Stück breiter wurde, flammte Hoffnung in mir auf.

Kurz schloss Clara ihre Lider, um die Magie zu sich zu rufen, und als sie ihre Augen öffnete, funkelten sie in einem prächtigen Dunkelbraun. Im selben Augenblick verließ die Eidechse ihren Wachposten und flitzte über die Wiese, direkt auf Clara zu. Diese ging in die Hocke und hob das kleine Reptil hoch. Als hätte es seine vorherige Stimmung vollkommen vergessen, rollte es sich in Claras ausgestreckter Hand zusammen und kuschelte sich an ihren Daumen – völlig im Bann der Tierfee, die die Herzen aller Tiere für sich gewinnen und sogar in Gedanken mit ihnen kommunizieren konnte.

Dankbar zwinkerte ich Clara zu und widmete mich dann wieder dem Felsen, um nach dem erhofften Mondstein zu suchen. Nur wenige Sekunden später hielt ich triumphierend ein Exemplar in die Höhe und begutachtete den rauen Stein, der etwa so groß wie ein Zweieurostück war. Normalerweise kam Mondstein vor allem in Indien vor, doch es gab ihn auch an Orten, in denen viele Feen zu Hause waren. Vermutlich waren dafür einige unserer Vorfahren verantwortlich.

Erleichtert ließ ich den Stein in meine Handfläche gleiten und lief damit auf den Baum zu. Kurz davor kam ich zum Stehen, legte meine andere Hand über den milchweiß-gräulichen Edelstein und begrüßte die Magie in mir. Sie war so dunkelblau wie die Nacht und durchzogen mit funkelnden Lichtern, die an Sterne erinnerten. Ich ließ sie in mein Herz und genoss ihre Wärme in meinen Adern. So wie in diesem Moment rief ich nur selten meine Magie. Denn als Mondfee hatte ich nicht viele Fähigkeiten, die das erforderten. Wenn ich schlief und in

Träumen wandelte, übernahm mein Körper automatisch die Kontrolle, sodass ich meine Magie erst wahrnahm, sobald ich in einen Traum stolperte. Und bei Visionen war es ähnlich. Die überkamen mich einfach.

Mit einem tiefen Atemzug schickte ich meine Feenmagie in Richtung Mondstein und ließ den Zauber wirken. Dabei stellte ich mir vor, wie die Magie ihn einhüllte und schimmern ließ. Die Kraft strömte nur so aus mir heraus, hinein in den Edelstein. Wenige Sekunden später öffnete ich meine Lider und legte meine Hand in das Baumloch.

Prompt hieß mich eine unnatürliche Wärme willkommen, die mich immer mehr einnahm. Ein Windhauch, so warm wie eine Sommerbrise, streichelte meine Finger, bis hin zu meiner Handkuhle, in der der Stein lag. Langsam spürte ich, wie das Gewicht des Steines abnahm und mich stattdessen hauchzarter Sand kitzelte. Ich verharrte, bis die Wärme nachließ, und erst dann zog ich erwartungsvoll meine Hand hervor. Sofort zeichnete sich auf meinen Lippen ein Lächeln des Triumphes ab. Ich, Elanor Lightwell, hatte Feenstaub aus einem Mondstein produziert.

Nur wenige Sekunden später spürte ich Ms Gibsons Hand auf meinem Unterarm. »Herzlichen Glückwunsch! Feenstaub aus einem Mondstein herzustellen war eine weise Entscheidung. Denn durch diesen Edelstein, der bereits eigene Macht besitzt, wirkt der Feenstaub noch stärker und kann sogar in Situationen des Kampfes eingesetzt werden.« Anerkennend nickte mir die ältere Fee zu und zog aus ihrer Tasche eine Phiole mit einer Mondsichel hervor.

Sie reichte mir das Gefäß und ganz vorsichtig füllte ich den Feenstaub hinein. Dann verstaute ich ihn in meiner Jackentasche und lief zurück zu Clara, vorbei an Leona, die jetzt nach vorne trat, und an Elijah, der mir zuzwinkerte. Das Siegerlächeln konnte ich mir nicht verkneifen.

»Das hast du toll gemacht«, rief Clara aufgeregt. Noch immer saß auf ihrer Handfläche die kleine Eidechse und beobachtete mich lauernd.

Schmerzlich erinnerte ich mich wieder an meinen pochenden Finger, in den sie ihre kleinen Beißerchen versenkt hatte.

»Kannst du ihr bitte sagen, dass ich ihre Ruhe nicht stören wollte?« Versöhnend blickte ich von Clara zu dem kleinen Reptil.

Die Tierfee fuhr daraufhin sanft über das kleine Köpfchen der Eidechse und murmelte: »Sie hat solche Angst vor dem Gewitter, das bald –«

Ihre Worte gingen in einem lauten Glockenschlag unter. Und dieser ließ mein Herz für den Bruchteil einer Sekunde stillstehen. Dann ertönte der nächste Schlag und der nächste. Ich zählte mit, denn es würden noch weitere folgen, das wusste ich. Vierzehn Glockenschläge. Sie kamen vom Glockenturm der Academy und warnten uns. Vor einem Unwetter, das nur einmal im Jahr stattfand. Und das von dunklen Feengeistern gerufen wurde, die uns daran erinnern wollten, dass sie nach wie vor das Wetter beherrschen konnten.

Wieder fing es in dem Glockenturm an zu läuten. Dreizehn Schläge. Dreizehn Minuten.

Wie automatisch ging mein Blick zum Himmel. Meine Annahme, die aufgetürmten Wolken würden nach Norden ziehen, war wohl eine Fehleinschätzung gewesen. Unweigerlich stellten sich mir die Nackenhaare auf. Die ersten Blitze zuckten bereits in unserer unmittelbaren Nähe über den immer dunkler werdenden Himmel, gefolgt von einem Wind, der von Sekunde zu Sekunde an Stärke gewann. Nein. Das durfte nicht sein. Nicht jetzt, wo wir auf diesem Hügel waren.

»Wie vielleicht ein paar von Ihnen schon wissen, sind das die Glockenschläge im Turm der Moonlight Academy, die den

Fluch der neun Wetterfeen ankündigen. Bitte bleiben Sie ruhig und laufen Sie in einer Schlange den Hügel hinab. Ich bilde den Schluss«, rief Ms Gibson mit fester Stimme. Die Ruhe, die sie ausstrahlte, besänftigte mein rasendes Herz, das bei jedem Donnergrollen schneller pochte. Ich hatte keine Angst vor Unwetter, aber ich wusste, dass diese paar Stunden im Jahr, wenn die Feengeister sich zeigten, niemand in der Umgebung vor der Tür sein sollte.

Gerade als mein Herz mir wegen meiner Gedanken erneut aus der Brust zu springen drohte, spürte ich Leonas schützende Hand, die sich mit meinen Fingern verwob. Ich atmete tief ein und aus und folgte ihr und Clara dann mit schnellen Schritten den Pfad hinunter. Zumindest boten uns die umliegenden Bäume etwas Schutz. Dennoch hielten sie den Wind nicht davon ab, sich seinen Weg zu uns zu bahnen. Er wurde mit jedem unserer Schritte stärker und trug die dunklen Gewitterwolken näher zu uns heran. Und mit jeder verstrichenen Minute erklang ein weiteres Wetterläuten. Zehn Minuten. Sobald die Zeit abgelaufen war, würde alles über uns zusammenbrechen.

Meine Füße trugen mich noch schneller den Pfad entlang, der nun steiniger wurde. Immer wieder wich ich herumliegendem Geäst aus, das dem Wind bereits zum Opfer gefallen war. Doch als die Glocke die neunte Minute ankündigte, dicht gefolgt von einem ohrenbetäubenden Donnergrollen, das viel näher zu sein schien, als es bereits sein dürfte, übersah ich einen Stein. Ich geriet ins Taumeln, verlor den Halt, ließ dabei Leonas Hand los und kam unsanft auf dem Boden auf, wobei ich mir den Kopf an einem Stein anstieß.

»Elanor, Elanor!« Die panische Stimme meiner Cousine drang gedämpft zu mir durch.

»Lass mich durch!« *Elijah?*

Nur verschwommen nahm ich wahr, wie sich warme Hände um meine Wangen legten. Doch mein Kopf fühlte sich so schwer an. Wie automatisch gewann die Schwerkraft und mein Kopf knickte zur Seite weg. Dabei fiel mein Blick auf meinen ausgestreckten Arm, der zwischen zwei Sträuchern lag. Kraftlos hob ich ihn an … und dann sah ich es. Blut. Schimmerndes Blut klebte an meinem Handgelenk. Allein diese Tatsache schnürte mir die Kehle zu und mit allerletzter Kraft bewegte ich ihn weiter, um ihn Elijah zu zeigen.

»Ist sie verletzt?«, erklang Claras Stimme irgendwo über mir.

Wie im Nebel spürte ich, dass kräftige Arme meinen Arm abtasteten. Sie waren mir so vertraut, dachte ich schläfrig … Elijah …

»Nein, Elanor ist nicht verletzt … Irgendetwas stimmt hier nicht.« Ein Schatten beugte sich über mich, aber ich konnte von der Seite nur Elijahs dunkelbraune Haare erkennen.

»Ms Gibson. Ich glaube, Sie sollten sich das ansehen. Dieses Blut stammt nicht von Elanor … und doch ist es frisch. Vermutlich lagen Blätter darüber und diese wurden vom Wind aufgewirbelt.«

Eine weitere Person beugte sich über mich, bevor sie sich bloß wenige Sekunden später wieder erhob. Nach und nach sickerten die Erkenntnisse zu mir durch und vertrieben den Nebel in meinem Kopf.

»Mr Havswood, bitte bringen Sie Ms Lightwell schnellstmöglich auf ihr Zimmer. Alle anderen von Ihnen gehen ebenfalls unverzüglich zurück zur Academy. Ich werde eine Wetterfee hierher beordern und halte die Regentropfen so lange wie möglich von dieser Stelle fern.« Kaum verließen die Worte ihren Mund, bildete sich ein aus Wasser bestehender Wirbelwind, der in Sekundenschnelle auf die Academy zuraste. Eine Methode der Wasserfeen, um Botschaften zu übermitteln.

Im nächsten Augenblick spürte ich Elijahs starke Arme unter meinem Körper, die mich sanft hochhoben und gegen seine warme Brust pressten. Unwillkürlich sog ich seinen vertrauten Duft ein, der mir stets Ruhe geschenkt hatte.

»Es wird alles gut werden, Moonshine«, versicherte er mir.

Doch als die Glocke nur noch dreimal schlug, wusste ich nicht, ob ich Elijah glauben konnte. Immer wieder fielen mir die Augen zu und ein gleißender Schmerz jagte durch meinen Kopf. Gleichzeitig waren da die Gedanken an die Blutlache und auch an das Unwetter, das uns jeden Moment einholen würde. Elijah rannte und rannte, genau wie alle anderen. Mein Blick ging zum Himmel, dessen düstere Wolken ihr jährliches Unwetter vorbereiteten. Ich konnte die toten dunklen Wetterfeen bei jedem Donnergrollen beinahe kreischen hören.

Ich drehte den Kopf, was mit einem pochenden Schmerz bestraft wurde. Nur noch wenige Schritte und wir würden die Academy erreichen. Elijah rannte. Neben ihm Leona und Clara. Vor uns die paar wenigen, die nicht wie die anderen vorausgeeilt waren. Jede Fee wusste, was das Wetterläuten bedeutete und was die Toten verursachen konnten.

Kaum hatten wir den Hof der Academy erreicht, erklang der letzte Glockenschlag. Die Luft um uns herum schien sich aufzuladen. Die Blitze wurden größer, stärker und kamen näher zur Erde. Der Regen verwandelte sich nach und nach in Hagelkörner. Und der Wind entwickelte sich zu Sturmböen, die spätestens nach Ablauf der Minute die Stärke eines Tornados erreichen würden. Allein der Gedanke, was passieren würde, wenn wir alle dann noch hier draußen waren, nahm mir die Luft zum Atmen. Doch uns blieb keine Zeit, darüber nachzudenken. Wie automatisch begann mein Kopf die restlichen Sekunden zu zählen.

Dreißig …

»Wir haben es gleich geschafft!«, schrie Elijah.

Zwanzig …

Nur noch wenige Meter. Wieder ein Donnergrollen, das Unheil ankündigte.

Fünfzehn …

Eine Böe, die Elijah für eine Sekunde aus dem Gleichgewicht brachte und taumeln ließ.

Vierzehn …

»Los, lauft, Leute!«, brüllte Jade, der bereits auf den Treppenstufen stand.

Zehn …

»Wir müssen es schaffen!« Leonas panische Stimme.

Acht …

Die ersten Hagelkörner prasselten auf uns nieder, während die Blitze die immer dunkler werdende Umgebung erhellten und mit ihrer Elektrizität mein Herz zum Rasen brachten.

Fünf …

Ich klammerte mich fester an Elijah.

Vier …

Er sprintete die Treppe nach oben.

Drei …

Gleich hatten wir es geschafft. Hoffnung, gemischt mit blanker Panik breitete sich in mir aus. Genau wie ein metallischer Geschmack, der vor den kommenden Blitzeinschlägen warnte.

Zwei …

Die letzte Stufe.

Eins …

KAPITEL 10

Im Jahre 1994 sorgte das jährliche Unwetter der neun toten Wetterfeen dafür, dass der Glockenturm der Moonlight Academy einstürzte. Nach seiner Instandsetzung entschied man, ihn zusätzlich mit Magie zu belegen, die ihn vor einer weiteren Katastrophe bewahren sollte. Zudem wurde ein Zauber entwickelt, der den Glockenturm dazu bringt, auf die Magie der Totenwelt zu reagieren und alle Feen im Umkreis zu warnen, sollte sie sich nähern.

ENZYKLOPÄDIE – WELT DER FEEN, KAPITEL 87

Elijah setzte den Fuß in die Eingangshalle, gerade als das Chaos losbrach. Ein ohrenbetäubender Donnerschlag ließ mein Trommelfell klingeln und für ein, zwei Sekunden schlug mein Herz außerhalb seines Takts.

Ich warf einen letzten Blick durch die bereits zufallende Flügeltür. Mehrere Blitze zuckten so tief über der Academy, dass wir es vermutlich nie lebend reingeschafft hätten, wenn wir noch draußen gewesen wären.

»W-was ist mit Ms Gibson?«, fragte ich voller Sorge. Sie war nach wie vor dort draußen. Der Rache der toten Wetterfeen ausgeliefert.

»Sie weiß sich zu schützen«, murmelte Elijah, während er Leona und Clara folgte. Kurz wandte er den Kopf und wechselte ein paar unverständliche Worte mit Jade, der mich besorgt musterte, dann aber nach einem Nicken in eine andere Richtung verschwand.

Wenig später kamen wir vor meiner Tür zum Stehen und Elijah schenkte Clara und Leona einen entschlossenen Blick.

»Ich kümmere mich um sie.«

Meine Cousine warf mir einen fragenden Blick zu, doch ich antwortete ihr mit einem Nicken.

Dann stieß Elijah die Tür zu meinem Zimmer auf, eilte auf den Stuhl am Schreibtisch zu und half mir, mich zu setzen. Wie in Trance kramte ich die Phiole mit dem Feenstaub aus der Jackentasche und legte sie mit zitternden Fingern auf den Schreibtisch. Doch kaum schaute ich wieder zu ihm, spürte ich, wie mir seine Nähe fehlte und die von ihm ausgehende Körperwärme. Bibbernd schlang ich meine Arme um die nasse Kleidung.

»Wie geht es dir?«, fragte er mich leise, kniete sich vor mich und strich mir eine schwarze Haarsträhne aus dem Gesicht.

»Was denkst du, wie es Ms Gibson geht? Wie bringt sie sich in Sicherheit?«

Elijah lächelte mich warmherzig an. Und allein diese Geste sorgte dafür, dass ich für einen Moment das Unwetter dort draußen vergaß.

»Du hast dich schon immer mehr um andere gesorgt als um dich selbst. Aber Ms Gibson ist eine mächtige Wasserfee, die es mit den Geistern der Wetterfeen aufnehmen kann. Außerdem verfügt sie über Magie, die zumindest die mit Wasser vollgesogenen Wolken über ihrem Kopf aufhalten kann. Das Gleiche gilt für die Wetterfee, die sie zu sich gerufen hat«, beruhigte mich Elijah. »Und jetzt verrate mir, wie es dir geht.« Besorgt legte er seine Hand auf meinen Unterarm.

»Mal abgesehen von einem dröhnenden Schädel geht es einigermaßen … obwohl, mein Sprunggelenk tut auch –« Wie automatisch glitt mein Blick zu meinem Fuß und ich griff nach der schmerzenden Stelle. Und dann sah ich das getrocknete Blut an meinem Handrücken kleben. Das schimmernde Blut, das nur von einer Fee stammen konnte und definitiv nicht meins war.

»Was ist bloß geschehen? Und wessen Blut ist das?«, fragte ich mit zittriger Stimme.

»Ich würde dir gerne Antworten geben, aber ich weiß es nicht. Wir können bloß abwarten und hoffen, dass dieses Blut nichts Schlimmeres bedeutet. Und vor allem erst einmal den Sturm überstehen.« Ein lautes Donnergrollen, gefolgt von einer Sturmböe, die Hagelkörner gegen das Balkonfenster schmetterte, untermauerte seine Worte.

Wieder schaute ich zu meinem Handgelenk und dachte an all die möglichen Szenarien, die zu der Blutlache dort draußen geführt haben könnten. Das sorgte allerdings dafür, dass mir übel wurde. Schnell stand ich auf, um ins Bad zu gehen. Doch als ich den ersten Schritt machte, durchfuhr mich sogleich ein stechender Schmerz im Fuß. »Autsch!«, fluchte ich noch, bevor mein Gleichgewicht versagte. Ich geriet ins Taumeln und landete direkt in Elijahs schützenden Armen.

»Aufpassen, Moonshine«, raunte er, schlang dann einen Arm um mich und half mir ins Bad. Dort angekommen setzte er mich auf den Beckenrand der Badewanne, kramte ein Handtuch heraus, machte es nass und fuhr damit vorsichtig über meine blutverschmierte Hand.

Aufgewühlt beobachtete ich, wie seine Finger über meine Haut strichen, die unter seiner Berührung zu brennen schien. Im Sekundentakt wurden seine Züge durch das Leuchten der Blitze erhellt. Und auch wenn der Wind immer wieder ein Schlupfloch fand und sich seinen Weg durch die Ritzen des Fensters im Bad bahnte, so fror ich nicht. Ganz im Gegenteil. Allein der Gedanke, Elijah so nah zu sein, erhitzte meinen Körper.

Als hätte er meinen Gedanken gelauscht, schaute er zu mir auf. In seinen Augen loderte das gleiche Feuer wie in mir. Er war immer noch fähig, es zu entfachen, selbst, nachdem er mich verletzt und verlassen hatte. Auch wenn ich wusste, dass er keine andere Wahl gehabt hatte.

»Elanor, deine Jacke, es …«, unterbrach Elijah den Moment und deutete mit einem Nicken darauf.

Ich folgte seinem Blick und hielt den Atem an. Auf der Wolljacke waren ebenfalls Spuren von Blut verteilt. Schnell zog ich sie aus, merkte dann allerdings, dass sogar mein Oberteil etwas abbekommen hatte. Der Stoff klebte nass, wie eine zweite Haut, an mir. Leichte Verzweiflung machte sich in mir breit, gefolgt von einer sich anbahnenden Panik. Dieses Blut. Dieses *fremde* Blut. An meinem Körper. Weg, es musste weg!

Gerade als ich einen tiefen Atemzug ausstieß, spürte ich Elijahs Hände um mein Gesicht und er zwang mich, ihn anzuschauen.

»Ich zieh dir jetzt das Oberteil aus, okay?«

Dankbar nickte ich und nahm im selben Augenblick wahr, wie seine Hände unter den Saum des Shirts wanderten und es vorsichtig nach oben schoben. Wie ferngesteuert schlüpfte ich mit seiner Hilfe heraus. Das Oberteil und die Jacke landeten im Mülleimer und bereits in der nächsten Sekunde fuhr Elijah mit dem nassen Handtuch sanft über die Stelle an meinem Schulterblatt. Als er sich meiner Brust näherte, musterte er mich fragend. Ich nickte nur und biss mir auf die Unterlippe, als das Handtuch zwischen meinen Brüsten hinabfuhr, bis hin zu meinem Bauchnabel. Dort verharrte Elijah und schaute erneut zu mir auf.

»Elanor …«, raunte er und legte das Handtuch langsam beiseite. Dabei ließ er mich keine Sekunde aus den Augen.

Und in diesem Augenblick realisierte ich, dass ich nur in BH und Hose vor ihm saß. Schlagartig nahm die Spannung zwischen uns zu und ich konnte die Funken fast sehen, die zwischen uns hin- und hersprangen. Es hatte viele Momente wie diesen gegeben. Intensive. Voller Leidenschaft und Gefühl. Und doch war dieser anders. Zum einen, weil wir wussten, dass es uns strengstens verboten war, uns in der realen Welt zu küssen, und zum anderen, weil einem Teil meines Herzens nach wie vor schmerzlich bewusst war, dass wir nicht mehr zusammen waren.

»Elijah, ich …«, murmelte ich hin- und hergerissen. Kämpfte dagegen an, mich einfach fallen zu lassen, wie ich es schon so oft bei ihm getan hatte.

Langsam beugte er sich zu mir vor und strich sanft mit seinem Daumen über meine geöffneten Lippen.

»Elanor, du bist so verdammt schön«, raunte er mit tiefer Stimme.

Allein durch seine Worte entrang sich mir ein Stöhnen, während mir seine Hand zwischen meinen Brüsten nach wie vor deutlich bewusst war.

Und das war auch der Moment, in dem mir klar wurde, dass es hier enden musste. Denn wenn nicht, würde es einen Fluch auslösen, der unsere Familien gefährdete. Ein einziger Kuss und die Hölle würde über uns hereinbrechen.

»Wir dürfen das nicht, Elijah.« Ich seufzte, schob seine Hand widerwillig beiseite und erhob mich.

Sofort spürte ich wieder seine stützenden Arme um meinen Körper, die mir Halt gaben und mir zurück zum Bett halfen. Als ich Elijah bat, mir mein Schlafshirt, das sein T-Shirt war, zu reichen, stahl sich ein Schmunzeln auf seine Lippen. Dann legte er sich zu mir, wie er es schon früher getan hatte. Diese Geste hatte etwas schmerzlich Vertrautes, denn eigentlich sollte sie mir doch fremd werden.

»Sag bitte was«, murmelte ich nach einer Weile, in der wir

nur den ohrenbetäubenden Windgeräuschen und den Donnerschlägen gelauscht hatten.

»Elanor … ich weiß einfach nicht wohin mit meinen Gefühlen.« Er fuhr sich mit der Hand übers Gesicht und schüttelte den Kopf. »Du bringst mich noch um den Verstand.«

Ein trauriges Lachen entfuhr mir. Früher war jede Sekunde, in der wir uns so nah hatten sein können, eine unvergessliche Erinnerung für die Zukunft gewesen. Ein Moment, in dem es nur uns gegeben hatte.

Unwillkürlich fragte ich mich, ob ich eines Tages wieder so eine Liebe finden würde. Und wie ich damit klarkommen würde, wenn Elijah einem anderen Mädchen sein Herz öffnete … Prompt schossen mir Bilder vom Lagerfeuer durch den Kopf und versetzten meinem Herzen einen Stich.

»Hat Annabelle dich geküsst?«, sprudelte es aus mir heraus, bevor ich die Frage aufhalten konnte. »Also, bei dem Lagerfeuer?«, schob ich hinterher.

Während sein Blick zu mir wanderte, wagte ich es kaum zu atmen. Ich wusste nicht, wie ich reagieren würde, wenn es tatsächlich so gewesen war. Allerdings, hatte ich überhaupt das Recht, verletzt zu sein? Wir wussten beide, dass das mit uns keine Zukunft haben würde. Also vielleicht war es besser, wenn ich ihn ziehen ließ …

»Nein, sie wollte mich küssen. Aber ich konnte nicht«, unterbrach Elijah mein Gedankenchaos.

»Wieso?«, fragte ich, denn ich musste die Antwort hören. Aus seinem Mund. Worte, die mich noch weiter in den Abgrund treiben würden, weil ich zu schwach war, ihnen standzuhalten. Gleichzeitig sehnte ich mich danach. Nach dem Halt, den sie mir geben konnten. Und doch wusste ich nicht, ob ich bereit war.

Er drehte seinen Kopf zu mir, sodass seine Stirn die meine berührte. »Elanor, was willst du von mir hören?«

»Die Wahrheit.« Meine Stimme war nur noch ein Flüstern.

»Du bist der Grund. Und du wirst immer der Grund sein.«

Hauchzart fuhr er mir mit seiner Hand über die Wange. »Und jetzt schlaf.«

»Werden wir uns gleich wiedersehen?«

Und bevor mir die Lider zufielen, sah ich die Antwort in seinen Augen.

»Moonshine, du hast mich warten lassen«, waren Elijahs erste Worte, als ich durch die Tür der Hütte trat. Anders als beim letzten Mal tobte draußen keine Mischung aus Schnee und Gewitter, sondern ein klarer Sternenhimmel erhellte die Nacht.

»Ich bin nicht mehr so geübt wie früher«, erwiderte ich grinsend und versuchte meine Aufregung zu überspielen. Denn die Wahrheit war, dass ich gezögert hatte. Zwischen meinem eigenen Traum und Elijahs. Dem Augenblick, in dem ich üblicherweise entschied, ob ich traumwandeln wollte. Und irgendwann hatte ich tatsächlich eine Wahl getroffen.

Ich wusste, was nun geschehen würde. Wir beide wussten es. Gleichzeitig würde uns dieser Moment zurückschleudern. An den Punkt in unserer Vergangenheit, in dem wir am verwundbarsten gewesen waren. Aber war es das nicht wert, wenn es bedeutete, der Liebe nachzugeben? Selbst wenn der Preis so hoch war? Obwohl es vielleicht nur eine Erinnerung für die Zukunft sein würde?

»Über was denkst du nach?«

Mein Blick ging zu Elijah, der mich aufmerksam musterte. In seinen Augen lagen so viele Fragen, unausgesprochene Worte und Erinnerungen.

»Über das, was gleich geschieht«, gab ich zurück und ließ mich neben ihm auf dem Sofa nieder. Im Kamin prasselte bereits ein Feuer und tauchte die Strandhütte in ein warmes Licht.

»Elanor, wenn du nicht willst …«, setzte Elijah an, doch ich legte für eine Sekunde meine Finger auf seine Lippen, bevor ich sie in seinem dichten Haar vergrub.

»Ich weiß, dass wir in der realen Welt keine Möglichkeit haben, zusammen zu sein. Aber jetzt, in diesem Moment möchte ich egoistisch sein. Wenn auch nur in unseren Träumen.«

Dank meiner Fähigkeiten waren für uns diese Träume genauso real wie die normale Welt. Weil es wirklich passierte. Und genau das machte mir so Angst. Ich wusste, dass es kein einfacher Traum war, der wie eine Seifenblase zerplatzte, wenn wir aufwachten. Sondern es war ein gemeinsamer Moment, an den wir uns beide zurückerinnern würden.

»Lass uns zusammen egoistisch sein«, flüsterte Elijah und überbrückte die wenigen Zentimeter zwischen uns. Für den Bruchteil einer Sekunde streiften seine Lippen sanft über die meinen, als würde er den Augenblick auskosten. Doch als sein Kuss intensiver wurde und seine Zunge um Einlass bat, verlor ich mich und mein Herz.

Ich gab mich seinem Kuss vollkommen hin. Dem Verlangen, das darin lag und meinen Körper beben ließ. Alles in mir schrie nach seiner Nähe. Ich brauchte ihn. Seinen Körper auf meinem. Das Kribbeln meiner Haut, wenn er mich berührte. Ich brauchte uns. Die Nähe, die mir so lange Zeit Sicherheit gegeben hatte. Wir wurden eins, gaben uns dem Moment hin. Verdammt, wie sehr ich ihn vermisst hatte. Und allein der Gedanke, dass es nur diese eine Nacht gab, trieb mich an, ihm noch näher sein zu wollen.

Ich zerrte an seinem Shirt und unterbrach den Kuss, um es ihm über den Kopf zu ziehen. Elijahs Blick verzehrte mich, während seine Hände zu meinem Oberteil wanderten, das er mir in einer fließenden Bewegung abstreifte. Genau wie meinen BH, der unseren anderen Kleidungsstücken folgte. Mit seinen rauen

Fingern berührte Elijah meine empfindlichsten Stellen, ließ mich dabei nicht aus den Augen. Er brachte mich um den Verstand, ließ mich gleichzeitig erzittern und brennen. Verdammt, ich wollte mehr. Ich setzte mich auf ihn und küsste ihn leidenschaftlich, was Elijah ein leises »Verdammt, Elanor« entlockte.

Angeregt durch seine Worte, fuhr ich mit meinen Fingern über seinen definierten Oberkörper und gerade als sie tiefer strichen … wurden wir aus dem Traum katapultiert.

Ich schoss in die Höhe und schaute mich schwer atmend in dem dunklen Zimmer um. »W-was ist geschehen?« Noch immer war ein Teil von mir in dem Traum gefangen, in der Vorstellung, was passiert wäre. Doch nun waren wir wieder in der Realität, wo es ein Uns nicht geben konnte.

»Es ist eine Minute vor Mitternacht, das Unwetter wird gleich seinen Höhepunkt erreichen«, sagte Elijah mit einem Blick auf seine Armbanduhr. Vermutlich war es der Lautstärke des Windes geschuldet, dass wir beide hochgeschreckt waren. Wenn die Uhr zur Mitternachtsstunde schlug, dann waren die Geister der Wetterfeen am stärksten und das würden sie uns spüren lassen.

Mit schnell pochendem Herzen rappelte ich mich auf und lief zum Fenster, wo ich den Vorhang beiseiteschob. Als ich sah, was uns gleich erwartete, stieß ich ein Keuchen aus.

»Was ist?«, fragte Elijah und wenige Sekunden später spürte ich ihn hinter mir. Schützend legte er seine Arme um mich.

Ich hingegen konnte nur auf das starren, was sich da draußen zusammenbraute. Über dem tobenden Meer sammelte sich der Wind, vereinte sich und formte einen Tornado. Blitze tanzten um den bedrohlichen Sturm und Hagelkörner wurden in alle Richtungen geschleudert. Und genau dieses Wetter bahnte sich nun seinen Weg in Richtung Academy. Der Tornado sog Wasser auf und wurde zunehmend stärker. Mein Herz raste immer schneller. Jedes Jahr war es das gleiche Szenario. Und doch holte mich die Angst immer wieder aufs Neue ein.

»Elanor, komm vom Fenster weg«, sagte Elijah und verwob seine Finger mit meinen. Dann versuchte er mich Richtung Bett zu ziehen, aber ich war wie in einer Starre gefangen. Den Blick auf den Tornado gerichtet. Innerlich zählte ich erneut die Sekunden.

Fünfundvierzig, vierundvierzig …

»Elanor!«

Ich rührte mich nicht.

Vierzig, neununddreißig …

»Am Fenster zu stehen ist zu gefährlich!«

Zweiunddreißig, einunddreißig …

Der Tornado erreichte das Festland. Und die immense Kraft, die er mit sich brachte, ließ die Fensterscheiben klirren.

»ELANOR, verdammt!«

Achtzehn, siebzehn … und dann spürte ich Elijahs starke Arme um meinen Körper, die mich hochhoben und aufs Bett beförderten.

»Das ist riskant gewesen«, knurrte er.

Ich schluckte schwer. Unwillkürlich fühlte ich mich in meine Kindheit zurückversetzt. Es war jedes Jahr dasselbe. »Ich weiß … aber es ist schlimmer, das Unwetter nicht zu sehen, als ihm ins Auge zu blicken.«

Ich schaffte es einfach nicht wegzuschauen. Wenn ich nicht wusste, was geschah, brachte es mich beinahe um den Verstand. Und das sorgte auch dafür, dass sich meine Vernunft wie automatisch verabschiedete, sobald ich vor dem Fenster stand und den Mitternachtsgong abwartete.

Nur, dass dieser in genau diesem Moment erklang, während Elijahs schützender Körper mich zurückhielt.

»Gleich ist es vorbei«, flüsterte er und strich mir eine Haarsträhne hinters Ohr.

Für uns war es der erste Sturm, den wir zusammen durchstanden. Bisher hatten wir voneinander getrennt bei unseren Familien verharrt. Zumindest hatte ich so eine Sorge weniger. Die um Elijah.

Ich drückte mein Gesicht an seine Brust und versuchte das immer lauter werdende Klappern der Fensterläden zu ignorieren. Genau wie das Donnergrollen, das alles zum Vibrieren und mein Herz aus dem Takt brachte. Weiterhin zählte ich die Sekunden. Der Tornado konnte nur noch einen Steinwurf entfernt sein … und gerade als ich tief einatmete, um mich auf das Kommende vorzubereiten, erklang ein ohrenbetäubendes Klirren, gefolgt von Glassplittern, die durch das Zimmer flogen.

Ich löste mich aus der schützenden Umarmung und sprang auf. Dicht gefolgt von Elijah, der sich vor mich stellte und damit dem Sturm ins Auge blickte. Der Wind peitschte durch den Raum und Regentropfen erreichten uns. Bevor ich realisierte, was Elijah vorhatte, hob er seine Arme. Das Leuchten seiner moosgrünen Augen war so intensiv, dass es sich in den noch vorhandenen Resten des Fensterglases spiegelte. Er wandte Feenmagie an. Aber wofür …?

Dann sah ich es. Etliche Efeuranken schlängelten sich über den Balkon, direkt auf das Fenster zu. Sie verwoben sich miteinander und bildeten Stück für Stück einen Schutzwall, der den Sturm davon abhielt, weiter Schaden anzurichten. Aber selbst als wir in Sicherheit zu sein schienen, ließ er nicht von seinem Vorhaben ab. Seine Augen leuchteten heller und heller, während sich Schweißperlen auf seiner Stirn bildeten. Und nun dämmerte mir auch, was er tat. Er würde nicht nur uns schützen. Doch als er Sekunden später ins Schwanken geriet, war auf einmal ich es, die ihre Arme um seinen kräftigen Körper schlang und ihn zum Bett bewegen wollte. Allerdings vergebens. Als wäre er zu einer Statue geworden. Bestimmt hatte er zu viel Magie angewandt und jetzt übermannte sie ihn und hielt ihn gefangen.

»Elijah, es ist zu viel!«, schrie ich ihm zu, aber er hörte mich nicht. Als würde er sich in einer Parallelwelt befinden. Meine Sorge um ihn wuchs. Wenn er nicht bald aufhörte, würde er zusammenbrechen. Es war zu viel Energie. Ich schlüpfte unter seinen ausgebreiteten Armen hindurch und stellte mich vor ihn.

»Elijah, hör jetzt auf!«, befahl ich ihm erneut, allerdings schien er mich gar nicht wahrzunehmen. Fieberhaft überlegte ich, was ich noch versuchen konnte, um zu ihm durchzudringen. Zwar ahnte ich, was er gerade tat, aber das war den Preis nicht wert, den er zahlen würde, sollte er zusammenbrechen. Es würde Monate dauern, bis sich seine ausgebrannte Feenmagie regenerierte.

Dann kam mir allerdings eine Idee. Sie war riskant. Und vielleicht ging sie schief, sollte ich mich nicht beherrschen können, doch das war es wert. Ohne weiter nachzudenken, legte ich meine Hände um sein Gesicht, stellte mich auf die Zehenspitzen und näherte mich ihm. Mit jedem überwundenen Zentimeter fiel mir das Atmen schwerer. Seinen Mund und meinen trennte nur noch ein sanfter Windhauch. Ich konnte seinen Atem bereits auf meinen Lippen spüren … und dann brach seine Trance und er taumelte zurück. Mit weit geöffneten Augen starrte er mich an.

»Elanor!«

Ich lächelte ihn traurig an. »Es war die einzige Möglichkeit, wie ich dich wieder in das Hier und Jetzt zurückbefördern konnte.«

»Indem du mich küsst und einen Fluch auslöst, der unsere Familien gefährdet?« Verwirrt fuhr er sich durchs Haar.

Ich verdrehte die Augen. »So ein Quatsch. Ich wusste, wenn ich kurz davor bin, dich zu küssen, würde dein Körper darauf reagieren und mich wegstoßen.« Eine ungewollte Traurigkeit schwang in meiner Stimme mit. Mir war bewusst, dass es die einzig richtige Reaktion gewesen war. Und doch tat es weh, wie automatisch diese von ihm ausgegangen war.

Elijah machte einen Schritt auf mich zu und legte seine Hand an meine Wange. »Elanor. Wir wissen beide, weshalb wir uns so verhalten müssen.«

Ich nickte stumm und versuchte den Kloß in meinem Hals hinunterzuschlucken. Trotzdem nistete sich das Gefühl seiner Abweisung in meinem Herzen ein.

Weil ich seinen sorgenvollen Blick nicht länger ertragen konnte, schaute ich zu der Efeuwand, die uns vor dem tobenden Wetter schützte. Zumindest schien das Schlimmste überstanden zu sein.

»Was hast du eigentlich für eine Magie gewirkt, nachdem du uns in Sicherheit gebracht hattest?«

»Ich habe weitere Efeuranken zu deiner Cousine, ihrer Freundin, Jade und deinem Bruder geschickt. Aber dann hat mich meine Magie überwältigt.«

»Danke«, flüsterte ich gerührt und konnte nicht verhindern, dass sich Tränen in meinen Augen sammelten. »Du wusstest, dass es riskant ist, wenn du so viel Feenmagie anwendest.«

»Das war es wert. Und ich wusste, du würdest an meiner Seite sein, falls die Magie mich übermannt.« Er lächelte mich aufmunternd an, bevor er sich in dem verwüsteten Zimmer umschaute.

»Komm, lass uns ein wenig Ordnung schaffen.«

Ich hob eine Augenbraue und pikste ihm mit dem Zeigefinger in die Brust. »Du ruhst dich jetzt erst einmal aus!«

Vermutlich sorgte der Ton meiner Stimme, der keine Widerrede duldete, dafür, dass er seufzend nachgab und sich mit mir auf das Bett zurücksinken ließ.

Und kaum erreichte sein Kopf das Kissen, fielen ihm die Augen zu. Ich fuhr ihm sanft durch sein Haar und rief meine Magie, um ihm ein schönes Gefühl zu schenken. Nach und nach spürte ich, wie die Kraft von mir auf ihn überging. Und als sich ein sanftes Lächeln auf seinen Lippen bildete, hatte ich meine Aufgabe getan. Ich kuschelte mich zu ihm und gab mich der Erschöpfung des vergangenen Tages hin.

Tagebucheintrag von Lisea Brennan

15. Juli 1795

Zwei Monate sind vergangen, seit die dunklen Wetterfeen mich verflucht und die Menschen unsere Stadt angegriffen haben. Wir haben gesiegt, aber nun habe ich meinen eigenen Kampf zu führen. Sobald die Sonne aufgeht, ergreift Boshaftigkeit von mir Besitz. Und erst wenn die Nacht anbricht, kann ich durchatmen und werde wieder ich selbst. Früher habe ich bereits schon Wut empfunden. Aber diese ist anders. Gefährlicher. Ich habe versucht mich von meinen Mitmenschen fernzuhalten und doch gab es Situationen, in denen meine Magie überhandgenommen hat. An einem warmen Sommertag hat mir ein Bauer die letzten Birnen an einem Marktstand vor der Nase weggeschnappt. Aus Wut habe ich meine Sonnenfee-Magie beschworen und ihm heiße Sonnenstrahlen entgegengeschleudert. Wochenlang hatte er mit den Verbrennungen zu kämpfen und ist nur knapp dem Tode entkommen. Ich weiß, dass ich schon vor dem Fluch eine Neigung zur dunklen Seite hatte, aber diese reine Boshaftigkeit bei Tag verändert mich. Ich hoffe, einen Gegenfluch zu finden, der mich von meinem Elend befreit. Doch als Meisterin der Flüche bezweifle ich das. Denn die Wetterfeen haben ihre Magie mit in ihr Grab genommen.

KAPITEL 11

Wenn ein Fluch ausgesprochen wird, kann dieser nach dem Tod nicht rückgängig gemacht werden. Ein bekanntes Beispiel ist dafür der Fluch der neun toten Wetterfeen, die jedes Jahr aufs Neue Unheil über die Ländereien rund um Dungarvan bringen. Einer der Gründe, weshalb sich in dieser Gegend ausschließlich Feen angesiedelt haben.

ENZYKLOPÄDIE – WELT DER FEEN, KAPITEL 77

Nur ein verdammter Zettel. Hinterlassen in einem aufgeräumten Zimmer, das sich ohne ihn leer anfühlte. Dabei war es bloß eine Nacht gewesen, die er hier verbracht hatte. Frustriert ließ ich mich zurück in meine Kissen sinken. Verflucht. Selbst die Bettwäsche roch nach ihm!

Seufzend tastete ich mit der Hand zu dem Nachttischchen, auf dem das Stück Papier lag. Für einen Augenblick überlegte ich, ob ich seine Worte wirklich lesen wollte. Wieso hatte er mich nicht geweckt und einfach gesagt, was er dachte? Schon früher hatte er mir kleine Briefe zugeschoben. Nur, dass diese meistens Botschaften zum Dahinschmelzen bereitgehalten hatten. Wieso dann ausgerechnet dieses Papier schwer in meiner Hand lag, war mir schleierhaft. Aber was soll's. Ich konnte es weiter hinauszögern oder ich blickte der Tatsache ins Auge.

Mit rasendem Puls faltete ich den Zettel auseinander und

starrte auf die sieben Worte, die sich schmerzhaft in meinem Herzen einnisteten.

Das darf sich nicht wiederholen. Nie wieder.

Ich spürte ein Brennen in meinen Augen und fragte mich, wie ich es nur hatte zulassen können, ihm so nah zu kommen. Ihn in unserem Traum zu küssen, wenn ich doch wusste, dass es in der realen Welt nicht funktionierte? Aber die Wahrheit war nun mal, dass ich für ein paar Stunden in die Vergangenheit hatte flüchten und mich an vertraute Momente hatte klammern wollen. Das sorgte jetzt allerdings dafür, dass ich auf die Trümmer meiner fein säuberlich errichteten Schutzmauer niederblickte. Ich fuhr mir mit dem Handrücken über die Augen und versuchte die verirrten Tränen wegzuwischen. Als könnte ich damit auch den Schmerz loswerden. Doch so einfach würde es mir mein Herz wohl nicht machen.

Ein weiteres Mal las ich seine Worte und setzte mich dann auf. Nach wie vor war das Fenster durch die Efeuranken geschützt, die Elijah mithilfe seiner Feenmagie herbeigerufen hatte, und nur vereinzelte Sonnenstrahlen des beginnenden Morgens bahnten sich ihren Weg hindurch.

Noch immer konnte ich nicht ganz fassen, dass er das Zimmer aufgeräumt und ich davon nichts mitbekommen hatte. Meine Blätter für den Unterricht lagen sortiert auf dem Schreibtisch, die Glasscherben waren verschwunden und alle Gegenstände hatten ihren ursprünglichen Platz eingenommen.

Offensichtlich fehlte mir ebenfalls ein wenig Energie durch das Traumwandeln und die Magieübertragung. Ansonsten konnte ich mir nicht erklären, weshalb ich nichts von Elijahs Aufräumaktion mitbekommen hatte. Das änderte jedoch nichts an der Tatsache, dass er nicht mehr da gewesen war, als ich aufgewacht war. Und daran, dass er mich allein gelassen hatte. Mit dem Chaos in meinem Herzen und diesem verdammten Zettel.

Allein der Gedanken daran wandelte meinen Schmerz in einen Hauch von Wut um.

Mir war bewusst, dass sich so eine Nacht nicht wiederholen durfte … aber wir hatten uns doch an die Regeln gehalten und uns nicht geküsst! Obwohl es uns beiden sichtlich schwergefallen war. Aber war es so verwerflich, dass wir in einer Nacht wie dieser Halt und Vertrautheit gesucht hatten?

Plötzlich riss mich ein Klopfen aus dem Gedankenstrudel. Ich stand auf, knüllte den Zettel zusammen, schmetterte ihn in den Papierkorb unter dem Schreibtisch und wischte ein weiteres Mal die Tränen von meinen Wangen. *Nie wieder.*

Dann lief ich auf die Tür zu und riss sie ein wenig zu schwungvoll auf. So, dass mich Leona mit großen Augen musterte, als ich ihr gegenüberstand.

»Was ist passiert?«, hakte sie nach und lief an mir vorbei, ins Zimmer.

»Ich bin schwach geworden«, wisperte ich mit brüchiger Stimme. »Aber das wird *nie wieder* vorkommen«, zitierte ich dann Elijahs Worte.

»Ach, Elanor.« Meine Cousine kaum auf mich zu und zog mich in eine feste Umarmung. »Es ist okay, wenn du deine Gefühle gewinnen lässt. Das heißt nicht, dass du den Kampf verloren hast.«

Ich nickte und vergrub meine Nase an ihrer Schulter. Sie roch nach zu Hause, Kindheit und Geborgenheit. »Keine Sorge, ich habe ihn nicht geküsst«, versicherte ich ihr leise.

Leona löste sich von mir und grinste mich an. »Das wäre deine Sache, solange es dich glücklich macht.«

»Der Fluch würde aber unsere beiden Familien betreffen.«

Unwillkürlich schweiften meine Gedanken zu der Nacht, in der ich mit einem Schrei auf den Lippen aufgewacht war und meiner Mutter alles gebeichtet hatte. Nie könnte ich das vergessen. Die Enttäuschung in ihren Augen, die Angst, Elijah zu verlieren …

»Elanor, ist alles gut?«, unterbrach Leona die schmerzhafte Erinnerung an meine erste Vision.

Ich seufzte und schnappte mir die Schuluniform, die über der Stuhllehne hing. »Ich zieh mich kurz um und dann sollten wir schleunigst zum Unterricht. Für Frühstück ist es eh schon zu spät.«

Leona nahm mein Ausweichungsmanöver bloß nickend zur Kenntnis und wartete geduldig, bis ich mich fertig gemacht hatte.

Schließlich griff ich mir meinen Rucksack, quetschte die Schulsachen für den Tag hinein und trat mit ihr auf den Korridor, wo bereits reges Treiben herrschte.

Es schien, als gäbe es in der ganzen Academy nur ein Thema. Das Unwetter der Wetterfeengeister. Was ich gut nachvollziehen konnte, schließlich waren die Auswirkungen überall zu sehen. Ich entdeckte zerborstene Fenster, zerstörte Einrichtungsgegenstände oder zerbrochene Statuen aus Marmor, die sonst den Vorhof zierten. Ganz zu schweigen von der Natur, die ganz schön gelitten zu haben schien. Umgekippte Bäume, abgebrochene Äste und aufgewirbelte Blumenbeete waren das Resultat des verheerenden Tornados.

Ich hoffte nur, dass es dabei bleiben würde und keine Feen verletzt worden waren. Wobei … automatisch schoss mir das Bild des Blutes durch den Kopf und ließ mich schaudern. Bevor ich mich aber zu sehr damit beschäftigen konnte, stieß Clara zu uns, als wir an dem heute besonders aktiven Brunnen in der Eingangshalle vorbeikamen.

»Geht es dir gut nach dieser Nacht?«, fragte sie mich.

»Kommt vermutlich darauf an, auf was genau du von dieser Nacht anspielst.« Leona kicherte und hob eine Augenbraue.

Ich stupste sie sanft gegen den Oberarm. »Leona!«

»Ist doch so«, verteidigte sie sich und streckte mir die Zunge raus.

Ich wollte zu einem Konter ansetzen, doch die Worte blieben mir im Hals stecken. Direkt vor dem Klassenzimmer stand Elijah und unterhielt sich mit Annabelle. Er lehnte sich lässig gegen die Wand und hatte seine Hände in den Hosentaschen vergraben. Und er lächelte. Wegen ihr. Allein diese Tatsache sorgte dafür, dass Eifersucht in mir aufflammte. Als er dann auch noch in ihr Lachen einstimmte, wandte ich meinen Blick ab. Eifersucht vermischte sich mit Zweifeln. Elijah hatte zwar behauptet, dass er ihr nie so nah kommen könnte wie mir, aber was, wenn er doch erkannte, dass er mit ihr eine Zukunft hatte? Mit einem Mädchen, das von seiner Familie akzeptiert wurde?

Schnell schob ich den Gedanken beiseite und folgte Leona in das Klassenzimmer, nachdem sie sich von Clara verabschiedet hatte. Kaum waren wir über die Schwelle getreten, schaffte es der Raum, mich zu verzaubern. Die stuckverzierte Decke und die Fensterfront erinnerten an einen Saal aus dem Barock. Dazu erzeugten die einfallenden Sonnenstrahlen ein wunderschönes Lichtspiel auf den meterhohen Bücherregalen, die sich an den Wänden erstreckten.

Völlig eingenommen von dem Anblick dieses Raums bemerkte ich zu spät, dass ich durch das Stehenbleiben im Türrahmen einen Stau hinter mir verursacht hatte. Erst als mich Leona anstupste, konzentrierte ich mich wieder auf die Gegenwart und lief mit ihr an den Tischreihen vorbei, direkt auf die hintersten Plätze zu, auf denen wir uns niederließen. Sogleich erklang auch schon der Schulgong und Elijah begab sich mit Jade und Annabelle ins Klassenzimmer. Dicht gefolgt von Mr Rathman, unserem Lehrer, der mit seinem schräg sitzenden Hut und dem Kleidungsstil aus den 1920er-Jahren immer etwas extravagant aussah. Da er auch ein Ratsmitglied war, hatte ich ihn bereits öfter zu Gesicht bekommen und war nun umso gespannter auf seinen Unterricht.

Kurz schaute ich zu Elijah und als sein Blick den meinen traf, vergaß ich für einen Moment zu atmen. Er hingegen schien seltsam unberührt und wandte sich gelassen von mir ab, um sich ein paar Reihen weiter vorne neben Annabelle zu setzen.

Bevor ich mich jedoch mit dem Gedanken befassen konnte, weshalb er mich ignorierte, begann Mr Rathman den Unterricht.

»Ich bin Mr Rathman, Ihr Lehrer in *Geschichte der übernatürlichen Wesen*. In diesem Schuljahr werden wir uns mit der Verfolgung der Feen im achtzehnten Jahrhundert, dem Friedenspakt zwischen Feen und Hexen, sowie Feen und ihrem Einfluss auf die Menschheit und die Politik beschäftigen. Doch in Anbetracht der jüngsten Geschehnisse möchte ich zunächst mit Ihnen über ein Thema sprechen, das Sie heute Nacht am eigenen Leib zu spüren bekommen haben. Wir werden das Geschehene reflektieren und uns die Geschichte dahinter noch mal ins Gedächtnis rufen.«

Er räusperte sich und rückte die große, runde Brille auf seiner Nasenspitze zurecht. Dann wandte er sich zur Tafel um und wollte gerade etwas schreiben, als ihn wohl die einfallenden Sonnenstrahlen blendeten. Prompt hob er seine Hand und lenkte das Licht der Sonne in eine andere Richtung. Eine faszinierende Fähigkeit von Sonnenfeen, wie ich fand. Sie konnten das Sonnenlicht in ihrer unmittelbaren Nähe sowohl beeinflussen als auch damit starke Hitze erzeugen.

Kurz schrieb Mr Rathman seine vorherigen Worte auf der Tafel nieder, dann fuhr er fort.

»Laut Aufzeichnungen waren die neun toten Wetterfeen zu ihren Lebzeiten verurteilte Straftäterinnen. Kurz vor ihrem Tod sollten sie ihre Verbrechen gestehen und dafür bestraft werden, doch die Menschen waren auf dem Vormarsch. Bevor diese mit den gefangenen Feen allerdings kurzen Prozess gemacht haben, schworen die Wetterfeen ewige Rache an den Feen und Menschen. Sie erzeugten ein Unwetter, das den Ort und die umliegenden Gegenden in den darauffolgenden Jahren für einen Abend und eine Nacht übernehmen sollte. Und das tut es auch heute noch.« Mr Rathman blickte fragend in die Runde. »Weiß jemand von Ihnen, weshalb sie sowohl den Menschen als auch den Feen Rache geschworen haben?«

Ein paar Hände gingen nach oben und er deutete auffordernd auf ein Mädchen mit knallroten Haaren.

»Nun, die Menschen waren zwar für die Verfolgung und den Tod der Feen verantwortlich, doch diese mussten sich zuvor schon einer Verurteilung wegen schweren Magieraubs stellen. Sie waren sich ihrer Schuld nicht bewusst und wollten ein letztes Mal Rache.«

»Das ist korrekt!« Mr Rathman nickte ihr anerkennend zu. »Und wissen Sie auch, weshalb dieses Unwetter nur einmal im Jahr über den Ort herzieht?«

Dieses Mal hob Elijah seine Hand, ehe er erneut die Arme vor der Brust verschränkte. »Teil des Racheschwurs war, dass dieses Unwetter nicht vorhersehbar ist. So können wir uns nicht davor schützen. Es kann das ganze Jahr über uns hereinbrechen.« Seine Stimme klang gleichgültig und nicht so warmherzig wie noch wenige Stunden zuvor. Annabelle stupste ihn sanft mit der Schulter an und flüsterte ihm etwas ins Ohr.

Sofort machte sich in mir erneut Eifersucht, gemischt mit Neugierde breit. Was hatte sie ihm anvertraut? Sollte er sich doch für sie entschieden haben? *Na ja, wenn man es genau nimmt, bist du ja schon aus dem Rennen*, schoss es mir durch den Kopf.

»Stimmt. Und diese Unberechenbarkeit sorgt Jahr für Jahr für Chaos, das nicht aufgehalten werden kann.« Unser Lehrer seufzte. »Kaputte Fenster, verwüstete Blumenbeete und potenzielle Lebensgefahr. Es wird noch ein paar Tage dauern, bis wir uns alle davon erholt haben.«

Leona beugte sich zu mir rüber. »Hast du eigentlich etwas mit den Efeuranken vor meinem Fenster zu tun?«, flüsterte sie mir ins Ohr.

Ich nickte und als ich mit meiner Schilderung endete, wurden ihre Augen groß. »Das ist eine wundervolle Geste, Elanor.«

Sanft drückte ich ihre Hand unter dem Tisch und konzentrierte mich wieder auf unseren Lehrer.

»Die neun Wetterfeen sind mit Rache in den Tod gegangen und genauso wiedergekommen. Und wenn man ganz still ist, in der Nacht des Unwetters, kann man ihr boshaftes Lachen hören.«

Stille legte sich über die Klasse. Jeder von uns hatte bestimmt schon einmal dieses Lachen gehört. Und es war grausam.

»Gibt es keine Möglichkeit, die toten Wetterfeen zu stoppen?«, warf ein blondhaariger Junge die Frage in den Raum.

»Nein. Seit vielen, vielen Jahren versuchen weise und mächtige Feen eine Lösung zu finden. Da es sich allerdings nun um die Macht der Totenwelt handelt, haben wir Lebenden keinen Einfluss darauf. Das Gleiche gilt für ihren Fluch, mit dem sie kurz vor ihrem Tod die Feen der Verborgenen erschaffen haben. Dieser konnte ebenfalls nie rückgängig gemacht werden. Doch mehr zu diesem Thema in der nächsten Unterrichtsstunde.« Mr Rathman faltete die Hände zusammen und seine Miene wurde eine Spur ernster. »Wenn jemand von Ihnen über die vergangene Nacht reden möchte, wenden Sie sich gerne an mich oder den Vertrauenslehrer Mr Lightwell.«

Mein Blick ging wieder zu Elijah, der gelangweilt mit einem

Stift herumspielte. Ich würde verdammt gerne über die letzten Stunden reden. Aber bloß mit Elijah. Ich wusste jedoch nicht, wie ich das anstellen sollte. Schließlich hatte er deutlich gemacht, dass sich das nicht wiederholen durfte. Und außerdem konnte ich nicht einschätzen, ob ich mit einer weiteren Abweisung klarkommen würde. Es wäre vermutlich besser, wenn wir unsere Gespräche auf unsere Projektarbeit beschränkten.

Der Kuss – obwohl er nur im Traum stattgefunden hatte – hatte bewiesen, wie schwach ich war. Wie schwer es mir fiel, meinen Verstand die Oberhand behalten zu lassen. Dabei hatte ich jeden Moment mit Elijah genossen. Seine Nähe, seine liebevolle Art und die Leidenschaft zwischen uns. Ich hatte die Vergangenheit vermisst. Aber damit musste jetzt endgültig Schluss sein. Diese Beziehung hatte in der realen Welt keine Chance. Ich musste lernen, mich von ihm fernzuhalten. Zumindest, bis mein Herz nicht mehr seinen Namen schrie. Die Frage war nur, ob es jemals damit aufhören würde. Vor allem, wenn wir uns wegen der Projektarbeit weiterhin treffen mussten.

Nachdenklich pustete ich mir eine verirrte Haarsträhne aus dem Gesicht und warf einen letzten Blick zu Elijah, der sich nun zu Annabelle gebeugt hatte und ihr etwas ins Ohr flüsterte, was sie offensichtlich zum Lachen brachte. Sofort verkrampfte ich mich.

»Elanor, ich sehe, dass du in seine Richtung schaust. Und wir wissen beide, dass das deinem Herzen nicht guttut«, wisperte Leona in meine Richtung.

»Wieso siehst du immer alles?«

»Weil ich dich im Auge behalte, Elanor Lightwell.« Ein Kichern drang an meine Ohren.

Ich seufzte. »Na gut, du hast ja recht.«

»Ich weiß.«

Frustriert stieß ich ein Schnauben aus, doch das hinderte

mich leider nicht daran, Elijah für den Verlauf der restlichen Stunde alle paar Minuten zu beobachten. Ich musste definitiv an meiner Selbstbeherrschung arbeiten. Das konnte auf Dauer nicht gut enden.

Als dann endlich der erlösende Schulgong erklang, seufzte ich auf und verließ gemeinsam mit Leona den Raum. Während wir den Korridor entlangliefen, entschied ich mich dafür, kurz mit meinem Bruder zu reden. Schnell verabschiedete ich mich von Leona und drehte mich um, da sich das Klassenzimmer von Paxton am anderen Ende des Ganges befand. Dabei übersah ich jedoch eine Person und rannte direkt in sie hinein. Blinzelnd taumelte ich zurück und spürte, wie sich zwei Hände um meine Arme legten und mich daran hinderten, mit dem Boden Bekanntschaft zu machen.

Als ich mich gefangen hatte, schaute ich auf und blickte in eisblaue Augen, die sich langsam verdunkelten. Ich schluckte schwer. »Kylian.« Seine Nähe wurde mir deutlich bewusst, vor allem, da er mich noch immer nicht losgelassen hatte.

»Geht es dir gut?«, fragte er besorgt und schaffte es mit einem Handgriff, dass der heruntergerutschte Riemen meines Rucksacks wieder seinen rechtmäßigen Platz fand.

»Äh, ja …«, gab ich zurück und registrierte fasziniert, dass seine Augen mir nun in einem Nachthimmelschwarz entgegenfunkelten. Im nächsten Moment wurde ich jedoch davon abgelenkt, dass Elijah an uns vorbeilief. Im Schlepptau Jade. Ohne Annabelle. Als er Jade etwas erzählte und sich dabei zu ihm umdrehte, streiften sich unsere Blicke, bevor er auf die Hände von Kylian starrte, die noch immer auf meinem Oberarm ruhten. Seine Augen verengten sich zu Schlitzen und sein Kiefer begann zu mahlen.

»Komm, lass uns von hier verschwinden«, sagte er in Jades Richtung und bog gemeinsam mit ihm um die Ecke.

»Elanor?«

»Hmmm …«, murmelte ich und schaute wieder zu Kylian. Mittlerweile hatte er mich losgelassen und musterte mich fragend.

»Ich habe gefragt, wie deine Nacht angesichts des Unwetters war.«

Ich holte zu einer Antwort aus, doch mir blieben die Worte im Halse stecken. Bilder von Elijahs nacktem Oberkörper stürmten auf mich ein. Ich biss mir auf die Unterlippe. »Ich war ziemlich erledigt und habe geschlafen.«

»Okay, das ist gut, denke ich«, erwiderte Kylian und seine Mundwinkel hoben sich. »Na gut, ich muss noch Mr Rathman erwischen, bevor er weg ist.«

»Bis dann.« Ich hob kurz meine Hand zum Abschied und eilte zu dem Raum, wo mein Bruder unterrichtete. Dabei versuchte ich nicht weiter an Elijahs Blick zu denken, als er mich mit Kylian gesehen hatte. Schließlich war da nichts zwischen Kylian und mir. Und außerdem hing er ebenfalls mit Annabelle ab …

»Elanor! Wie schön Sie zu sehen!«, wurde ich plötzlich von Ms O'Connor, unserer Direktorin, begrüßt, als ich in das Klassenzimmer meines Bruders stürmte.

Abrupt kam ich zum Stehen. »Die Freude ist ganz meinerseits«, gab ich zurück und fuhr mir eilig durch die Haare, um sie etwas zu glätten.

»Ich habe gerade Ihrem Bruder erzählt, dass heute Nacht Unterricht stattfinden wird. Der Mond steht heute sehr günstig.«

Ich blinzelte ein paarmal. »Heute Nacht. Unterricht. Weshalb denn das?«

»Weil Mondfeen bei Nacht stärker sind. Es wäre nur sinnvoll, sie da zu unterrichten.« Sie nickte mir zu. »Zur Geisterstunde treffen wir uns im Garten der Academy.«

»Okay, dann bis heute Nacht«, rief ich ihr noch nach, aber

Ms O'Connor war bereits zwischen den Schülermassen verschwunden.

Ich wandte mich meinem Bruder zu, der gerade seine Sachen packte. Doch bevor ich ihn fragen konnte, wie seine Nacht gewesen war, kam er mir zuvor.

»Elanor, ich hoffe, es geht dir gut. Heute Nacht war so viel los und ich hatte noch keine Gelegenheit, mit dir über den Vorfall zu sprechen.« Nachdenklich rieb er sich mit dem Zeigefinger an der Schläfe, während bei mir alle Alarmglocken zu schrillen begannen.

Wusste er Bescheid über Elijah und mich? Dass er die ganze Nacht bei mir verbracht hatte und wir uns nähergekommen waren? Aber woher sollte er es wissen? Andererseits konnte auch mein Bruder in Träumen wandeln. Was, wenn er Elijah in einem seiner Träume abgefangen und beobachtet hatte? Allerdings sprachen wir hier von meinem Bruder. Derjenige, dem ich stets vertrauen konnte. Wieso also sollte er so was tun? Schnell schob ich den Gedanken wieder beiseite.

»Nun, das mit dem Blut, in das du gefallen bist«, sprach er weiter und als ich erleichtert ausatmete, schaute er mich verwirrt an.

Erst langsam sickerte zu mir durch, was er damit meinte. Verdammt. Wieso hatte ich nicht gleich daran gedacht? Es musste definitiv aufhören, dass Elijah meine Gedanken dermaßen bestimmte.

»Gut, und was willst du darüber wissen?«, hakte ich nach.

»Eigentlich weiß ich bereits alles von Ms Gibson. Die Frage, die sich mir stellt, ist, woher es stammt und was mit der verwundeten Fee geschehen ist.«

»Wie geht es Ms Gibson?«, fragte ich leise.

»Sie hat es gut überstanden. Außerdem hat sie dafür gesorgt, dass direkt morgen eine Ratsversammlung einberufen wird.«

Meine Gedanken schweiften zu der Blutlache. »War das Blut denn noch frisch? Also das, in das ich reinge-« Meine Stimme versagte und die Worte wollten mir nicht über die Lippen kommen.

»Ja, wie es scheint. Das Blut hat noch leicht durch die Feenmagie geschimmert«, sagte er so bedrückt, wie ich mich bei der Erinnerung daran fühlte.

Alle Feen hatten schimmerndes Blut, durch das sich eine sanfte silberne Spur zog. Dafür war unsere Feenmagie verantwortlich. Und die Vorstellung, dass einer unschuldigen Fee wehgetan wurde … es war schrecklich.

»Es gibt viele Fragen, auf die wir keine Antwort haben. Aber ich hoffe, dass wir bald wissen, was passiert ist.« Paxton schulterte seine Umhängetasche und kam auf mich zu. »Und wie geht es dir nach der Nacht?«

Ich nickte nur, wobei ich ein Gähnen nicht unterdrücken konnte. »Mir geht es so weit gut, obwohl mir ein wenig Schlaf fehlt.« *Wenn auch nicht aus den Gründen, an die du denkst,* fügte ich gedanklich hinzu. Mein Bruder durfte niemals von der Sache mit Elijah erfahren.

»Allerdings scheinst du davon ebenfalls wenig abbekommen zu haben.« Ich deutete auf seine Augenringe.

»Ach, das …« Kurz wurde er vom Schulgong unterbrochen. »Das liegt wohl daran, dass ich die ganze Nacht als Vertrauenslehrer unterwegs war. Viele der Schüler und Schülerinnen hatten Angst vor dem Unwetter und sind zu mir gekommen.« Er seufzte. »Im Gegensatz zu dir. Ich hätte vermutet, dass du mich ebenfalls aufsuchen würdest. Schließlich haben wir in der Kindheit jedes Wetterläuten der toten Feen zusammen durchgestanden. Und vor allem, nachdem, was dir mit dem Feenblut passiert ist.« Er runzelte die Stirn.

»Na ja, ich wollte nicht, dass du von mir aufgehalten wirst, wenn es viele andere gibt, die für deine Hilfe dankbar sind«, sagte ich schnell, bevor er weitersprechen konnte. »Aber ich habe einfach versucht, das Unwetter zu ignorieren. Das funktioniert am besten mit *Vampire Diaries* und ganz viel Schlaf«, flunkerte ich und hoffte inständig, er bemerkte es nicht.

»Okay, wir reden heute Abend weiter, ja? Ich muss zur nächsten Stunde und du ebenfalls«, erwiderte Paxton schnell, was mich innerlich aufatmen ließ. Offensichtlich glaubte er mir.

✦

Sobald die letzte Unterrichtsstunde am späten Nachmittag vorbei war, marschierte ich in mein Zimmer, fest entschlossen, all das zu verdrängen, was mein Leben derzeit in ein riesiges Trümmerfeld verwandelte. Leider stand es wohl schon so schlimm um mich, dass ich auf einmal sogar Elena verstehen konnte, die sich nicht zwischen Stefan und Damon entscheiden konnte. Denn genauso fühlte es sich bei mir an. Nur dass ich nicht die Entscheidung für mein Herz treffen konnte.

Frustriert stöhnte ich auf und klappte den Laptop zu, auf dem ich inzwischen unzählige Folgen hintereinander geschaut hatte. Ich rappelte mich auf und ging zum Fenster, das bereits ersetzt worden war. Wahrscheinlich wäre ich wieder den Tränen nahe gewesen, wenn ich weiterhin auf die Efeuranken hätte starren müssen.

Reiß dich zusammen, ermahnte ich mich und zog die Fenstertür auf, um die frische irische Meeresluft einzuatmen. Mein Blick wanderte über das Gelände, das sanft vom Mondschein erhellt wurde. Glücklicherweise waren die Schäden der vergangenen Nacht bereits beinahe komplett behoben worden. Ich schaute weiter Richtung Küste und blieb dann an vier Jungs hängen, die anscheinend das tosende Meer dafür nutzten, um sich wieder mal im Klippenspringen zu messen. Allerdings konnte ich von meinem Standort nicht genau erkennen, wer da unten so leichtsinnig sein Leben aufs Spiel setzte. Inständig hoffte ich, dass Elijah nicht dabei war. Schließlich hatte er mir versprochen, nicht mehr zu springen. Aber selbst wenn er es doch machte, sollte es mich nicht mehr interessieren. Trotzdem tat es das.

Mit einem letzten Blick zum Küstenufer ging ich zurück ins Innere, zog meine Jacke über und ließ die Tür hinter mir ins Schloss fallen. Ich schaute auf die Uhr. Gleich begann der Unterricht und ich war gespannt, was uns erwartete.

Zügig lief ich die Treppe nach unten, durch die leere Eingangshalle und stiefelte über den Kreuzgang nach draußen ins Freie. Nach ein paar Metern erreichte ich meine Mitschüler und Mitschülerinnen, bei denen es sich ebenfalls um Mondfeen handelte und die bereits wild durcheinanderredeten. Für einen Moment schaute ich mich um und zu meiner großen Erleichterung entdeckte ich meinen Bruder, der mit einer Laterne in der Hand ein wenig abseits stand.

Als ich ihn erreichte, musterte er mich ein, zwei Sekunden lang. »Elanor, was ich dich noch fragen wollte … ich habe mich gewundert, weshalb sich ein Schutzwall aus Efeuranken vor meinem Fenster aufgetan hat. Der Einzige, der seine Magie im Umgang mit Pflanzen so gut beherrscht, ist schließlich …«

Weiter kam er nicht, denn Ms O'Connor stieß zu uns. Am liebsten hätte ich sie in dem Moment für ihr perfektes Timing umarmt. Denn ich hätte nicht gewusst, welche Ausrede ich Paxton dazu auftischen sollte.

Die ältere Fee räusperte sich und erhob die Stimme. »Schön, dass wir bereits vollzählig sind. Heute findet ein Zusatzunterricht statt, der sich nur an Mondfeen richtet. Bitte folgen Sie mir und trödeln Sie nicht.« Mit diesen Worten wirbelte sie in ihrem langen dunkelblauen Kleid und der dazugehörigen Jacke herum und schritt vorbei an der Trainingshalle sowie dem Übungsplatz, bis wir einen Pfad erreichten, der in Richtung eines Lavendelfeldes führte.

»Elanor –«, setzte mein Bruder nach einigen Minuten an, doch ich fiel ihm ins Wort.

»Bisher hatte ich noch nie nachts Unterricht. Nicht einmal in meinem ersten Schuljahr auf der anderen Feen-Academy und auch bei meinem Austauschjahr hat so was nicht stattgefunden. Dafür gab es aber Mitternachtsduelle, bei denen sich Hexen und Hexer duelliert haben«, plapperte ich drauflos, in der Hoffnung, es würde Paxton ablenken.

»Mitternachtsduelle? Die Hexen sind definitiv risikofreudiger als wir Feen«, erwiderte er schmunzelnd.

Und zum Teil hatte er recht. Auf der Ravenhall hatte ich gemeinsam mit meiner Freundin Lilly so einige Abenteuer erlebt. Noch immer telefonierten wir ab und zu und schwelgten in gemeinsamen Erinnerungen. Doch nun waren wir Hunderte Kilometer voneinander entfernt und schafften es nicht, uns zu sehen.

Leider verhielt es sich mit Elijah da ganz anders, aber bevor mein Bruder erneut auf das Thema zu sprechen kam, plapperte ich schnell weiter.

»Aber wieso können wir den Unterricht nicht einfach an der Academy stattfinden lassen, sondern müssen zu diesem Lavendelfeld laufen? Und warum bist du eigentlich dabei?«

»Ich glaube, das wird Ms O'Connor gleich selbst erklären. Außerdem wollte sie mich dabeihaben, da ich mich mit dieser Art von Mondmagie während meiner Reise beschäftigt habe.«

Kaum hatte er die Worte ausgesprochen, erreichten wir schon das besagte Lavendelfeld. Für einen Moment sog ich die Atmosphäre in mich auf. Blühender Lavendel verlieh uns Mondfeen immer eine gewisse innere Kraft. Viele von uns trugen deswegen in der Winterzeit auch Anhänger, in denen die Blüten eingearbeitet waren. Die Wirkung, die Lavendel auf uns Feen hatte, hing mit seiner Verbindung zum Mond zusammen. Da die Heilkräfte von Lavendel, gepaart mit denen des Mondes, für uns Feen besonders stark waren, fühlten wir uns in der Nähe dieses Gewächses sehr wohl.

»Heute lernen Sie, wie Sie die Kraft des Mondes zu Ihrer eigenen machen. In Verbindung mit Lavendelblüten, die uns innere Ruhe und Kraft schenken, sorgt das dafür, dass wir körperlich stärker werden. Zudem hilft es uns, die Gefühle anderer besser zu beeinflussen. Natürlich nur für gute Zwecke.« Ms O'Connor schritt über einen schmalen Pfad, der direkt in das Lavendelfeld hineinführte.

Wir folgten ihr und kaum setzte ich einen Fuß auf dessen Erde, überkam mich innere Ruhe. Hauchzart streifte ich mit den Fingern über die Lavendelblüten. Der Anblick des Feldes bei Nacht war nahezu majestätisch. Und erst jetzt, wo ich einem Lavendelfeld wieder so nah sein konnte, merkte ich, wie sehr ich es vermisst hatte. Früher hatte ich mit Paxton und Leona oft Ausflüge zu solchen Feldern gemacht, doch dank meines Austauschjahres war das zu einer Seltenheit geworden. Umso mehr tat mir dieser Moment gut und ich war beinahe enttäuscht, als wir Sekunden später eine Stelle erreichten, wo kein Lavendel blühte.

Wir stellten uns in einen Kreis, während Ms O'Connor und Paxton in die Mitte gingen.

»Um die Kraft des Mondes aufzunehmen, ist es wichtig, dass Sie es zulassen, dass Sie die Ruhe des Lavendels vollständig einnimmt. Fokussieren Sie dabei den Mond und atmen Sie tief durch.« Ms O'Connor blickte in Paxtons Richtung, der sich nun positionierte und es vorführte.

Er schaute zum Mond, wobei sich sein Brustkorb regelmäßig hob und senkte. Dann glühten seine lavendelfarbenen Augen auf und es wirkte beinahe so, als würde er eins werden mit dem Mondschein.

»Wenn Sie das Gefühl haben, dass Sie verbunden sind mit der ausstrahlenden Ruhe des Lavendels, stellen Sie sich vor, wie das Licht des Mondes direkt in Ihr Herz fließt«, sprach Ms O'Connor weiter.

Paxtons Schultern entspannten sich und es schien, als wäre er in Trance. Und dann geschah es. Für ein, zwei Sekunden funkelten die Augen von Paxton in einem satten Weiß-Gold und er schien von innen heraus zu strahlen. Einen Moment später hatten seine Augen erneut das vertraute Lavendel, das meinem so ähnlich war. Kurz schloss er die Lider und als er sie wieder öffnete, stahl sich ein Lächeln auf seine Lippen.

»Vielen Dank für die Vorführung, Mr Lightwell«, sagte die Direktorin anerkennend.

»Nun sind Sie an der Reihe. Manchmal klappt es nicht beim ersten Versuch, aber irgendwann schafft es jeder.« Zuversichtlich nickte sie uns zu und es wurde so still, dass man die Grillen zirpen hörte.

Auch ich konzentrierte mich und mein Blick glitt zum Mond, dessen Halbmondsichel hell leuchtete. Tief atmete ich die klare Nachtluft ein, die einen zarten Lavendelduft verströmte. Ich bemühte mich, all die Gedanken und Sorgen zu verbannen. Die widersprüchlichen Emotionen und Zweifel, die ein ständiger Begleiter waren. Nach und nach entspannte ich mich und genoss den majestätischen Anblick des Mondes. Und dann spürte ich es. Die Magie der Nacht floss regelrecht durch meine Adern und ummantelte mein Herz. Das Gefühl von aufkommender Stärke und die damit einhergehende Kraft erfüllten mich. Ich ließ mich komplett darauf ein und gab mich dem

Moment hin ... als sich plötzlich ein metallischer Geschmack in meinem Mund ausbreitete.

Nein, nein, nein! Nicht jetzt, nicht hier, schoss es mir durch den Kopf. Das durfte nicht passieren. Doch ich konnte es nicht aufhalten. Der metallische Geschmack übernahm meine Sinne und raubte mir die Luft zum Atmen. Ich drohte zu fallen. Da war dieses alles verschlingende schwarze Loch, das mich zu sich rief, und auch wenn ich versuchte dagegen anzukommen, riss es mich mit sich.

Ich schaute noch immer Richtung Himmel. Nur dämmerte es jetzt erst und die Aussicht auf den klaren Nachthimmel war durch hohe Bäume ersetzt worden. Wo war ich? Und was geschah mit mir? Mit rasendem Herzen riss ich meinen Blick von den Baumkronen los und schaute mich um. Erst dabei bemerkte ich, dass ich am Fuße einer Brücke stand, die in ein weiteres Waldstück führte, dessen Bäume in hohem Gewässer standen. Nebel stieg daraus empor und hüllte die Stämme ein.

Fieberhaft überlegte ich, ob ich den Weg über die Brücke beschreiten sollte, als plötzlich Schreie erklangen. Ohne zu zögern, rannte ich los, über die Brücke, folgte meiner Intuition und überwand morsche Holzlatten, wobei ich mir auch meine Kleidung an einer dornigen Ranke aufriss, die sich an manchen Stellen des Geländers entlangschlängelte.

Die Schreie wurden lauter, je näher ich kam. Und als ich mich unter dem Blättervorhang einer großen, uralten Eiche hervorkämpfte, sah ich es. Eine Gestalt, komplett in Schwarz gehüllt, beugte sich am anderen Ende der Brücke über eine schreiende männliche Fee, die versuchte sich zu wehren. Wie automatisch beschleunigte ich meine Schritte, um zu Hilfe zu eilen, doch ich knallte gegen eine unsichtbare Mauer, die mich daran hinderte. Ich begriff, dass ich nicht eingreifen konnte, nur beobachten.

Auch wenn ich wegsehen wollte, war mein Blick starr auf die beiden gerichtet.

Mit jeder Sekunde, die verstrich, wurden die Laute der Fee leiser und ihre Versuche, sich zu wehren, verloren an Kraft. Als würde ihre Lebensenergie schwinden. Und wie es schien, lag ich mit dieser Annahme richtig. Denn im selben Moment sah ich, wie die Gestalt der Fee ihre Magie raubte, um sie sich zu eigen zu machen. Der Mann wurde blasser und blasser, bis ihm alle Gesichtszüge entglitten und sein Kopf zur Seite wegkippte. Die Gestalt zog eine Klinge aus ihrem Umhang hervor, holte aus und verpasste ihrem Opfer den Todesstoß …

KAPITEL 12

Der Feenkodex, verfasst im achtzehnten Jahrhundert, besagt, dass Feen sich nur mit Hieb- und Stichwaffen, Pfeil und Bogen sowie ihrer eigenen Kraft verteidigen dürfen, da sie sonst Gebrauch von Waffen machen würden, die keinen fairen Kampf zulassen.

ENZYKLOPÄDIE – WELT DER FEEN, KAPITEL 43

Mit einem stummen Schrei auf den Lippen riss ich die Augen auf. Ich rang nach Luft, während sich alles in mir anfühlte, als würde ich von innen heraus verbrennen. Zeitgleich war mir kalt. Ich zitterte am ganzen Körper und unaufhörlich liefen Tränen über meine Wangen.

»Elanor!«, hörte ich Paxton neben mir rufen und spürte sogleich seine Arme, die mir Halt gaben.

»Was ist passiert?« Seine Stimme war ein einziges Flehen.

Ich schaffte es allerdings nicht, einen zusammenhängenden Satz herauszubringen. Meine Gedanken hingen noch immer an dem Gesehenen. Irgendwann, als mein Bruder erneut auf mich einredete und auch unsere Direktorin in mein Gesichtsfeld trat, würgte ich ein einziges Wort hervor. »Vision.«

»Bringen Sie Ihre Schwester zurück zur Academy«, befahl Ms O'Connor und nur wenige Sekunden später spürte ich Paxtons Arme, die mich hochhoben.

Erschöpft vergrub ich mein Gesicht an seiner Brust und atmete den vertrauten Geruch nach zu Hause ein. Mit jedem Schritt geriet das Stimmengewirr der anderen Mondfeen weiter in den Hintergrund, während ich immer wieder abdriftete. Ich war erschöpft. So verdammt erschöpft. Die Vision hatte mich alles an Kraft gekostet und ich wollte mir gar nicht ausmalen, wie es mir ginge, wenn ich nicht schon die Stärke des Mondes in mir getragen hätte.

Als wir wenig später den hinteren Teil der Academy erreichten, den Kreuzgang durchschritten und schließlich in die Eingangshalle traten, begrüßte uns Kylian. Sein besorgter Blick streifte den meinen und für eine Sekunde hatte ich das Gefühl, als wüsste er bereits, was geschehen war.

»Ich bringe sie erst mal auf ihr Zimmer«, erklärte Paxton und eilte dann durch die Eingangshalle, die Treppe hinauf, direkt zu meinem Zimmer.

Kylian folgte uns und hielt schließlich meine Tür auf, damit mich Paxton nicht abzusetzen brauchte. Dann half mir mein Bruder behutsam aufs Bett, wo mich noch immer der Geruch von Elijah erwartete. Für eine Sekunde flammte in mir die Angst auf, dass Paxton den Duft ebenfalls wahrnahm, doch ich war zu erschöpft, um mich weiter damit auseinanderzusetzen.

»Kannst du das Fenster öffnen?«, flüsterte ich in Paxtons Richtung, der mit einem Nicken die Tür zum Balkon entriegelte und sie aufzog.

Sofort strömte die Meeresbrise herein und ein kühler Windhauch strich mir durchs Haar. Tief sog ich die Luft ein und setzte mich vorsichtig auf. Kylian stand noch immer im Türrahmen, während mein Bruder sich neben mir auf dem Schreibtischstuhl niedergelassen hatte. Direkt zu seiner Rechten, über dem Bettpfosten, hing Elijahs T-Shirt. Ich schluckte schwer und hoffte nur, er würde es nicht bemerken.

»Elanor, willst du uns schildern, was du gesehen hast?«, fragte Paxton vorsichtig.

Mir war bewusst, dass er es auch akzeptieren würde, wenn ich schwieg, doch ich musste es erzählen. Also atmete ich noch einmal die klare Meeresluft ein und schilderte dann, was ich gesehen hatte. Als ich endete, ging mein Blick von Paxton zu Kylian. Dieser hatte sich mittlerweile vom Türrahmen abgestoßen. »Ich gebe Ms O'Connor Bescheid«, erklärte er und wandte sich bereits zum Gehen, als mein Bruder ihn zurückrief.

»Das würde ich gerne übernehmen. Außerdem muss schnellstmöglich der Rat informiert werden.« Er sah von Kylian zu mir. »Ist es für dich in Ordnung, wenn Kylian ein wenig nach dir schaut und ich mich solange um den Rest kümmere?«

Ich nickte und lächelte schwach. »Natürlich. Wir müssen herausfinden, wo dieser Wald ist und ob wir es noch verhindern können.«

Paxton drückte meine Hand, stand dann auf und klopfte Kylian dankbar auf die Schulter. Als er verschwunden war und die Tür hinter ihm ins Schloss fiel, legte sich für ein, zwei Sekunden eine unangenehme Stille über den Raum. Kylian schien nicht zu wissen, ob er besser am anderen Ende bleiben oder zu mir rüberkommen sollte. Also räusperte ich mich und bot ihm den Schreibtischstuhl an. Er ließ sich darauf nieder und für einen Moment wanderte sein Blick nach draußen. Es schien, als würde er seinen eigenen Gedanken nachhängen.

»Was ist los?«, hakte ich nach.

Er schaute wieder zu mir und seine eisblauen Augen musterten mich. »Das fragst du mich? Du bist es, die gerade eine Vision gehabt hat.«

Ich biss mir auf die Unterlippe und versuchte, nicht erneut daran zu denken, wie die Gestalt dem Mann seine Magie geraubt und ihn getötet hatte. »Können wir bitte über etwas anderes reden? Sonst holen mich die Bilder daran wieder ein«, bat ich Kylian.

Besorgnis flackerte in seinen Augen auf, doch er kam meiner Bitte nach. Als würde er überlegen, worüber wir sprechen konnten, fuhr er sich nachdenklich mit der Hand durch das schwarze Haar, wobei ich zum ersten Mal das Tattoo auf der Innenseite seines rechten Zeigefingers entdeckte. Es war das Blatt einer Pflanze, die ich nicht kannte.

»Was ist das für ein Tattoo?« Ich deutete auf seine Hand. Dabei wanderte mein Blick über seinen anderen Unterarm, auf dem man dank der hochgekrempelten Jacke seine Tattoos sah. Bei den meisten handelte es sich um Ornamente und lateinische Worte, die ich nicht entziffern konnte.

Kurz zögerte er und strich sich mit einem Finger über das Tattoo. »Die Pflanze findet man bei uns zu Hause. Sie soll mich daran erinnern, woher ich komme.«

»Wie heißt sie?«

»Verborgene Nachtschweife. Sie ist sehr selten. Aber früher, während ihrer Blühzeiten, wurde sie eingesetzt, um das Dorf unseres Clans mit Licht zu versorgen. Sie kann nämlich unglaublich hell leuchten, wenn sie ihre ganze Magie einsetzt.«

»Das klingt schön«, murmelte ich. »Wie Glühwürmchen, nur in Form einer Pflanze.«

Ein Lächeln stahl sich auf seine Lippen und sorgte dafür, dass sich sein Gesicht unter dem Dreitagebart ein wenig aufhellte. »Eine passende Beschreibung.«

Ich dachte darüber nach, was für mich eine Erinnerung an mein Zuhause wäre. Vermutlich das Meer. Doch auch das stimmte bloß zum Teil. Denn bisher war mein Zuhause immer in meiner Nähe gewesen, selbst wenn ich von meiner Heimat weit entfernt gewesen war. Elijah war mein Zuhause gewesen. Seine Umarmung mein Zufluchtsort.

»Vermisst du deine Heimat?«, fragte ich denjenigen, der laut Leona meine Ablenkung von Elijah sein könnte. Und es war nicht zu leugnen, dass ich mich in seiner Gegenwart wohlfühlte. Doch reichte das, wenn das Feuerwerk noch fehlte?

»Manchmal.« Kylian beugte sich zu mir vor und ergriff meine Hand. »Allerdings muss ich sagen, dass ich auch hier das Gefühl habe anzukommen.« Seine eisblauen Augen verdunkelten sich.

Ein Kribbeln breitete sich in mir aus und ich versuchte mich nur auf ihn zu konzentrieren. Vielleicht gab es noch die Möglichkeit, das Feuer zu entzünden, das für die bunten Funken sorgte. Ich musste mir selbst die Chance geben, die Vergangenheit endlich hinter mir zu lassen. Das war jedoch alles andere als leicht, wenn sie allgegenwärtig war und mich nach wie vor träumen ließ.

»Es freut mich, dass du dich hier wohlfühlst«, erwiderte ich und nahm dabei nur allzu deutlich wahr, wie sein rauer Finger sanfte Kreise über meinen Handrücken zog.

Er zwinkerte mir zu und gerade, als er mich wieder losließ, klopfte es an der Tür. Wie automatisch fuhren wir auseinander, doch er hatte uns bereits gesehen. Eine finstere Miene breitete sich auf dem Gesicht des Jungen aus, mit dem ich bisher solche Momente geteilt hatte.

»Es ist schon spät. Ich sollte mal nach Paxton und den anderen Lehrkräften schauen. Bestimmt finden sich gerade alle ein.« Kylian räusperte sich und stand dann auf.

Als er an Elijah vorbeilief, knurrte dieser in seine Richtung: »Besser ist es.« Und nachdem Kylian aus der Tür verschwunden war, warf er mir einen vielsagenden Blick zu. »Und für mich ist es wohl auch besser, wieder zu gehen.«

»Elijah!« Mit noch immer leicht wackligen Beinen erhob ich mich vom Bett und machte ein paar Schritte auf ihn zu. Das Flehen in meiner Stimme war kaum zu überhören.

Er verschränkte die Arme vor der Brust. »Echt jetzt, Elanor? Ich dachte, das gestern Nacht hätte etwas zwischen uns geändert und nun ist er hier bei dir?«

Ungläubig blinzelte ich. »Wie bitte?«

»Was läuft da zwischen euch? Ich habe genau gesehen, wie ihr auseinandergeschreckt seid.« Er klang verletzt.

Trotzdem ändert es nichts daran, dass in mir ein Hauch von Wut aufstieg. »Und wenn es so wäre? Was würde es dich interessieren? Du hast doch auf diesem verdammten Zettel geschrieben, dass sich diese Nacht nie wiederholen darf! NIE WIEDER!« Ich schrie ihn fast an und die Tränen, die sich in meinen Augen sammelten, ließen sich nicht mehr aufhalten.

»Du weißt, dass es besser so ist«, gab er gleichgültig zurück. Aber allein durch seine mahlenden Kieferknochen und den Sturm in seinen Augen konnte ich erkennen, wie viel Überwindung es ihn kostete, diese Worte zu sagen.

»Und wieso nimmst du mir dann das Recht, glücklich zu werden?«, wisperte ich erstickt.

Etwas in seinem Blick veränderte sich. »Ich will, dass du glücklich bist. Aber nicht mit ihm.« Er fuhr sich mit der Hand über sein Gesicht und nun war er derjenige, der einen Schritt auf mich zu machte. Uns trennten nur noch wenige Zentimeter.

»Wieso nicht?«, schleuderte ich ihm entgegen und die Wut vermischte sich mit einem unbändigen Gefühlschaos.

»Weil er unser Trainer ist und ich ihm nicht traue!«

Ich lachte auf. »Du traust ihm nicht? Dabei kennst du Kylian gar nicht!«

»Ach und du schon?« Seine Augen verengten sich, doch ich konnte die Eifersucht darin ganz genau erkennen.

»Wenigstens ist er keine Annabelle, die dir regelrecht hinterherrennt. Du willst nicht mal zur Kenntnis nehmen, dass sie es nur macht, weil deine Familie hohes Ansehen genießt!«

»Das geht dich nichts an, Elanor.«

»Wirklich? Wieso bist du dann hier, um dich in meine Angelegenheiten einzumischen? Obwohl du es warst, der die Nacht mit diesem verdammten Zettel beenden musste?«

»Ich habe mir Sorgen um dich gemacht! Doch nun weiß ich, dass es ein Fehler war hierherzukommen.« Frustriert raufte er sich das Haar und drehte sich ohne ein weiteres Wort um. Nur Sekunden später fiel die Tür hinter ihm ins Schloss und eine unerträgliche Stille legte sich über das Zimmer.

Würde mein Herz jemals aufhören, seinen Namen zu flüstern? Ich wusste es nicht. Genauso wenig, wie ich wusste, ob da irgendetwas mit Kylian war.

Ich wollte mich gerade wieder aufs Bett legen, als es plötzlich erneut an der Tür klopfte. Nur dass dieses Mal mein Bruder davorstand.

»Was gibt es?«

»Der Feenrat hat eine Sitzung einberufen und möchte einen genauen Bericht von dir. Und zwar jetzt gleich.« Paxtons Brust hob und senkte sich schnell. Vermutlich war er die ganzen Treppen in Rekordgeschwindigkeit hinaufgeeilt.

»Gut, dann lass uns gehen«, erwiderte ich und zog die Tür hinter mir zu. Auch wenn ich ungern noch mal wiedergeben wollte, was ich in der Vision gesehen hatte, mussten wir alle Hebel in Bewegung setzen, um dieses Attentat zu verhindern. Vorausgesetzt, es konnte noch verhindert werden. Aber irgendetwas sagte mir, dass wir eine Chance auf Hoffnung hatten.

Nach wenigen Schritten kramte mein Bruder etwas aus der Tasche seiner braunen Lederjacke und reichte es mir. Ich wickelte die Serviette auf und sah mich einem köstlichen Sandwich gegenüber.

»Ich dachte mir, ein bisschen Stärkung nach der Vision könnte nicht schaden«, erklärte Paxton schulterzuckend.

»Aber es ist mitten in der Nacht. Woher hast du es?« Während ich auf seine Antwort wartete, biss ich genüsslich in das Gedicht aus Käse. Erst jetzt bemerkte ich, wie hungrig ich war.

»Das Lehrpersonal hat Zugang zur Küche der Academy. Und dort habe ich bereits die vorbereiteten Sandwiches für das morgige Frühstück entdeckt.« Ein Grinsen stahl sich auf seine Lippen, als wir die Treppe nach unten liefen, bis wir im Keller ankamen. Von dort eilten wir durch den Korridor bis zu der Flügeltür, die den Ratssaal abriegelte. Nachdem Paxton seine Hand auf die goldene Tafel vor dem Eingang gelegt hatte, schwang diese nach innen auf. Sogleich wurden wir von Stimmengewirr und aufgebrachten Feen, die in der Gegend herumwuselten, begrüßt. Ich scannte den Raum nach bekannten Gesichtern ab und entdeckte Leona, die bei meinen Eltern saß. Auch Elijah und Kylian waren anwesend, wobei Ersterer böse Blicke in die Richtung des Kampftrainers warf.

»Lass uns zu den anderen gehen«, sagte Paxton und lotste mich in deren Richtung.

Als wir sie erreichten, richteten sich alle Augenpaare auf mich. Leona fiel mir sofort um den Hals und drückte mich fest an sich. »Ich hoffe, es geht dir gut!«, murmelte sie an meiner Halsbeuge.

Ich nickte nur und als sie sich von mir löste, wandte ich mich wohl oder übel meinen Eltern zu.

»Elanor, es ist wichtig, dass du gleich alles, was du weißt, genau schilderst«, erklärte mein Vater und fuhr mir liebevoll mit der Hand über den Oberarm. »Und natürlich hoffe ich, dass du dich gut erholt hast.«

Ich lächelte kühl. Das war typisch. An oberster Priorität stand immer, wie ich die Familie repräsentierte. Das persönliche Empfinden war zweitrangig.

»Ich gebe mein Bestes«, erwiderte ich knapp und wandte den Blick von den beiden ab. Wenigstens hatte sich meine Mutter noch nicht geäußert. Wozu sie auch nicht mehr kam, denn im selben Moment betrat die Ratsälteste Ms Waith den Raum. Sie schritt zum Podium und es wurde still im Saal.

Kurz schaute ich zu den Glaswänden, hinter denen der Grund des Meeres zu sehen war. Gerade schwamm ein rosa schimmernder Octopus vorbei, der sich nun mit seinen Tentakeln an das Glas saugte und offensichtlich interessiert die Sitzung mitverfolgte. Die Fähigkeit, bei Nacht besser sehen zu können, war definitiv einer der Vorteile des Mondfee-Daseins. Denn allein dieser Anblick sorgte dafür, dass sich mein Puls ein wenig beruhigte. Ich war noch nie ein Fan davon gewesen, vor Menschen zu reden, vor allem nicht, wenn es dabei um meine eigene Vision ging. Doch es half nichts.

»Wie Sie sicher alle wissen, kam es heute Nacht zu einem Vorfall, bei dem eine unserer Mondfeen eine alarmierende Vision hatte. Um diese genauestens analysieren zu können, bitte ich Ms Lightwell nach vorne«, rief mich Ms Waith zu sich.

Mit weichen Knien stand ich auf, das »Du schaffst das« von Leona im Ohr, das sie mir kurz zuvor noch zugeflüstert hatte. Unter den neugierigen Blicken aller schritt ich nach vorne und hoffte inständig, dass sich kein Sandwich-Rest auf mein Gesicht oder meine Kleidung verirrt hatte.

Als ich vorne ankam, trat die Ratsälteste mit einem Nicken beiseite und überließ mir das Podium. Ich klammerte mich an den kleinen Holztisch, auf dem das Mikro stand, doch das gab mir nur wenig Halt. Deswegen versuchte ich diesen bei den anwesenden Feen zu finden. Wie automatisch ging mein Blick zu Elijah, der jedoch damit beschäftigt war, den Octopus zu beobachten. Wohl, um mir nicht in die Augen sehen zu müssen. Ich schluckte schwer. Das machte die ganze Sache nicht gerade leichter.

Mit wachsender Nervosität schaute ich mich weiter um. Ein

paar Stühle entfernt saß Kylian und zwinkerte mir aufmunternd zu. Das sorgte dafür, dass zumindest ein Teil der Angst verschwand und das Gefühl, allein zu sein, nachließ. Ohne ihn aus den Augen zu lassen, räusperte ich mich und erzählte von meiner Vision. Dabei versuchte ich mir bildlich ins Gedächtnis zu rufen, was geschehen war, und gab es so gut wie möglich wieder. Als ich endete, war es totenstill im Saal. Allen stand der Schock regelrecht ins Gesicht geschrieben.

Dann scharrte ein Stuhl über den Boden und Ms Waith trat erneut an meine Seite. »Danke, Ms Lightwell, dass Sie uns über all das in Kenntnis gesetzt haben. Es ist eine große Gabe, Visionen zu bekommen. Diese Kunst beherrschen nicht viele Mondfeen«, sagte sie und funkelte mich anerkennend unter ihrer Lesebrille hervor an.

Ich rang mir ein Lächeln ab und lief zügig zurück zu meinem Platz, wo mich Leonas liebevoller Blick erwartete.

»Geht es dir gut?«, flüsterte sie mir ins Ohr.

»I-ich denke schon«, gab ich ehrlich zurück und versuchte mich erneut auf Ms Waith zu konzentrieren, die nun wieder das Wort erhob.

»Und ich denke, dass ich für alle spreche, wenn ich sage, dass wir die Erfüllung der Vision schnellstmöglich verhindern müssen.«

Zustimmendes Gemurmel flutete den Raum.

»Deswegen haben sich die Mitglieder des Rats bereits vorab beraten und den Entschluss gefasst, dass sich jemand direkt vor Ort darum kümmern muss.« Sie hob ein Blatt hoch und begann vorzulesen. »Ms Mathilda Lightwell. Sie versteht sich ausgezeichnet aufs Kämpfen und weiß ihre Magie entsprechend einzusetzen. Zudem verfügt sie über großes Wissen, was mythische Wesen der irischen Kerry Highlands angeht.«

Mein Blick wanderte zu meiner Tante, die ein paar Stühle

entfernt saß. Sie sah nicht überrascht aus. Offensichtlich hatte sie damit bereits gerechnet. Auch wenn sie sich seit Jahren lieber ihrer Buchhandlung widmete, so bat der Feenrat doch immer wieder um ihre Hilfe.

»Mr Hunter Brixton. Er ist ein begabter Schwertkämpfer.«

Alle schauten zu einem Mann, der ungefähr Ende vierzig war und sehr sympathisch wirkte.

»Die folgende Person wird vielleicht einige von Ihnen überraschen. Doch er wird sich aufgrund seiner Fähigkeiten ebenfalls dem Trupp anschließen. Elijah Havswood.«

Mein Kopf schoss in seine Richtung. Elijah? Welche Fähigkeiten konnte Ms Waith im Zusammenhang mit ihm meinen? Außerdem hatte er gerade einmal genauso viel Erfahrung im Kampf wie ich. Und dass die gesamte Angelegenheit kein Spaziergang werden würde, stand außer Frage. Die anderen Feen im Saal schienen das ebenfalls so zu sehen, denn sofort herrschte ein reges Durcheinander. Doch als die Ratsälteste den letzten Namen vorlas, wurde es schlagartig still.

»Außerdem wird sich Ms Elanor Lightwell der Truppe anschließen. Da sie die Vision hatte, ist es von großem Nutzen, wenn sie die anderen begleitet.«

Mir klappte der Unterkiefer herunter, während es mir im selben Augenblick die Kehle zuschnürte. *Außerdem wird sich Ms Elanor Lightwell der Truppe anschließen*, wiederholten sich Ms Waiths Worte in Dauerschleife in meinem Kopf. Nein. Nein. Nein! Ich spürte, wie die Angst drohte mich mit sich zu reißen, als sich plötzlich Leonas schützender Arm um mich legte.

»Martha, bist du dir sicher, dass es eine gute Idee ist, meine Tochter dorthin zu schicken? Schafft ihr das nicht allein?«, meldete sich plötzlich mein Vater zu Wort und an der Sorge in seinen Augen konnte ich erkennen, dass es ihm in diesem Moment tatsächlich um mich ging.

»Ja, ich sage noch einmal: Elanor hatte die Vision und kann von großer Hilfe sein.«

Erneut ging ein wirres Raunen durch den Saal, trotzdem erwiderten meine Eltern nichts mehr. Leichte Panik stieg in mir auf. Was, wenn ich den anderen den falschen Weg wies oder uns etwas zustieß?

»Du bist stark, Elanor! Und du hast begabte Feen um dich. Meine Mum wird gut auf dich aufpassen!«, redete mir Leona gut zu, doch das Klingeln in meinen Ohren übertönte ihre Worte fast gänzlich. Ich war nicht bereit dafür. Vielleicht eines Tages. Aber jetzt? Nein … nein, nein, nein …

»Denk an das Opfer. Mit deiner Hilfe könnte es rechtzeitig gefunden und in Sicherheit gebracht werden!«, drangen Leonas Worte an mein Ohr.

Und obwohl sie nur langsam zu mir hindurchsickerten, halfen sie mir, mich zu beruhigen. Ich konnte helfen. Helfen … Allein diese Erkenntnis ließ mich wieder freien atmen, auch wenn mein Puls noch immer raste. Blinzelnd blickte ich zu meiner Cousine, die mich besorgt anschaute. Genau wie der Rest meiner Familie.

»Elanor, du schaffst das. Du bist eine Lightwell«, sagte Paxton aufmunternd und knuffte mir spielerisch in den Oberarm.

Gerade als meine Mutter den Mund öffnete, ertönte wieder Ms Waiths Stimme. »Bitte schlafen Sie und sammeln Sie ein wenig Kraft. Um Punkt elf Uhr geht es dann für Sie in die Kerry Highlands. Finden Sie sich zu diesem Zeitpunkt bitte auf dem Vorhof der Academy ein.« Sie nickte ein letztes Mal in die Runde, bevor sie vom Podium stieg und den Saal verließ.

Noch immer sprachlos schaute ich ihr hinterher und konnte es nicht fassen. Ich, Elanor Lightwell, war jetzt Teil einer Mission.

Tagebucheintrag von Lisea Brennan

29. September 1795

Die Zeit verstreicht und ich habe noch immer keinen Gegenfluch gefunden, der mich von dieser Boshaftigkeit erlöst. In den letzten Wochen haben immer mehr von uns die Kontrolle verloren. Sie haben ihr Unwesen getrieben und der Feen-Gemeinde gezeigt, dass ihre Boshaftigkeit ein Bestandteil ihres Seins ist. Und so hat der Feenrat eine schwerwiegende Entscheidung getroffen. Am gestrigen Abend ist mein und das Schicksal von den anderen auf einem Stück Pergament besiegelt worden. Jedes Wort, das darauf steht, verbannt uns Verfluchte in die Nacht. Sollten wir in das Tageslicht treten, werden wir zu Asche. Verständlicherweise sorgt das für Unruhen unter meinesgleichen. Die Verfluchten fühlen sich ungerecht behandelt. Ich bin wohl die Einzige, die sich wie eine leere Hülle fühlt. Ausgesaugt von den Taten, die ich den anderen Feen unserer Gemeinde dank der Boshaftigkeit angetan habe.

KAPITEL 13

In ganz Irland gibt es Ortschaften, in denen sich Feen angesiedelt und eine Gemeinschaft gegründet haben. Die ersten Dörfer entstanden bereits im frühen siebzehnten Jahrhundert.

ENZYKLOPÄDIE – WELT DER FEEN, KAPITEL 58

Wahllos warf ich ein paar Klamotten in meinen Rucksack. Ich wusste nicht einmal, was ich für so eine Mission am besten anziehen sollte. Oder wie lange wir unterwegs sein würden. Auf jeden Fall brauchte ich wetterbeständige Kleidung. Laut Paxton, der mich nach der Versammlung zurück auf mein Zimmer begleitet hatte, herrschte im Südwesten Irlands, in den Kerry Highlands, raues Klima.

Seufzend fuhr ich mit der Packerei fort und schnappte mir die Kopfhörer von meinem Schreibtisch, wobei mein Blick auf die Phiole mit Feenstaub fiel. Nachdenklich griff ich danach und schwenkte sie sanft hin und her. Der Staub würde mir im Kampf nützlich sein, das waren Ms Gibsons Worte gewesen. Schulterzuckend, in der Annahme, dass es nicht schaden könnte, sie mitzunehmen, legte ich sie mit den Kopfhörern zu den anderen Sachen in meinem Rucksack.

Als ich mich einmal im Raum umschaute, um zu überlegen, was ich noch einpacken musste, überkam mich ein lautes Gähnen. Erschöpft rieb ich mir über die Augen. Verdammt, war ich müde. Die ganze Nacht hatte ich mich unruhig hin und her gewälzt. Immer, wenn ich gerade in den Schlaf abgedriftet war, hatten Albträume mich wieder hochschrecken lassen. Und zu wissen, dass ich mich gleich mit Elijah auf diesen gefährlichen Ausflug einlassen würde, hatte nicht gerade zu einem erholsamen Schlaferlebnis beigetragen.

Ein weiteres Gähnen unterdrückend nahm ich blind ein letztes T-Shirt von dem Klamottenstapel von meinem Bett und beförderte es zu den anderen im Rucksack. Dann machte ich den Reißverschluss zu und wandte mich zum Spiegel, um meine Haare zu einem praktischen Zopf zusammenzubinden. Anschließend überprüfte ich ein letztes Mal mein Outfit. Ich hatte mich für eine enge schwarze Leggings mit einem weiten dunkelgrauen Oberteil entschieden, auf dem in silbernen Großbuchstaben ein Zitat von Damon aus einer Szene in *Vampire Diaries* abgedruckt war, das mich immer wieder zum Lächeln brachte.

Mit einem raschen Blick auf die Uhr über meinem Schreibtisch schnappte ich mir den Rucksack, schaute mich noch einmal um und wandte mich dann zum Gehen. Ich schulterte meine Habseligkeiten und schloss die Tür hinter mir.

Der Korridor war wie ausgestorben und während ich ihn entlangschritt, konzentrierte ich mich auf die etlichen Porträts an den Wänden, deren Anblick mich ein wenig von der bevorstehenden Reise ablenkte. Doch kaum durchquerte ich die leere Eingangshalle, stieg meine Nervosität. Es war komisch, an einem normalen Schultag, an dem alle anderen in ihrer Klasse saßen und lernten, anderweitig unterwegs zu sein.

Als ich wenig später nach draußen trat, erwartete mich helles Tageslicht. So hell, dass ich direkt meine Sonnenbrille aus einer Seitentasche kramte und sie aufsetzte. Als Mondfee machte mir

Sonne zwar nichts aus, aber trotzdem gab es Tage, vor allem wenn ich nicht genug Schlaf bekommen hatte, da störte sie mich.

Nachdem sich meine Augen an die abgedunkelten Gläser gewöhnt hatten, entdeckte ich auf dem etwas entfernt liegenden Parkplatz auch den Rest des Trupps, der wartend vor zwei Autos stand. Ich eilte über den gepflasterten Hof und erkannte beim Näherkommen, dass sich Elijah angeregt mit Mr Brixton und meiner Tante unterhielt. Als der Kies des Parkplatzes unter meinen Füßen meine Anwesenheit ankündigte, drehte sich Mathilda zu mir herum und eilte auf mich zu. Sofort fand ich mich in ihren Armen wieder und der vertraute Duft nach Büchern hüllte mich ein.

»Ich hoffe, du hast ein wenig Schlaf bekommen!« Sie ließ mich los und musterte mich. »Was wäre meine kleine Mondfee ohne einen Hauch von *Vampire Diaries*.« Grinsend deutete sie auf mein T-Shirt. »Du wirst übrigens mit Kylian und Elijah fahren.«

Zum Glück hatte ich meine Sonnenbrille auf, denn so konnte Mathilda hoffentlich nicht erkennen, wie überrascht ich war.

»Kylian?«

»Ja, er wird uns ebenfalls begleiten, da er sich in der Gegend gut auskennt und geübt im Nahkampf ist … ach, da kommt er ja auch gerade.« Sie schaute an mir vorbei und winkte ihm fröhlich zu.

Ich drehte mich um und beobachtete, wie er mit seinem geschulterten Rucksack und einer Sonnenbrille auf der Nase zu uns geschlendert kam.

»Aber ist es nicht besser, wenn ich mit dir fahre? Du bist schließlich meine Tante.« Ich wandte mich wieder an Mathilda, darauf hoffend, dass ich mich nicht gleich in einer unangenehmen Situation wiederfinden würde.

»So ein Quatsch! Die beiden sind in deinem Alter. Es ist sicherlich besser so. Außerdem kannst du so ein wenig mit Elijah reden.«

»Ich bin auch ein ganz passabler Fahrer. Zumindest hat das dein Bruder während eines kleinen Roadtrips in den Norden Irlands mal erwähnt.« Kylian trat zu uns und nahm seine Sonnenbrille ab.

Ich seufzte. Allein die Vorstellung, in einem Auto mit Kylian und Elijah zu sein! Bei drei Stunden Fahrt! Reichte es nicht, dass die beiden überhaupt dabei waren? Obwohl mir nach wie vor nicht in den Sinn wollte, warum Elijah mitreiste. Ms Waith hatte irgendetwas von Fähigkeiten, die er besaß, gesagt. Aber was meinte sie damit?

»Kommst du?« Meine Tante riss mich aus meinem Gedankenstrudel und bedeutete mir, den Jungs zum Auto zu folgen.

Ich begrüßte noch schnell Mr Brixton, nahm meine Sonnenbrille ab, um sie im Rucksack zu verstauen, und lief dann mit pochendem Herzen zu den anderen. Ohne ein weiteres Wort stiegen wir in das Auto und kaum fielen die Türen zu, wäre ich am liebsten wieder ausgestiegen. Wie sollte ich eine Fahrt mit den beiden schaffen? Allein diese erdrückende Stille sorgte dafür, dass ich innerlich unruhig wurde. Vor allem, wenn ich daran dachte, wie der gestrige Abend geendet hatte. Kylian, der mir gestanden hatte, dass er sich dank mir hier wohlfühlte, und Elijah, mit dem ich im Streit auseinandergegangen war. Na großartig.

Ich unterdrückte ein Seufzen und lauschte dem Motorengeräusch, als Kylian den Wagen startete und auf die Landstraße fuhr. Als wir an dem Feldstück vorbeikamen, wo Elijah vor wenigen Tagen ausgestiegen war, um mich mit zurück zur Academy zu nehmen, wurde mein Herz noch ein Stück schwerer. Seitdem waren wir uns nähergekommen, hatten uns gestritten, versöhnt und uns wieder voneinander entfernt. Erst jetzt bemerkte ich, wie anstrengend Liebe sein konnte. Doch bevor ich mir weiter darüber den Kopf zerbrach, entschied ich mich dafür, der Stille ein Ende zu bereiten. Zumindest für einen kurzen Moment. Mein Blick glitt zu Elijah, der direkt neben mir saß und ebenfalls aus dem Fenster schaute.

»Was hast du für Fähigkeiten?«, sprudelte es aus mir heraus.

Er wandte sich zu mir um und hob eine Augenbraue.

»Von denen Ms Waith gestern gesprochen hat«, fügte ich hinzu.

Elijah seufzte. »Ich kann Auren von Feen lesen.«

Ungläubig schüttelte ich den Kopf. »Moment mal, was?«

Die Auren von anderen Feen zu lesen, war für uns nahezu unmöglich! Wir hatten zwar ein feines Gespür für Gefühle, doch Aurendeutung beherrschten Feen nur bei Menschen oder Hexen. Wir hatten sogar an der Skyfall Academy Unterricht in Aurendeutung gehabt, aber die meisten von uns wandten diese Fähigkeit nicht an, da sie viel Kraft raubte.

»Mein Vater hat vor vielen Jahren angefangen, es mich zu lehren«, gestand er mit einem Schulterzucken.

Ich verstand die Welt nicht mehr. Er konnte das bereits seit Jahren? Mehrzahl?!

»Wieso hast du es mir nie erzählt?« Die Enttäuschung in meiner Stimme war kaum zu überhören.

»Weil es bis jetzt ein Familiengeheimnis war. Ich durfte niemandem davon erzählen. Nicht einmal dir.« Irgendetwas an seinen Worten gab mir das Gefühl, dass er erleichtert war, die Wahrheit endlich auszusprechen.

»Und wie hast du das erlernt?«, fragte ich weiter. Dabei versuchte ich auch das Flüstern meines Herzens zu überspielen, das mir sagen wollte, dass er mir nicht vertraut hatte.

»Es ist ziemlich kompliziert und fordert einiges an körperlicher Anstrengung. Aber im Endeffekt haben sich die Jahre Übung ausgezahlt. Ich kann Feen-Auren von Weitem spüren.«

In mir zog sich alles zusammen. Hatte er all die Zeit heimlich meine Aura gelesen? Und wusste er auch jetzt, wie sie war? Schließlich konnte man anhand der Auren Gefühle und Emotionen deuten. Ich selbst verzichtete wie die meisten eher darauf, mich mit den Auren von Menschen und Hexen auseinanderzusetzen, da ich mit all den verschiedenen Stimmungen nicht zurechtkam. Doch galt das ebenso für Elijah? Obwohl ich nicht wusste, wieso, aber es fühlte sich an wie eine Lüge. Als hätte er so lange Zeit mehr über mich gewusst, als ich ihm anvertraut hatte. Obwohl ich ihm eh alles von mir erzählt hatte. Wohl im Gegensatz zu ihm.

»Keine Sorge. Im Normalfall lese ich keine Auren. Es ist viel zu anstrengend und ich möchte ehrlich nicht wissen, was andere in meiner Gegenwart fühlen.«

Bei seinen Worten fiel mir ein Stein vom Herzen.

»Bestimmt ist diese Fähigkeit sehr nützlich, als zukünftiges Mitglied des Feenrats.« Ich dachte über seinen Vater nach, der viel im Ausland unterwegs war und für den Rat geflüchtete Feen aufspürte. Früher hatten Elijah und ich genau dasselbe machen wollen. Denn so hätten wir weit weg von unseren Familien ein gemeinsames Leben führen können. Allerdings gehörte dieser Plan inzwischen auf die lange Liste der Dinge, die wir nie zusammen erleben würden.

»Das stimmt. Sie erleichtert den Job meines Vaters um einiges. Nur dass es nicht an die große Glocke gehängt wird«, antwortete Elijah und sein Blick ging wieder aus dem Fenster. Offensichtlich wollte er nicht weiter über das Thema reden. Oder allgemein nicht mit mir … zwischen uns stand schließlich noch immer der Streit von gestern Abend.

Als sich erneut eine erdrückende Stille über uns zu legen drohte, fragte ich Kylian, ob er das Radio einschalten konnte.

Er nickte nur und nach einem Knopfdruck tönte ein Song aus

den Autoboxen, den ich sofort wiedererkannte. Er gehörte zu der Playlist, die Elijah und ich seit Beginn unserer Beziehung gepflegt hatten und die uns an gemeinsame Momente erinnern sollte. Nostalgie gemischt mit Sehnsucht erfüllte mein Herz. Dieses Lied von Machine Gun Kelly war immer gelaufen, wenn wir in der Hütte am Strand gewesen waren. Ich kannte den Songtext in- und auswendig und als nun der Refrain von *Twin Flame* erklang, sang ich in Gedanken mit.

»Kannst du das Radio bitte wieder ausschalten? Die Ruhe vor dem Sturm genieße ich gerne ohne Musik«, durchbrach Elijah den Song.

Als ich realisierte, was er gerade gesagt hatte, schossen mir die Tränen in die Augen. Wie konnte er nur? Das war unser Song! Selbst wenn wir nicht mehr zusammen waren, gehörte er zu einem Teil unserer Erinnerungen.

Ich atmete kaum hörbar ein, um meinen bebenden Körper unter Kontrolle zu bekommen. Ich wollte ihm nicht zeigen, wie sehr mich seine Worte kränkten. Weil ich sie nicht verstand. Mehr und mehr hatte ich das Gefühl, der Elijah, den ich einst gekannt hatte, entglitt mir immer weiter. Ob es nur eine Momentaufnahme meiner Emotionen oder wirklich der Fall war, konnte ich in dieser Situation nicht unterscheiden. Aber fest stand, dass es mich verletzte. Und ich wollte nicht mal annehmen, dass sich Elijah dieser Tatsache bewusst war. Denn bis vor Kurzem war er es gewesen, der mich getröstet hatte, wenn mich jemand mit Worten verletzt hatte.

Kylian erwiderte nichts auf Elijahs Bitte hin, sondern warf ihm nur einen Blick durch den Rückspiegel zu. Dann drehte er die Musik wieder aus.

Aus Protest öffnete ich den Reißverschluss meines Rucksacks und zog meine Kopfhörer heraus. Ich aktivierte die Verbindung am Handy und stöpselte die In-Ears in meine Ohren. Während die ersten Klänge ertönten, checkte ich meine Nachrichten. Eine ungelesene von Leona.

Leona [11:30 Uhr]: Ich hatte gerade eine begeisterte Nachricht von Mum auf dem Handy. Elijah, Kylian und du sitzt in einem Auto?! Das klingt nach Trash-TV! 😁

Elanor [11:46 Uhr]: Frag nicht. Die Stimmung ist unerträglich.

Leona [11:47 Uhr]: Soll ich dich anrufen? Hab mich schon heimlich aufs Klo verzogen, um dir zu schreiben. 😊

Elanor [11:48 Uhr]: Nee, lass mal. Ich höre jetzt mit Kopfhörern Musik, nachdem Elijah eins unserer Lieder im Radio nicht ertragen konnte. 😭

Leona [11:48 Uhr]: Never Say Never von The Fray?

Elanor [11:49 Uhr]: Twin Flame – Machine Gun Kelly.

Leona [11:50 Uhr]: Verflucht. Euer Strandhüttenlied.

Elanor [11:50 Uhr]: Genau das.

Leona [11:51 Uhr]: Kopf hoch. Vielleicht konnte er es nur nicht ertragen, all die damit verbundenen Gefühle in deiner Gegenwart zuzulassen. Ich muss wieder zurück in den Unterricht.

Elanor [11:52 Uhr]: Wer weiß …

Ich schloss den Chat und für den Bruchteil einer Sekunde schaute ich zu Elijah, direkt in seine moosgrünen Augen. Als sich unsere Blicke trafen, sah ich darin die Gefühle, die Leona gemeint hatte. Vielleicht hatte sie mit ihrer Annahme recht gehabt. Trotzdem hieß das nicht, dass es mich nicht verletzte. Schnell wandte ich mich ab und widmete mich der vorbeiziehenden Landschaft. Zumindest lenkte mich das weite Grün ein wenig ab.

Offensichtlich war ich eingeschlafen, denn als ich zwei Stunden später meine Augen wieder öffnete, hatte sich die Umgebung verändert. Mittlerweile fuhren wir auf einer Straße, die an einer Felswand entlangführte. Auf der anderen Seite begrüßte mich das Meer in all seiner stürmischen Pracht.

»Wir sind gleich da«, erklärte Kylian, während er mich durch den Rückspiegel musterte.

Hastig strich ich mir eine verirrte Haarsträhne aus dem Gesicht und richtete meine Frisur. Das änderte aber leider nichts daran, dass ich völlig übermüdet aussah. Dazu kam, dass sich wieder meine Nervosität bemerkbar machte. Und diese verstärkte sich um ein Vielfaches, als Kylian auf einen Seitenweg einbog, weg von der Küste und ein paar Kilometer weiter am Rande eines Waldes parkte, in der unmittelbaren Nähe einer kleineren Stadt.

Mit weichen Knien musterte ich die Gegend hinter dem Fensterglas. Es hatte sich eine dichte, dunkle Wolkendecke gebildet und immer wieder fuhr eine Windböe durch die hohen Bäume. Am Horizont ragten Berge empor und wenn ich nicht so angespannt gewesen wäre, hätte ich die raue Schönheit der Kerry Highlands sicherlich genossen. Nur leider wartete dort draußen nicht nur die wilde Natur auf uns, sondern etwas viel Dunkleres und Gefährlicheres. Trotzdem galt es ein Leben zu retten, bevor es zu spät war. Und das war jeden Preis wert. Also ließ ich meine Kopfhörer sowie mein Handy zurück in meinen Rucksack gleiten, den ich im Auto lassen würde. Dafür holte ich allerdings die Phiole mit Feenstaub heraus und umklammerte sie fest. Bei einem Kampf verstärkte Feenstaub aus Edelstein die Kraft, schossen mir Ms Gibsons Worte durch den Kopf. Also, sicher war sicher. Dann öffnete ich die Autotür, um Kylian und Elijah zu folgen, die bereits ausgestiegen waren. Mit einem tiefen Atemzug, von dem ich hoffte, er würde mein rasendes Herz beruhigen, kletterte ich aus dem Wagen.

Als ich mich den anderen näherte, winkte mich Mathilda zu sich. »Elanor, bevor wir aufbrechen, sollten wir uns noch einmal umziehen. Es gibt eine verlassene Hütte, direkt ein paar Meter entfernt.«

»Umziehen?«, fragte ich verwirrt.

»Im Wald erwarten uns im schlimmsten Fall Kobolde und Werwölfe. Oder eben ein potenzieller Mörder. Da ist es von Vorteil, wenn wir zumindest kampftaugliche Kleidung tragen.« Mit diesen Worten reichte sie mir einen Stapel Stoff und Leder.

Ich nickte zaghaft und folgte ihr in die kleine Hütte, die etwas versteckt am Rande einer Lichtung stand und bereits ziemlich verfallen war. Schnell schlüpften wir in die neue Kleidung, die aus einem hautengen schwarzen Oberteil, einer ledernen Schutzweste und einer Hose mit vielen Schnallen für Waffen bestand. Meine Phiole ließ ich in einer der angebrachten Taschen verschwinden. Dann schnürte ich noch die festen Boots zu, richtete mich anschließend auf und zupfte nervös an meinem Outfit herum.

»Du wirst dich daran gewöhnen. Der Stoff kann einem seltsam vorkommen, aber er besteht aus magischer Seide, die Hexen einst so verzaubert haben, dass sie uns vor Verletzungen durch Schwerter schützt.«

»Okaaaay«, sagte ich langgezogen und ging bewusst nicht auf die Tatsache ein, dass uns eventuell ein Kampf erwarten könnte. Kurz darauf traten wir wieder ins Freie und überließen den anderen die Hütte. Bei ihnen schien es deutlich schneller zu gehen als bei Mathilda und mir.

Als ich Elijah in der Kampfkleidung sah, sog ich die Luft ein. Die enge Passform definierte seinen durchtrainierten Körper und das Schwarz ließ seine grünen Augen noch stärker leuchten. Aber auch Kylians Anblick war nicht zu verachten. Sein Haar war mit einem Band zurückgehalten, das er wie eine Art Stirnband trug und das perfekt zu seinem eisernen Ausdruck und den Tattoos passte, die unter dem Saum seines Ärmels hervorblitzten. Alles in allem wirkte er, als wüsste er genau, was er tat.

»Gut, dann nehmt euch jetzt die Waffen. Wir sollten bald aufbrechen.«

Waffen?! Hatte ich mich verhört? Das konnte meine Tante nicht ernst meinen! Aber als Mr Brixton den Kofferraum eines Autos öffnete, wurde ich eines Besseren belehrt. Ungläubig starrte ich auf die Ansammlung allerlei Klingen. Bisher hatte ich lediglich Erfahrung im Umgang mit Pfeil und Bogen sowie mit dem Degen. Doch beides diente nicht der Verteidigung. Nun, zumindest hatte ich das bis zu diesem Zeitpunkt angenommen.

Mr Brixton versorgte die anderen mit verschiedenen Messern, teils auch mit Schwertern und Dolchen, die sie in die dafür vorgesehenen Halterungen ihres Kampfanzugs schoben. Elijah erhielt zudem Köcher und Bogen, genau wie ich.

Angespannt umklammerte ich beides. Obwohl ich nur zwei Jahre Erfahrung hatte, fühlte ich mich damit wohler als mit einer anderen Waffe. Dabei war das Bogenschießen anfangs ein

Unterrichtsfach gewesen, das nicht unbedingt zu meinen liebsten gezählt hatte. Aber mit der Zeit war ich besser geworden, was bestimmt auch an Lilly gelegen hatte.

»Gut, können wir los? Wir werden uns an den Weg halten, der uns dank Elanors Schilderungen direkt zu der besagten Lichtung führen wird. Von dort aus gelangen wir in den Wald der Feen, unser Ziel.«

Wald der Feen … davon hatte mir mein Vater schon öfter erzählt. In dem Wald wandelten allerlei Kreaturen, und Menschen verirrten sich nur selten dorthin. Das war einer Energie zu verdanken, die sie davon abhielt, den magischen Ort betreten zu wollen. Der Feenrat hatte immer wieder mit Fällen zu tun, die mit dem Wald in Verbindung standen. Außerdem gab es alle möglichen Gruselgeschichten über ihn, die sich Feen an langen Sommernächten erzählten. Weshalb ich nicht selbst darauf gekommen war, dass das Ganze in diesem speziellen Wald passieren würde, war mir schleierhaft.

»Kommst du, Elanor?«, Mathilda strich mir sanft über den Oberarm. »Keine Sorge, die Waffen sind nur zu unserer Sicherheit.«

Ich nickte und folgte ihr, hinter den anderen her. Mit jedem Schritt wurde mir mulmiger zumute und das Bedürfnis umzudrehen wuchs. Ich umklammerte den Bogen immer fester und war unheimlich froh darüber, dass Kylian inzwischen vor und Elijah hinter mir lief.

Kaum hatten wir die ersten Meter hinter uns gebracht, verschluckte uns die Düsternis des Waldes. Durch das dichte Geäst der Bäume fiel kaum Licht und uns umgab eine Stille, die einzig durch die Schreie einer Eule und das Rascheln von Blättern durchbrochen wurde. Immer wieder entdeckte ich ein Reh oder ein anderes Tier, das uns aus seinem Versteck heraus beobachtete. Und je weiter wir in den Wald vordrangen, desto nervöser wurde ich. Dieses Gefühl vervielfachte sich, als ich bei einem weiteren Schritt auf einen morschen Ast trat und damit ein Eichhörnchen aufschreckte, das haarscharf an mir vorbeihuschte. Automatisch keuchte ich erschrocken auf und machte ebenfalls einen Satz zur Seite. Und das war auch der Moment, in dem ich Elijahs schützende Hand in meinem Rücken spürte. Als wäre es ganz normal, entspannten sich meine Muskeln und das Pochen meines Herzens wurde wieder ruhiger.

Ich atmete tief durch und konzentrierte mich weiter auf den Weg vor uns, war mir aber deutlich Elijahs Berührung bewusst. Seine Finger sorgten dafür, dass ein Hitzegefühl den Platz von Kälte einnahm. Doch ich kommentierte es nicht und so liefen wir schweigend hintereinander her, was vermutlich besser so war. Ich wollte nicht über unsere Gefühle reden. Genau das würde allerdings passieren, wenn wir erneut miteinander sprachen. Noch immer hing da diese Regenwolke aus Gedanken und Emotionen über uns. Sie war gefüllt mit Wassertropfen, die nur darauf warteten, endlich auf uns niederzuprasseln.

Als wir schließlich auf einer Lichtung ankamen, die den Wald zu teilen schien – zumindest wirkte der vor uns liegende Abschnitt noch düsterer auf mich –, ließ Elijah von mir ab. Ich sah mich um und registrierte hohe Felsen, teils mit Moos und Efeu bedeckt, die die Fläche zum großen Teil einrahmten. Mit einem Blick auf die andere Seite stellte ich schnell fest, dass dies der Eingang zum besagten Wald der Feen sein musste. Zumindest erinnerte ich mich an die Bilder einer Brücke, auf der ich mich in der Vision befunden hatte. Und die sich nun vor uns erstreckte.

»Dieser Teil des Waldes ist gefährlich und darf nicht unterschätzt werden. Viele Feen haben hier den Verstand verloren oder sind verschwunden. Haltet euch stets in der Mitte der Brücke auf, falls euch ein Wesen des Wassers begegnen sollte. Dieser Ort ist heimtückisch und wie bereits gesagt sehr gefährlich. Bleibt immer zusammen und verhaltet euch ruhig. Und ich bitte dich, Elanor, mit Elijah voranzugehen. Wir wissen, dass sich irgendwo mittig eine Verzweigung befinden muss, von der mehrere Brücken abgehen, und von dort aus kennst du den Weg dank deiner Vision am besten. Elijah kann bereits von Weitem mögliche Feen-Auren aufspüren.« Mr Brixton schaute einen nach dem anderen von uns an. »Seid ihr bereit? Im Notfall setzt ihr eure Waffen ein.«

Ich schluckte schwer und versuchte meinem Gedankenchaos zu entfliehen. Denn wenn ich mir jetzt einen Kopf darüber machte, ob es eine gute Idee war, diesen Teil des Waldes zu betreten, würde ich vermutlich wieder umdrehen. Ich wusste nicht einmal, ob ich es in diesem Moment schaffen würde, einen Pfeil einzulegen. Und dann musste ich auch noch vorausgehen! Wenigstens würde Elijah an meiner Seite sein.

KAPITEL 14

In Irland gibt es magische Wälder, in die sich keine Menschen hineinwagen. Sie sind durch und durch voller Magie und wirken nach außen düster und abschreckend. Das hat zur Folge, dass sich dort Naturnymphen, Geister, Kobolde und viele Tierarten heimisch fühlen. Bei näher gelegenen Städten handelt es sich dementsprechend meist um Orte, in denen sich Feen niedergelassen haben.

ENZYKLOPÄDIE – WELT DER FEEN, KAPITEL 48

»Gut, dann los!« Mit einer auffordernden Handbewegung bedeutete Mr Brixton Elijah und mir, den Steg zu betreten, der für mich inzwischen wie ein Tor zu einer anderen magischen Welt wirkte.

Ich nahm einen tiefen Atemzug und setzte mich dann langsam in Bewegung, gefolgt von den anderen. Als ich schließlich den ersten Schritt auf die Brücke tat, versuchte ich alles an Gefühlen und Ängsten hinter mir auf der Lichtung zu lassen. Und dann wagten wir uns Stück für Stück immer tiefer in das Labyrinth aus Brücken vor, das sich in alle möglichen Richtungen gabelte. Dabei probierte ich mich darauf zu konzentrieren, welchen Weg ich in der Vision eingeschlagen hatte. Doch dadurch, dass ich gerannt war und die Umgebung bloß am Rande wahrgenommen hatte, fiel es mir unglaublich schwer. Das sorgte wiederum dafür, dass wir nur langsam vorankamen. Wenigstens sprach mich niemand darauf an und alle gaben mir die Zeit, die ich brauchte.

Doch nicht nur die Frage nach dem richtigen Weg zermürbte mich immer mehr, sondern auch die düstere Stimmung, die hier herrschte. Das Wasser unter den Brücken war bedrohlich still. Nur vereinzelt sorgte irgendetwas in dem beinahe toten Gewässer dafür, dass kleine Wasserkreise entstanden. Und die Bäume, die sich durch die fast schwarze Oberfläche in die Höhe schraubten, ließen kaum Licht durch, sodass wir uns in einem gespenstischen Zwielicht vorwärtsbewegten.

Verbissen kämpfte ich darum, nicht in Panik auszubrechen, doch als wir auf eine Kreuzung zusteuerten, an die ich mich nicht mehr erinnerte, drohten alle Dämme zu brechen. Was wäre, wenn ich nicht die richtige Abzweigung fand? Schließlich sahen sie alle gleich aus … Und was, wenn wir zu spät kamen? Meine Kehle wurde staubtrocken und mit jedem Schritt wurde ich mehr in das Chaos in meinem Kopf hineingezogen. Fieberhaft überlegte ich, wo wir nun abbiegen mussten. Nur noch wenige Schritte und ich müsste eingestehen, dass ich …

»Ich spüre eine Aura!«, flüsterte Elijah plötzlich und blieb stehen, um sich umzuschauen.

Auch die anderen scannten die Umgebung ab. Nur Kylian starrte zu Elijah, als würde er seine Gedanken lesen wollen.

»Die Aura ist sehr schwach und von einem trüben Nebel umgeben …«, erklärte Elijah und fixierte dann einen Punkt in der Ferne.

»Sollte eine Aura von Feen nicht klar und deutlich zu sehen sein?«, erwiderte unser Kampfsporttrainer, ohne den Blick von Elijah zu lösen.

»Irgendetwas ist hier komisch.« Elijah überging den Einwand und drehte sich mit einem gehetzten Ausdruck in den Augen zu uns anderen um. »Die Aura wird schwächer, los, los, wir müssen ihr folgen!« Sofort rannte er los.

Wir setzten uns ebenfalls in Bewegung, nur Kylian zögerte.

»Kommst du? Wir sollten zusammenbleiben!«, schrie ich ihm über die Schulter hinweg zu.

Es dauerte einen Moment, bis meine Worte bei ihm ankamen, doch dann folgte er uns mit schnellen Schritten. Wir rannten über die Kreuzung, sprangen über morsche Holzbretter und nahmen Brücken, die teilweise kein Geländer mehr hatten. Dabei versuchte ich nicht daran zu denken, was sich wohl unter uns im Wasser befand. Gerade als ich erneut ein loses Holzbrett überwand, blieb Elijah abrupt stehen. Ich lief beinahe in ihn hinein, konnte mich aber gerade noch stoppen. Hektisch schaute ich mich um und konnte mich vage daran erinnern, dieses Waldstück schon einmal gesehen zu haben.

»Das ist der Ort aus meiner Vision! Was ist –«, setzte ich an, doch er unterbrach mich mit einem »Pssst!« und trat zwei weitere Schritte vor.

Dann passierte alles auf einmal. Ein schriller Schrei erklang, gefolgt von einer Wasserfontäne, die durch eine Gestalt hervorgerufen wurde, die wie aus dem Nichts aus dem Sumpf auftauchte und uns den Weg über die Brücke versperrte. Dank des Wassers, das auf uns niederprasselte, konnte ich erst nach mehrmaligem Blinzeln etwas erkennen. Vor uns schwebte eine Art Wesen. Der Mund war zu einem weiteren Schrei verzogen und die Augen schimmerten in einem trüben Grau. Ihre langen Haare hingen leblos von den Schultern herab. Ihr ganzer Anblick war schaurig, doch sie jagte mir keine Angst ein.

»Eine verstorbene Naturnymphe«, erklärte Mr Brixton neben mir.

»*Was wollt ihr an diesem Ort?*«, fragte diese nun in einem beinahe singenden Tonfall.

»Laut einer Vision kommt es hier zu einem Überfall, bei dem eine Fee getötet wird«, erklärte ihr Elijah ruhig.

Mit einem Hauch von Bewunderung schaute ich zu ihm. Alles an seiner Körperhaltung signalisierte, dass ihm die Begegnung mit dem Geist nichts ausmachte.

»*Nun, zwei Feen sind für kurze Zeit hier verblieben ... es scheint, als hätte sie eine Warnung aus dem Wald getrieben. Er hat sich mit seinem Opfer davongemacht, also gebt acht, in tiefster Nacht, wenn das Böse erwacht*«, sang die Naturnymphe mit hoher Stimme.

»Davongemacht?« Mathilda wandte sich jetzt dem Geist zu. »Kannst du uns sagen, wohin?«

»*In die Richtung des Meeres ist er entflohen, das Böse in der Burg wird sein Opfer bedrohen. Uralte Schätze liegen dort verborgen, also seit schneller als der anbrechende Morgen*«, reimte sie weiter.

Und gerade, als Mathilda erneut zu einer Frage ansetzen wollte, schwebte der Geist wieder in Richtung Wasser und war mit einem Satz in dessen Tiefen verschwunden.

Verwirrt blickte ich zu den anderen und für einen Moment herrschte Stille, als würden sich alle erst einmal sammeln müssen.

»Wir können einem Geist nicht trauen«, meldete sich irgendwann Kylian zu Wort und verschränkte seine Arme vor der Brust. »Er könnte ebenso Teil der Dunkelheit sein und uns in die Irre leiten!«

»Nymphen sind von Natur aus gut. Zwar handelt es sich hierbei um einen Geist, aber ich glaube kaum, dass sie einen Grund hat, uns zu hintergehen«, kommentierte meine Tante.

Nachdenklich ließ ich meinen Blick zum Wasser gleiten, das noch immer kleine Kreise zog. Ich traute Geistern ebenfalls nicht, vor allem nachdem ich von Lilly wusste, wie grausam die meisten von ihnen waren. Doch irgendetwas an diesem weckte mein Vertrauen. Warum auch immer.

»Ihre Aura war hell. Da war nichts Dunkles. Außerdem war sie es, die ich gespürt habe«, mischte sich nun Elijah ein und warf Kylian einen grimmigen Blick zu.

»Ich meine, wir sollten uns nur sicher sein. Nicht, dass wir gehen und die Vision doch an diesem Ort stattfindet. Denn wenn nicht, würde das ja bedeuten, dass uns jemand verraten hat, oder?«, entgegnete Kylian.

Ich hatte bisher gar nicht darüber nachgedacht, was das bedeuten konnte. Aber was wäre, wenn … »Meine Vision kann auch falsch gewesen sein«, sprudelte der Gedanke aus mir heraus.

»Nein, falsch keinesfalls. Es ist allerdings möglich, die Ereignisse einer Zukunftsvision zu verhindern, bevor sie eintreten. Dennoch entsprechen Visionen von Mondfeen immer der Wahrheit. Bestenfalls tritt der Fall eben nie ein«, erklärte Mr Brixton.

Wie automatisch schaute ich zu Elijah, der meinen Blick erwiderte. In seinen Augen spiegelten sich die gleichen Gedanken wider, die sich in meinem Kopf abspielten. Denn für eine Sekunde hatte ich geglaubt, dass es vielleicht falsche Visionen geben könnte und damit unser Schicksal doch nicht in Stein gemeißelt wäre. Aber dem war wohl nicht so. Bedrückt riss ich mich von seinem Anblick los und lauschte wieder dem Gespräch.

»… vermute eher, dass uns jemand verraten hat. Zumindest konnte uns die Naturnymphe sagen, wo sie hin sind«, sagte Elijah misstrauisch.

»Aber wie ist das möglich, woher weiß der Geist das?«, warf ich ein.

»Naturnymphen haben das Bedürfnis, für Gerechtigkeit zu sorgen. Vermutlich hat sie die anderen Nymphen alarmiert und so die Verfolgung aufgenommen. Allerdings hätte sie uns ruhig sagen können, welche Burg sie meint, anstatt in Rätseln zu sprechen.« Mathilda stemmte genervt ihre Hände in die Hüften.

»Und wer könnte uns verraten haben?«, fragte Elijah und warf damit noch mal die offene Frage nach dem Verräter auf.

»Wir müssen es dem Feenrat melden. Solch einem Verrat in unseren Kreisen muss nachgegangen werden.« Mathilda schüttelte den Kopf. »Damit hatte ich wirklich nicht gerechnet.«

»Es könnte ebenso ein Geist oder ein dunkler Kobold gewesen sein, der uns seit unserer Ankunft beobachtet hat.« Kylian fuhr sich mit der Hand nachdenklich durchs Haar.

»Da hast du recht«, stimmte Mr Brixton ihm zu. »Doch darum können wir uns später Gedanken machen. Erst mal ist es wichtig herauszufinden, was uns die Naturnymphe sagen wollte.«

»Sie sprach von einer Burg am Meer ...«, murmelte ich.

»Das könnte jede an der Küste Irlands sein«, versetzte Kylian achselzuckend.

»Aber allzu weit würden sie nicht kommen und die Nacht bricht bald an.« Mr Brixton fuhr sich nachdenklich über seinen Bart. »Es muss also eine in der Nähe sein.«

»Meinte sie nicht, es gibt dort irgendeinen Schatz?«, fügte Elijah hinzu.

»Gibt es die nicht in jeder Burg?« Ich warf ihm einen fragenden Blick zu.

»Ich würde vorschlagen, dass wir erst einmal zurück zu unseren Autos gehen und dann die weiteren Pläne besprechen. Sobald es hier dunkel wird, möchtet ihr nicht an diesem Ort sein«, sagte Mathilda und lief an uns vorbei.

In stillem Einvernehmen folgten wir ihr und beschleunigten unsere Schritte immer weiter, bis wir der gespenstischen Atmosphäre des Feenwaldes entkommen waren. Aber erst als wir kurze Zeit später auch den normalen Wald hinter uns ließen, schaffte ich es wieder, freier zu atmen.

Mr Brixton hingegen schien unbeeindruckt von den Ereignissen und steuerte sofort auf eine Tafel zu, die sich auf dem öffentlichen Parkplatz befand und eine Landkarte mit näher gelegenen Burgen zeigte. Wir folgten ihm und studierten ebenfalls die Übersicht. Und wie hätte es auch anders sein können – es gab etliche Burgen, Ruinen und Klosteranlagen, die infrage kamen.

Frustriert wandte ich mich ab und warf den Kopf in den Nacken. Wie sollten wir nur unter all den Burgen die richtige finden? Vor allem, bevor die Nacht anbrach und es zu spät sein könnte! Seufzend ließ ich meinen Blick sinken … blieb an der kleinen Stadt hängen, deren erste Häuser nur einige Hundert Meter entfernt waren. Sofort schoss mir ein Gedanke durch den Kopf und die Hoffnung meldete sich wieder. Vielleicht war das unsere letzte Chance.

»Vielleicht könnten wir in der kleinen Stadt dort drüben mehr Informationen bekommen, die haben bestimmt ein Rathaus oder etwas in der Art.«

»Sehr gute Idee, Elanor! Nimm doch Elijah mit. Zu zweit findet ihr sicherlich mehr raus.« Mathilda legte eine Hand auf seinen Rücken und schob ihn ein wenig ruppig in meine Richtung.

Ich konnte mir eine hochgezogene Augenbraue in ihre Richtung nicht verkneifen. Das war so typisch für meine Tante. Sie wollte mit allen Mitteln dafür sorgen, dass Elijah und ich Zeit miteinander verbrachten. Dass dies im schlimmsten Fall allerdings einen Fluch nach sich zog, schien sie dabei komplett zu ignorieren. Ob sie damit einfach meine Mutter ärgern wollte, blieb mir ein Rätsel. Trotzdem vermutete ich genau das. Sie und Mum waren schon immer die Sorte Geschwister gewesen, die so unterschiedlich wie Tag und Nacht waren. Während Mutter sich stets um das hohe Ansehen der Familie sorgte, war Mathilda wie ein bunter Wirbelwind, der vor keiner Herausforderung haltmachte und sich regelrecht in jedes Chaos stürzte.

»Du kannst mich gerne begleiten, Mathilda«, sagte ich in ihre Richtung, in der Hoffnung, sie damit umzustimmen. Oder vielleicht auch, damit Elijah nicht den Eindruck bekam, ich würde unbedingt wollen, dass er mich begleitete.

Doch natürlich konnte ich nicht mit dem Beistand meiner Tante rechnen. Sie grinste mich nur wissend an und nahm mir dann den Bogen und den Köcher ab. Auch Elijah musste seine Waffen abgeben. »Das braucht ihr vorerst nicht mehr. Also los, los!« Mit einer Handbewegung, die etwas von husch-husch hatte, scheuchte sie uns davon.

Also marschierten wir an den ersten Häusern der Stadt vorbei, tiefer ins Zentrum hinein. Glücklicherweise waren die Wege relativ kurz und die Stadt kleiner, als ich vermutet hatte. Dementsprechend erreichten wir schon wenig später einen Marktplatz. Suchend drehte ich mich einmal um mich selbst und entdeckte relativ schnell ein Haus, über dessen Eingangstür ein Schild darauf hinwies, dass es sich hier um das Rathaus handelte. Aber auch die prächtige Fassade, die mit Stuckverzierungen aufwartete und an deren Eingang aus Stein gefertigte Statuen platziert worden waren, ließ darauf schließen, dass es sich um ein wichtiges Gebäude der Stadt handeln musste.

Elijah schien meinem Blick gefolgt zu sein, denn nun meldete er sich endlich zu Wort. »Gut, was ist unser Plan?«, fragte er.

»Erst mal müssen wir herausfinden, ob es sich bei den Mitarbeitern aus dem Rathaus um Feen handelt. Sind es Menschen, kann ich noch mal zurücklaufen und meine Kontaktlinsen holen«, stellte ich seufzend fest. Denn wenn es wirklich von Menschen geführt wurde, konnte ich ihnen mit meinen lavendelfarbenen Augen nicht gegenübertreten. Schließlich war das keine

Farbe, die üblich war. Da hatte Elijah mit seinen grünen Augen definitiv einen Vorteil. Diese leuchteten zwar ebenfalls unnatürlich hell, aber dafür konnte man alle möglichen Ausreden finden. Doch für welche, die die Farbe von Lavendel hatten? Ich bezweifelte es. Und das war auch der Grund, weshalb ich stets Kontaktlinsen in meinem Rucksack mit mir herumtrug.

»Gut, ich gehe kurz vor und prüfe die Lage.« Elijah seufzte und verschwand ohne ein weiteres Wort durch die Tür.

Für einen Moment blickte ich mich um und entdeckte in einem Vorgarten neben dem Rathaus etliche kleine Elfenstatuen, die den gesamten Rasen zierten. Bevor ich mich jedoch näher damit befassen konnte, ging die Tür erneut auf und Elijah bedeutete mir mit einer einfachen Handbewegung einzutreten. Also folgte ich ihm und fand mich wenig später in einem kuscheligen Raum wieder, dessen Decke so tief war, dass Elijah sie mit seinen Haaren streifte. Hinter einem Tresen versteckte sich eine kleine Frau mit Brille, die dank eines üppigen Blumenstraußes kaum zu sehen war.

»Wie kann ich Ihnen behilflich sein?«, begrüßte sie uns mit hoher Stimme.

»Wir suchen nach einer Burg hier in der Nähe, die einen Schatz hat, und dachten, dass Sie uns eventuell weiterhelfen können«, erklärte Elijah. Als der Blick der Wasserfee, zumindest sprachen ihre leuchtend blauen Augen dafür, einen verwirrten Ausdruck annahm, fügte er schnell hinzu: »Meine Freundin und ich möchten gern die Nacht dort verbringen. Außerdem habe ich ihr immer von Burgen erzählt, die voll sind mit Schätzen. Sie kennen das bestimmt – alles, was funkelt und glitzert, ist perfekt für eine kleine Prinzessin.« Elijah sah zu mir und legte einen Arm um mich. »Zumindest verhält sie sich wie eine.«

Ich musste mich beherrschen, damit mir nicht der Mund ungläubig nach unten klappte. Das war jetzt nicht sein Ernst, oder? *Na warte,* dachte ich mir. Ich schlang meinen Arm um seinen muskulösen Rücken und schmiegte meinen Kopf an seine Brust. »Eigentlich ist das nur ein Vorwand. Er ist die Prinzessin von uns beiden und versucht immer wieder sein Krönchen zu richten. Aber es will einfach nicht passen. Vielleicht findet sein Dickschädel dort ein passendes.« Ich setzte mein breitestes Grinsen auf, während die Dame uns verblüfft musterte.

»Also, so etwas findet ihr hier nicht. Es gibt keine Burgen in dieser Gegend, die diesen Luxus bieten. Die meisten sind verlassen. Ich kann also nicht weiterhelfen.«

Sofort verschwand mein Hochgefühl und ich löste mich von Elijah.

»Trotzdem vielen Dank«, sagte er freundlich, während ich mich abwandte. Frustriert lief ich zur Tür und zog sie bereits auf, als hinter mir noch mal seine raue, tiefe Stimme erklang. »Elanor, sieh mal.«

Ich drehte mich zu ihm um und entdeckte ihn vor einem Schaukasten, in dem eine aus Holz geschnitzte Pflanze ausgestellt war. Sie wirkte auf mich vertraut, obwohl ich nicht wusste, weshalb. Ich trat zu ihr und las das Schild, auf dem in gravierter Schrift stand: *Pflanze der Verborgenen – Schatz der Burg Darkvangan.*

Neugierig blickte ich zu Elijah, der sich bereits wieder der Dame hinter dem Tresen zugewandt hatte.

»Was hat es mit der Burg Darkvangan auf sich?«

»Ach, um diesen Ort ranken sich etliche Mythen und Legenden. Zum einen, weil sich früher dort die Feen der Verborgenen einquartiert haben, bevor sie ausgestorben sind. Der Burg wird zum Beispiel nachgesagt, sie wäre verflucht. Doch wenn Sie mich fragen, ist das völliger Unsinn.«

»Wo befindet sich diese Burg?«, fragte ich hastig.

»Sie liegt zwei Meilen nördlich, am Ende eines Weges, der

zum Meer hinausführt. Eine sehr verlassene Gegend. Die Burg ist unschwer zu übersehen. Vor etlichen Jahren ist dort ein Blitz eingeschlagen und hat einen der Türme in schwarze Kohle getunkt, die bis heute noch am Gestein haftet.«

Elijah und ich warfen uns einen vielsagenden Blick zu. »Vielen Dank!«, sagten wir dann synchron und verschwanden aus dem Gebäude. Mit schnellen Schritten eilten wir zurück zu den anderen. Während Kylian abseitsstand und telefonierte, studierten Mathilda und Mr Brixton nach wie vor die Karte. Kaum erreichten wir sie, schilderten wir unsere Vermutung, woraufhin Mr Brixton zielsicher auf die Autos zulief.

»Los, worauf warten wir noch? Das wird der Weg sein!«

Wir stiegen ebenfalls in unseren Wagen ein und in Sekundenschnelle war Kylian auf der Straße.

»Mit wem hast du telefoniert, als wir zurückgekommen sind?«, fragte ich nach einigen Minuten.

Kurz herrschte Stille, bis er knapp antwortete. »Mit Paxton. Ich habe ihm nur versichert, dass es dir gut geht.«

Und das war das einzige Gespräch in diesem Auto, das wir führten, bis die Straßen ländlicher wurden und die Klippen ebener. Irgendwann kam vor uns eine Burg in Sicht, die ein Stück ins Wasser ragte und ohne Schutz am Meer stand. Allgemein wirkte die Gegend verlassen und die Natur hatte sich einige der noch übrig gebliebenen Ruinen zurückgeholt.

»Das muss unser Ziel sein«, murmelte Elijah und weckte damit die Hoffnung in mir, bald eine Antwort zu finden. Und somit die zwei Feen aus meiner Vision. Dennoch wurde mir mit jedem Stück, das wir uns der Burg näherten, mulmiger zumute. Was würde uns dort erwarten?

Viel Zeit zum Spekulieren blieb mir allerdings nicht, denn nur einen Moment später parkten wir vor einem mit Efeu bedeckten Torbogen, dessen Eisen dem schlechten Wetter zum

Opfer gefallen und dadurch rostig war. Doch noch immer war die Burg mindestens ein paar Hundert Meter entfernt. Offensichtlich hielt es Mr Brixton für sinnvoll, diesen Weg zu Fuß zurückzulegen, um unbemerkt zu bleiben. Also schnappte ich mir meinen Rucksack, stieg mit den anderen aus und wurde prompt von einem eisigen Wind begrüßt, der Gewitter ankündigte. Zumindest deuteten die aufgetürmten Wolken am Horizont darauf hin, genau wie das unruhige Meer. Als dann ein Regentropfen meine Nasenspitze traf, seufzte ich auf. Das hatte gerade noch zu dieser geheimnisvollen Stimmung, die die Burg bereits mit sich brachte, gefehlt.

»Hältst du es für sinnvoll, der Burg jetzt einen Besuch abzustatten? In wenigen Minuten wird ein Unwetter über uns hinwegziehen.« Kylian warf Mr Brixton einen Blick zu, der deutlich klarmachte, dass er der gleichen Ansicht war wie ich.

»Wenn die Person, nach der wir suchen, sich wirklich mit seinem Opfer dort versteckt, sollten wir keine Zeit verschwenden«, sagte Mr Brixton. »Bitte nehmt eure Sachen mit, genau wie eure Waffen. Wir sollten geschützt sein.« Er zog den Kofferraum auf und reichte uns die Ausrüstung. Dann marschierte er, ohne zu zögern, voran.

Wir folgten ihm, wobei ich es nicht schaffte, meinen Blick von der sich anbahnenden Gewitterfront zu lösen. Ich konnte mich auch irren und sie würde eine andere Richtung einschlagen … doch wenn sie kam, hatten wir ein weiteres Problem. Aber im Endeffekt hatten wir keine andere Wahl. Also ignorierte ich das merkwürdige Gefühl in meiner Brust, das Unheil ankündigte.

Als wir den schmalen Weg hinter uns ließen und den Vorhof der Burg erreichten, wurden unsere Schritte langsamer. Wachsam blickte ich mich um und versuchte Bewegungen auszumachen. Doch das Einzige, was hier lebendig zu sein schien, waren die etlichen Pflanzen auf dem verwilderten Hof sowie eine große Trauerweide vor der Burg. Bei den meisten handelte es sich um Wildblumen, die rund um einen steinernen Brunnen blühten und eine durch das Wetter gezeichnete Bank aus Holz verschönerten.

Wenigstens sah die Burg von Nahem nicht mehr so furchteinflößend aus, redete ich mir ein. Aber als ich die steinernen Gargoyles auf der Brüstung sitzen sah, war ich mir da selbst nicht mehr so sicher.

»Gut, am besten teilen wir uns auf. Elijah, Kylian und Elanor, ihr sucht im Keller und im ersten Stockwerk. Mathilda und ich werden uns hier draußen sowie im obersten Stockwerk umschauen.«

Allein bei dem Wort Keller stellten sich bei mir alle Nackenhaare auf. Ein dunkler verlassener Burgkeller vermutlich voll mit Spinnweben, Ratten und womöglich Geistern? Na gut, das mit dem legendären Schlossgeist war vielleicht ein wenig übertrieben und meiner Sucht nach *Vampire Diaries* geschuldet. Aber trotzdem musste ich einen Burgkeller nicht unbedingt von innen sehen. Schließlich wusste man nie, was dort verborgen … und dann schoss mir ein Gedanke durch den Kopf! Vielleicht befand sich dort der Schatz. Sofort verpuffte das Unwohlsein und machte Platz für meine Neugierde.

»Kommst du, Elanor?«

Elijahs Worte holten mich zurück in die Realität und ich folgte den beiden in die Burg hinein. Zu unserem Glück war das Eisentor geöffnet und wir hatten leichtes Spiel, ins Innere zu gelangen. Ob das bedeutete, dass bereits vor uns jemand den Weg hierher gefunden hatte? Aber zumindest hielt uns keine verschlossene Tür auf.

Tagebucheintrag von Lisea Brennan

11. Januar 1796

Der Winter wütet mit seiner Eiseskälte nun schon seit Wochen hier an der irischen Küste. Ich habe das Gefühl, mit jedem verstreichenden Tag schwächer zu werden. Wir Feen der Verborgenen, wie die Ortsansässigen uns nennen, wurden vollends aus der Feengemeinde vertrieben. Nach tagelangem Fußmarsch haben wir die Kerry Highlands erreicht, wo wir uns in den Wäldern niedergelassen haben. Ein paar von uns haben den Besitzer einer Burg namens Darkrangan gefangen genommen und sich diese zu eigen gemacht. Wir anderen versuchen uns ein zivilisiertes Leben aufzubauen, soweit das bei Nacht möglich ist. Und dennoch merke ich, dass die Unzufriedenheit innerhalb unseres Clans wächst …

KAPITEL 15

Einst ein angesehenes Anwesen, in dem Versammlungen der Feen abgehalten wurden, thront Castle Darkvangan an der Küste Irlands. Viele Legenden und Mythen haben dort ihren Ursprung. Sie reichen von dem Geist des ehemaligen Burgherrn, der angeblich noch immer durch die Räumlichkeiten spukt, bis hin zu den letzten Anwohnern. Den Feen der Verborgenen.

ENZYKLOPÄDIE – WELT DER FEEN, KAPITEL 71

Obwohl die Fassade von Darkvangan deutlich zeigte, dass es hier seit vielen Jahren keinen Burgherrn mehr gegeben hatte, war die Einrichtung nahezu majestätisch. Zumindest wenn man über die Spinnweben auf den Möbeln hinwegsehen konnte. Doch die hohen Fenster, vor denen dunkelrote Samtvorhänge mit goldenen Kordeln hingen, und die Möbel, die perfekt dazu passten, zeugten davon, dass die Burg in früheren Zeiten wohlhabenden Burgherren gehört haben musste. Allerdings gab es nirgends Porträts, die etwaige Vorfahren abbildeten, was seltsam war. Allgemein fragte ich mich, weshalb die Burg verlassen war. Mit ein wenig Pflege wären diese Räume eine Pracht. Aber so schien alles vor langer Zeit zurückgelassen worden zu sein. Ob hier wohl ab und zu noch jemand vorbeischaute? Vor allem, da es doch einen Schatz an diesem Ort geben sollte.

»Wir sollten als Erstes den Keller absuchen und uns dann nach oben vorarbeiten«, flüsterte Elijah und ließ seinen Blick über die alte Einrichtung des düsteren Gangs schweifen, in dem wir nun standen.

»Wie wäre es, wenn wir uns ebenfalls aufteilen und ihr unten sucht, während ich hier oben schaue?« Kylian sah zwischen uns hin und her. »Natürlich können auch wir beide nach unten gehen und du hältst hier die Stellung, Elijah.«

»Nein, Elanor kommt mit mir«, entgegnete Elijah und griff nach meinem Handgelenk.

Überrumpelt von seiner Geste wand ich mich aus seinem sanften Griff. Ich wollte ihm widersprechen und sagen, dass er nicht zu bestimmen hatte, mit wem ich ging, aber im Endeffekt gab ich nach. Denn die Wahrheit war: Wenn ich mit jemandem in einen dunklen Keller gehen würde, dann war es Elijah. Und nicht nur, weil es da in der Vergangenheit vielleicht ein, zwei Momente gegeben hatte, in denen der Keller an der Ravenhall Academy ein Rückzugsort für … Na gut, ich schweifte schon wieder ab.

»Dann los«, sagte ich, legte schnell noch meinen Rucksack ab und stiefelte voran, einen langen Flur mit vielen Türen entlang, bis zu einem Abgang, der am anderen Ende in die Wand eingelassen war und nur von einem Vorhang verdeckt wurde. Vermutlich der Keller. Zumindest ließ der kalte Windhauch, der den Vorhang leicht wehen ließ und mir eine Gänsehaut bereitete, darauf schließen. Und als ich den Stoff beiseitezog, schien ich wohl auch recht zu behalten. Eine steile Holztreppe, die ihre besten Tage längst hinter sich gelassen hatte, erschien vor uns.

»Ich geh voran.« Elijah schob sich an mir vorbei und entzündete mithilfe eines Streichholzes eine Fackel, die an der steinernen Wand befestigt war.

»Kannst du nicht einfach mit deiner Auren-Fähigkeit herausfinden, ob dort unten irgendjemand ist?«, fragte ich hoffnungsvoll, während ich eine Spinne beobachtete, die vor mir ihr Netz spann. Angeekelt duckte ich mich darunter hindurch und hoffte inständig, dass dieses achtbeinige Etwas nicht spontan entschied, sich auf meinen Haaren niederzulassen.

»Nein, durch so dicke Gemäuer ist das unmöglich«, antwortete Elijah.

Wäre ja auch zu schön gewesen. Ich seufzte laut und stieg hinter Elijah die letzten Stufen hinab. Unten angekommen reichte er mir ebenfalls eine Fackel, die er aus einer eisernen Halterung genommen und für mich angezündet hatte.

Ein Teil von mir hoffte, der Gesuchte würde sich oberhalb von uns befinden. Denn wenn er uns hier über den Weg lief, wüsste ich nicht, ob ich aus Reflex die Fackel nach ihm werfen würde oder sie einfach fallen ließ, um mich in meinen Bogenschießkünsten zu beweisen. So wie ich mich kannte, tippte ich auf Ersteres. Mit Überraschungsmomenten hatte ich nie sonderlich gut umgehen können. Zudem sorgte die Fackel auch dafür, dass ich nun alles noch besser sehen konnte. Wenn man meinen Mondfee-Blick dazunahm, konnte ich selbst die kleinen verängstigten Tierchen in den Ritzen des Mauerwerks deutlich erkennen. Was dazu führte, dass ich mich schnell wieder auf unsere Mission konzentrierte. Das Bedürfnis, den Weg einer Maus zu kreuzen, hielt sich definitiv in Grenzen.

»Wie es scheint, gibt es vier Räume. Lass uns mit dem ersten beginnen und uns Stück für Stück vorarbeiten«, murmelte Elijah und deutete mit einem Nicken auf eine hölzerne Tür, die nur angelehnt war. Neben ihr stand ein altes Weinfass mit einem Kerzenständer darauf, auf dem fünf Kerzen verteilt waren. Als wir daran vorbeigingen, nahm ich den Geruch von Rauch wahr. Rauch einer verloschenen Kerzenflamme … Blinzelnd blieb ich stehen und schaute mir den Kerzenständer genauer an. Moment mal … Glühte der eine Docht noch?

»Elijah, sieh mal«, flüsterte ich in seine Richtung und er wandte sich zu mir um. »Es scheint, als hätten die Kerzen erst kürzlich gebrannt«, fügte ich hinzu.

»Dann ist jemand hier unten gewesen«, schlussfolgerte Elijah. »Vielleicht versteckt er sich auch vor uns. Lass uns nachschauen.«

Ob sich hier wirklich jemand aufhielt?

Beinahe geräuschlos öffnete Elijah die Tür vollständig und wir schlüpften in den düsteren Raum. Wie nicht anders zu erwarten, handelte es sich um einen Gewölbekeller, wie er typisch war für solch alte Burgen. Es roch modrig und verlassen. Überall standen Weinfässer und Regale voll mit alten Flaschen, die fein säuberlich übereinandergestapelt waren. Auf ihnen lag eine dicke Staubschicht, die bereits die Luft für sich vereinnahmte.

»Hier scheint niemand zu sein«, sagte Elijah in die Stille hinein. Ich nickte nur und folgte ihm durch eine Tür, die offensichtlich in den Nebenraum führte. Auch dort erwartete uns keine Menschenseele. Dafür ganz andere Wesen. Tierwesen. Auf hölzernen, staubigen Regalbrettern. Einen Schauder unterdrückend versuchte ich die toten Augen der ganzen ausgestopften Tiere zu ignorieren, die mich bei jedem Schritt zu verfolgen schienen. Wer bitte lagerte so etwas im Keller einer Burg? Waren diese Räumlichkeiten nicht schon furchteinflößend genug? Musste man ihnen auch noch eine extra Portion Grusel verpassen?!

Hastig steuerte ich auf die Tür zu, durchquerte auch den anderen Raum und war mehr als erleichtert, als wir wieder auf den Flur traten. Ich wusste ehrlich gesagt nicht, wie ich hätte reagieren sollen, wenn unser Täter dort drin gewesen wäre. Das in Kombination mit dem Tierfriedhof hätte mir definitiv den Rest gegeben.

»Du zitterst ja«, murmelte Elijah plötzlich und ich spürte seine Hand auf meinem Oberarm. »Und du fühlst dich kalt an.«

»Es ist einfach unheimlich hier, sonst nichts«, erwiderte ich schnell und drängte mich an ihm vorbei, zu der nächsten Tür. Doch bevor ich die Klinke nach unten drücken konnte, sprach Elijah weiter.

»Mir tut das mit gestern leid. Das zwischen Kylian und dir geht mich nichts an. Zumindest sollte es das nicht …«

Angespannt drehte ich mich zu ihm um. »Dann verstehst du ja, wie es mir geht, wenn ich dich mit Annabelle sehe.«

»Du weißt, dass da nichts ist. Aber bei Kylian und dir wäre ich mir da nicht so sicher …«

Irgendetwas in mir hinderte mich daran, seine Aussage zu verneinen. Denn die Wahrheit war, dass ich mich gestern in Kylians Nähe wohlgefühlt hatte. Auch das leichte Kribbeln, als er meine Hand gehalten hatte, war nicht zu leugnen. Doch reichte das, um die Gefühle zu überlagern, die ich noch immer in Elijahs Gegenwart empfand?

»Wir sollten weitersuchen«, sagte ich schließlich bloß.

»Ich traue ihm nicht, Elanor«, sprach Elijah weiter.

»Wieso nicht? Erstens ist er unser Kampfsporttrainer, zweitens ist er gerade einmal zwei Jahre älter als wir und mit meinem Bruder befreundet.« Dass ich Kylian auf einmal verteidigte, überraschte mich wohl selbst am meisten. Wieso legte ich nun wieder so viel Wert darauf, wie Elijah von mir dachte? Ich wusste nicht, was ich denken oder fühlen sollte.

»Auch wenn wir nicht zusammen sein können, will ich, dass du weißt, dass du mir wichtig bist.« Ein trauriges Lächeln huschte über seine Züge.

Wieso musste die Liebe bloß so kompliziert sein?

»Los jetzt, der nächste Raum wartet«, antwortete ich erschöpft und öffnete die Tür. Und zu unserer großen Überraschung erwartete uns in dem Kellerraum … nichts. Rein gar nichts. Verwirrt blickte ich mich um. Kein Regal, nicht mal ein Staubkorn. Trotzdem … irgendetwas war seltsam. Ich konnte nur nicht genau benennen, was es war. Ich horchte in mich hinein, fokussierte mich auf meine Magie und dann nahm ich ein elektrisierendes Gefühl wahr, das sich in meiner Brust ausbreitete und durch meine Adern floss. Doch woher kam es? Die Luft war wie geladen und roch auch nicht so modrig wie in den anderen Räumen.

»Irgendetwas ist hier komisch, spürst du das? Dieses Vibrieren?«, wisperte ich.

Elijah sah sich um, bevor er dann langsam nickte. »Du hast recht.«

Nachdenklich ging ich durch den Raum, versuchte auszumachen, von wo das Vibrieren ausging, aber es schien keine direkte Quelle zu geben. Frustriert schnaubte ich auf und lehnte mich gegen die Steinfassade. Das bisschen mehr Schmutz auf meiner Kleidung war jetzt auch schon egal. Wobei … ich dachte wieder an die kleinen Bewohner zwischen den Mauerritzen und sprang hastig von der Wand weg. Dabei geriet ich ins Straucheln und nur dank Elijah, der in Sekundenschnelle seine Arme um mich schlang, landete ich nicht auf meinem Hintern. Doch selbst Elijahs Berührung brachte mich in diesem Moment nicht so sehr aus der Fassung, wie es das tat, was vor uns geschah. Denn an der Stelle, wo ich mich gerade noch befunden hatte, schienen sich die Steine zu bewegen und formten jetzt eine Art Tür.

»Was ist das?«, flüsterte ich.

»Vielleicht ein geheimer Raum«, entgegnete Elijah und streckte vorsichtig seine Hand aus, um über die unebenen Steine zu fahren.

»Merkwürdig«, murmelte er, nachdem er alle abgetastet

hatte. »Es passiert nichts, aber ein paar der Steine fühlen sich wärmer an als die anderen …«

Neugierig legte auch ich meine Hand auf die Steine und tatsächlich. Nach und nach tastete ich jeden Stein ab, bis sich mein Verdacht bestätigte.

»Ein V. Die warmen Steine ergeben ein V! Wie verborgen … Meinte die Fee im Rathaus nicht, dass hier einst die Feen der Verborgenen gelebt haben, nachdem sie den Burgherrn vertrieben haben?«, sagte ich und die Aufregung über das vor uns liegende Rätsel klang in meiner Stimme mit.

»Du hast recht!« Elijahs grüne Augen begannen zu leuchten.

Mit leicht zittrigen Fingern fuhr ich von der oberen Stelle des Vs die Steine ab, bis ich das andere obere Ende erreichte.

Plötzlich erklang ein Klappern und die Steintür schwang nach innen auf. Dahinter lag ein weiterer Raum. Verfluchte Mondfee. Ich fühlte mich wie der Sherlock von Castle Darkvangan. Doch als ich gerade im Begriff war, einen großen Schritt durch die Öffnung zu machen, spürte ich sogleich Elijahs Hand um mein Handgelenk.

»Moment, ich geh voran. Du weißt nicht, was dort drin ist.«

Ich verdrehte die Augen, konnte mir ein Schmunzeln allerdings nicht verkneifen. Die Sicherheit seiner Liebsten stand für Elijah immer an oberster Stelle. Und da ich wusste, dass es sinnlos war, mit ihm zu diskutieren, ließ ich ihn an mir vorbei. Kaum übertrat er die Schwelle, erhellten sich die Steine des Gewölbekellers und wurden in ein buntes Licht getaucht. Elijah entwich ein leises »Oh«, was meine Neugierde erst recht weckte.

Ich trat an seine Seite und kam ebenfalls aus dem Staunen nicht mehr heraus. Die Wände des Raumes waren über und über von kleinen Muscheln bedeckt und einzelne Löcher in der Wand, in denen einst Steine gewesen sein mochten, waren mit Glas versehen. Dahinter war das Meer. So klar und prachtvoll. Ich lief auf die Muscheln zu und betrachtete sie. Es waren dieselben, die mir Kylian in der Höhle gezeigt hatte. Ich setzte dazu an, Elijah davon zu erzählen, doch irgendetwas hielt mich davon ab. Vielleicht die Tatsache, dass ich in der Höhle allein mit Kylian gewesen war und …

»Elanor, schau mal!«, drang Elijahs Stimme an mein Ohr und ich drehte mich um.

Ich war viel zu abgelenkt von den Muscheln gewesen, als dass ich die Pflanze in der Mitte des Raumes bemerkt hätte. Sie wuchs unter einer gläsernen Kuppel und ihr Anblick war nahezu majestätisch. Die dunkelblauen weich aussehenden Blätter schimmerten sanft, als fließe durch sie uralte Magie. Und obwohl kein Tageslicht und keine Luft zu ihr drang, blühte sie voller Leben und schien immer wieder für den Bruchteil einer Sekunde heller zu leuchten.

»Ist das der Schatz von Darkvangan Castle?«, fragte ich ehrfürchtig.

»Die Blätter der Pflanze sehen zumindest danach aus«, gab er zurück. Er wirkte ebenso fasziniert wie ich.

»Aber wie kann eine Pflanze ohne Wasser, Licht und Sauerstoff überleben?«

Elijah schloss kurz die Augen und atmete tief ein und aus. Als er sie wieder öffnete, strahlten sie eine Spur heller. »Ihre Wurzeln sind im Meeresboden verankert und sie existiert allein durch dessen Energie.«

»Wow«, hauchte ich.

»Diese Pflanze ist uralt und es gibt nur eine ihrer Art. Von ihr geht auch dieses elektrisierende Gefühl aus, das du kurz zuvor gespürt hast.« Elijah ging um die gläserne Kuppel herum und betrachtete dann die Muscheln an den Wänden. »Diese Muscheln fühlen sich in ihrer Gegenwart wohl, deshalb sind sie auch hier. Sie nehmen das Licht der Pflanze in sich auf und wandeln es in ihr eigenes um«, erklärte er, bevor er sich seufzend auf die Tür zubewegte. »Trotzdem sollten wir wieder hochgehen und nach den anderen schauen. Schließlich suchen wir nach wie vor den Täter.«

Ich nickte zustimmend und kaum verließen wir die Geheimkammer, verschloss sich der Eingang und nichts an der Fassade ließ darauf schließen, dass dahinter ein Schatz verborgen lag. Bevor wir allerdings die Treppe nach oben erklommen, schauten wir noch in den dritten und vierten Raum. Aber auch hier war keine Menschenseele zu entdecken. Bloß ein Haufen weiterer Weinfässer. Eins stand zumindest fest: Die früheren Burgherren hatten offensichtlich was für Feste übriggehabt.

»Behalte das mit der Kammer für dich. Zumindest vorerst. Vielleicht könnte dieses Wissen gefährlich sein«, sagte Elijah, bevor wir schließlich wieder den Gang im oberen Stockwerk erreichten.

Ich nickte nur und dachte über das Gesehene nach, bis wir einen geräumigen Raum betraten, der mit seinem Sofa und Sesseln sowie dem uralten Kamin recht gemütlich wirkte. Doch ich kam nicht dazu, mich weiter umzuschauen, denn plötzlich tauchte Mathilda auf, gefolgt von Mr Brixton und Kylian.

»Habt ihr ihn?«, sprudelte es aus mir heraus.

»Nein, in der ganzen Burg ist nichts«, sagte Kylian und fuhr sich mit der Hand durch das schwarze Haar. Offensichtlich war er genauso frustriert, wie ich mich nun fühlte. Gleichzeitig stellte ich mir die Frage, ob wir einfach nur in der falschen Burg gesucht hatten oder der Täter schon wieder gewarnt worden war. Aber konnte das wirklich sein?

»Wo wart ihr, wir –« Die Worte meiner Tante gingen in einem ohrenbetäubenden Donnergrollen unter, das im selben Moment die hohen Fenster hinter den schweren Vorhängen klirren ließ.

»Genau deswegen haben wir euch gesucht! Es ist ein Unwetter aufgezogen, das mit jeder Sekunde zunimmt.« Noch während sie sprach, eilte sie an uns vorbei und bedeutete uns, ihr zu folgen.

Wir liefen einen Gang entlang, der offensichtlich zum hinteren Teil der Burg führte, und gelangten zu einer Fensterfront, die die Sicht auf das Meer freigab. Hinter dem Glas tobte das Wasser, schlug hohe Wellen gegen die Brüstung der Burg und immer wieder zuckten Blitze über den Horizont. Bis jetzt hatte es nicht zu regnen begonnen, doch es konnte sich bloß um Minuten handeln, bis der Himmel seine Pforten öffnete.

»Diesen Sommer hat es das mit den Gewittern aber in sich«, murmelte Elijah neben mir und ich konnte ihm nur zustimmen.

»Wir sollten uns beeilen. Bis zu unseren Autos ist es noch ein Stück!«, rief Mr Brixton über den tosenden Wind hinweg, der dafür sorgte, dass nun eine Ladung Wasser über die Brüstung geschwemmt wurde. Wie eine große Pfütze kam es im hinteren Teil des Anwesens, wo sich eine verwahrloste Gartenanlage befand, zum Stillstand.

»Dann los!«, erwiderte Mathilda und lief erneut voraus, zurück Richtung Eingang. Doch kaum traten wir nach draußen, zeigte sich, dass der Wind nicht nur vor der Fensterfront getobt hatte, sondern auch dafür sorgte, dass der Weg, der noch einige Meter entfernt war, nun komplett unter Wasser stand. Vermutlich, weil er nicht geschützt war, anders als der Vorhof mit seiner Brüstung.

Na großartig, wie sollten wir jetzt zurückkommen? Wir mussten den Täter finden, bevor er der unschuldigen Fee etwas antat! Verzweiflung und Sorge machten sich in mir breit.

»Was ist der Plan?«, fragte ich in die Runde und stellte dabei fest, dass Kylian nicht bei uns war. Merkwürdig, gerade eben war er doch noch dicht hinter mir gewesen.

»Wir werden die Nacht hier verbringen und darauf hoffen,

dass das Meer morgen ruhiger ist und das Unwetter sich verzogen hat. Im Moment haben wir keine andere Wahl.« Mr Brixton und die anderen traten zurück ins Innere der Burg.

»Nein, das können wir nicht tun!« Als würden meine Füße ihrem eigenen Willen folgen, setzte ich dazu an, einen Schritt in das tosende Wasser zu machen.

»Elanor, stopp!«, rief Mathilda hinter mir und legte ihre Hand um meinen Oberarm, um mich sachte zurückzuziehen.

»Aber was ist mit dem Täter? Wir können doch nicht einfach hinnehmen, dass er jemanden entführt hat!«

Sie seufzte auf, kam allerdings nicht zum Antworten, denn Kylian stieß in diesem Moment zu uns. »Ich habe gerade einen Anruf erhalten, von einem Einwohner meines Ortes.« Er wackelte mit dem Handy in seiner Hand, bevor er es in seine Hosentasche schob. »Offensichtlich ist der Täter unaufmerksam gewesen und das Opfer konnte fliehen, indem es über die Brüstung ins Wasser gesprungen ist. Sie ist eine Wasserfee und konnte ohne Probleme ans Ufer schwimmen, trotz des Unwetters. Sie befindet sich in der Obhut meines Feenclans.«

Seine Worte sickerten nur langsam zu mir durch, aber als ich sie verstand, atmete ich erleichtert auf. Sofort fühlte ich mich, als wäre mir ein Stein vom Herzen gefallen.

»Ist das wirklich wahr?«, versicherte ich mich, während die anderen begannen ihn mit Fragen zu löchern.

Kylian nickte und als ich seinem Blick begegnete, fiel mir die Farbe seiner Augen auf. Sie hatten sich von Eisblau zu Dunkelblau gewandelt. Doch hieß das nicht, dass er … hm, nun ja, was hieß es denn? Schließlich hatte er nie laut ausgesprochen, was das Dunkelblau seiner Augen bedeutete. Allerdings hatte ich angenommen, dass es für Verlangen stand. Vielleicht interpretierte ich da auch nur etwas hinein und es bedeutete zum Beispiel Erfolg oder Hoffnung?

»Selbst wenn wir viel Glück hatten, gilt es noch immer, den Täter zu finden. Die Vision von Elanor lässt ja darauf schließen, dass das alles mit dem toten Feenmädchen und der Blutlache zusammenhängt. In beiden Fällen war keinerlei Magie mehr vorhanden. Weder in dem leblosen Körper noch im Blut.« Mr Brixton nahm seine Brille ab und putzte sie mit dem Saum seines Pullovers. »Und laut Elanors Beschreibung wäre es auch dieses Mal zu einem ähnlichen Fall gekommen.«

»Jetzt werden wir aber erst mal schlafen! Es war ein langer Tag, wir sind sicherlich alle bereits erschöpft«, warf Mathilda ein und stiefelte an uns vorbei ins Innere.

»Wo werden wir schlafen?«, meldete sich nun Elijah zu Wort.

»Ich habe mich vorhin kurz im ersten Stockwerk umgeschaut. Dort befinden sich insgesamt zwei Gemächer. In den anderen Räumen sind teilweise die Fenster kaputt oder sie sind so in die Jahre gekommen, dass sie kaum zugänglich sind.« Mathilda deutete zu Elijah und mir. »Ihr beide könnt in eins der Zimmer. Schließlich wart ihr lange genug ein Paar, sodass es für euch sicherlich kein Problem ist, oder?« Das »oder« schob sie noch scheinheilig hinterher, als wäre es eine Frage. Dabei wusste ich genau, dass sie das bereits geplant hatte.

»Ich kann auch auf dem Sofa schlafen«, entgegnete ich stur.

»Kylian hat sich bereit erklärt, hier unten gemeinsam mit Mr Brixton Wache zu halten. Außerdem gibt es in dem einen Zimmer nur ein Einzelbett.« Mathilda schaute mich fragend an. »Aber wenn du dich damit nicht wohlfühlst, werde ich mich der Wache anschließen und du nimmst das Bett.« Verständnisvoll lächelte sie mich an.

»Nein, es ist okay. Ich teile mir ein Zimmer mit Elijah«, sagte ich schnell.

Mr Brixton nickte knapp. »Gut, dann lasst uns noch eine Kleinigkeit essen.«

KAPITEL 16

Bevor Feen ganze Dörfer besiedelt und Gemeinschaften gegründet haben, bewohnten sie Burgen. Prachtvolle Feste, Versammlungen und Verhandlungen fanden dort regelmäßig statt und haben die Kultur der Feen maßgeblich beeinflusst.

ENZYKLOPÄDIE – WELT DER FEEN, KAPITEL 90

»Ich hoffe, das Zimmer hat zwei Einzelbetten«, murmelte ich in Elijahs Richtung, nachdem wir die letzte Treppenstufe überwunden hatten.

Elijah seufzte auf und steuerte auf eine Holztür zu, die neben einer Ritterrüstung eingelassen war. Für ein, zwei Sekunden musterte ich diese und hoffte inständig, dass sich darin kein Geist versteckte, der den Ritter mit seinem eisernen Schwert in der Hand wieder zum Leben erweckte. Ich hatte eindeutig zu viele Fantasyfilme gesehen.

»Woher kommt auf einmal dein Stimmungswechsel, Elanor? In einem Moment bist du zu mir wie immer, im anderen schmeißt du mir alles Mögliche an den Kopf«, sagte er tonlos und öffnete die Tür.

Weil ich nicht weiß, was ich fühlen soll. Weil du meine Gefühle durcheinanderbringst. Mich gleichzeitig fliegen und fallen lässt, schoss es mir durch den Kopf.

»Weil es nun mal so ist«, erwiderte ich aber bloß und spähte an ihm vorbei in den Raum. Und dort stand tatsächlich ein Einzelbett. Kurz klopfte mein verräterisches Herz schneller. Verdammt. Wieso freute ich mich über diese Tatsache?

Schnell folgte ich Elijah in das Zimmer und legte meinen Rucksack auf einer kleinen Kommode neben einem Schrank ab. Unsere Waffen hatten wir unten im Salon gelassen. Vorerst würden wir sie wohl nicht mehr brauchen. Zumindest nahm ich das an.

Elijah wandte sich gerade zu mir um, als ein lautes Pfeifen erklang. Ein kalter Windhauch erfasste uns, der von dem undichten alten Fenster herrühren musste. Sofort begann ich zu frösteln. Noch immer tobte dort draußen das Unwetter.

»Ich kann auch auf dem Boden schlafen, wenn du das möchtest.« Er fuhr sich mit der Hand durch sein Haar, bevor er auf den Kamin zusteuerte, der gegenüber vom Bett eingelassen war. Er wirkte für diesen düsteren Raum viel zu gemütlich, mit seinem Sims aus Backstein und einem Porträt, auf dem die Landschaft der Kerry Highlands zu sehen war.

»Nein, das tust du nicht«, entgegnete ich kopfschüttelnd und beobachtete, wie er in Sekundenschnelle ein prasselndes Feuer entfachte. Sofort erfüllte den Raum ein warmes Licht und die Wärme ließ meine Gänsehaut verschwinden.

Während Elijah noch immer am Kamin herumwerkelte, nutzte ich den Moment, um mich umzuziehen. Also schlüpfte ich aus meiner Kampfkleidung, legte die Sachen über eine Stuhllehne und kramte aus dem Rucksack meine Schlafklamotten heraus. Gerade, als ich nach dem Oberteil griff, räusperte sich Elijah und erhob sich. Für den Bruchteil einer Sekunde wanderte sein Blick über meinen halb nackten Körper und er wirkte ein wenig überrascht. Ich stand nur in Unterwäsche vor ihm und … zugegeben, ich genoss es. Und wie, verflucht. Das Verlangen in seinen Augen loderte mit dem Feuer im Kamin um die Wette und ich erschauderte. Selbst wenn mein Herz noch immer versuchte sich selbst zu schützen und ich mich genau an die Worte auf dem Zettel erinnerte, so wollte ich ihn doch. Ich wusste, er war tabu. Wie eine verbotene Frucht, bei der man wusste, dass sie giftig war und doch so verdammt schön. Dabei war es einzig der Fluch, der unsere Beziehung vergiftet hatte. Aber ich konnte nicht leugnen, dass ich ihn wollte. So sehr, dass es schmerzte.

Elijah schien es ähnlich zu gehen. Ohne mich aus den Augen zu lassen, griff er mit seiner Hand nach dem Reißverschluss auf seinem Rücken und öffnete den Kampfanzug. Beinahe quälend langsam befreite er sich daraus und zog ihn aus. Der Stoff glitt über seinen definierten Oberkörper und schlussendlich stand er ebenfalls nur spärlich bekleidet vor mir.

Ich schluckte schwer und machte einen großen Schritt auf ihn zu, sodass uns bloß noch wenige Zentimeter trennten. Schob dabei all die Gedanken, Sorgen und Zweifel beiseite. In diesem Augenblick war es mir egal, was wir waren. Ich wollte ihn berühren. Und genau das tat ich auch. Wie in Zeitlupe fuhr ich mit meinen Fingerspitzen über seine Brust, bis hin zu der Narbe auf seinem Rippenbogen, die er sich durch einen missglückten Klippensprung zugezogen hatte.

Die Sorge um ihn war damals so überwältigend gewesen, dass sie mich tagelang in ein schwarzes Loch hatte stürzen lassen. Ich hatte so viel geweint. Und das mit niemandem teilen können. Während er im Krankenhaus gelegen hatte, hatte ich in meinem Bett gesessen und eine Träne nach der anderen vergossen. Allein. Wem hätte ich auch davon erzählen sollen? Erst als Leona sich Sorgen um mich machte, hatte ich mich ihr anvertraut. Sie hatte zugehört und mich weinen lassen.

Erst Tage später hatte ich Elijah in unserer Strandhütte wiedergesehen. Ich hatte ihm von den Tränen erzählt. Und von meiner Angst, ihn zu verlieren, wenn er erneut klippensprang.

Seit diesem Gespräch hatte er es mir zuliebe aufgegeben. Der Verdacht, dass sich das inzwischen geändert haben könnte, stieg erneut in mir hoch, doch ich wollte den Moment nicht kaputtmachen, indem ich ihn damit konfrontierte.

»Über was denkst du nach, Moonshine?«, raunte er mit loderndem Blick.

Ich schüttelte mit einem sanften Lächeln den Kopf und fuhr mit dem Fingern zu der empfindlichen Stelle hinter seinem Ohr. Er erschauderte unter meiner Berührung, was mich dazu antrieb, mit meiner zweiten Hand über seine Hüfte zu gleiten.

»Fuck, Elanor«, knurrte Elijah heiser und legte seine Finger an mein Kinn, sodass ich gezwungen war, ihn anzuschauen.

»Weißt du eigentlich, was du mit mir anstellst? Wie wunderschön du bist, wenn du mich so ansiehst?«

»Wollen wir schlafen?«, wisperte ich unter seiner Berührung.

Er nickte und ein Schmunzeln umspielte seine Züge. Er wusste genau, was ich damit sagen wollte. Ohne zu zögern, griff er nach meiner Hand und zog mich hinter sich her zu dem Bett. Eine Wolldecke lag darauf ausgebreitet, die Mathilda bereits vorhin hierhergebracht hatte. Wir kuschelten uns darunter und während er mich fest an seinen Körper drückte, fielen mir auch schon die Augen zu und ich driftete in das Land der Träume ab.

Wieder stand ich vor der Hütte am Strand. Und wieder erstreckte sich über mir ein klarer Nachthimmel, selbst wenn sich am Horizont dunkle Wolken auftürmten. Ein Zeichen dafür, dass Elijah etwas beschäftigte, was er nicht zugeben wollte. Nur was? Ich hoffte einfach, er würde mit mir darüber reden, sollte ihm etwas auf dem Herzen liegen.

Tief atmete ich durch und griff nach der Türklinke. Wenn ich sie jetzt herunterdrückte, würden wir an demselben Punkt weitermachen, an dem wir zwei Nächte zuvor gestört worden wa-

ren. Aber dann war da noch das Ding mit dem Zettel am nächsten Morgen. Verflucht. Wieso hatte er so was bloß schreiben müssen? Ich verstand es nicht. Natürlich war mir bewusst, dass es für uns keine gemeinsame Zukunft gab … aber die Nacht war die schönste seit Langem gewesen. Trotz des Unwetters.

Doch was, wenn ich morgen mit dem gleichen Zettel am Bett aufwachte? War es das Risiko wert, mein Herz erneut aufs Spiel zu setzen? Alles auf eine Karte zu setzen, nur für einen Moment, der für uns nichts mehr als eine zukünftige Erinnerung sein würde? Ein Moment, der uns bittersüß daran erinnern würde, wie es einst zwischen uns gewesen war, doch nie wieder sein durfte? Ich wusste, dass es riskant war. Aber war dieses Risiko nicht das, was die Liebe ausmachte? Selbst, wenn sie keine Zukunft hatte? Und vermutlich war es unüberlegt und brachte uns beide nicht weiter … doch in diesem Augenblick sehnte ich mich nach der Vertrautheit, die seine Nähe für mich bedeutete. Also war ich ein weiteres Mal egoistisch.

Während ich die Klinke hinunterdrückte und ins Innere trat, ließ ich erneut all die Zweifel und Sorgen dort draußen in der Dunkelheit. Mit einem Klicken fiel die Tür hinter mir ins Schloss und ich wurde von lodernden Flammen im Kamin empfangen.

»Moonshine.« Elijah trat hinter mich und schlang seine Arme um mich.

»Elijah«, wisperte ich und spürte sogleich seine Lippen an der empfindlichen Stelle meiner Halskuhle. Allein diese hauchzarte Berührung ließ mich erzittern. Mit einem Keuchen rang ich hervor: »Bevor wir weitermachen, möchte ich eins wissen.«

»Alles«, raunte er mir ins Ohr.

Ich lehnte meinen Kopf gegen ihn und war mir deutlich seiner Finger bewusst, die sanfte Kreise über meine Hüfte zogen. Scharf zog ich die Luft ein, kaum in der Lage, klar zu denken.

»Bitte sag mir, warum du mir diesen Zettel geschrieben hast«, stieß ich heiser hervor.

»Weil ich es nicht geschafft hätte, neben dir aufzuwachen und zu wissen, dass ich so tun muss, als wäre da nie etwas zwischen uns gewesen. Es war leichter, einen Zettel zu schreiben, als es nicht über das Herz zu bringen, dich am nächsten Morgen gehen zu lassen. Ich weiß, es war nicht richtig, aber verdammt, Elanor, meine Gefühle spielen verrückt. Ich kann dich nicht haben und trotzdem nicht gehen lassen. Obwohl ich muss«, raunte Elijah gegen meine Stirn.

»Ich weiß nicht, ob es eine gute Idee ist, wenn wir erneut alles aufs Spiel setzen, obwohl wir wissen, wie die Realität für uns aussieht.« Ich stieß mich von seinem Körper ab und wandte mich zu ihm um.

Die gegensätzlichsten Emotionen tobten in seinen Augen und erinnerten mich daran, wie ausweglos unsere Situation war. Hatte es nicht schon gereicht, dass unsere Familien gegen die Beziehung waren? Musste uns auch noch ein Fluch auseinanderreißen? Frustriert seufzte ich auf und lief an ihm vorbei, Richtung Tür. Vielleicht war es doch besser, wenn ich … Elijahs Hand legte sich um meinen Oberarm und zog mich wieder zurück. Dann umfasste er mein Gesicht.

»Elanor, bitte gib uns diese Nacht. Als Erinnerung an die Zeit, in der wir noch ein Wir waren.« Die Emotionen in seinem Blick wichen Verlangen, das so intensiv aufblitzte, dass mir allein dadurch eine Hitzewelle nach der anderen durch den Körper jagte.

Wie in Zeitlupe nickte ich und nur Sekunden später spürte ich seine perfekten Lippen auf den meinen. Das Verlangen in ihm sprang auf mich über und raubte mir die Sinne. Ich schob jeden Gedanken beiseite und machte Platz für das Gefühl, das ich so sehr vermisste. Vertrautheit. Federleicht spürte ich, wie

Elijah mich im selben Moment hochhob und fest gegen seinen harten Körper drückte. Ich schlang meine Beine um ihn und umspielte mit meiner Zunge die seine.

Mehr. Ich brauchte mehr von uns. Mit einem Blick zum Sofa bedeutete ich Elijah, was ich wollte, und befand mich nur Sekunden später unter ihm, auf dem Polster. Kurz erhob er sich und zog sein T-Shirt aus. Verflucht. Ich wollte jeden Zentimeter seines Körpers erkunden und ihm nah sein. Kaum landete sein Oberteil auf dem Boden, zog auch ich mein Top aus, genau wie meinen BH, der sich in diesem Moment viel zu störend auf meiner erhitzten Haut anfühlte.

Elijah beugte sich erneut über mich und streichelte über meine Rundungen, bevor er mit sanften Küssen meinen Oberkörper bedeckte, bis hin zu der empfindlichen Stelle an meinem Becken. Nach einem fragenden Blick in meine Richtung und einem Nicken meinerseits zog er mir meine Hose über die Beine, bis sie ebenfalls auf dem Boden landete. Dann beugte er sich wieder über mich und legte seinen Mund auf meinen. Ich konnte nicht länger warten und öffnete die Knöpfe seiner Hose. Mit einem leisen Knurren ließ Elijah seine Finger tiefer wandern und ich wölbte ihm meinen Rücken entgegen, wollte nicht, dass er aufhörte … bis wir aus dem Traum gerissen wurden.

»Fuck!«, murmelte Elijah an meinem Ohr.

Frustriert stöhnte ich auf. Wieso waren wir erneut unterbrochen worden? Was konnte der Grund … doch bevor ich den Gedankengang zu Ende führen konnte, erklang ein lautes Rumpeln.

»Was war das?«, wisperte ich und schaute zu Elijah, dessen Augen alarmierend hell in die gedämpfte Dunkelheit hineinleuchteten.

Mit einer fließenden Bewegung schob er sich an mir vorbei

und stand auf. Während er nach seinem T-Shirt griff, konnte ich nicht aufhören, ihn zu betrachten. Das Feuer im Kamin war längst nur noch ein verlöschendes Glühen, doch draußen tobte nach wie vor das Gewitter. Und jeder Blitz gewährte mir einen genaueren Blick auf seinen durchtrainierten Oberkörper.

»Ich schau kurz nach, was da vor sich geht. Du bleibst hier«, befahl er mir, woraufhin er bloß eine hochgezogene Augenbraue kassierte.

»Ich komme mit«, erwiderte ich und war bereits im Begriff, mich aus der Decke zu schälen, als Elijah den Kopf schüttelte.

»Nein, wer weiß, was da unten lauert. Ich schau nur kurz nach und komm gleich wieder.«

»Ich begleite dich.« Stur blickte ich ihn an.

»Bitte, Elanor, ich möchte nicht, dass dir etwas passiert.« Ohne meine Antwort abzuwarten, lief er zur Tür, nur um dann doch noch einmal kurz zu verharren. »Bitte vergiss den Traum nicht. Auch wenn wir ihn nie wieder in der Realität teilen werden.« Und damit verschwand er.

Sprachlos schaute ich zu, wie die Tür hinter ihm ins Schloss fiel, während sich aufkommende Zweifel in mir breitmachten. Denn Fakt war: Wir waren erneut unterbrochen worden. Was, wenn das Schicksal selbst unseren Träumen einen Strich durch die Rechnung machte? Vielleicht war unsere Liebe nicht einmal dazu bestimmt, in der Traumwelt real zu sein. Und vielleicht war es besser, endlich zu akzeptieren, dass wir nicht zusammen sein durften. Wieso hatte ich es nur zugelassen, dass Elijah sich erneut in mein schmerzendes Herz schlich und … Wieder erklang ein Klirren, das definitiv nicht durch den Sturm erzeugt wurde.

Alarmiert raffte ich mich auf und war in Sekundenschnelle auf den Beinen. Ohne zu überlegen, griff ich nach meinem Top und streifte es mir über. Dann suchte ich in meinem Rucksack nach meiner Strickjacke, wobei meine Hand die gläserne Phiole mit dem Feenstaub streifte. Ich wusste nicht, was mich gleich erwartete. Vielleicht war es nur ein Fehlalarm … doch was, wenn nicht und Elijah meine Hilfe brauchte?

Bevor ich noch weiter über die richtige Entscheidung nachgrübeln konnte, öffnete ich den Korken und verrieb den Staub in meiner Handfläche. Sofort spürte ich, wie er mit meiner Haut eins wurde und wie eine Creme einzog. Ein Gefühl von Stärke und Macht breitete sich in mir aus und begrüßte auch die Magie in mir.

Zügig legte ich die leere Phiole zurück in den Rucksack und schnappte mir meine Hose, die ich schnell überstreifte, bevor ich zur Tür eilte. Sollte Elijah doch der Meinung sein, dass ich hierbleiben sollte. Vielleicht war das der Augenblick, in dem ich lernen musste, dass ich meine eigenen Entscheidungen traf. Also huschte ich aus dem Zimmer und blieb auf dem düsteren, sehr unheimlich wirkenden Flur der Burg stehen. Einmal mehr war ich dankbar für meine Fähigkeit, in der Dunkelheit beinahe so gut wie bei Tageslicht sehen zu können. Neben mir befand sich die Ritterrüstung, in der ich noch immer einen Geist vermutete. Kurz atmete ich durch und lauschte. Als erneut ein Rumpeln erklang, schnappte ich mir kurzerhand das Schwert des Ritters und war erleichtert, als es sich ganz leicht aus seiner eisernen Hand löste.

Nach einer schnellen Überprüfung, ob die Klinge scharf war – war sie definitiv –, eilte ich den Flur entlang, die steile Treppe nach unten. Im Salon brannte gedämpftes Licht und ich entdeckte Mr Brixton, der in einem der Sessel lag und offensichtlich tief und fest schlief. Verwirrt darüber, dass er nichts von den Geräuschen um sich herum wahrnahm, lief ich durch den Bogen, der zum Eingang führte. Doch hier war niemand. Für einen Moment ließ ich meinen Blick über den leeren Gang schweifen und überlegte, ob ich im Keller nachschauen sollte. Dann jedoch erklang ein Schrei, der definitiv von draußen kam. Vermutlich war das vorherige Rumpeln von der Eingangstür gekommen, die durch den Wind ins Schloss gefallen war.

Mit schnellen Schritten eilte ich durch den Gang, direkt auf die Tür zu und war bereits im Begriff, sie aufzuziehen, als plötzlich Schritte hinter mir erklangen. Alarmiert hob ich mein Schwert und wirbelte herum. Im selben Moment entdeckte ich Kylian, der mit einem Blitzen in den Augen meinem Angriff auswich.

»Woah«, kam es von ihm und ein breites Grinsen stahl sich auf seine Lippen.

»Du hast mich erschreckt«, kommentierte ich mit noch immer rasendem Herzen. »Wo kommst du her und wieso schläft Mr Brixton so tief und fest? Bei dem Lärm hier unten muss man doch aufwachen!«

Ohne auf meine Frage einzugehen, ging Kylian mit schnellen Schritten den Gang entlang. Ich folgte ihm Richtung Salon, wo er direkt auf den schlafenden Mr Brixton zusteuerte und ihn schüttelte. Erst ganz leicht und als er nicht reagierte, eine Spur fester. Gerade als ich dachte, ihn hätte tatsächlich eine Art Dornröschenschlaf übermannt, flatterten seine Augenlider.

»Verrätst du mir jetzt, wo du warst?«, hakte ich weiter nach und schaute wieder zu Kylian.

»W-was ist passiert«, warf Mr Brixton nun ein und bemühte sich, sich aufzusetzen, scheiterte jedoch kläglich. Merkwürdig.

»Bevor ich von diesem Mistkerl im Keller eingesperrt worden bin, habe ich auch schon versucht ihn zu wecken – doch er hat sich nicht gerührt. Ich konnte mich gerade erst befreien«, brummte Kylian, während sein Blick wachsam hin und her wanderte.

»Moment mal, was für ein Mistkerl?« Fassungslos starrte ich

ihn an, als plötzlich ein Schrei von draußen erklang. Alarmiert rannte Kylian an mir vorbei. »Verdammt!«

Ohne zu überlegen, folgte ich ihm und entdeckte ein paar Meter von Kylian entfernt Elijah, der mit einer Gestalt kämpfte. Ich zögerte nicht lange, setzte mich in Bewegung und rannte ebenfalls die Stufen hinab, Kylian hinterher. Elijah geriet unterdessen immer mehr in Bedrängnis und wurde von der Gestalt Richtung Meer getrieben. Aber gerade als ich einen warnenden Schrei ausstoßen wollte, erklang hinter mir eine männliche Stimme.

»Na, wen haben wir denn hier?«

Mit erhobenem Schwert wirbelte ich herum und wurde von einem Klirren begrüßt, als ein Säbel auf meine eiserne Waffe traf.

Verdammt, wo kommt der denn her?, schoss es mir durch den Kopf, doch viel Zeit, um weiter darüber nachzudenken, blieb mir nicht. Die männliche Nachtfee, deren Augen dunkelblau leuchteten und über deren Gesicht eine langgezogene Narbe verlief, setzte zum nächsten Angriff an. Ich wehrte ihn ab. Inständig hoffte ich, dass der Feenstaub seiner Wirkung gerecht wurde. Ich machte einen Schritt rückwärts und holte mit Schwung aus. Die jahrelange Ausbildung im Fechten musste ich jetzt auf das Schwert übertragen. So versuchte ich ihn an der Schulter zu treffen, doch mein Gegner wehrte mich gekonnt ab. Erneut griff ich ihn an und wich einem Schlag aus, der ziemlich übel hätte enden können. Kurz geriet ich ins Wanken, aber als sein Säbel erneut auf mich zuraste, flammte Wut in mir auf. *Nicht mit mir.*

Ich sammelte all meine Kraft und schwang das Schwert. Zu meiner eigenen Überraschung streifte ich mit der scharfen Klinge seinen Unterarm, wo sich sogleich ein blutender Schnitt bildete. Allerdings hatte mich dieser Hieb einiges an Energie gekostet, weswegen ich für eine Sekunde abgelenkt war. Mein Gegenüber blickte mich belustigt an und grinste boshaft. Dann hob er erneut den Säbel und bevor ich wusste, was geschah, spürte ich einen brennenden Schmerz an meinem Bauch.

Er hat mich getroffen, war mein einziger Gedanke, als er erneut zu einem Angriff ausholte und sein Säbel auf meine Brust zuraste. Ich sah mich bereits zu Boden gehen, aber da wurde die Fee plötzlich zu Fall gebracht, mitsamt ihrer Klinge. Verwirrt blickte ich auf und entdeckte Kylian, der einen Dolch gegen die Kehle unseres Gegners drückte, während er mit seiner anderen Hand an dessen langen grauen Haaren zerrte.

»NICHT SIE!«, knurrte er bedrohlich und presste die Klinge noch fester gegen die Haut der männlichen Nachtfee.

Sie wagte sich nicht mal zu rühren, zischte jedoch mit schmerzerfüllter Stimme: »Das hätte nicht so enden müssen.«

Einen Moment später kam Elijah herbeigeeilt, gefolgt von Mathilda, die offensichtlich erst nach uns zu dem Kampf gestoßen war.

Elijahs Augen begannen hell zu leuchten und ich wusste, dass er Magie anwandte. Innerhalb eines Augenblicks sprossen Schlingen aus einer Pflanze im Boden und legten sich um die Handgelenke des Gegners. Und nachdem Kylian sich erhoben hatte, schnürten sie sich auch um dessen restlichen Körper, bis sich der Täter nicht mehr bewegen konnte.

»Und das ist dafür, dass du Elanor verletzt hast!«, brüllte Elijah wutentbrannt und für den Bruchteil einer Sekunde zogen sich die Schlingen so fest zusammen, dass unser Angreifer einen Schmerzensschrei ausstieß.

Genugtuung blitzte in Elijahs Augen auf, bevor er die Fesseln wieder ein wenig lockerte.

»Wo ist der andere?«, fragte ich keuchend und spürte im selben Moment, wie der Schmerz in meinem Bauch mit jeder verstreichenden Sekunde präsenter wurde. *Verdammt, tut das weh!*

Schnell eilte Kylian auf mich zu, zog sich das Tuch, das er als Haarband getragen hatte, vom Kopf und presste es fest auf die blutende Wunde.

»Dieser Feigling ist über die Brüstung ins Meer gesprungen, nachdem er gesehen hat, dass wir zu zweit waren.« In Elijahs Augen blitzte ein Hauch von Sorge auf. »Aber hätte ich gesehen, dass du ebenfalls angegriffen wirst, hätte ich schneller gehandelt.«

»Du hättest es nicht sehen können«, erwiderte ich. Denn die Wahrheit war, dass sich zwischen uns eine alte Trauerweide befunden hatte, die mich halb verdeckt haben musste. Eben der perfekte Moment, um mich anzugreifen.

»Du bleibst hier und sorgst dafür, dass die Fesseln halten, bis Mathilda ihm den Schlaftrank verabreicht hat. Ich kümmere mich um Elanor«, sagte Kylian in Elijahs Richtung und erhob sich. Nur einen Augenblick später befand ich mich in seinen Armen.

Kurz drehte ich den Kopf zu Elijah, der uns mit einer Härte im Blick anschaute, die deutlich machte, wie wenig er davon hielt, dass Kylian mir so nahe kam.

Doch ich hatte keine Kraft, um mir deswegen den Kopf zu zerbrechen. Das Pochen in meinem Unterbauch nahm sekündlich zu und mein Bewusstsein hatte offensichtlich das Bedürfnis, dringend nötigen Schlaf nachzuholen. Meine Lider flatterten und wurden immer schwerer. So schwer …

KAPITEL 17

Da die Augen von Feen heller leuchten als die von Menschen und teils unnatürliche Farben aufweisen, tragen alle Feen in Situationen, in denen sie Menschen begegnen könnten, seit dem Jahre 1887 Kontaktlinsen.

ENZYKLOPÄDIE – WELT DER FEEN, KAPITEL 81

»Hey, Elanor, nicht einschlafen.« Kylians Worte drangen nur von Weitem an mein Ohr.

Angestrengt versuchte ich seiner Aufforderung nachzukommen, aber schaffte es nicht. Immer wieder driftete ich in einen Sekundenschlaf ab. Und nur am Rande nahm ich wahr, wie ich auf eine harte Oberfläche gelegt wurde, vielleicht ein Tisch.

»Ich bin gleich zurück. Versuch bitte wach zu bleiben.«

Für einen Moment verschwand Kylian aus meinem Blickfeld, bevor er kurz darauf mit einem Kissen auftauchte, das er unter meinen Kopf schob. Dann holte er noch eine Phiole hervor, die er mir vorsichtig an den Mund führte.

»Trink einen Schluck, danach wird es dir gleich besser gehen«, forderte er mich auf und half mir dabei, meinen Kopf zu heben.

Und tatsächlich, kaum berührten die ersten Tropfen meine Lippen, verschwand die Müdigkeit und ich gewann wieder an Kraft. Blinzelnd schaute ich zu Kylian, der mich besorgt musterte. Langsam beförderte er meinen Kopf zurück auf das Kissen und zog seine Finger darunter hervor. Dann strich er mir sanft eine verirrte Haarsträhne aus dem Gesicht. Dabei war sein Blick so intensiv, dass ich den Eindruck gewann, er würde bis zum Grund meiner Seele vordringen.

»Elanor.«

»Was?«, wisperte ich.

»Ich müsste einmal dein Oberteil hochziehen, damit ich nach der Wunde schauen kann. Ist das in Ordnung für dich?«

Ohne zu überlegen, nickte ich und spürte bereits eine Sekunde später, wie er mein Top hochschob, bis unterhalb meines BHs. Dann legte er seine Finger vorsichtig auf meine nackte Haut und tastete die Wunde ab. Immer wieder sog ich scharf die Luft ein. Ich wusste nicht, ob es am Schmerz oder an Kylians Fingern in meiner Leistengegend lag.

»Der Schnitt ist nicht so schlimm, dass er ernsthaft Schaden angerichtet hat, aber er ist tief genug, dass wir ihn behandeln müssen«, erklärte Kylian ruhig.

»Was bedeutet das?«, fragte ich und schaute ihm dabei zu, wie er Verbandsmaterial aus seinem Rucksack hervorkramte. Und erst jetzt realisierte ich, dass wir uns in dem Raum befanden, in dem wir vorhin noch kurz etwas gegessen und unsere Sachen deponiert hatten. Offensichtlich hatte Kylian mehr Equipment mitgenommen als ich. Und vor allem sinnvolleres – im Gegensatz zu mir, die überlegt hatte, ob sie ihre flauschigen Hausschuhe einpacken sollte.

»Ich werde die Wunde nun desinfizieren, mit einer magischen Salbe eincremen, die die Stelle schneller heilen lässt, und dann mit Klammerpflastern zusammenhalten.«

Interessiert blickte ich ihn an. »Warum kennst du dich so gut aus? Also, was die Versorgung von Wunden angeht?«

»Im Kampfsport kommt es immer wieder vor, dass man sich verletzt. Daher habe ich gelernt, wie man Wunden richtig versorgt.« Kylian kramte einen Beutel aus seinem Rucksack und holte ein Spray heraus, sowie Kompressen, eine Salbe und Klammerpflaster.

Kurz deutete er auf das Spray. »Es wird jetzt ein bisschen kalt.«

Bevor ich mich wappnen konnte, sorgte die Kälte des Mittels dafür, dass ich automatisch zusammenzuckte. Das wiederum brachte die Wunde erneut zum Pochen und ich stieß ein leises Fluchen aus.

»Sorry«, murmelte Kylian und sogleich spürte ich erneut seine Finger, die an meiner Leiste entlangfuhren.

»Es wird schon besser«, stieß ich hervor und schaute zu ihm auf. In seinem Blick blitzte etwas auf und mir wurde klar, er wusste, dass seine Berührung mich nicht gänzlich kaltließ.

»Wirklich?«, raunte er, ohne mich aus den Augen zu lassen.

»Kylian, meine Wunde«, stieß ich hervor und biss mir auf die Unterlippe, in der Hoffnung, meinen schneller werdenden Puls unter Kontrolle zu bekommen.

»Das Spray stoppt die Blutung. Es ist ein uraltes Rezept der Feen meines Clans.« Kylians Lächeln wurde ein Stück breiter. »Dir scheint es besser zu gehen.«

»Ein bisschen«, flüsterte ich.

»Gut.« Sein Ausdruck wurde wieder etwas ernster und er holte die Kompressen hervor, mit denen er meine Wunde abtupfte. Dann öffnete er die Packung mit den Klammerpflastern und klebte sie darüber. Zuletzt folgten die Salbe und ein Pflaster.

»Bald wird die Narbe nur noch ein kaum sichtbarer Strich sein«, sagte er lächelnd und schob mein Top wieder nach unten.

Kurz schloss ich die Augen und ließ den Schmerz für den Bruchteil einer Sekunde zu. Und die Tatsache, dass mich ein Säbel beinahe aufgespießt hätte, wäre Kylian nicht rechtzeitig eingeschritten.

Gerade als ich drohte, mich in einem Strudel aus Emotionen zu verlieren, spürte ich seine Hände um mein Gesicht. Ich öffnete meine Lider und blickte ihn an.

»Die Narbe wird dich dein ganzes Leben lang daran erinnern, wie stark du bist.« Sanft strich er mit dem Finger über meine Wange und fing eine verirrte Träne auf.

»Elanor …« Und dann beugte er sich zu mir hinunter, ganz langsam, sodass ich genug Zeit hatte, mich abzuwenden.

»Ich bin noch nicht bereit«, sprudelte es aus mir heraus und kaum, dass die Worte meinen Mund verließen, spürte ich, wie wahr sie waren.

Anstatt enttäuscht zu sein, zwinkerte Kylian mir einfach nur zu. »Habe ich da ein *noch* herausgehört?«

Ich spürte, wie meine Wangen warm wurden. »Vielleicht.«

»Ich warte, Elanor. So lange wie nötig«, raunte er heiser.

Dankbar für sein Verständnis hob ich meine Hand und legte sie mit einem Lächeln auf den Lippen an seine Wange, bevor ich damit zu seinem Nacken fuhr. Und der Moment hätte vermutlich romantisch sein können, hätte ich nicht plötzlich Blut zwischen meinen Fingern gespürt.

»Du blutest ja!« Abrupt ließ ich meine Hand sinken.

»Halb so wild, bloß eine kleine Schürfwunde. Deine Anwesenheit hilft mir sehr gut dabei, sie zu vergessen.« Er lächelte mich an und erhob sich.

Im selben Augenblick erklangen vom Flur Schritte und nur wenig später stand Elijah in der Tür zur Küche. Schnell setzte ich mich auf, was mein Körper mit einem schmerzhaften Stich belohnte.

»Wir sollten jetzt zurückfahren«, sagte er mit fester Stimme und schaute mit verschränkten Armen zwischen uns hin und her.

Kylian kramte seine Sachen zusammen. »Ich schaue mal

nach unserem Gefangenen.« Er warf noch einen letzten Blick in meine Richtung und lief dann ohne ein weiteres Wort an Elijah vorbei, nach draußen.

Für ein, zwei Sekunden herrschte Stille, bis ich es nicht mehr aushielt.

»Kylian hat sich um meine Wunde gekümmert. Er meint, es bleibt höchstens eine feine Narbe.«

»Okay, gut«, gab Elijah mit mahlendem Kiefer zurück.

»Was ist los?«, erkundigte ich mich und bereute es sofort. Sollte es mir nicht egal sein, was Elijah dachte? Wollte ich mich nicht von ihm lösen? Was war mit dem Versprechen, das ich mir gegeben hatte?

»Ich halte es einfach nicht aus, dich so mit ihm zu sehen.« Er stockte und presste die Lippen zusammen.

Ich war bereits im Begriff, ihm zu sagen, dass nichts geschehen war, aber hielt mich kurzerhand zurück. Vielleicht war es besser, dass er annahm, es könnte etwas zwischen Kylian und mir gewesen sein.

»Elijah. Bitte vertraue mir einfach«, antwortete ich stattdessen. »Wir wurden erneut im Traum unterbrochen. Was, wenn es ein Zeichen ist? Vielleicht ist es uns selbst in der anderen Welt nicht bestimmt, zusammen zu sein«, flüsterte ich den Tränen nah. Denn die Worte laut auszusprechen, erforderte mehr Kraft, als ich angenommen hatte. Trotzdem war es nötig. Wir brauchten Distanz, und zwar schnellstmöglich.

»Vielleicht hast du recht«, entgegnete Elijah erstickt und für ein paar Minuten sagte keiner von uns beiden etwas. Als würden wir die Worte, die zwischen uns hingen, erst sortieren und verdauen müssen.

»Kannst du allein laufen? Wir sollten zurückfahren«, lenkte er dann vom Thema ab.

Ich nickte nur und stemmte mich vom Esstisch hoch. Zwar

war ich noch ein wenig wacklig auf den Beinen, aber es wurde mit jedem Schritt besser. Ich folgte Elijah, der alle paar Sekunden besorgt zu mir blickte.

»Da seid ihr ja! Geht es dir gut?« Kaum waren wir in den Salon getreten, kam Mathilda auf uns zugeeilt.

Mittlerweile war auch Mr Brixton wieder aufgewacht. Er sammelte gerade unsere Waffen ein.

»Ich muss meine Sachen von oben holen, bevor wir fahren«, murmelte ich und wollte gerade in Richtung Treppe laufen, als mir schwindlig wurde und eine Woge der Kraftlosigkeit mich überkam.

»Vorsichtig, du bist nicht stark genug«, hörte ich Kylian noch sagen, als ich auch schon spürte, wie er sanft seinen Arm um mich schlang.

»Ich habe deinen Rucksack bereits geholt. Wir können los«, wandte sich Elijah an mich und als ich seinem Blick begegnete, dachte ich einen Hauch von Eifersucht in seinen Augen aufblitzen zu sehen. Doch mein Kopf war zu matschig, um mir darüber weiter Gedanken machen zu können. Offensichtlich war jeder Schritt, den ich tat, einer zu viel.

»Gut, dann los«, sagte Mr Brixton jetzt und öffnete die Tür.

Nacheinander liefen wir nach draußen, hinein in die düstere Nacht. Dort klaubten wir auch unseren Täter auf, der mithilfe von Elijahs Pflanzenschlingen an einen Baum gekettet war. Er war außer Gefecht gesetzt und ich hoffte, das würde anhalten, bis er im Verlies der Academy war.

»Weiß man eigentlich, wer er ist?«, murmelte ich und beobachtete Mr Brixton und Elijah dabei, wie sie dieses Häufchen Elend mit sich schleiften.

»Er ist ein Ausgestoßener unseres Clans, der sich der Dunkelheit versprochen hat. Er hat die Feen beraubt und ausgesaugt, um an deren Magie zu gelangen.«

»Aber wieso?«

Kylian seufzte. »Nachtfeen sind bei Nacht stärker als bei Tag. Ich denke, er wollte mehr Stärke bei Tag.«

»Ich versteh es einfach nicht«, flüsterte ich erschöpft und sog sogleich scharf Luft ein, als meine Wunde zu pochen begann. Besorgt musterte Kylian mich von der Seite.

»Es wird schon«, erwiderte ich angestrengt zwischen zwei Atemzügen.

»Jetzt konzentrieren wir uns ganz darauf, dich heil zurückzubringen, damit du dich ausruhen kannst«, sagte Kylian und betrat den schmalen Weg, der von der Burg wegführte. Mittlerweile war das Wasser zurückgewichen und wir konnten problemlos zu den Wagen laufen.

Ich wollte es nicht zugeben, aber ich war unendlich erleichtert, als wir am Auto ankamen. Erschöpft ließ ich mich auf den Beifahrersitz sinken und hoffte auf etwas Ruhe. Doch daraus wurde nicht wirklich etwas, als wir die holprige Landstraße entlangfuhren. Gefühlt spürte ich jeden Stein und jede unebene Stelle. Jedes Mal wurde ich mit einem schmerzhaften Ziehen daran erinnert, was passiert war.

Zumindest lief jetzt meine Musik, die ich mithilfe meines Handys über das Auto abspielte. Da ich allein mit Kylian fuhr, gab es niemanden, der lieber seine Ruhe habe wollte. Elijah fuhr bei den anderen mit, damit seine magischen Fesseln die lange Fahrt über nicht nachließen. Allerdings wurde ich das Gefühl nicht los, dass er das als Ausrede vorgeschoben hatte. Vermutlich hatte er keine Lust auf eine weitere Fahrt mit Kylian und mir gehabt. Dabei redeten wir kaum. Was vor allem daran lag, dass mir jedes Wort Schmerzen bereitete – zusätzlich zu den holprigen Wegen. Das Einzige, was mich wirklich ablenkte, war die Musik.

Als mindestens fünf Songs von One Direction und gleich darauf der Soundtrack zu *Vampire Diaries* aus den Lautsprechern ertönte, schaute mich Kylian schließlich doch fragend von der Seite an. Was aber vielleicht auch an meinem rhythmischen Summen lag. Es beruhigte mich immer, wenn mich etwas beschäftigte.

»Also, durch deine Bettdecke konnte ich bereits erahnen, dass du ein Fan der Serie bist. One Direction ist mir allerdings neu.« Über Kylians Züge huschte ein Schmunzeln.

Ich lehnte meinen Kopf gegen die kühle Fensterscheibe und beobachtete die Regentropfen, die sich einen Wettkampf auf dem Fenster zu liefern schienen.

»Du weißt noch vieles nicht über mich«, erwiderte ich leise.

»Dann sollten wir das ändern. Findest du nicht?« Er gab mir keine Zeit zu antworten, sondern sprach gleich weiter. »Also gut, Elanor Lightwell. Was ist dein Lieblingsessen?«

»Pomm-« Ich brach mitten im Wort ab und korrigierte mich schnell. »Cupcakes.« Früher hätte meine Antwort immer Pommes gelautet. Schließlich hatten sie mich Elijah nahegebracht. Doch es fühlte sich nicht richtig an, es jetzt laut auszusprechen. Vor allem nicht in Kylians Gegenwart. Außerdem waren es gerade die Cupcakes gewesen, die mir in den dunkelsten Zeiten des Liebeskummers ein treuer Begleiter gewesen waren. Wofür ich ihnen wohl auch ewig dankbar sein würde.

»Eine ganz Süße also.«

»Ich, äh, was?« Überfordert drehte ich meinen Kopf in seine Richtung, doch als ich sein Grinsen sah, wusste ich, dass er genau das mit seiner Aussage hatte erreichen wollen.

Ich räusperte mich. »Und deins?«

»Colcannon nach dem Rezept meiner Mutter. Das erinnert mich an sie«, murmelte Kylian nur knapp und stellte direkt die nächste Frage. »Also, Stadt, Land oder Meer?«

»Nach was für Kriterien wählst du deine Fragen eigentlich aus?« Ich rutschte auf dem Sitz hin und her, fand jedoch keine angenehme Position. Und es waren noch zwei Stunden bis zur Academy.

»Sollen wir anhalten? Möchtest du an die frische Luft?« Besorgt warf Kylian mir einen Seitenblick zu.

»Nein, ich möchte einfach nur ins Bett.« Schwach lächelte ich ihn an.

»Okay. Und zu deiner Frage: Ich habe eine Liste, auf der alle möglichen Fragen stehen«, erwiderte er ernst.

»Echt jetzt?«

»Nein. Mir kommen die Fragen spontan, also sei gewappnet. Du weißt nie, was dich als Nächstes erwartet.«

Ich grinste. »Meer, weil ich hier aufgewachsen bin. Obwohl ich mich während meiner Zeit in London auch in die Stadt verliebt habe.«

Etwas wehmütig erinnerte ich mich daran, wie ich mit Lilly regelmäßig Ausflüge in die Innenstadt gemacht hatte. Wir hatten die typischen Touri-Dinge unternommen, aber auch Märkte besucht und in Pubs gesessen, wo wir stundenlang reden konnten. Ich vermisste meine Freundin, dabei hätte ich vor meiner Zeit an der Academy für Hexen niemals gedacht, dass ich mich dort einmal so zu Hause fühlen könnte. Erst hatte ich nämlich nicht hingewollt. Doch als ich von den Ältesten erfahren hatte, dass ich gemeinsam mit Elijah das Jahr dort verbringen würde – was unsere Eltern nebenbei bemerkt alles andere als gutgeheißen hatten, selbst wenn sie zu dem Zeitpunkt noch nichts von unserer Beziehung gewusst hatten –, hätte ich beinahe einen Freudensprung gemacht. Denn es war endlich die Chance gewesen, weit weg von unseren Familien Zeit zusammen zu verbringen …

»Ach ja. Davon hat mir Paxton erzählt. Du warst eine der wenigen Auserwählten, die eine Hexen-Academy besuchen durften. Wie war es für dich?«

Kylians Frage riss mich wieder aus meinem Gedankenstrudel. Ich blinzelte einige Male und versuchte mich auf das Hier und Jetzt zu konzentrieren.

»Gut. Ich konnte viel lernen. Die Welt der Hexen ist so anders als unsere und doch gleichen wir uns«, antwortete ich schnell. »Und du? Stadt, Land oder Meer?«

»Außer Dublin habe ich bisher keine Großstadt gesehen. Also das Meer. Es gibt mir Kraft, verstehst du?«

Mein Blick glitt durch das Fenster, hinter dessen Scheibe die Regentropfen auf das endlose Meer prasselten. Ich wusste genau, was er meinte. Die hohen Wellen und die scheinbare Unendlichkeit gaben einem dieses Gefühl.

Die nächsten Stunden verbrachten wir damit, uns gegenseitig Fragen zu stellen. Es tat gut, seinen Erzählungen zu lauschen. Für seine gerade einmal einundzwanzig Jahre hatte Kylian bereits viel erlebt. Sein Onkel war seine engste Bezugsperson und dort, wo er herkam, waren die Menschen meist unter sich. Er sprach auch von uralten Geschichten, die man sich über seinen Feenclan erzählte.

»… und die Feen der Verborgenen sind seit vielen Jahren ausgestorben. Sie sind nur noch Mythen unserer Geschichtsbücher. Allerdings haben sie dort gelebt, wo wir zu Hause sind«, fuhr Kylian mit der Geschichte über die Feen seines Dorfes fort.

»Wieso sind sie eigentlich ausgestorben? Ich habe zwar Geschichten über sie gehört, mir darüber jedoch nie Gedanken gemacht«, fragte ich neugierig.

»Weil sie nicht mehr ans Tageslicht durften und so meist nur die Möglichkeit hatten, unter Gleichgesinnten zu bleiben. Irgendwann führte das dazu, dass es keine Feen der Verborgenen mehr gab.«

»Stell ich mir sehr einsam vor. Und das nur wegen eines Fluchs, nicht wahr?«, hakte ich weiter nach, während Kylian in eine Landstraße einbog, die links und rechts von den schönsten

Lavendelfeldern umgeben war. Sie funkelten mit der aufgehenden Sonne um die Wette.

»Genau. Man sagt, dass die ersten Feen der Verborgenen von den neun Wetterfeen verflucht worden sind, weil diese sie für ihre Taten verurteilen wollten. Ab diesem Zeitpunkt herrschte eine Boshaftigkeit in ihnen, die immer dann von ihnen Besitz ergriffen hat, wenn die Sonne aufging …«

»… und dann hat die Feengemeinde, der sie einst angehörten, nicht länger mit ansehen können, wie sie Unheil über das Dorf brachten, und sie an die Nacht gebunden«, fuhr ich fort. »Mein Vater hat mir früher immer davon erzählt. Eine super Geschichte zum Einschlafen, nicht wahr?«

»Es ist wichtig, dass ihre Geschichte nicht in Vergessenheit gerät. Zwar haben sie Elend und Leid über die Feen gebracht, während sie noch bei Tag gewandelt sind, doch sie waren nur Opfer eines Fluchs.« Er setzte den Blinker und bog in die Richtung eines Dorfes ein, das uns mit meterweiten Zäunen, hinter denen Schafe grasten, und uralten Bauernhäusern willkommen hieß.

»Gab es denn nie eine Option, den Fluch zu lösen? Schließlich gibt es zu allem einen Gegenfluch. Zumindest laut der Lehrbücher«, überlegte ich laut.

»Leider nein. Da die neun Wetterfeen kurz darauf von den Menschen getötet wurden, haben sie den Fluch mit ins Grab genommen. Aber es gab einen Trank, der sie von ihrer Bindung an die Nacht lösen konnte …«

»Moment mal, ein Trank?« Ich riss mich vom Anblick der vorbeiziehenden Landschaft los und schaute ungläubig zu Kylian.

»Nun, wie du schon sagtest. Es gibt zu allem einen Gegenfluch«, wiederholte er meine Worte. »Aber jetzt genug von der Geschichtsstunde! Du solltest dich wirklich ein wenig ausruhen«, sagte er augenzwinkernd.

Kaum war die Academy in Sicht gekommen, atmete ich erleichtert auf. Zwar hätte ich die Autofahrt mit Kylian mehr genossen, wäre meine Wunde nicht gewesen, aber allein die Zeit mit ihm hatte die vier Stunden Fahrt um einiges erträglicher gemacht. Doch nun schaffte ich es kaum aus dem Auto.

Trotzdem ließ sich mein innerer Sturkopf nicht helfen. Zumindest nicht so, dass ich mich erneut in Kylians Armen wiederfand. Dabei wäre es vermutlich die bessere Lösung gewesen. Denn nachdem ich es nach einer gefühlten Ewigkeit aus dem Auto geschafft hatte, war ich völlig außer Atem. Die Wunde pochte und der Schmerz war so präsent, dass ich bei jedem Schritt aufkeuchte. Zwar hatte mich Kylian Elijah übergeben, der mich nun stützte, allerdings machte das die Situation auch nicht unbedingt besser. Vor allem, da er kein Wort sagte. Die anderen waren bereits mit dem Gefangenen vorausgeeilt und brachten ihn in das Verlies. Soviel ich wusste, war da schon seit Jahren niemand mehr gefangen gehalten worden. Ihn würden also Spinnweben, etlicher Staub und modriger Geruch erwarten. Zumindest hoffte ein Teil von mir das, wenn ich an meine Begegnung mit seinem Säbel dachte.

Nachdem wir endlich die Treppenstufen geschafft hatten, kam uns Leona entgegen.

»Mensch, dich kann man nicht allein lassen!«, begrüßte sie mich mit einem Zwinkern.

Ich hatte ihr bereits geschrieben, was passiert war. Nur das mit Kylian und Elijah hatte ich ausgelassen. Obwohl ich mir sicher war, dass sie es nicht darauf beruhen lassen würde. Schon allein der Blick, den sie Elijah und mir jetzt schenkte, machte deutlich, dass sie wusste, dass etwas nicht stimmte.

»Ich helfe ihr ins Zimmer. Danke für deine Hilfe«, sagte sie an Elijah gewandt und schlang kurzerhand ihren Arm um meine Taille.

Ich nickte ihm dankbar zu und probierte mich an einem knappen Lächeln, was jedoch kläglich scheiterte, als ich den Ausdruck in seinen Augen sah. Denn in ihnen lagen keine Emotionen. Einfach nichts. Mir war bewusst, dass er versuchte seine Mauer hochzuziehen – so wie er es früher oft getan hatte, wenn wir uns gestritten hatten –, aber dennoch tat es weh.

Erst als er um die Ecke gebogen war, fragte mich Leona leise, wie es mir ging. Ich seufzte nur, was ihr wohl Antwort genug war – zumindest vorerst.

Langsam setzten wir uns in Bewegung und bei jedem Schritt versuchte ich mich auf meine Umgebung zu konzentrieren und den stechenden Schmerz auszublenden. Ich zählte insgesamt einunddreißig Porträts mit Männern und neunzehn mit Frauen. Einige davon hatten diesen gruseligen Stil des siebzehnten Jahrhunderts, bei dem man dachte, die Augen würden einen verfolgen. Andere hingegen waren so modern, dass ich die Feen sogar noch gekannt hatte.

Als endlich meine Zimmertür aufschwang, waren die Gedanken an die Bilder Vergangenheit. Ich stöhnte erleichtert auf und kaum, dass ich im Bett lag, hatte ich das Gefühl, wieder besser atmen zu können.

»Kann ich dir sonst irgendwie helfen? Vielleicht etwas bringen?« Leona schaute mich besorgt an, während sie meinen Rucksack neben dem Schreibtisch abstellte und das große Fenster öffnete. Sofort strömte frische Luft herein und erfüllte den Raum mit dem Duft des Meeres.

»Nein, danke«, murmelte ich schläfrig und kuschelte mich tiefer in das weiche Bettlaken. Nicht einmal meine Kleidung schaffte ich auszuziehen, so müde war ich. Und innerhalb von Sekunden driftete ich in das Land der Träume.

KAPITEL 18

Feen können sich die Magie anderer Feenarten teilweise aneignen. Allerdings nur, wenn es sich dabei um Magieelemente handelt, die miteinander harmonieren. Eine Wasserfee ist also nicht in der Lage, die Elemente einer Feuerfee anzuwenden.

ENZYKLOPÄDIE – WELT DER FEEN, KAPITEL 91

»Wie geht es ihr?« Dumpfe Stimmen drangen an mein Ohr.

»Gut, aber sie braucht ihren Schlaf« War das Paxton?

»Ich bleibe bei ihr, bis sie wach wird.« Leona?

»Na gut. Ich habe es von Anfang an für keine gute Idee gehalten, dass sie auf diese Mission geht.« Mutter? Was machte sie hier?

»Lass uns gehen. Sonst wacht sie noch auf!« Wie immer rettete Paxton mich aus der Situation …

»Elanor?« Langsam öffnete ich meine schweren Lider und entdeckte Leona, die mit einer schwebenden Lichtkugel vor sich am Bettende saß.

»Guten Morgen – oder besser gute Nacht, Schlafmütze. Hast du gut geschlafen?« Leona grinste mich an und legte ihren Kopf schief. Gleichzeitig brachte diese Geste ihre magische Lichtkugel dazu, leicht zu hüpfen.

»Waren Mum und Paxton hier?«, nuschelte ich verschlafen.

»Ja, aber sie sind jetzt bei der Ratssitzung, um über die Mission zu sprechen.«

Verstehend nickte ich. »Und wie spät ist es?«

»Wir haben bald Mitternacht. Du hast über sechzehn Stunden geschlafen. Ich wusste gar nicht, dass so was überhaupt möglich ist.«

Verblüfft versuchte ich mich aufzuraffen, um einen Blick auf meinen Wecker auf dem Nachttischchen zu werfen. Sofort zuckte ein unangenehmer Schmerz durch meinen Unterbauch und ich ließ mich stöhnend wieder zurück ins Kissen sinken. Verflucht. Gedankenfetzen an den Kampf und an den Moment, als Kylian meine Wunde versorgt hatte, schossen durch meinen Kopf.

»Na, na, na. Du bleibst liegen! Keine Sorge, es gibt für dich erst mal einen Mitternachtssnack.« Leona erhob sich und ging auf den Schreibtisch zu, die kleine Lichtkugel im Schlepptau. Sie hob ein Tablett hoch und nur wenige Sekunden später stand es über mir wie ein kleiner Tisch. Dann half sie mir, mich ganz langsam aufzusetzen. Als mir der köstliche Duft von Spaghetti entgegenschlug, knurrte mir sogleich der Magen. Doch bevor ich mich der Hauptspeise widmete, hob ich den kleinen Cupcake hoch, der neben dem Teller stand. Seine Glasur hatte die Farbe von Lavendel und darauf waren kleine Blüten der genannten Pflanze verteilt. Fragend blickte ich zu Leona, die mir meine Vermutung mit einem Funkeln in den Augen bestätigte.

»Unser Kampfsporttrainer war hier und hat dir das Essen vorbeigebracht. Inklusive des Cupcakes.«

Mein Herz füllte sich mit Wärme und ein sanftes Grinsen stahl sich auf meine Lippen. Er hatte sich gemerkt, dass Cupcakes mein Lieblingsessen waren …

»Und er hat mir gesagt, du sollst auf dein Handy schauen.«

Leona reichte mir mein Handy vom Schreibtisch und das Funkeln ihrer Augen war jetzt so ausgeprägt, dass es mit dem Licht der Kugel mithalten konnte.

Ich legte den Cupcake beiseite und entsperrte neugierig mein Handy.

Gute Besserung, meine Kämpferin.
Kylian

»Und, was hat er dir geschrieben?«

Noch immer war ich damit beschäftigt, auf diese zwei Worte zu starren. Meine Kämpferin. Meine. Kämpferin. *Er hat mich als »meine« bezeichnet.* Okay. Stopp. Ich durfte jetzt nicht zu viel in all das hineininterpretieren. Er hatte es bestimmt nicht so gemeint … oder vielleicht doch? Auf jeden Fall sorgten seine Worte dafür, dass mein Herz einen Satz machte und ich für einen Augenblick den pochenden Schmerz vergaß.

»Elanor? Es war wirklich schwer, Kylian nicht auszuquetschen, was er dir geschrieben hat. Also verrate es mir. Ich bin bereit für den neuesten Klatsch!« Meine Cousine kicherte.

Mit einem liebevollen Augenverdrehen reichte ich ihr mein Handy und während sie die Worte las, wurde ihr Lächeln noch ein Stück breiter.

»Okay, du isst jetzt was. Und danach will ich alles wissen. Alles, hörst du?«

»Deal.« Und dann machte ich mich über mein Mitternachtsmenü her. Ich genoss jeden Bissen und erst als der letzte Rest des süßen Cupcakes in meinem Magen gelandet war und Leona mir das Tablett wieder abgenommen hatte, begann ich zu erzählen. Ich berichtete ihr von dem Moment, als ich erneut einen Traum mit Elijah geteilt hatte, vom Kampf vor der Burg und Kylians medizinischem Können. Kurz streifte ich auch den Ausflug in den Wald der Feen und in das Rathaus. Aber am meisten schien Leona vor allem die Story mit Elijah und Kylian zu interessieren.

»Also, um noch mal eins klarzustellen: Du hast einen sexy Traum mit Elijah geteilt und wurdest wenig später von Kylian am Bauch verarztet? Was ich mir übrigens in Anbetracht dessen, dass er dich erst beschützt und dir danach so nah gekommen ist, echt heiß vorstelle.«

Ich seufzte auf. Denn ja, genau so war es gewesen. Und auch wenn ich nicht bereit gewesen war, Kylian zu küssen, so konnte ich nicht leugnen, dass ein Teil von mir sich sehr wohl zu ihm hingezogen fühlte. Andererseits war die Leidenschaft, die Elijah und ich miteinander geteilt hatten, noch immer allgegenwärtig in meinem Kopf. Doch er war für mich verboten, das wusste ich. Und damit musste ich endlich lernen umzugehen.

»Während ich im Unterricht gesessen habe, hast du ein filmreifes Abenteuer erlebt. Ich muss zugeben, dass ich ein wenig neidisch bin. Allerdings nicht unbedingt auf dein Liebesdrama, das übrigens Potenzial für einen Roman hätte.« Sie hob anerkennend eine Augenbraue. »Ich bin froh, dass Clara und ich ohne viel Drama zusammen sein können. Nun ja, außer es geht um die Tatsache, dass sie Team Damon und ich Team Stefan bin.«

»Sie hat ja auch recht mit Team Damon.« Schmunzelnd zwinkerte ich ihr zu. »Aber ehrlich … ich weiß nicht, was ich tun soll, Leona.«

Sie seufzte und griff nach Elijahs T-Shirt, das nach wie vor über dem Pfosten an meinem Bett hing.

»Allein, dass du seine Kleidung noch immer zum Schlafen trägst – und ich bin mir sicher, du hast es wegen Elijahs Geruch nicht einmal gewaschen –, sagt schon vieles darüber aus, was du für ihn empfindest. Andererseits ist da dieses aufgeregte Funkeln in deinen Augen, wenn du von Kylian sprichst. Es ist neu und so anders als der vertraute liebevolle Blick, den du bei deinen Erzählungen über Elijah hast.«

»Was willst du mir damit sagen?«

»Vielleicht lässt du es einfach auf dich zukommen. Wie du schon sagtest, das mit Elijah hat keine Zukunft, auch wenn diese Tatsache schmerzt. Kylian hingegen …«

»Er ist trotzdem unser Trainer *und* der beste Freund meines Bruders – der uns beiden vermutlich den Kopf abreißen würde.«

»Er ist unser Trainer im Kampfsport, was wohlbemerkt nicht mal mit Noten bewertet und offiziell bloß als Zusatzausbildung gezählt wird. Ich glaube nicht einmal, dass es jemanden großartig stören würde. Und was Paxton angeht … ich denke, er ist einfach froh, wenn du wieder lächeln kannst.«

»Keine Ahnung, ob Paxton das wirklich so sieht.«

Nachdenklich musterte ich meine Cousine und dachte über ihre Worte nach. Ich fragte mich, wie sie es immer schaffte, genau zu wissen, was sie sagen musste. Schon als Kind hatte sie sich für mich eingesetzt und war jedes Mal da gewesen, wenn ich mich erneut mit meiner Mutter gestritten hatte. Unzählige Nächte hatte ich bei Tante Mathilda und Leona verbracht. Inklusive Eiscreme und Filmmarathon. Ich wüsste nicht, was ich ohne sie machen würde.

»Danke«, wisperte ich.

»Nicht dafür. Und jetzt solltest du noch ein wenig schlafen. Genau wie ich. Denkst du, es geht dir gut genug, dass du allein hierbleiben kannst?«

Ich nickte. »Natürlich, du hast genug für mich getan.«

»Na gut. Aber ich lasse dir meine Lichtkugel da. Du weißt ja, du brauchst sie nur antippen und sie sendet ein Signal an die in meinem Zimmer. Wie eine Art Walkie-Talkie, bloß ohne Stimme.« Sie grinste mich an und erhob sich, bevor sie sich das Tablett schnappte. Dann lief sie zur Tür.

Die Lichtkugel positionierte sich in der Zwischenzeit auf meinem Nachttischchen und sorgte dafür, dass der Zettel von Elijah und die geöffnete Nachricht von Kylian auf dem Handy erleuchtet wurden. Ich hoffte nur, dass sie mir jetzt nicht irgendwas damit sagen wollte. Denn wenn jetzt schon Lichtkugeln anfingen, mir in Sachen Liebe Ratschläge zu erteilen, dann stand es wirklich schlecht um mich.

»Bald wird es dir wieder besser gehen. Wenn was ist, ich bin da. Später wird Paxton nach dir sehen. Schlaf gut, Elanor.«

Ich erwiderte Leonas Lächeln und zog mir die Bettdecke bis unters Kinn. Noch eine Weile kreisten meine Gedanken um all die Geschehnisse der letzten Stunden, bis ich erneut wegdämmerte.

Es dauerte Tage, bis ich mich vollständig erholt hatte. In der ersten Zeit wechselten sich meistens Paxton und Leona mit der Wache an meinem Bett ab. Auch wenn sie hauptsächlich da waren, um mir Hausaufgaben oder Essen vorbeizubringen. Außerdem telefonierte ich viel mit Lilly, die gerade ihr zweites Jahr an der Ravenhall Academy absolvierte. Bei ihnen herrschte derselbe Lernwahnsinn wie bei uns. Zumindest hatte ich bei den ganzen Hausaufgaben das starke Gefühl.

Kylian sah ich nur kurz, als er mich in Begleitung von Paxton besuchte. Und um meiner Bettruhe noch ein Krönchen aufzusetzen, stolperte ich ein weiteres Mal in Elijahs Traum. Es war aber definitiv unbeabsichtigt und einem Moment der Schwäche geschuldet. Zumindest nahm ich das als Ausrede. Ich verschwand schneller wieder, als mir vielleicht lieb gewesen wäre, denn natürlich war da nach wie vor das Bedürfnis zu bleiben. An diesem Safe Place, der uns erlaubte zusammen zu sein.

Doch allein die Tatsache, dass er von seiner Zeit in Finnland träumte, versetzte meinem Herzen einen schmerzhaften Stich. Ob er wohl zurückwollte? Schließlich ging es seiner Schwester mittlerweile wieder besser und er könnte jetzt noch die Schule wechseln … aber ich wollte und vor allem sollte nicht darüber nachdenken.

Umso froher war ich, als ich endlich wieder in den Unterricht gehen konnte. Meine Narbe war gut verheilt und es war bloß ein roter Strich geblieben, der mich daran erinnerte, was ich erlebt hatte. Manchmal war es wirklich von Vorteil, Fee zu sein. Allein schon, weil wir schneller heilten als Menschen. Und auch wenn ich es ungern zugab, freute ich mich vor allem auf die letzte Unterrichtsstunde. Denn es stand Kampfsporttraining auf dem Plan. Zwar fühlte ich mich nach wie vor nicht hundertprozentig fit, aber ich wollte es zumindest versuchen.

Und so fand ich mich am Nachmittag mit Leona auf dem Trainingsplatz wieder, bereit und mit verräterisch schnell schlagendem Herzen. Heute war es verhangen und es roch nach Regen, doch ich hoffte einfach, das Wetter würde noch ein wenig halten. Die meisten meiner Mitschüler und Mitschülerinnen waren bereits da. Auch Elijah entdeckte ich, was mich schmerzlich daran erinnerte, dass wir nach wie vor unser Projekt meistern mussten. Ms Gibson hatte uns heute freundlicherweise daran erinnert. Wegen unseres Ausflugs und meines Ausfalls hatte sie allen ein paar Tage mehr Zeit gegeben. Ich hoffte einfach, dass wir es irgendwie schafften, ohne uns in die Haare zu kriegen oder wieder auf die Idee zu kommen, einen gemeinsamen Traum zu teilen.

Entschlossen verdrängte ich das Thema Elijah und konzentrierte mich stattdessen auf Kylian, der gerade in einem engen schwarzen Shirt, das seine Tattoos hervorragend in Szene setzte, und lässiger Sporthose auf den Platz geschlendert kam. Sofort verstummte die Klasse und hier und da konnte ich schmachtende Blicke erkennen – meiner war wahrscheinlich ähnlich schlimm.

»Gut, heute lernt ihr, wie ihr euch verteidigt, sollte euch jemand von hinten angreifen.« Kylian sah uns nacheinander an und als er mich entdeckte, stahl sich für eine Sekunde ein sanftes Lächeln auf seine Züge. Dann deutete er mit einem Nicken auf Jade, der bloß wenige Meter von uns entfernt stand.

»Jade, magst du kurz vorkommen, damit ich das demonstrieren kann?«

Der braunhaarige, groß gewachsene Junge nickte nur knapp und schritt in die Mitte.

»Bitte greif mich nun einmal von hinten an und umklammere mich mit deinen Armen.«

Jade tat wie geheißen und zögerte dabei nicht – im Gegensatz zu mir während unserer ersten Trainingsstunde.

»Sobald ihr merkt, wie sich die Arme um euch schlingen, lasst ihr euch einfach fallen. Dadurch habt ihr den Überraschungseffekt auf eurer Seite, da euer Gegner erwartet, dass ihr euch wehrt. Wenn ihr das getan habt, stoßt ihr eure Hüften nach hinten, greift nach dem Handgelenk des Gegners und verpasst ihm einen Schlag mit dem Ellenbogen, wenn möglich in den Schritt.« Wie in Zeitlupe demonstrierte Kylian die Technik, ohne Jade dabei wehzutun. Das Ganze machte er zwei weitere Male, bis er Elijahs Kumpel erlöste und zu uns zurückschickte.

»So, tut euch bitte zusammen und probiert es aus«, rief Kylian.

Leona und ich grinsten uns an und suchten uns dann einen Platz. Abwechselnd versuchten wir uns aus den Griffen zu befreien, was erst nur semigut funktionierte. Immer wieder mussten wir loslachen – vor allem, als wir uns fallen ließen. Teilweise flogen wir dann gemeinsam hin. Doch irgendwann schafften wir es beide, uns aus dem Klammergriff der jeweils anderen erfolgreich zu befreien. Und als die Stunde vorüber war, lagen wir kaputt, aber mit einem Grinsen auf dem Boden. Die anderen Schüler und Schülerinnen begaben sich schon auf den Weg in das wohlverdiente Wochenende und auch wir rappelten uns auf. Weit kamen Leona und ich allerdings nicht, denn Kylian lief zu uns herüber.

»Elanor, kann ich dich kurz sprechen?« In seinen Worten lag eine unüberhörbare Bitte.

Also nickte ich Leona zu, die mir ein letztes Zwinkern zuwarf, bevor sie mit den anderen im Gebäude verschwand.

»Was gibt es?« Neugierig schaute ich ihn an.

»Ich dachte mir, wir legen noch mal eine Extrastunde ein«, sagte er und der fragende Unterton in seiner Stimme entlockte mir ein Grinsen.

»Wieso denn das?«

»Als dich diese Nachtfee auf der Burg angegriffen hat und ich dir nicht schnell genug helfen konnte … nun, ja … was wäre gewesen, wenn ich nicht rechtzeitig da gewesen wäre? Er hätte dich viel schwerer verletzen können, Elanor …« Sein Blick verdüsterte sich und ein verschleierter Ausdruck schob sich vor die dunkelblauen Augen, als würde er noch mal an die Nacht vor ein paar Tagen zurückdenken.

Etwas perplex darüber, wie sehr ihn das wohl in den letzten Tagen beschäftigt haben musste, stimmte ich ihm schnell zu. »O-okay. Was soll ich machen?«

»Ich möchte mit dir noch einmal vertiefen, wie du jemanden zu Fall bringen kannst. Wenn auch nur ohne Schwert, da hast du dich beachtlich gut geschlagen, soweit ich sehen konnte. Doch wie du vielleicht weißt, kämpfen die meisten Feen mit ihren Händen, da sie sich auf Augenhöhe duellieren wollen.« Er warf einen raschen Blick in Richtung Himmel, wo die Wolkendecke immer dunkler wurde. »Aber wir sollten uns wohl direkt an die Übung machen, bevor es regnet.«

»Gut, dann los«, gab ich zurück.

»Okay, ich werde dich jetzt angreifen und du wirst mich zu Fall bringen. Einverstanden?«

»Kann es kaum erwarten.« Ich warf ihm ein freches Grinsen zu und sah mich sogleich mit Kylians Armen konfrontiert, die mich zu packen versuchten. Schnell nutzte ich die Chance und griff nach seinem Arm, während ich mit der anderen Hand gegen seine Schulter stieß. Doch gerade, als ich mein Becken gegen ihn drücken und meinen Fuß in seinen Knöchel pressen wollte, lag ich auf dem Boden. Direkt unter Kylian. Sein Gesicht war nur wenige Zentimeter von meinem entfernt und seine rechte Hand ruhte auf meiner Hüfte.

»Du musst schneller sein«, neckte er mich.

Ich biss mir auf die Unterlippe, als ich spürte, wie seine Hand sich bewegte und die rauen Finger über den dünnen Stoff meines Shirts strichen. Ein Schauder jagte meinen Rücken hinab und ich wagte es kaum, mich zu rühren. Viel zu gebannt war ich von seinen Lippen, die meinen so nah waren. Wie es wohl wäre, ihn zu küssen? Vor Elijah hatte ich nie einen anderen geküsst …

Kylian musterte mich und näherte sich dann ganz langsam meinen Lippen. Doch kurz bevor er sie berührte, hielt er inne, wartete auf meine Erlaubnis. In mir tobte ein Kampf aus widersprüchlichen Gefühlen, obwohl mir mein Körper signalisierte, dass er nichts gegen diese Art von Nähe einzuwenden hätte – ganz im Gegenteil …

Im nächsten Moment streiften Kylians Lippen hauchzart die meinen, bevor sie sich meinem Ohr näherten. »Lass uns weitermachen, es regnet schon.«

Kylian erhob sich und zog mich automatisch mit hoch, bis

ich auf wackligen Beinen zum Stehen kam. Und tatsächlich, es regnete in Strömen. *Wie konnte mir das bloß entgehen?* Aber natürlich kannte ich die Antwort bereits. Weil er mir meine Sinne und meinen Verstand für einen Augenblick geraubt hatte. Dabei war es nicht einmal ein Kuss gewesen. Nur eine angedeutete Berührung unserer Lippen. Verdammt. Wieso tat er das? Verwirrt fuhr ich mir durch das Haar und blinzelte einige Male gegen den Regen an.

»Ich habe gesagt, dass ich warte, bis du bereit bist«, hörte ich ihn im selben Moment raunen. Vermutlich hatte er bemerkt, wie durcheinander ich war.

Ich setzte gerade zu einer passenden Antwort an, als er mich erneut angriff. Wie aus Reflex verteidigte ich mich und führte meine Abwehrtechnik durch. Wahrscheinlich war es den aufkeimenden Emotionen und dem noch vorhandenen Adrenalin des Beinahe-Kusses geschuldet, dass nun Kylian es war, der zu Fall kam. Triumphierend beugte ich mich über ihn, auf ihm sitzend, sodass er sich nicht mehr wehren konnte. Ganz langsam fuhr ich mit meinen Fingern seine Oberarme entlang.

»Verdammt, Elanor«, murmelte er und ich konnte dabei zusehen, wie seine Augenfarbe von Eisblau zu tiefem Dunkelblau wechselte.

Verlangen. Und Hingabe. Verflucht.

Und dann war ich diejenige, die sich zu ihm hinunterbeugte. Meine Finger waren mittlerweile in seinem nassen mitternachtsschwarzen Haar vergraben, während die andere Hand zu seiner Brust wanderte und darauf verharrte. Außerdem spürte ich deutlich, wie sich sein Griff um meine Taille verstärkte.

Dadurch angespornt wurde ich mutiger und kam Stück für Stück seinen Lippen näher. Doch kaum verweilten wir in derselben Position wie kurz zuvor – gefährlich nah beieinander –, entfernte ich mich wieder etwas von ihm und entgegnete mit einem Schmunzeln auf den Lippen: »Dieses Mal habe ich dich zu Fall gebracht.«

»O ja. Und wie.« Er setzte sich auf, sodass sich unsere Oberkörper aneinanderschmiegten, und ließ eine Hand meinen Rücken auf und ab wandern, während er mir mit der anderen eine nasse Haarsträhne aus dem Gesicht schob. Verdammt.

»Was machst du nur mit mir?«, fragte er und das Dunkelblau seiner Augen begann zu leuchten.

Aber bevor ich reagieren konnte, hob er mich von sich runter und stand auf. Ich folgte ihm und in Sekundenschnelle wurde ich ein weiteres Mal angegriffen.

KAPITEL 19

Es gibt nur zwei Bibliotheken in Irland, in denen sich alle Werke über Feen befinden: die Bibliothek an der Skyfall Academy und die an der Moonlight Academy.

ENZYKLOPÄDIE – WELT DER FEEN, KAPITEL 101

»Und weshalb macht ihr das jetzt noch mal abends? Wir wollten unseren Serienmarathon fortsetzen!« Sichtbar frustriert griff Leona nach einem Apfel vom abendlichen Büfett.

»Weil Elijah den ganzen Mittag bei seiner Familie war. Sein Vater ist wohl von seiner Reise zurück«, erklärte ich, obwohl ich auch nur eine knappe Nachricht von ihm bekommen hatte, in der er fragte, ob wir heute Abend unser Projekt beenden könnten. Dabei war mir auch aufgefallen, dass er noch immer mit einem Herz hinter seinem Namen abgespeichert war. Mehrere Minuten lang hatte ich es zu entfernen versucht.

Das Ende der Geschichte war: Ich hatte es nicht geschafft. Das lila Herz war geblieben. Es fühlte sich einfach falsch an, es zu löschen. Als würde ich damit jede Erinnerung an seine Nachrichten aus meinem Gedächtnis radieren. Obwohl natürlich das eine nichts mit dem anderen zu tun hatte, schließlich würde der Chatverlauf deswegen nicht verschwinden. Und dennoch konnte ich das Gefühl nicht abschütteln, es würden die ganzen Emotionen hinter den Zeilen verloren gehen.

Leona sah von ihrem Handy auf und stupste mich an. »Gut, Clara hat gerade geschrieben. Wir verbringen den Abend zu zweit und schauen das Spin-off von *Vampire Diaries*, das du eh nicht magst. Und es bleibt mehr Popcorn für uns!« Leona kicherte und biss genüsslich in ihren Apfel. Von der leichten Enttäuschung war nichts mehr zu sehen.

Ich grinste und umklammerte den Riemen meines Rucksacks fester, während wir aus dem Speisesaal liefen. »Wir sehen uns morgen.«

»Vergiss nicht, dass du dann nicht mehr drum herumkommst, mir von deiner Zusatzstunde mit Kylian zu erzählen!« Sie hob wissend eine Augenbraue und verschwand dann in der Menge.

Ich hingegen lief durch die Eingangshalle und bog ab in den Kreuzgang, der zur Bibliothek führte. Ein kühler Windhauch schlug mir entgegen und sorgte dafür, dass das Licht der Kerzen in den Laternen zu flackern begann. Genau wie gestern regnete es auch heute in Strömen.

Ich ließ meinen Blick aus den offenen steinernen Bögen, die eine Art Fenster darstellten, schweifen und dachte unwillkürlich an Kylian. Nachdem er und ich völlig durchnässt zur Academy zurückgelaufen waren, hatte ich mich den Rest des Tages im Bett verkrochen. Zudem hatte gestern Abend noch eine Ratssitzung stattgefunden, in der mitgeteilt worden war, dass unser Gefangener nach wie vor schwieg und lieber – seine Aussage – dort sterben würde, als etwas preiszugeben. Wenigstens war seit dem Vorfall nichts mehr geschehen. Ob es nur die Ruhe vor dem Sturm war oder ob der Schrecken tatsächlich vorüber war, wusste der Rat allerdings nicht.

Mit einem Seufzen erreichte ich die Bibliothek und musste immer wieder hinausströmenden Schülern und Schülerinnen ausweichen, die aus der großen Flügeltür kamen. Ich schlüpfte an ihnen vorbei ins Innere und entdeckte sogleich Elijah, der lässig an einem der Regale lehnte. Als er mich sah, stieß er sich ab und schlendert auf mich zu.

»Komm, lass uns anfangen. Ich habe nicht viel Zeit«, murmelte er in meine Richtung und vermied dabei jeglichen Blickkontakt. Dennoch ließ mich die Pflanze, die er schützend unter seinem Arm mit sich trug, ein wenig schmunzeln.

»Wie geht es Sally?«, fragte ich, nachdem wir einige Tische, auf denen sich Büchertürme stapelten, hinter uns gelassen hatten.

»Gut. Nun passt Vater wieder mit auf sie auf. Aber der kleine Sturkopf hat heimlich schon die ersten Kletterversuche gestartet.«

Eine Sache, die ich stets an Elijah bewundert hatte, war die selbstverständliche Liebe in jedem seiner Worte, die er über seine Familie verlor. Denn im Gegensatz zu mir hatte er ein gutes Verhältnis zu seinen Eltern. Und bei Sally nahm Elijah seine Großer-Bruder-Rolle sehr ernst. Bereits früher hatte er Verabredungen abgesagt, wenn sie krank gewesen war oder er spontan auf sie hatte aufpassen müssen. Ich hatte es ihm nie übel genommen. Schließlich hatte ich einen ähnlichen großen Bruder, der stets für mich da gewesen war und mir Rückendeckung gab, sobald meine Mutter es sich wieder zur Aufgabe machte, sich in mein Leben einzumischen.

»Lass uns anfangen. Es kann nicht so schwierig sein, deine Fähigkeiten zu übernehmen«, murmelte Elijah und ließ sich kurzerhand auf einen hölzernen Stuhl fallen, der an einem kleinen Tisch in einer Nische zwischen zwei Regalen stand.

»Willst du mir damit sagen, dass meine Fähigkeiten einfacher sind als die anderer Feen?«, erwiderte ich, bevor ich mich zurückhalten konnte. Seine heutige Laune ärgerte mich.

Als er meinen Blick sah, schüttelte er entschuldigend den Kopf. »Sorry, so war das nicht gemeint. Im Gegenteil … ohne deine Fähigkeiten hätten wir es in den letzten Jahren viel schwieriger gehabt.« Ein trauriges Lächeln stahl sich auf seine Lippen.

Ich nahm meinen Rucksack ab, ließ mich ihm gegenüber nieder und musterte ihn fragend. »Was ist los?«

»Nichts. Wir sollten anfangen.«

»Elijah …«

Er seufzte. »Meine Eltern haben mir angeboten, mein letztes Academy-Jahr in Finnland fortzusetzen. Da Vater zurück ist, ist Mutter entlastet.« Nachdenklich fuhr er sich mit der Hand durch sein dunkelbraunes Haar. »Ich würde dort viel dazulernen und … ach, fuck.«

Allein der Gedanke, Elijah könnte wieder nach Finnland zurückreisen, ließ meine Kehle enger werden. Dabei sollte ich nicht so empfinden. Vor allem nicht, nachdem ich gestern noch Kylian so nah gekommen war …

»Elanor«, entgegnete er leise.

»Mhm?«, murmelte ich, denn wenn ich riskierte klare Worte zu sprechen, könnte es passieren, dass mein Herz sprach. Und das durfte nicht sein. Nicht jetzt.

»Ich habe abgelehnt.«

Für einen Moment schaute ich ihn einfach nur an, während seine Antwort viel zu viel mit mir anstellte. Ich blickte in seine moosgrünen Augen, in denen widersprüchliche Emotionen aufblitzten.

»Aber wieso?«

»Wir sollten jetzt endlich anfangen. Ich habe heute noch was vor.«

»Elijah.«

»Willst du beginnen, mir deine Fähigkeit beizubringen, oder möchtest du lernen, wie die Blume ihre Blätter einfährt?«

Sprachlos schaute ich ihn an, aber ich wusste, dass ich keine Antwort von ihm bekommen würde.

»Wieso gerade diese Fähigkeit?«, hakte ich nach.

»Weil es am einfachsten ist. Die Pflanzen leben schon, sodass sie einfach auf Magie reagieren. Du musst dich nur auf sie einlassen. Bist du bereit?« Er schob mir die Pflanze entgegen.

Ich nickte knapp. »Okay, lass uns beginnen.«

»Also, um die Magie zu wirken, musst du dich völlig auf die Blume einlassen. Nimm ihren Duft wahr und konzentriere dich darauf, wie es wäre, mit ihr zu kommunizieren. Am besten tust du das sogar für den Anfang. Das hilft.«

»Okay.« Ein Schmunzeln unterdrückend über den Gedanken, laut mit einer Pflanze zu reden, zog ich den Blumentopf zu mir heran. Es handelte sich um eine Hortensie, deren viele Blüten in einem satten Hell- und Dunkelblau erstrahlten. Ich versuchte mich zu sammeln und nur auf die Pflanze zu fokussieren. Obwohl mir das in Elijahs Gegenwart eindeutig schwerer fiel. Mit einem tiefen Atemzug rief ich meine Magie zu mir und umschloss mit beiden Händen den Topf.

»Hey, äh, liebe Pflanze«, brabbelte ich drauflos, ohne groß nachzudenken. »Ich bin eine Mondfee und würde mich sehr freuen, wenn du mir die Möglichkeit gibst, dass ich mithilfe meiner Magie deine Blätter einfahren lassen kann. Das wäre großartig!« Ich leitete meine Energie in den Topf und schaute gespannt auf die unzähligen Blätter. Doch es geschah nichts. Nicht mal ein Blatt rührte sich. Seufzend ließ ich mich gegen die Stuhllehne fallen und verschränkte die Arme vor der Brust.

»Sie will nicht.«

Elijah hob nur eine Augenbraue.

»Du hast es noch gar nicht richtig probiert.«

»Ich habe meine Magie gerufen und mit der Pflanze gesprochen.«

»Versuch es ein weiteres Mal. Mach ihr am besten Komplimente und lass dich auf sie ein.«

Ungläubig starrte ich ihn an, spürte aber, wie meine Mundwinkel sanft zuckten. »Ist das dein Ernst?«

»Ja, klar.« Ohne die Miene zu verziehen, erwiderte er meinen Blick. Er meinte das wirklich ernst.

Echt jetzt?

»Machst du das auch immer?«, fragte ich ihn.

»Nein, Hortensien sind einfach sehr empfindlich und schnell beleidigt, wenn du ihnen nicht viel Zuneigung und Aufmerksamkeit schenkst. Komplimente helfen, damit du dich selbst davon überzeugen kannst.«

Ich schaute erneut zu der Blume vor mir, seufzte auf und legte meine Hände zurück auf den Topf, während ich die Magie zu mir rief. »Na gut. Ach, du schöne, zarte Schönheit.«

»Schöne, zarte Schönheit?«, unterbrach mich Elijah und verkniff sich ein Lachen.

»Soll ich es jetzt probieren oder nicht?«, gab ich frustriert zurück.

»Okay, weiter.«

Wieder setzte ich zu einem Versuch an. »Du zarte Schönheit. Mit deinen feinen Blättern und sanften Farben.« Ich durfte mir wirklich nicht selbst zuhören, sonst würde ich vermutlich gleich in Gelächter ausbrechen. »Bitte hör auf mich und verbinde dich mit meiner Magie.« Gespannt musterte ich die Pflanze, aber es dauerte einen Moment, bis meine Magie zu ihr durchdrang. Doch zu meiner großen Enttäuschung passierte wieder nichts.

Ich umklammerte den Topf fester und kniff die Augen frustrierter zusammen. »Doofe Pflanze!«, zischte ich dann und ließ sie los. Und als ich sah, was dann geschah, musste ich einige Male blinzeln. Das war jetzt nicht wirklich wahr, oder? Kopfschüttelnd beobachtete ich, wie die Hortensie elegant ihre Blätter bewegte.

»Offensichtlich hatte sie heute die Einstellung ›Ich-lassemir-nichts-sagen‹«, entgegnete Elijah und ich konnte das unterdrückte Grinsen an seinen zuckenden Mundwinkeln deutlich erkennen.

»Also wollte sie mich nur veräppeln?« Na großartig. Das hatte gerade noch gefehlt. Ich wurde ernsthaft von einer Pflanze vorgeführt.

»So sind manche Pflanzen. Sie haben ihr Eigenleben und ihre Wurzeln wachsen gegen den Strom.«

»Und woher weiß ich, dass es bei der Prüfung nicht genauso sein wird?«

»Weil sie dich nicht im Stich lässt. Vor allem nicht, wenn sie weiß, dass es dir wichtig ist.« In seinen Worten lag so viel Zuversicht und Vertrauen, dass ich nicht mehr wagte zu zweifeln. Elijah kannte seine Pflanzen.

»Gut, ich denke, ihr beide habt nun einen Draht zueinander, beim nächsten Versuch wird sie dir nachgeben«, erklärte er und schob die Pflanze vorsichtig beiseite. »Jetzt deine Fähigkeit, die Gefühle von Menschen positiv zu beeinflussen. Da ich Pflanzen dirigieren und spüren kann, krieg ich es auch bei Feen hin.«

»Ich wende die Methode viel zu wenig an«, murmelte ich. Und es war die Wahrheit. Obwohl ich regelmäßig in Träumen wandelte und seit Neuestem zum Team Visionen gehörte, mischte ich mich bloß ungern in die Gefühlswelt anderer ein. Schließlich hatten sie das Recht, so zu empfinden, wie es ihr Körper verlangte. Und auch wenn es für viele so verführerisch einfach wirkte, Schmerz durch ein Glücksgefühl zu ersetzen, war es das nicht. Denn sollte der Schmerz weg sein, wie konnte man dann angemessen trauern?

Ich selbst war ja das beste Beispiel …

»Okay, gib mir deine Hand«, sagte ich und spürte sogleich Elijahs warme Finger, die sich sanft um meine schmiegten. Ein wohliges Kribbeln breitete sich in mir aus. Aber kaum war der

Moment des elektrisierenden Hochgefühls vorbei, holte mich die Wirklichkeit ein. Ich atmete tief durch und dann fokussierte ich seine Gefühle, um sie in mich aufzunehmen, was wirklich nicht schwer war. Denn wir beide empfanden gerade sehr ähnlich. Beide waren wir hier, so nah und doch so fern voneinander. Frustriert über einen Fluch und gleichzeitig versucht, das Beste aus allem zu machen. Und mit dieser Erkenntnis bündelte ich meine Magie, vermischte sie mit einem positiven Gefühl und schickte es durch unsere Hände in sein Herz.

»Wieso?«, kam es plötzlich von Elijah.

»Was, wieso?«

»Wieso gerade dieses Gefühl, das so stark an den Moment erinnert, in dem ich dir zum ersten Mal gesagt habe, was ich für dich empfinde?«

Ich schluckte schwer. »Wieso weißt du, dass es genau das ist?«

»Keine Ahnung, sag du es mir.«

Ich blickte hinab auf unsere Hände. Auch damals hatte er meine Hand gehalten. Vor diesem alten Kastanienbaum, der am Waldrand zu unserer Stadt blühte. Dort, wo wir uns zum ersten Mal gesagt hatten, dass wir uns liebten. Diesen Moment würde ich nie vergessen.

»Das war das Erste, was mir eingefallen ist.« Shit. Hatte ich das etwa laut gesagt? Jetzt dachte er bestimmt, dass ich immer wieder daran zurückdachte. Was ich tatsächlich tat, aber das stand nicht zur Debatte.

»Okay …«, sagte Elijah langgezogen und gerade als ich erwartete, er würde erneut darauf eingehen, räusperte er sich. »Also gut, dann versuche ich es mal.«

Sofort schloss er die Augen und atmete tief ein und aus. Seine Züge wirkten entspannt und ich fragte mich, an was er wohl dachte. Denn ich war mehr als angespannt. Schließlich war es das erste Mal, dass ich in den Geschmack eines Glücksgefühls kommen würde, für das ich nicht selbst verantwortlich war. Mein Bruder beherrschte diese Fähigkeit als Mondfee ebenfalls und er hatte mir in der Zeit nach der Trennung auch angeboten, sie bei mir anzuwenden, aber ich hatte stets abgelehnt. Sonst würde ich meine eigenen Prinzipien verletzen und das fühlte sich nicht richtig an.

Bevor ich allerdings weiter über die Vor- und Nachteile meiner Gaben nachdenken konnte, spürte ich ein leichtes Ziehen in meinem Herzen. Das Gefühl war nicht stark, sondern eher schwach. Dennoch war es da. Elijah hatte es geschafft. Und offensichtlich damit recht gehabt, dass es bei Pflanzen ähnlich war wie bei Feen. Nun musste er nur noch lernen, wie man die Emotionen verstärken konnte.

»Das war schon gut. Allerdings nicht wirklich stark. Probieren wir es ein weiteres Mal. Such dir selbst ein stärkeres Gefühl und klammere dich daran fest.«

Elijah öffnete seine Lider und auch wenn sich ein kleines triumphierendes Lächeln auf seinen Lippen ausbreitete, nickte er knapp. »Na gut, noch ein Versuch.«

Wieder schloss er seine Augen und konzentrierte sich. Dieses Mal waren seine Gesichtszüge nicht so ruhig. Sie wechselten von gelassen zu angespannt und ließen seine Mundwinkel zucken, als würde er sich an etwas Humorvolles erinnern. Und dann spürte ich es. Völlig überraschend begann ich zu lachen und ließ Elijahs Hand los. Mein Lachen war so laut, dass die Schüler, die in der Nähe saßen, zu uns hinüberschauten. Ich schlug mir die Hand vor den Mund und konnte nicht mehr aufhören.

»An was hast du denn gerade gedacht?«, fragte ich zwischen zwei Lachern und es dauerte, bis ich mich wieder beruhigt hatte.

»Das verrate ich dir nicht.«

»Dann erzähle ich überall herum, dass du beim zweiten Teil von *Guardians of the Galaxy* Tränen in den Augen hattest.«

»Hatte ich nicht!«

»Wir wissen beide, dass es so war«, erwiderte ich siegessicher.

Er seufzte. »Okay, okay. Also, erinnerst du dich noch an deinen sechzehnten Geburtstag? Du hattest ein *Vampire-Diaries*-Shirt an und es fehlte der halbe Kopf von Stefan Salvatore, weil du es falsch gebügelt hattest. Stolz hast du überall herumerzählt, dass es so gewollt war, weil du ja Team Damon bist. Ich musste mir jedes Mal ein Lachen verkneifen.«

»Es war auch so gewollt.«

»War es nicht.« Er hob eine Augenbraue.

»Ja, gut, war es nicht. Zufrieden?«

»Und wie.« Sein Lächeln wurde noch eine Spur breiter und ich konnte nicht anders, als es zu erwidern.

Es war schön, wie unbeschwert wir in diesem Moment sein konnten. Obwohl uns beiden bewusst war, dass es bloß von kurzer Dauer sein würde. Und das stellte Elijah im nächsten Moment auch unter Beweis, denn er fuhr sich verlegen mit der Hand durch sein Haar und stand auf. Als hätte es den Augenblick gerade nicht gegeben, war seine Miene erneut undurchschaubar. Die Mauer war wieder hochgezogen.

»Also, dann hätten wir das Projekt ja geschafft und sind bereit für die Prüfung von Ms Gibson. Ich muss jetzt auch los.« Er wandte sich bereits zum Gehen, doch nun, da wir das Thema Projekt abgehakt hatten, kam mir wieder unser vorheriges Gespräch in den Sinn.

»Elijah. Bitte verrate mir den Grund, weshalb du hierbleibst.«

Er drehte sich erneut zu mir um. »Es gibt keinen.«

Er log. Es gab sehr wohl einen Grund. Ich erkannte an seinem zuckenden Augenlid, wann er flunkerte. Das war schon immer so gewesen. Auch wenn ich dieses Wissen mit Absicht für mich behielt.

»Die Hortensie gehört übrigens jetzt dir, schließlich habt ihr jetzt eine Verbindung. Pass gut auf sie auf.« Ein kurzes Lächeln stahl sich auf seine Lippen, bevor er hinter den Regalen verschwand.

Und nun saß ich hier und dachte über all das Geschehene nach. Er hatte die Möglichkeit gehabt fortzugehen. Trotzdem blieb er an der Moonlight Academy. Tief in meinem Inneren flammte die Hoffnung auf, dass ich der Grund war. Aber ich sollte diesen Funken am besten wieder im Keim ersticken. Zumindest wäre es besser so …

»Was machst du hier?«

Verwirrt drehte ich mich um und fand mich Kylian gegenüber. Unter seinem Arm klemmte ein dicker Wälzer, dessen Titel kaum noch zu erkennen war.

»Das Gleiche könnte ich dich fragen. Das ist jetzt schon das zweite Mal, dass wir uns in der Bibliothek sehen.«

»Ich wollte nur das Buch zurückbringen.« Sein Blick glitt an mir vorbei und er entdeckte die Hortensie neben mir.

»Und du hast hier eine Verabredung mit einer Pflanze?«

»Äh, das ist ein Schulprojekt.«

Er lächelte. »Aha, dein Samstagabendprogramm?«

Ich schaute auf die Pflanze nieder und dachte an Elijah, für den ich eigentlich den ganzen Abend eingeplant hatte. Also nicht direkt für ihn, sondern für das Projekt … doch er war ja lieber woanders und hatte es eilig gehabt. Erst jetzt fiel mir auf, wie sehr mich das eigentlich schmerzte. Ich hatte es wohl verdrängt, aber dass mittlerweile etwas wichtiger war als ich … ja, es war schwer.

Mein Blick schweifte wieder zu Kylian und ich versuchte nicht weiter an Elijah zu denken. »Nein. Ich habe nicht wirklich Programm.«

»Gut, ich auch nicht …« Verlegen kratzte er sich am Hinterkopf und musterte mich. »Wollen wir zusammen kein Programm haben? Vielleicht im Rahmen eines Spaziergangs?«

»Okay«, erwiderte ich schneller, als ich wirklich darüber nachdenken konnte. Und das wollte ich auch gar nicht. Was sollte schon passieren? Es war schließlich nur ein Spaziergang.

»Ich muss noch die Hortensie auf mein Zimmer bringen.« Ich hob den Blumentopf entschuldigend hoch.

»Und ich das Buch zurück. Also gut, dann treffen wir uns gleich am Kreuzgang, was hältst du davon?«

»Ist gut.« Ich stand auf, schulterte meinen Rucksack, griff nach der Pflanze und lief mit einem Lächeln in Kylians Richtung aus der Bibliothek. Jetzt, da ich allein war, machte sich deutlich Nervosität in mir breit. Zwar war ich schon öfter mit Kylian allein gewesen … aber das hier war anders.

Aufgeregt stieß ich meine Zimmertür auf und eilte zu meinem Handy, um meine Playlist laufen zu lassen. Und kaum erklangen die ersten Töne eines Songs von One Direction, entspannte ich mich und schaute zu der Pflanze. Bildete ich es mir nur ein oder bewegten sich ihre Blätter? Etwa wegen der Musik? Nein, das konnte nicht sein. Schnell stellte ich sie auf meinen Schreibtisch. Hoffentlich würde sie sich bei mir wohlfühlen. Im Gegensatz zu Elijah, der als Waldfee ein regelrechter Pflanzenflüsterer war, war der grüne Daumen an mir vorbeigegangen. Ich schaffte es, selbst Kakteen eingehen zu lassen.

»Ich hoffe, das ist der passende Platz für dich«, murmelte ich in die Richtung der Hortensie und widmete mich dann meinem Kleiderschrank. Obwohl der Regen nachgelassen hatte, war es mit Einsetzen der Dunkelheit bestimmt kühler geworden. Also griff ich kurzerhand nach einem bequemen Hoodie und streifte ihn mir über. Dann ging ich zum Spiegel, richtete noch einmal meinen Dutt und zupfte mein Outfit zurecht. Zuletzt wechselte ich meine Schuhe und schlüpfte in meine Chucks. Los ging's.

KAPITEL 20

Die Heilkräfte von Feen sind außergewöhnlich stark. Oberflächliche Verletzungen heilen in der Regel innerhalb weniger Stunden, innere Verletzungen brauchen ein paar Tage.

ENZYKLOPÄDIE – WELT DER FEEN, KAPITEL 51

»In der heutigen Nacht soll man das Sternbild des Löwen besonders gut sehen können«, erklärte mir Kylian, als wir wenig später durch den Kreuzgang im hinteren Teil der Academy nach draußen liefen. Der aufgehende Mond, der durch die Bogenfenster leuchtete, versprach eine klare Nacht.

»Als Nachtfee bist du nachts stärker und kannst die Energie der Sterne aufnehmen, oder?«, fragte ich interessiert. Bisher hatte ich mir gar keine Gedanken darüber gemacht, was für Fähigkeiten Kylian hatte. Nachtfeen gab es nur wenige und meistens blieben sie unter ihresgleichen.

»Das stimmt. Außerdem kann ich die Gefühle anderer spüren«, antwortete Kylian, als wir aus dem Kreuzgang nach draußen traten.

Bitte was? Ungläubig starrte ich ihn von der Seite an. »Moment mal, du kannst was?!«

»Keine Sorge, im Normalfall versuche ich es zu vermeiden, na ja, außer …« Er zögerte und schien zu überlegen, ob er die folgenden Worte aussprechen sollte.

»Außer?«, hakte ich perplex nach.

»Außer die Person hat in diesem Moment starke Gefühle oder kommt mir so nah, dass ich kurz vergesse zu atmen …«

Ich blieb stehen, was auch Kylian dazu brachte, innezuhalten. Wir waren nur wenige Zentimeter voneinander entfernt und sein Blick war so intensiv, dass das Eisblau in die Nacht hineinleuchtete. Doch wie so oft, wenn wir zusammen waren, wandelte es sich langsam in ein Dunkelblau, das geheimnisvoll mit dem Sternenhimmel um die Wette schimmerte.

»Und wann verlierst du die Kontrolle?«, wisperte ich und bemerkte, wie mein Atem stoßweise ging. Spürte er in diesem Moment, was ich fühlte? Dabei wusste ich das selbst nicht einmal so genau. Ich war ein wandelndes Gefühlschaos. Zumindest hatte mich Leona heute Mittag so bezeichnet.

»Als ob du dir das nicht schon längst denken kannst, Elanor.« Er hob eine Hand und legte sie an meine Wange. Allein diese Geste war Antwort genug. Sein Blick wanderte zu meinen Lippen und mich begrüßte wieder dieses Kribbeln, das ich spürte, wenn ich ihm nah war. Doch auch jetzt wusste ich nicht, ob es reichte. Dafür, mich auf ihn einzulassen. Dafür, ihn zu küssen. Und dafür, Elijah hinter mir zu lassen. Vielleicht wäre es die richtige Entscheidung, mich auf Kylian zu konzentrieren. Schließlich war da etwas zwischen uns. Nur was, das konnte ich nicht definieren. Es fühlte sich gut an, ja, aber nicht wie bei …

»Ich warte, Elanor. Egal, wie viel Zeit du brauchst«, murmelte er leise und beugte sich dann zu mir vor, um einen Kuss auf meine Wange zu hauchen.

Es war eine harmlose Geste und doch begann mein Herz schneller zu schlagen. Ich sagte ja: Gefühlschaos.

Wortlos setzten wir uns wieder in Bewegung und schlugen den Weg zum Meer ein. Es war heute erstaunlich unruhig und das Rauschen der Wellen, die immer wieder gegen die Felsen schlugen, schien immer stärker zu werden.

»Wie ist es für dich, die Gefühle anderer wahrzunehmen?«, erkundigte ich mich nach einer Weile.

»Na ja, sollten sie mich ungewollt erwischen, dann ziehe ich mich meistens erst einmal zurück. Denn es kann schnell schwerfallen, diese Gefühle von den eigenen zu unterscheiden. Wut zum Beispiel ist ein sehr starkes Gefühl, das einen regelrecht mit sich reißt, wenn man nicht aufpasst.«

»Das kann ich mir vorstellen. Ich mag es auch nicht sonderlich, die Gefühle anderer zu beeinflussen«, erwiderte ich und schob nachdenklich die Hände in meinen Hoodie. Mittlerweile hatten wir uns ein Stück von der Academy entfernt und es wurde zunehmend kälter.

»Das kann ich verstehen. Obwohl es eine beeindruckende Eigenschaft ist«, bemerkte Kylian. »Freust du dich eigentlich schon auf das Sommersonnenwendenfest? Das findet ja in wenigen Tagen statt und Paxton meinte, dass es hier besonders prachtvoll ausgerichtet wird.« Er blieb stehen und lächelte mich mit einem Hauch Verlegenheit an.

Ich musterte ihn und versuchte herauszufinden, ob der abrupte Themenwechsel und der fragende Ausdruck in seinen Augen etwas zu bedeuten hatten.

»Ja, stimmt …«, sagte ich schließlich. Bisher hatte ich mich bemüht, gar nicht an das Fest zu denken. Was vielleicht auch daran lag, dass die meisten in Begleitung kamen. Leona lag mir seit Tagen damit in den Ohren, dass sie es kaum erwarten konnte, mit Clara auf das Fest zu gehen. Und selbst Paxton, der eine andere Lehrerin der Academy gefragt hatte, hatte mich um meine Meinung gebeten, was seine Kleiderwahl anging.

Obwohl ich wusste, dass Clara und Leona bestimmt nichts dagegen hatten, wenn ich sie begleiten würde, so wollte ich mich doch nicht wie das fünfte Rad am Wagen fühlen. Und das würde ich unweigerlich tun. Aber allein oder besser noch gemeinsam mit meinen Eltern auf das Fest? Schnell verwarf ich die frustrierenden Gedanken und konzentrierte mich wieder auf Kylian, der sich nun räusperte.

»Was ich dich fragen wollte. Würdest du mich zu diesem Fest be-« Weiter kam er nicht, denn plötzlich durchbrach ein Schrei die Stille des Abends.

Verwirrt schaute ich mich um und entdeckte mehrere Feen, die an einer Klippe in der Nähe standen und sich nacheinander in die Tiefe stürzen ließen. Ihre blauen Augen leuchteten von der Magie, mit der sie die Wellen dazu brachten, sie wieder aufs Land zu transportieren. Und genau in dem Moment, als ich schon erleichtert aufatmen wollte, weil ich kein grünes Augenpaar entdeckte, sah ich es. Über dem Klippenrand erschienen nun unzählige Algen, die jemanden zurück zu den anderen Feen trugen. Das konnte doch nicht wahr sein! Wie naiv war ich gewesen zu glauben, dass er es nicht mehr machte? Und dass ich die letzten Male, als ich sie von meinem Balkon aus gesehen hatte, daran geglaubt hatte, es könnte jemand anderes sein? Er hatte es mir versprochen! Aber was schien das schon zu zählen?

Von meinen Gefühlen geleitet, steuerte ich auf die Klippe zu, und auf Elijah, der mich bisher noch nicht gesehen hatte. Kylian rief hinter mir meinen Namen, doch ich ignorierte es. Denn es war mir völlig egal, ob ich gleich vor allen eine Szene machte. Nach seinem Unfall damals hatte ich wochenlang Sorge mit mir herumgetragen. Er war eine Waldfee, als solche gehörte man nicht ins Meer. Zumindest nicht mit dieser riskanten Sportart.

Als ich ihn wenige Meter später erreichte, registrierte ich gerade noch seinen überraschten Gesichtsausdruck, bevor ich ihm unter Tränen auf die nackte, nasse Brust tippte.

»Du. Hast. Es. Versprochen.« Ich schmetterte ihm die Worte

regelrecht entgegen. Es tat weh. Dabei sollte es das nicht. Es sollte mir nicht mehr wehtun. Aber die Gedankenfetzen an seine Zeit im Krankenhaus, die Tage, an denen er nicht ansprechbar gewesen war, an seine Hilflosigkeit, die etlichen Monate auf Krücken … alles kam in diesem Moment wieder hoch.

»Wie kannst du nur, nach allem, was geschehen ist?«

»Elanor!«, sagte er atemlos und griff sanft nach meinen Handgelenken, um mich davon abzuhalten, weiter kraftlos gegen seine Brust zu schlagen. Tränen rannen über meine Wangen. Ich schaffte es nicht mehr, sie zurückzuhalten.

»Was soll das, Elijah?«

Kurz blitzte in seinen Augen Reue auf, doch seine Worte waren so kühl wie der heutige Abend. »Es sollte dich nicht interessieren, was ich tue.«

In diesem Moment zerbrach etwas in mir. Lag es an der Gleichgültigkeit in seiner Stimme? Oder an dem bittenden Ausdruck in seinen Augen?

»Elijah, los jetzt, lass sie reden«, rief nun eine männliche Wasserfee und deutete auffordernd in Richtung Meer.

»Ja, du verlierst sonst deine Wette!«, tönte ein weiterer seiner Kumpels, bevor schlussendlich alle auf Elijah einredeten.

Ich warf ihnen einen *Lasst-uns-in-Ruhe*-Blick zu, doch es schien ihnen egal zu sein. Sie machten weiter mit ihren Ansporn-Versuchen. Bloß Jade, den ich erst jetzt hinter den Wasserfeen entdeckte, blieb still und schaute mit wortloser Miene zwischen uns hin und her. Genau wie Kylian.

Ein letztes Mal sah auch Elijah zu mir, bevor er rückwärts zum Rand der Klippe lief. Nur wenige Zentimeter trennten ihn von dem Abgrund. Ich wollte schreien, flehen, aus Trotz mit ihm springen. Doch ich schwieg. Ich konnte nicht. Das Zerbrochene in mir hatte die Oberhand gewonnen.

»Es tut mir leid, Elanor.« Und dann sprang er. Mit einem

letzten entschuldigenden Blick in meine Richtung. Noch in der Luft machte er einen Salto und verschwand in die Tiefe. Nein! Ohne nachzudenken, rannte ich zum Rand und war bereits im Begriff hinterherzuspringen, als mich Kylians kräftige Arme umklammerten und zurückhielten.

»Lass. Mich. Los!«, zischte ich.

»Es ist zu gefährlich!«, hörte ich ihn in mein Ohr flüstern.

Ich versuchte Elijah auszumachen, aber erkannte nichts. Nur dunkle, alles verschlingende Wellen, die noch härter als zuvor gegen die Felswand schlugen. Der Wind hatte in der Zwischenzeit zugenommen und ließ das Wasser toben.

Als ich auch nach mehreren Atemzügen seine Silhouette nicht entdecken konnte, breitete sich Panik in mir aus.

»Wo ist er?« Ich schaute zu den anderen und fokussierte mich auf Jade, in dessen Augen nun ebenfalls Zweifel aufblitzten. »Er müsste längst wieder oben sein! Jade, tu was!«, brüllte ich ihn an.

Und als er sich endlich aus seiner Schockstarre gelöst hatte, tat er das auch. Blitzschnell sprang er Elijah hinterher.

»Es muss ihm gut gehen. Jade wird ihn finden«, sagte ich immer und immer wieder. Dabei nahm ich deutlich Kylians Hände wahr, die mir beruhigend über die Arme streichelten.

»Es wird alles gut, Elanor«, murmelte er und ich hoffte es so sehr. Ich versuchte mich auf seine Stimme zu konzentrieren. Denn ansonsten würde ich durchdrehen. Ich schaffte das nicht. Kein weiteres Mal. Die Sorge und Angst. Es war wie damals. Und nun mischte sich zu diesen Gefühlen auch noch Wut. Wut auf diese Wasserfeen, die ihn dazu getrieben hatten. Bevor ich mich bremsen konnte, löste ich mich aus Kylians Griff, wirbelte zu ihnen herum und brüllte: »Ihr seid schuld, ihr habt ihn –«

»Elanor!«, rief Kylian und ich folgte seinem Blick.

Jade wurde mit Elijah im Gepäck von einer Welle zurück auf

die Klippe getragen. Nur Sekunden später strandeten sie auf dem Gras.

»ELIJAH«, schrie ich, eilte zu ihm und ging neben ihm auf die Knie. »Was ist passiert, wie geht es dir?«, sprudelte es aus mir heraus, doch da sah ich es schon. An seinem Oberarm klaffte eine lange, tiefe Wunde, aus der Blut strömte. Viel Blut. Erschreckend viel Blut. Ich schlug mir die Hand vor den Mund, um nicht aufzuschreien. Dann ging mein Blick zu seinem Gesicht. Er war blass und kaum bei Bewusstsein. Seine Lider flatterten nur schwach.

»Helft ihm! Bringt ihn zurück zur Academy«, forderte ich die anderen auf und sogleich erschien Kylian neben mir, der ein Stück seines T-Shirts, das er unter seiner Lederjacke trug, abgerissen hatte und es nun um Elijahs Oberarm knotete, um die Blutung zu stoppen. Dann griff er unter seine Arme und zog ihn hoch. Jade trat an seine Seite und half ihm dabei, Elijah zu stabilisieren. Anschließend hoben sie ihn gemeinsam hoch.

»Wartet auf mich, ich komme mit«, sagte ich schnell und folgte den dreien.

Schweigend liefen wir zurück und ich versuchte mich auf die Academy vor uns zu konzentrieren. Auf das uralte Schloss, aus dessen hohen Sprossenfenstern noch vereinzelt Licht drang. Dennoch glitt mein Blick alle paar Sekunden zu Elijah, was mit einem panischen Gefühl einherging, das mich beinahe erdrückte. Ich durfte nicht daran denken, was geschehen war. Ich durfte, durfte, durfte einfach nicht. Denn wenn ich das täte, dann würde mich alles einholen.

Immer wieder versuchte ich mir einzureden, dass es nicht so schlimm wie damals war. Damals … damals, als er wie vom Meer verschluckt gewesen und erst nach langer Suche bewusstlos am Strand aufgefunden worden war. Komplett blutverschmiert und mit einem gebrochenen Bein. Beim Sturz aufgekommen auf einem Felsen, den er nicht gesehen hatte. Genau wie heute war es Jade gewesen, der Elijah geholfen hatte. Nur, dass ich damals nicht bei ihm sein konnte.

Drei Jahre war das her. Wie lange würde es dauern, bis er sein Versprechen ein weiteres Mal brach?

»Elanor, kommst du mit auf die Krankenstation?«, fragte mich Jade über die Schulter hinweg, als wir endlich das Gebäude erreichten.

Ich nickte bloß. Dieses Mal würde ich ihn nicht allein lassen. Dieses Mal hatte ich eine Wahl. Selbst, wenn mein Herz von seinem Vertrauensbruch schmerzte. Aber nun galt es, für ihn da zu sein.

Wir marschierten durch den Kreuzgang, der nur von den Laternen an den steinernen Wänden erhellt wurde, durchquerten die Eingangshalle und liefen den Südflügel entlang, bis wir die Tür zur Krankenstation erreichten. Schwungvoll riss Jade sie auf und die beiden Jungs eilten mit Elijah in ihrer Mitte hindurch. Zu unserem Glück brannte in dem Raum noch immer Licht und die zuständige Helferfee war da.

»Was ist passiert?« Die Frau, die etwa Mitte vierzig sein musste und offensichtlich gerade einen Mitternachtssnack zu sich nahm, sprang auf und eilte zu uns herüber. Sie half, Elijah auf eines der Betten zu befördern. Es gab insgesamt drei Stück im Zimmer, voneinander getrennt durch weiße Vorhänge.

»Klippenspringen. Er hat sich am Oberarm verletzt und ist ziemlich schwach«, gab Kylian die Info weiter.

Christin, wie auf dem Namensschild auf ihrer Brust stand, schnappte sich das Stethoskop um ihren Hals und horchte Elijah erst einmal ab. Dann, als sie wohl der Meinung war, dass sein Zustand stabil genug war, entfernte sie Kylians T-Shirt-Fetzen. Die Wunde war langgezogen und wulstig. Sogleich drohte mich erneut die Vergangenheit einzuholen. Damals hatte ich gewartet, bis die Luft rein war, und dann mithilfe des Krankenhauspersonals die Möglichkeit genutzt, zu Elijah zu schleichen. Es war so eine sternenklare Nacht gewesen wie heute. Und genauso erdrückend. Wie er dagelegen hatte, nicht bei Bewusstsein, so verletzlich und schwach. Genau wie in diesem Augenblick.

Elanor, ich verspreche dir, nie wieder zu springen. Ich verspreche es dir. Verspreche …

Seine Worte waren so präsent wie damals. Verflucht. Wieso nur? Wieso musste sich das hier und jetzt wiederholen? Und während ich Christin unter Tränen dabei zuschaute, wie sie die Wunde für das Nähen vorbereitete und ihm eine Infusion anlegte, grub sich das Gefühl an die Oberfläche, dass ich für den Unfall verantwortlich war. Vielleicht wäre er gar nicht gesprungen, wenn ich nicht da gewesen wäre. Vielleicht wäre er dann anders gesprungen, vorsichtiger und weniger aufgebracht. Vielleicht …

»Elanor?« Kylian trat in mein Sichtfeld und strich mir sanft über den Oberarm.

»Mhm?«, nuschelte ich abwesend, viel zu sehr in meinem Gedankenstrudel gefangen.

»Kann ich irgendetwas für dich tun?«

»Nein, danke«, erwiderte ich und zwang mich zu einem aufgesetzten knappen Lächeln.

»Okay.«

»Er benötigt jetzt Ruhe, höchstens eine Person kann bleiben«, meldete sich nun Christin zu Wort, während sie die Instrumente für die Naht holte.

Kylian blickte mich noch einmal fragend an, doch ich nickte nur. Er verabschiedete sich und verschwand durch die Tür nach draußen. Im Gegensatz zu Jade, der zu zögern schien.

»Ich würde gerne bei ihm bleiben, wenn es für dich in Ordnung ist«, sagte ich leise in seine Richtung.

Er wandte sich zu mir um und musterte mich unentschlossen. »Bist du dir sicher?«

»Ich konnte damals nicht für ihn da sein. Bitte gib mir jetzt die Möglichkeit.« Meine Stimme war überraschend gefasst, dafür, wie ich mich im Moment fühlte.

Nachdenklich fuhr er sich über seinen Dreitagebart. Aber dann flackerte Verständnis in seinem Blick auf. »Gut, melde dich, wenn was ist, ja? Ich schaue morgen wieder nach ihm.«

»Danke«, hauchte ich und nachdem Jade ebenfalls gegangen war, ließ ich mich auf dem Stuhl auf der anderen Seite der Liege nieder. Schweigend beobachtete ich Christin dabei, wie sie die Wunde verarztete und Stich für Stich setzte. Insgesamt waren es acht.

Schließlich verband die Fee Elijahs Arm und spritzte noch mal ein Schmerzmittel in die Infusion. Elijah hatte zuvor ein Mittel zur Sedierung erhalten, zumindest hatte mir Christin das erklärt. Nun schien er tief und fest zu schlafen.

»Ich bin nebenan, wenn du mich brauchst«, sagte die Fee an mich gewandt und lächelte mir aufmunternd zu, bevor sie hinter dem Vorhang verschwand.

Mein Blick ging wieder zu Elijah, dessen Haar in seine Stirn fiel. Vorsichtig schob ich es mit den Fingerspitzen beiseite. Seit wir uns getrennt hatten, trug er es länger. Auf die Verstrubbelter-Look-Art. Und erst jetzt zeigten sich die leichten helleren Strähnen, die sich mit dem Dunkelbraun vermischten.

Er sah friedlich aus, wenn er schlief. Seine vollen Lippen waren zu einem sanften Grinsen verzogen und sorgten dafür, dass sich die Lachfältchen zeigten. Wovon er wohl träumte? Für einen Moment spielte ich mit dem Gedanken, ihm in seiner Traumwelt einen Besuch abzustatten, entschied mich jedoch dagegen. Bisher hatten die zwei letzten Begegnungen damit geendet, dass wir uns nahegekommen waren. Viel zu nah. Und obwohl ich wusste, dass es dieses Mal nicht der Fall sein würde, da sein Vertrauensbruch nach wie vor zwischen uns hing … genau wie die Tatsache, dass wir wieder auf Abstand gegangen waren, so traute ich meinem Herzen nicht. Diesem verräterischen Teil von mir, der viel zu sehr an diesem Jungen hing. Selbst wenn es mich zwischendurch zweifeln ließ, ob es nicht auch Kylians Name flüsterte, so war es in Elijahs Nähe noch immer viel zu laut. So laut, dass es alles überschattete.

Seufzend stützte ich das Gesicht in meine Hände und war gerade im Begriff, ebenfalls kurz die Augen zu schließen, als plötzlich die Tür zur Krankenstation aufging und Sekunden später mein Bruder vor mir stand. Verwirrt blinzelte ich ihn an.

»Was tust du hier?«

»Das Gleiche könnte ich dich fragen«, entgegnete er.

»Das siehst du doch.«

»Elanor, was wird das?«

»Ich wiederhole mich: Das siehst du doch.« Ich zog eine Augenbraue in die Höhe.

»Ich halte das für keine gute Idee.« Er blickte zwischen Elijah und mir hin und her.

Mir war bewusst, dass er es nur gut meinte. Er wollte mich schützen. Schließlich war ihm im Gegensatz zu meinen Eltern das Ansehen der Familie und der ewige Streit zwischen den Havswoods und Lightwells völlig egal … dennoch hatte Elijah mich verletzt, als er nach Finnland gereist war. Und diesen Schmerz wollte er mir ein weiteres Mal ersparen.

»Ihr könnt nicht zusammen sein. Du weißt, dass Visionen nicht lügen.« Mitgefühl, aber auch eine stumme Bitte lagen in seinem Blick.

»Ich kann aber für ihn da sein. Mir ist bewusst, dass wir keine Zukunft haben … zumindest keine in der realen Welt«, fügte ich etwas leiser hinzu.

»Was willst du mir damit sagen? Besuchst du ihn nach wie vor in der Traumwelt?«

»Wäre möglich. Glaub mir, ich habe versucht ihn zu vergessen und mich auf jemand anderen zu konzentrieren. Und ich bin so wütend auf Elijah, dass er erneut ein Versprechen gebrochen und weiter klippengesprungen ist. Aber ich weiß nicht, wie ich es schaffen soll, mein Herz endlich verstummen zu lassen.«

Paxton starrte mich für einen Moment einfach nur an. Dann holte er tief Luft. »Kylian, nicht wahr?«

»Woher weißt du …«

»Er hat es mir nach dem Vorfall auf eurer Mission erzählt. Obwohl ich anfangs nicht unbedingt begeistert war, dass da vielleicht etwas zwischen euch laufen könnte … trotzdem wäre es mir lieber, als wenn du dich an etwas klammerst, das nie wieder real werden darf.«

Seine Worte lösten so vieles gleichzeitig in mir aus. Aber vor allem war es Schmerz. Weil er knallhart ehrlich war. Er sprach aus, was ich schon längst wusste, und doch tat es weh. Es würde nie real werden. Das zwischen Elijah und mir war eine Erinnerung. An manchen Tagen eine schmerzhafte und an manchen eine wunderschöne.

»Kylian ist großartig. Ich fühle mich wohl in seiner Nähe. Aber …« Ich seufzte. Kylian sorgte dafür, dass ich mich lebendig fühlte. Seine Berührungen lösten dieses Kribbeln in meinem Körper aus und die Momente mit ihm ließen mich vergessen. Doch reichte das? Immer wieder schwankte ich zwischen dem Gefühl, es einfach zu wagen und zu springen, und dem Gefühl, das Wichtigste in meinem Leben völlig zu verlieren, sollte ich einen Neustart wagen. Ich wusste nicht, wann ich dafür bereit sein würde. *Ich warte.* Das waren Kylians Worte gewesen und dafür war ich dankbar. Ich brauchte diese Zeit. Das wurde mir auch in diesem Augenblick wieder allzu deutlich bewusst.

»Und wenn es nachher ein anderer Kerl ist. Hauptsache, du schaust nach vorne«, unterbrach Paxton meine Gedanken.

Ich lächelte ihn traurig an. »Ich versuche es.«

»Ich möchte nur, dass du glücklich bist. Ich will dich nicht so sehen wie jetzt.« Er seufzte. »Gut, ich habe heute Aufsicht auf dem Korridor der Jungs. Jade hat mir vorhin bloß erklärt, was passiert ist, und als dein Name gefallen ist, musste ich nach dir schauen.«

»Okay«, flüsterte ich erschöpft. »Ich werde aber hierbleiben.«

»Bist du dir sicher?«

»Ja«, erwiderte ich und setzte erneut dieses Es-ist-alles-gut-Lächeln auf. Selbst wenn es sich falsch anfühlte.

»Ist gut«, gab mein Bruder zurück und verabschiedete sich.

Kaum war er verschwunden, zog ich meine Beine an, umklammerte sie mit meinen Händen und legte meinen Kopf auf meine Knie. Vielleicht half ein wenig Schlaf.

»Elanor?«

Meine Lider flatterten leicht und es dauerte ein wenig, bis ich realisierte, wo ich mich befand und woher die Stimme kam. Langsam drehte ich meinen Kopf in Elijahs Richtung, der mich erschöpft anschaute.

»Was machst du hier?«, fragte er heiser.

»Warten, bis du wach wirst«, entgegnete ich wahrheitsgemäß.

»Das hättest du nicht machen müssen.«

»Ich wollte aber. Wenigstens dieses Mal wollte ich da sein.«

»Elanor. Ich verdiene das nicht.«

»Nein, tust du nicht«, wisperte ich erstickt. »Dennoch verdiene ich es, noch mal die Möglichkeit zu haben, für dich da zu sein, wo ich es damals nicht konnte.«

»Du warst immer für mich da. Immer.« Schmerz lag in seiner Stimme. Ob es an der Wunde an seinem Oberarm lag oder an den Umständen, konnte ich nicht heraushören. »Ich habe dich verletzt. Schon wieder.«

»Das hast du. Aber du musst erst gesund werden, bevor wir darüber reden.«

»Nein. Elanor, bitte sieh mich an.«

Ich hob meinen Blick und schaute in seine moosgrünen Augen, in denen so viele Emotionen lagen.

»Ich habe dir versprochen, nicht mehr zu springen, und doch habe ich es getan.«

»Und wieso?« Meine Augen begannen zu brennen und kündigten Tränen an.

»Weil ich versucht habe, dich zu vergessen. Mich von dir zu lösen. Ich wusste, wenn ich erneut klippenspringen würde, dann wäre mein Versprechen gebrochen. Ich würde damit etwas hinter mir lassen, an das ich mich gebunden hatte. Das für eine Zeit stand, in der wir uns nähergekommen sind als je zuvor. In der wir gemeinsam Sorgen, Zweifel und Ängste durchgestanden haben. Ich wusste keine andere Lösung. Der Schmerz ist viel zu groß. Es tut so verdammt weh. Und ich wollte ihn loswerden. Wollte alles hinter mir lassen. Doch ich schaffe es nicht. Und ich weiß nicht, ob ich es jemals werde.«

Bei seinen Worten brach und heilte etwas gleichzeitig in mir. Ich konnte seine Beweggründe nicht unbedingt nachvollziehen, aber hatte ich es nicht ebenfalls versucht? Zu springen? In eine Zukunft, die mich von ihm entfernte? Nur war er mutiger gewesen als ich.

»Es war so dumm von mir. Ich hätte es nicht machen sollen, das ist mir bewusst. Nachdem wir uns wieder angenähert hatten, habe ich damit auch aufgehört … doch dann kam diese Nacht in der Burg. Ich habe ja gesehen, was da zwischen Kylian und dir ist. Wie sehr du ihn magst. Das Gefühl, dich an ihn zu verlieren, hat mich dazu getrieben, erneut klippenzuspringen. Ich wollte fühlen, Elanor. Etwas anderes als Eifersucht, Schmerz und Neid, weil er an deiner Seite sein kann und euch nichts im Weg steht.«

»Du hättest mit mir reden können. Wieso hast du nur nicht?« Ich holte zitternd Luft. »Ich bin schuld, dass du gesprungen bist. Kylian und ich waren spazieren … wären wir nicht dort vorbeigekommen, hättest du dich vielleicht nie verletzt und –«

»Stopp, Elanor«, unterbrach er mich. »Ich bin allein verantwortlich für meine Taten. Niemand anderes. Das hätte genauso gut bei jedem anderen Sprung passieren können.«

Ein Stein fiel mir vom Herzen und doch war es nach wie vor so schwer.

»Wieso hast du nicht mit mir geredet, Elijah?«, wiederholte ich meine Frage.

»Was hätte ich dir sagen sollen? Es hätte nichts an unserer Situation geändert. Für einen Moment habe ich auch geglaubt, dass es besser wäre, wenn du dein Herz Kylian schenkst. Aber allein der Gedanke bringt mich um den Verstand.«

»Ein Teil meines Herzens wird immer dir gehören. Selbst, wenn wir nicht mehr zusammen sein können. Selbst, wenn ich jemand anderen kennenlerne. Diese fünf Jahre werden mich stets auf meinem Weg begleiten«, flüsterte ich.

»Empfindest du etwas für ihn?«, hakte er vorsichtig nach.

Ich zögerte. Tat ich das? Empfand ich etwas für Kylian? Reichte dieses Kribbeln, dieses Gefühl dafür?

»Ich weiß es nicht. Ein Teil von mir will es versuchen. Dennoch hält mich genau derselbe Teil davon ab. Ich kann nicht vergessen. Ich kann dich nicht vergessen.«

»Du weißt, dass wir nicht zusammen sein können.«

Es tat so verdammt weh, das zu hören.

»Elijah, sag mir bitte nur eins …« Ich schluckte schwer und holte tief Luft.

»Geht es dir wie mir? Fühlst du so wie ich?«

»Das werde ich immer, Elanor«, gab er zurück und griff schwach nach meiner Hand, die auf dem Laken ruhte.

Die Vertrautheit unserer Berührung jagte ein wohliges Gefühl durch mein Herz und nahm ihm einen Teil seiner Schwere.

»Aber ich weiß nicht, wie wir lernen sollen, mit unserem Schicksal umzugehen«, sagte ich leise.

»Wir finden eine Lösung.« Mit einem Hoffnungsschimmer in den Augen lächelte mich Elijah an.

Tagebucheintrag von Lisea Brennan

02. Mai 1796

Ich werde schwächer und schwächer. Ob es an dem fehlenden Sonnenlicht liegt, das mir zu meiner Zeit als Lichtfee so viel Kraft geschenkt hat, oder daran, dass ich einsam bin, weiß ich nicht. Aber ich kann mit Gewissheit sagen, dass ich bald meine letzten Atemzüge tun werde. Mittlerweile hat sich der Clan, die Feen der Verborgenen, ein Leben aufgebaut. Viele von ihnen hält der Hass am Leben. Der Hass auf die Feen, die uns einst verstoßen haben, weil wir verflucht worden sind. Und das bloß, weil wir Gerechtigkeit walten lassen wollten.

Abgesehen davon führen die meisten ein normales Leben. Ein paar haben Kinder bekommen und sich ein Zuhause in den Wäldern geschaffen. Und noch immer wohnen ein paar von uns in der Burg, die sie übernommen haben. Doch ich bevorzuge die Einsamkeit. Der Hass auf die anderen Feen erinnert mich nur daran, was ich alles verloren habe. Mein normales Leben als Lichtfee.

KAPITEL 21

Die Sommersonnenwende wird in der Welt der Feen jedes Jahr im Juni gefeiert. In Irland wird zum Sonnenuntergang getanzt und gemeinsam Magie gewirkt.

ENZYKLOPÄDIE – WELT DER FEEN, KAPITEL 36

SOMMERSONNENWENDENFEST, 20.06.
WIE JEDES JAHR RICHTET DIE MOONLIGHT ACADEMY IHR PRACHTVOLLES SOMMERSONNENWENDENFEST AUS.
EINLASS IST UM 18 UHR.
ABENDGARDEROBE ERFORDERLICH.

Etwas mürrisch starrte ich auf den Flyer, der mit seiner eleganten Schrift, dem edlen Papier und seiner ganzen Aufmachung demonstrierte, dass der Tag der Sommersonnenwende und das damit verbundene Fest wieder besonders prunkvoll werden sollte. Und wie jedes Jahr hatte ich keine andere Wahl – ich musste daran teilnehmen, das hatte meine Mutter sehr deutlich gemacht. Wenn es sein müsste, würde sie mich höchstpersönlich dorthin schleppen, nur um sicherzustellen, dass ich anwesend war. Schließlich konnte sie es nicht riskieren, dass ich ein schlechtes Licht auf uns Lightwells warf.

Ich seufzte und las die Zeilen erneut. Auch wenn die Ankündigung zwischen den vielen Stundenplänen am Informationsbrett in der Eingangshalle prangte, ließ sie sich nicht ignorieren. Und das hatte ich in den vergangenen zwei Tagen durchaus versucht. Motivierter als sonst hatte ich mich auf den Lernstoff gestürzt und mit Leona und Clara *Vampire Diaries* bis zum Umfallen geschaut. Nun kam ich allerdings nicht mehr drum herum.

Doch mit wem ging ich zu dem Fest? Schließlich wurde dort getanzt. Dank meiner Feen-Gene hatte ich zwar keine Probleme damit, über das Parkett zu wirbeln, aber ohne Partner war das eher schwierig. Vielleicht konnte ich Kylian fragen, ob er mich begleitete, als Freund. Andererseits hatte ich bisher nur – wenn auch in trauter Zweisamkeit – mit Elijah getanzt. War ich bereit, den Schritt zu wagen und mich Kylian anzuvertrauen? Feen waren bekannt dafür, ihre Magie zu wirken, sollten sie miteinander tanzen.

»Ach ja, das Sommersonnenwendenfest. Gehen wir zusammen hin?«

Plötzlich schob sich Elijah vor mich und blickte mich fragend an. Er schien noch immer ein wenig blass um die Nase zu sein, aber dennoch hatte er die Krankenstation heute wieder verlassen dürfen. Wobei, vielleicht war er noch immer nicht ganz fit, denn das, was er da gerade von sich gegeben hatte, konnte er ja nicht wirklich ernst meinen, oder?

Blinzelnd öffnete ich den Mund und klappte ihn wieder zu.

»Also?«, hakte er nach.

Ich schüttelte den Kopf. »Moment mal … was?!«, fragte ich verwirrt.

»Ob wir da zusammen hingehen. Du und ich.«

Ich hob eine Augenbraue. »Ähm, Elijah … Du weißt schon, dass unsere Eltern ebenfalls anwesend sein werden?« Ich war durcheinander. Und zwar so richtig.

»Ja oder nein?«

Mein Kopf schien sich wieder in den Gedankenstrudel stürzen zu wollen. Aber mein Herz hatte offensichtlich schon längst eine Antwort.

»O-okay«, erwiderte ich noch immer verwirrt.

»Gut. Lass uns doch später darüber quatschen, nach dem Unterricht am besten. Ich warte um drei auf dem Parkplatz auf dich, okay?«

Ich nickte und wollte gerade etwas sagen, da war er schon in der Menge verschwunden. Erneut kopfschüttelnd blickte ich ihm nach. *Was war das denn gerade?*

Hatte er mich ernsthaft gefragt, ob ich seine Begleitung für das Fest sein wollte und ob wir den Mittag zusammen verbrachten? Wobei, wenn ich genauer darüber nachdachte, war es vielleicht gar nicht so verwunderlich.

Seit der Nacht auf der Krankenstation, zwei Tage zuvor, hatte sich etwas zwischen uns verändert. Ich hatte ihn die letzten zwei Nachmittage besucht und wir hatten viel geredet. Definitiv hatten wir uns wieder angenähert. Ob es an seinem Unfall, seinem Geständnis oder der Tatsache lag, dass ich die ganze Nacht an seiner Seite gewesen war, konnte ich nicht sagen. Trotzdem sorgte nun diese Begegnung gerade eben dafür, dass sich ein Lächeln auf meine Lippen stahl.

»Ich weiß zwar nicht, wieso du grinst wie ein Honigkuchenpferd, aber du wirst es mir bestimmt gleich erzählen, oder?« Leona tauchte vor mir auf und hakte sich bei mir unter.

Ohne zu überlegen, berichtete ich ihr von der Begegnung mit Elijah. Als ich endete, wackelte sie mit den Augenbrauen.

»Das klingt ganz danach, als würde unser Mr Loverboy auf die Regeln eurer Familien pfeifen. Ich mag ihn immer mehr.«

»Ich weiß nicht, ob das so eine gute Idee ist«, überlegte ich.

»Und ob. So wird das Fest bestimmt nicht so öde. Obwohl ich mich auch auf den Tanz mit Clara freue. Es ist jedes Mal magisch.«

Ich lächelte sie an. »Habt ihr schon Kleider?«

Leona nickte so überschwänglich, dass ihre braunen Haare im Takt mitwippten. »Ja! Clara hat uns welche genäht. Ist das nicht romantisch?«

»Total. Ich freue mich darauf, euch beide darin zu sehen«, versicherte ich ihr kichernd.

»Schau mal, da ist Kylian.« Leona nickte plötzlich in die Richtung des schwarzhaarigen, gut aussehenden Trainers, der gerade durch den Südflügel eilte.

»Ich komm gleich nach, ja?«

»Aber beeil dich, Ms Gibson wartet nur ungern.«

Ich winkte ihr zustimmend nach und passte dann Kylian ab, indem ich ihn sanft am Arm festhielt. Er wirbelte zu mir herum und sofort veränderte sich seine hektische Miene und wurde sanfter.

»Hey«, begrüßte er mich.

»Hey«, gab ich zurück. »Wir haben uns seit dieser einen Nacht gar nicht mehr gesehen.«

»Stimmt. Wie geht es Elijah?«

»Ihm geht es ganz gut, denke ich«, erwiderte ich schnell.

»Gut.«

Kurz herrschte eine bedrückende Stille. Noch immer hing die abrupte Unterbrechung des Spaziergangs zwischen uns, der definitiv anders hätte verlaufen können.

»Du und er …«, er schaute mich zögernd an, bevor er seufzend fortfuhr, »ich werde nie eine Chance gegen ihn haben, oder?«

Ich umklammerte den Riemen meines Rucksacks fester und bemühte mich darum, das Gefühl zu ignorieren, das er mit seinen Worten auslöste. Doch ich konnte nicht. Denn ich fühlte mich ertappt. Als hätte er das Offensichtliche ausgesprochen, das ein Teil von mir sich immer noch versuchte auszureden.

Aber die Wahrheit war, dass die Nacht auf der Krankenstation tatsächlich alles verändert hatte. Ich konnte es kein weiteres Mal zulassen, Elijah zu verlieren. Und obwohl ich nicht wusste, wie es mit ihm und mir genau weitergehen sollte, war ich Kylian eine Antwort schuldig.

»Es tut mir leid.«

Seine Gesichtszüge verhärteten sich und doch war sein Blick voller Verständnis. »Ich hätte es schon früher bemerken sollen. Aber da war diese Hoffnung, die mich nicht losgelassen hat. Bis ich dir in der Nacht im Krankenflügel etwas zu essen vorbeibringen wollte und dich mit ihm gesehen habe. Da wurde mir alles klar.«

Ein schlechtes Gewissen machte sich in mir breit und ich lächelte ihn gerührt an. »Du wolltest mir Essen bringen?«

Er nickte bloß und schaute auf seine silberne Armbanduhr. »Ich sollte gehen. Wir sehen uns übermorgen zum Kampftraining.« Damit drehte er sich um und bog in einen der Korridore ein.

Ich atmete noch einmal tief durch und machte mich dann ebenfalls auf den Weg zum Klassenzimmer, in dem Ms Gibson bereits auf die Letzten von uns wartete. Mit zügigen Schritten eilte ich auf den Platz neben Leona zu und ließ mich auf den Holzstuhl plumpsen. Erst da fiel mir das gläserne Gefäß mit schimmerndem Wasser auf, das vor jedem von uns stand.

»Was ist das?«, murmelte ich kaum hörbar in Leonas Richtung, vergaß dabei aber, dass Wasserfeen besser hören konnten als andere Feen.

»Um auf die Frage von Ms Lightwell einzugehen: Vor Ihnen befindet sich eine Phiole mit dem Wasser unseres Mondlichtbrunnens. Das Schimmern entsteht, sobald das Wasser aus dem Brunnen entnommen wird, denn dann wird auch die Magie freigesetzt. Heute geht es darum, die Magie dieses Brunnens mithilfe des Mondwassers zu Ihrer eigenen zu machen. Dazu müssen Sie jedoch all Ihre Magie in das Wasser schicken und es formen, bis es die Farbe Ihrer Augen annimmt.«

Ein aufgeregtes Raunen ging durch die Klasse.

»Nun gut. Am besten, Sie probieren es alle einmal. Schließen Sie Ihre Augen, konzentrieren Sie sich auf die Phiole und das Wasser und versuchen Sie Ihre Magie so umzuformen, dass sie von dem Wasser angenommen wird und sich mit dessen Magie vermischt.«

Ich beobachtete, wie meine Mitschüler und Mitschülerinnen gespannt das Gefäß zu sich heranzogen, und auch ich war neugierig. Also griff ich danach …

»Wir werden sie angreifen. Es ist nur eine Frage der Zeit. Am Tag nach der Sommersonnenwende sind sie am schwächsten. Dann müssen sie ihre Magie erst wieder sammeln und das wird der Zeitpunkt sein, an dem wir zurückholen, was uns zusteht.«

Ein älterer Mann mit eisblauen Augen erhob sich von einem eisernen Stuhl und schritt um die lange Tafel, an der weitere Männer saßen. Die meisten waren bereits im fortgeschrittenen Alter und ihre Haut war blass, so blass, als wären sie lange nicht im Tageslicht gewesen.

»Wir müssen es jetzt vollbringen. Egal, was er sagt. Denn er ist schwach geworden. So schwach. Ein Versager, der sich von anderen Gefühlen leiten lässt«, fuhr der bärtige Mann fort.

Schweigend beobachteten die anderen ihn.

»Die Academy der irischen Küste wird sich umsehen. Wir werden sie überraschen und angreifen, wenn sie nicht damit rechnen!«, donnerte seine Stimme über den Raum hinweg, bevor er sich mit schweren Schritten entfernte …

Keuchend wurde ich wieder in das Hier und Jetzt zurückkatapultiert. Mit wild pochendem Herzen ließ ich meinen Blick hektisch hin und her wandern. Ich war noch immer im Klassenzimmer. Es war bloß eine Vision gewesen. Nur eine Vision … aber was für eine! Verflucht. Was war das gewesen?! Und vor allem: *Wer* war das gewesen?! Völlig überfordert von meinen Gedanken schaute ich zu Leona, die mich verwirrt anstarrte und sogleich nach meiner Hand griff. Erst da bemerkte ich, dass meine Hände nass waren. Offensichtlich war das Gefäß zersprungen, denn nun entdeckte ich auch die Glasscherben auf dem Tisch.

»Was ist passiert?«, zischte sie besorgt in meine Richtung.

Ich blickte von den Scherben zu ihr. »I-ich weiß es nicht … da war diese Vision und diese Männer und …«

»Ms Lightwell«, ertönte plötzlich die Stimme unserer Lehrerin vor mir.

Ich drehte mich zu ihr um und sah in das rundliche Gesicht mit den kleinen Fältchen und den steifen Mundwinkeln, die ihr ständiges Accessoire waren.

»Anscheinend hatten Sie eine Vision und haben dabei alles verschüttet. Bitte ziehen Sie sich kurz um, wir fahren in der Zwischenzeit mit dem Unterricht fort.«

Ich nickte stumm und als ich mich erhob, nach meinem Rucksack griff und mich durch die Sitzreihen durchschlängelte, spürte ich unzählige neugierige Blicke in meinem Rücken. Nur Elijah, der heute in der zweiten Reihe saß, sah mich mit genauso viel Sorge wie Leona an.

Erst als Sekunden später die Tür hinter mir ins Schloss fiel, wagte ich es, aufzuatmen und über das, was passiert war, nachzudenken. Ich hatte eine Vision gehabt und dabei mein Gefäß mit Wasser wohl dermaßen fest umklammert, dass ich den Tisch und mich selbst getränkt hatte.

Und sosehr ich versuchte mich an die Vision zu erinnern … die Bruchstücke setzten sich nur langsam zusammen. Da waren Männer gewesen, einer hatte gesprochen. Irgendetwas war auch mit seinen Augen gewesen … bloß was? Mir fiel es nicht mehr ein. Außerdem war noch von der Sommersonnenwende die Rede gewesen, davon, dass wir Feen einen Tag danach am schwächsten waren … und … dann begann mein Herz zu rasen.

Ein Angriff! Er hatte von einem Angriff gesprochen! Auf eine irische Academy an der Küste und davon gab es nur eine …

Wie automatisch setzte ich mich in Bewegung und eilte in Richtung des Büros unserer Direktorin. Schneller und schneller trugen mich meine Füße, was definitiv dem Adrenalin geschuldet war. Glücklicherweise ließ dieses auch nicht nach, bis ich den Nordflügel erreichte und sich die Tür zum Büro der Direktorin vor mir auftat. Wie wild klopfte ich dagegen. Aber es schien mich niemand zu hören. Verdammt, warum war niemand da?! Es war wicht-

Plötzlich ging doch eine Tür auf, wenn auch nicht die der Direktorin. Dankbar über jede Hilfe, drehte ich mich um … und stand Kylian gegenüber.

Verwirrt und gleichzeitig besorgt musterte er mich.

»Was machst du hier? Hast du keinen Unterricht?«, fragte er.

»Ich hatte eine Vision. Schon wieder«, platzte es aus mir heraus.

»Möchtest du mir davon erzählen? Vielleicht kann ich behilflich sein«, fragte er vorsichtig.

Ich nickte und schilderte ihm das, was ich noch wusste. Als ich endete, war sein Blick verändert. Ganz so, als wäre er mit den Gedanken woanders. Er wirkte unruhig. Doch dann blinzelte er ein paarmal und der Ausdruck in seinen Augen war aufmerksam, mit einem Hauch von Sorge geprägt.

»Das, was du schilderst, klingt schlimm. Trotzdem kann ich

dich beruhigen. Dieses Mal hast du etwas aus der Vergangenheit gesehen und hattest keine Zukunftsvision«, sagte er ruhig.

»Das hat sich so real angefühlt. So echt. Als würde es bald geschehen«, stotterte ich verwirrt.

»Komm mal mit, ich zeige dir etwas.« Er legte seine Hand auf meine Schulter und führte mich in Richtung Bibliothek. Keine Menschenseele kam uns entgegen und alles war still.

»Willst du mir ein Buch zeigen?«, schlussfolgerte ich, sobald wir durch die große Flügeltür getreten waren.

»Ja, eines, das du ohne Lehrpersonal nicht zu Gesicht bekommen würdest«, erwiderte er und führte mich an etlichen hohen Regalen vorbei, in den hinteren Teil der Bibliothek, bis wir vor einer großen eisernen Tür mit goldenen Ornamenten stehen blieben.

Für einen Moment wunderte ich mich, weshalb sie mir bisher nie aufgefallen war, verwarf den Gedanken aber schnell wieder. Viel zu neugierig war ich, was mir Kylian zeigen wollte. Hoffentlich brachte es etwas Licht ins Dunkel.

Unterdessen war er vorgetreten und legte nun die Hand auf die Klinke. Im nächsten Augenblick begannen die goldenen Ornamente zu leuchten und die Tür schwang auf.

Gespannt trat ich ein und konnte nicht glauben, was ich sah. Regale, die sich bis zur Decke erstreckten und in denen Buch neben Buch stand. Alle Exemplare sahen sich zum Verwechseln ähnlich, denn der Einband war immer der gleiche. Schwarzes, gebundenes Leder mit goldener Schreibschrift versehen. Einzig die Titel unterschieden sich voneinander. Aber wohl am beeindruckendsten war der goldene Schlüssel der Moonlight Academy, der mitten im Raum schwebte. Seine nahezu majestätischen Flügel schimmerten mit dem Licht des Kronleuchters an der Decke um die Wette und auch der Mond im Kern des Schlüssels schloss sich dem Funkeln an.

Fasziniert drehte ich mich einmal im Kreis, um den gesamten Raum auf mich wirken zu lassen. »Wow«, hauchte ich und vergaß für einen Augenblick, weshalb wir hier waren. Dieser verpuffte jedoch gleich wieder, als Kylian auf ein Regal zutrat und ein Buch herauszog. Er überreichte es mir und ich begann interessiert den Titel zu lesen.

Aufzeichnungen der Moonlight Academy aus dem Jahre 1886.

»Schlag Seite sechsundachtzig auf. Dort findest du deine Antwort.«

Schnell klappte ich das schwere Exemplar auf und wurde von kleinen Monden und Sternen begrüßt, die wie Seifenblasen zwischen den Seiten emporstiegen und nur wenige Sekunden später verblassten – keine Seltenheit bei Büchern von Feen. Wir hatten ein Händchen für jegliche Art von zauberhaften Spielereien, was sich in etlichen Büchern widerspiegelte.

Nachdem auch der letzte Stern vor meiner Nase verpufft war, blätterte ich auf die genannte Seite. Ohne Umschweife vertiefte ich mich in das dort Geschriebene:

Am 22. Juni im Jahre 1881 wurde die Moonlight Academy von einem grausamen Angriff der Feen der Verborgenen überrascht. Ihr Ziel war es, an das Elixier der Verborgenen zu kommen, das die Academy seit jeher sicher verwahrte.

Da sie sich dessen bewusst waren, dass die Moonlight trotz des Überraschungsmoments ein nicht leicht zu schlagender Gegner war, labten sich die Feen der Verborgenen zuvor an der Magie von Feen, die ihnen zum Opfer gefallen waren, um so ihre Kräfte zu verstärken.

Der sich anschließende Kampf zwischen den Wächtern der Academy und den Feen der Verborgenen wütete unerbittlich und forderte auf beiden Seiten Opfer. Schließlich geschah das

Unvorstellbare: Das Gefäß des Elixiers zerbarst während des Kampfes zweier Feen.

Und auch wenn die Feen der Verborgenen ihr eigentliches Ziel nicht erreichten, so gelang es ihnen doch, die Pflanze, mit deren Blättern das Elixier gebraut wurde, an sich zu bringen …

Stirnrunzelnd schaute ich auf. »Aber wieso haben mir meine Eltern nie davon erzählt?« Ich konnte immer noch nicht glauben, was ich da gerade gelesen hatte. War das wirklich passiert? Hatten diese Feen einst tatsächlich die Academy angegriffen?

»Dieses Ereignis, dieses Elixier ist ein lang gehütetes Geheimnis des Feenrats. Der Angriff wurde als Racheakt von den Nachfolgern der neun verurteilten Wetterfeen abgetan«, erklärte er.

»Aber wieso? Wieso muss es geheim gehalten werden?« Es gab so viele Fragen, auf die ich keine Antwort hatte.

»Blätter die Seite einmal um und lies«, erwiderte Kylian.

Ich kam seiner Bitte nach und begann wieder zu lesen.

Die zwei Elixiere der Verborgenen

Als im Jahre 1795 die Feen der Verborgenen voller Wut und Hass durch ihre Heimat zogen und bei Tag alles zerstörten, was ihren Weg kreuzte, entschied sich ihre Gemeinde dafür, all dem ein Ende zu setzen. Dafür schrieb sie auf einem Stück magischem Pergament die Zeilen nieder, die die Feen der Verborgenen dazu verdammten, nur noch bei Nacht wandeln zu können. Tageslicht hingegen sollte tödlich für sie sein.

Doch in der Welt der Magie muss stets ein Gleichgewicht herrschen und so wurde ein Elixier hergestellt, das die Feen von den Fesseln des magischen Paktes erlösen konnte.

Die Academy wurde schließlich damit betraut, dieses Elixier aufzubewahren. Und dennoch kam der Tag im Jahre 1881, an dem die Academy von den Feen der Verborgenen angegriffen wurde. Dabei konnte nicht verhindert werden, dass der Trank zerstört wurde.

Noch am selben Tag versuchten die Mitglieder des Feenrats ein neues Elixier zu brauen, doch die Feen der Verborgenen hatten die spezielle Pflanze, die dafür benötigt wurde, an sich gebracht. Dabei war diese für sie von keinem großen Nutzen. Denn was sie nicht wussten: das Elixier kann nur während eines Rituals von Ratsmitgliedern in dem magischen Saal im Untergeschoss der Moonlight Academy gebraut werden. Doch auch für den Rat war es zu spät, die Pflanze war fort.

Und so vergingen Tage, in denen er nach einer Lösung suchte, die man irgendwann auch fand. Eine Fee, die der Nacht angehörte, aber auch bei Tag wandeln konnte, gab ihre ureigene Magie zu dem Elixier und band sich damit auf alle Zeit an das Gegenmittel. Nur ihre Blutlinie ist bis heute in der Lage, das Elixier anzurühren. Auf diese Weise, so hofften die Feen, würde ein erneuter Angriff verhindert werden.

Ungläubig überflog ich die Worte immer und immer wieder. Denn nun tat sich eine neue Frage auf. Hatten Elijah und ich dort in dem Keller der Burg Darkvangan, die ja von den Feen der Verborgenen bewohnt worden war, zufällig die gestohlene Pflanze entdeckt? Kurz überlegte ich, Kylian davon zu erzählen, irgendetwas hielt mich allerdings davon ab. Vermutlich die Tatsache, dass das Buch eigentlich gar nicht für meine Augen bestimmt gewesen war.

»Du musst dir also keine Sorgen machen, Elanor. Die Vision, die du hattest, hat dir nur gezeigt, was sich in der Vergangenheit zugetragen hat. Nicht, was in der Zukunft geschehen wird. Außerdem sind die Feen der Verborgenen längst ausgestorben«, versicherte mir Kylian und unterbrach damit meine Gedanken.

Ich klappte das Buch zu und reichte es ihm. Vermutlich hatte er recht. Schließlich war das alles Vergangenheit, nicht wahr? Es gab diesen Feenclan schon seit Jahrzehnten nicht mehr. Trotzdem hingen die Bilder der Vision wie eine große dunkle Wolke über mir. Ich war erschöpft und müde von dem heutigen Morgen. Glücklicherweise ertönte jedoch im selben Moment, als Kylian das Buch zurückstellte, der Schulgong. Mittagessen. Ein dampfender Teller Nudeln würde mir jetzt sicher guttun.

»Wir müssen uns beeilen, hier drin sollte dich niemand sehen«, sagte Kylian und eilte auf die Tür zu.

Schnell schritten wir hindurch und ließen die uralten Geschichten dieses Raumes hinter uns.

»Du trägst das Sommerkleid, das ich dir geschenkt habe«, rief Elijah mir entgegen, als ich am Nachmittag auf den Parkplatz trat und zu ihm lief. Er lehnte an seinem Jeep und sah, zugegebenermaßen, verdammt heiß aus. Die Hände tief in den Hosentaschen seiner schwarzen, engen Jeans vergraben und mit einem dunkelgrünen Oberteil, das mit seinen Augen harmonierte. Diese funkelten mir entgegen, als er die Sonnenbrille absetzte und mich anlächelte.

»Ich fand es passend«, gestand ich mit geröteten Wangen. Zumindest nahm ich das an, denn ich spürte deutlich die Hitze auf meiner Haut, die seine Worte in mir auslösten. Ich hatte einige Kleider von Elijah in meinem Schrank, die er mir über die Jahre geschenkt hatte … aber das hier war anders. Anders wertvoll. Es war das erste Kleid, mit dem er mir vor fünf Jahren eine Freude bereitet hatte. Und über die Jahre war es zu einer Art Ritual geworden, dass ich immer zum Geburtstag ein neues Kleid bekam. Nur dieses Jahr nicht …

»Wie geht es dir?«, fragte er und riss mich wieder aus meinen Gedanken an die Vergangenheit.

»Du meinst wegen der Vision? Na ja, ich habe mich direkt auf den Weg zur Direktorin gemacht, wurde dann allerdings von Kylian abgefangen.«

Elijahs Blick verfinsterte sich, also fuhr ich schnell fort und schilderte ihm, was ich in der Bibliothek erfahren hatte. Als ich endete, zeichneten sich gemischte Gefühle auf seinen Zügen ab. Und es dauerte einen Moment, bis er mir darauf antwortete. Als würde er genau über seine Worte nachdenken.

»Ich glaube, es wäre besser, wenn du trotzdem noch mal mit der Schuldirektorin sprichst und dich absicherst. Vielleicht fragst du davor auch Paxton um Rat«, sagte er schließlich und der bittende Ton in seiner Stimme war nicht zu überhören.

»Ich werde darüber nachdenken, okay?«, murmelte ich. Vielleicht war es wirklich keine schlechte Idee, noch mal mit Paxton zu sprechen.

Er nickte und stieß sich dann vom Wagen ab. »Bist du bereit für einen Ausflug?« Er schien einen Moment zu zögern, griff dann allerdings nach meiner Hand und die Vertrautheit, die in dieser Berührung lag, ließ mein Herz höherschlagen.

»Wohin?«

»Das verrate ich dir …«, schmunzelnd zwinkerte er mir zu, »… noch nicht.«

Ich stöhnte frustriert auf. Er wusste ganz genau, dass ich solche Überraschungen nicht leiden konnte.

»Aber damit deine Neugierde gefüttert wird, habe ich etwas für dich im Auto«, sprach er weiter.

Ich hob eine Augenbraue und lugte an ihm vorbei ins Wageninnere. Elijah versuchte mich zurückzuhalten und schob sich vor mein Blickfeld. Doch es war zu spät. Ich hatte diese heiße Verlockung bereits gesehen.

»Wirklich, Moonshine, manchmal bist du viel zu neugierig.«

»Du hast Pommes für uns und wir stehen noch hier und reden? Die werden schließlich kalt!« Ich ließ seine Hand los und lief an ihm vorbei, nur um wenige Sekunden später mit den Pommes in der Hand auf dem Beifahrersitz auf ihn zu warten.

Und in den ein, zwei Sekunden, während er zu mir ins Auto stieg, wurde mir bewusst, wie viel sich geändert hatte. Schon wieder. Vor nicht allzu langer Zeit hatte ich in diesem Wagen gesessen, völlig durchnässt, und hatte von ihm nicht zurück an die Academy gefahren werden wollen. Jetzt machten wir einen Ausflug und gingen zusammen zum Fest der Sommersonnenwende, obwohl wir beide nicht wussten, was wir nun waren oder wie es weitergehen sollte. Nachdenklich griff ich nach einer Pommes, die mir aber im selben Augenblick von Elijah aus der Hand geklaut wurde.

»Nein, erst wenn wir da sind«, entgegnete er, mit der Pommes in der Luft wedelnd, bevor sie in seinem eigenen Mund landete.

Ich seufzte auf. »Dann los, los, los!«

Elijah zögerte nicht und startete zu meiner Erleichterung direkt den Motor. Wir fuhren auf die Landstraße und durchquerten unsere Heimatstadt, bis wir auf die Allee gelangten, an deren linker Seite die beiden Häuser der Lightwells und Havswoods nebeneinanderstanden. Links das von Elijahs Familie, rechts von meiner. Bloß die große, dornige Hecke trennte die beiden riesigen Anwesen voneinander. Mit ihrem viktorianischen Stil, den prächtigen Fassaden und den gepflegten Höfen waren sie die schönsten Häuser unserer Stadt. Das waren sie schon immer gewesen. Und ohne diese Hecke und den Hass, der in der Luft hing, wären sie noch prunkvoller.

Aber je näher wir nun den Häusern kamen, desto unruhiger wurde ich. Als Elijah jedoch den Blinker setzte und die Rechtskurve, weg von den Anwesen, nahm, war ich sehr erleichtert.

Kurze Zeit später kam das Meer zum Vorschein. Und während ich die tanzenden Wellen beobachtete, wurde mir klar, wohin mich Elijah brachte. Zu der Hütte am Strand.

Ein Kribbeln der Vorfreude machte sich in mir breit und kaum hielten wir auf einem Schotterweg, bloß wenige Meter von der Hütte entfernt, nahm mir Elijah die Pommes ab. Ich öffnete den Gurt und stand wenig später bereits an einem Klippenvorsprung. Tief sog ich die klare Luft ein. Es roch magisch. Definitiv. Wie lange ich nicht mehr hier gewesen war. Also, so richtig hier gewesen. Nicht nur in Elijahs Träumen.

Für einen kurzen Moment schaute ich den Möwen hinterher, die sich vom Wind treiben ließen, und genoss den Ausblick. Natürlich hatte ich einen ähnlichen von meinem Fenster an der Academy, doch das hier war anders. Es war dieser eine Ort, der von Erinnerungen geprägt war, die nur uns gehörten.

Elijahs leises Lachen holte mich zurück in die Realität und ich schaute kurz über meine Schulter hinweg zu ihm. Er hatte sich eine Decke mit Schottenmuster unter den Arm geklemmt, die er, sobald er mich erreicht hatte, zwischen uns ausbreitete.

»Was ist?«, fragte ich, während wir uns darauf niederließen.

Schnell schnappte ich mir die große Tüte Pommes und stopfte gleich zwei der Köstlichkeiten in meinen Mund.

»Jedes Mal, wenn wir an diesem Ort sind, verhältst du dich genau so. Du steigst aus, rennst zum Klippenvorsprung, breitest die Arme aus und atmest tief durch.«

Ich lächelte. Er kannte mich zu gut. Zum ersten Mal hatten wir diese Stelle besucht, als wir gerade frisch zusammengekommen waren. Seine Eltern hatten die Hütte jahrelang nicht mehr genutzt und na ja, so hatte sie dann auch ausgesehen. Zuvor war sein Grandpa immer hier gewesen, um mit seinem Fernglas die verschiedenen Möwenarten zu beobachten. Doch als er gestorben war, hatte man die Hütte sich selbst überlassen.

Zumindest, bis wir sie regelmäßig besucht und sie zu unserem kleinen Geheimnis gemacht hatten. Zusammen hatten wir sie liebevoll eingerichtet und nach und nach war sie ein Teil unseres Zuhauses geworden … und nun würde sie verkauft werden.

»Wann wird sie verkauft?«, wisperte ich kaum hörbar. Ich wusste nicht, ob ich die Antwort hören wollte.

»Das wurde sie schon.«

Ich wirbelte zu ihm herum, was fast dazu führte, dass einige der Pommes durch die Gegend flogen. »Und wann wolltest du mir davon erzählen?«

»Jetzt.« Ein Lächeln stahl sich auf seine Lippen und dann kramte Elijah etwas aus seiner Hosentasche. Er ballte eine Faust, sodass ich nicht sehen konnte, was es war.

»Ich habe meinen Eltern die Hütte abgekauft. Mit der Begründung, dass ich viele Erinnerungen damit verbinde. Selbst wenn sie annehmen, dass ich die mit meinem Opa meine.« Er öffnete seine Hand, in der ein kleiner Schüssel lag, der an einer filigranen goldenen Kette befestigt war.

Mir schossen die Tränen in die Augen. Vorsichtig legte ich die Pommes beiseite, bevor ich nach seiner freien Hand griff und unsere Finger miteinander verwob.

»Dieser Schlüssel soll dir immer die Möglichkeit geben, hierherzukommen und zu wissen, dass es in diesen vier Wänden immer nur uns geben wird. Auch wenn wir uns in der realen Welt vielleicht nie richtig nahkommen dürfen und ich dich nicht küssen darf«, fuhr Elijah fort und hob dann seine Hand, um mir die Kette umzulegen. Das kühle Metall legte sich auf meine überhitzte Haut, während der Schlüssel einen Platz über meinem Herzen fand. Genau dort, wo er hingehörte.

»Ich werde dich immer lieben, Elijah Havswood«, flüsterte ich unter Tränen.

»Und ich dich, Elanor Lightwell. Wir werden eine Lösung

finden«, gab er zurück und legte seine Hand an meine Wange, um mit seinem Daumen eine verirrte Träne wegzuwischen.

»Danke, dass du unsere Hütte gerettet hast.« Ich lächelte. »Doch wie konntest du dir das leisten?«

»Nun, meine Eltern haben mir für den Aufenthalt in Finnland viel Geld geschenkt und es nicht zurückgefordert. Jetzt habe ich es sinnvoll investiert.«

»Wenn sie wüssten für was wirklich.« Ein Grinsen breitete sich auf meinen Lippen aus, bevor meine Gedanken zum Sommersonnenwendenfest wanderten. »Ich habe dich heute Morgen ja schon mal gefragt, aber sicher ist sicher. Dir ist bewusst, dass unsere Eltern auch beim Fest sein werden?« Mit hochgezogener Augenbraue schaute ich ihn an.

»Nach allem, was wir erlebt haben, ist es mir egal, was unsere Eltern über unsere Liebe denken. Es sollte kein Geheimnis mehr sein und ich möchte es in die Welt hinausposaunen«, erwiderte Elijah und erwiderte mein Lächeln, das nun noch eine Spur breiter wurde.

»Sie werden Angst haben, dass wir uns doch so nahe kommen, dass wir den Fluch auslösen«, gluckste ich. Dabei wusste ich nicht einmal, wieso ich lachen musste. Eigentlich war da nichts lustig, aber irgendwie schon. Denn endlich rebellierten Elijah und ich gemeinsam und standen für unsere Liebe ein.

»Morgen … da werden es alle sehen«, fügte ich hinzu.

»Ist das für dich auch in Ordnung?«, ruderte Elijah nun zurück.

»Wie kommst du darauf?«

»Du und Kylian.«

Nachdenklich seufzte ich und dachte an den Kerl, der Elijah in den letzten Wochen Konkurrenz gemacht hatte. Dennoch würde er nie das in mir auslösen, was Elijah an einem einzigen Tag schaffte.

»Ich habe ihm heute gesagt, dass es bloß dich gibt. Niemand anderen. Ich habe versucht dich zu vergessen, mich auf ihn einzulassen. Doch es warst immer nur du.« Meine Stimme verfiel wieder in ein Flüstern.

»Ich hatte gehofft, dass du das irgendwann sagst«, antwortete Elijah knapp und ließ seinen Blick in Richtung Meer schweifen, wo zwei Möwen gegen den Wind ankämpften.

Und genau so fühlte ich mich gerade auch. Bloß, dass ich nicht allein war. Denn Elijah und ich kämpften ab jetzt Hand in Hand gegen den Fluch, die wohl größte Hürde. Aber wir würden es schaffen. Es war eine Herausforderung, doch von denen hatten wir so einige in den letzten Wochen gemeistert.

»Komm, lass uns reingehen«, sagte Elijah plötzlich und erst jetzt bemerkte ich, dass die ersten Regentropfen vom bedeckten Himmel fielen.

Ich ergriff seine ausgestreckte Hand und er zog mich so schwungvoll hoch, dass ich in seinen Armen landete. Sein Geruch hüllte mich ein und gab mir ein Gefühl von Sicherheit. Für einen Augenblick vergaßen wir, dass der Regen stärker wurde.

»Du bist ganz durchnässt, los, ab mit uns in die Hütte«, raunte Elijah schließlich und ließ mich los, um schnell unsere Sachen sowie die restlichen Pommes in seinem Jeep zu verstauen.

In der Zwischenzeit lief ich auf die Hütte zu und ließ meine Finger über die dunkelrote, hölzerne Fassade streifen. In einige der Latten waren kleine Wörter und Symbole hineingeritzt, mit denen wir uns verewigt hatten.

»Jetzt können wir so viele Schnitzereien hinzufügen, wie wir wollen«, sagte Elijah, als er neben mich trat, um die Tür zu öffnen.

»Ich habe noch viele Ideen«, kicherte ich und folgte ihm nach drinnen. Doch kaum sah ich, was über dem Sofa ausgebreitet lag, verstummte mein Lachen.

»W-was ist das?«, wisperte ich ungläubig.

»Dein Kleid für das Fest«, gab Elijah zurück und schlang einen Arm um meine Taille.

»Unseren Neuanfang müssen wir doch mit einer Tradition fortführen. Und da ich deinen Geburtstag verpasst habe, dachte ich …«

»Dass du mir ein Kleid schenkst. So wie jedes Jahr«, schlussfolgerte ich.

»Ja«, murmelte er.

Mit zitternden Knien löste ich mich von ihm und ging auf das zartrosa Kleid zu, das aus vielen fließenden Stoffschichten bestand und mit unzähligen kleinen Glitzersteinen versehen war. Zudem war es besetzt mit lavendelfarbenen und blauen Blütenblättern.

Vorsichtig hob ich es hoch und drehte mich damit im Kreis. Noch nie zuvor hatte er mir solch ein Kleid geschenkt. Und ich wusste, dass es etwas ganz Besonderes war. Weil dieses Geschenk ein Teil unserer Geschichte war, die nun fortgesetzt wurde.

»Danke«, sagte ich leise und verschloss die Erinnerung an diesen Moment tief in meinem Herzen.

Er trat zu mir und blickte mir tief in die Augen. »Ich kann es kaum erwarten, dich darin zu sehen.«

KAPITEL 22

Die letzten Aufzeichnungen über die Feen der Verborgenen stammen aus dem späten neunzehnten Jahrhundert. Danach hat es keinerlei Anzeichen mehr für ihre Existenz gegeben.

ENZYKLOPÄDIE – WELT DER FEEN, KAPITEL 114

Nachdem wir von unserem Ausflug zurückgekehrt waren, hängte ich mein neues Kleid an meine Schranktür und eilte dann zu Paxtons Zimmer. Ich zählte die Nummern, bis ich vor seiner Zimmertür stand, und gerade als ich sie aufziehen wollte, tippte mir jemand auf die Schulter. Erschrocken wirbelte ich herum.

»Was –« Mir blieben die Worte im Hals stecken, als ich in Kylians eisblaue Augen blickte. »Hi«, presste ich bloß hervor.

»Er ist nicht da.«

»Wer?«, stammelte ich. Aus irgendeinem Grund fühlte ich mich ertappt. Dabei musste ich das doch gar nicht, oder? Schließlich war es mein gutes Recht, meinen Bruder zu besuchen … andererseits hatte der Besuch auch damit zu tun, dass ich trotz Kylians beruhigender Worte und des Abstechers in die Bibliothek Paxton um seine Meinung bitten wollte. Während der Autofahrt zurück zur Academy hatte ich noch mal über alles nachgedacht und war zu dem Entschluss gekommen, dass es nicht schaden konnte, ihn ins Vertrauen zu ziehen. Und dann konnte ich hoffentlich damit abschließen …

»Dein Bruder, wer sonst?«, antwortete Kylian jetzt.

»Ach, ja. Gut, dann warte ich.« Schnell zog ich die Tür auf, froh darüber, dass er nicht abgeschlossen hatte. Ich lief hinein und bemerkte, dass Kylian im Türrahmen stehen blieb.

»Also, was brauchst du von ihm?«

Wieso interessiert das Kylian?

»Darf ich als Schwester nicht meinen Bruder besuchen?«, gab ich zurück und versuchte ein Pokerface aufzusetzen.

»Okay.« Er nickte und verschränkte die Arme vor der Brust. Sein Blick wechselte von überlegend zu fragend, doch gerade, als er den Mund aufmachte, kam hinter ihm Paxton zum Vorschein.

Er klopfte Kylian freundschaftlich auf die Schulter. »Hey, Mann, was machst du hier?«

»Elanor wollte zu dir.« Kylian schaute ein letztes Mal in meine Richtung und murmelte dabei etwas, das verdächtig nach »Bis morgen« klang. Dann verschwand er schnell um die Ecke.

»Also, was gibt es?«

Ich wartete ab, bis Paxton die Tür hinter sich geschlossen hatte, setzte mich dann auf den Stuhl an seinem Schreibtisch und atmete noch einmal tief durch. »Ich muss dir etwas erzählen.«

Und das tat ich auch. Ich berichtete ihm von der Vision, von meinem Besuch in der Bibliothek und Kylian.

»Er hat es nur gut gemeint und wollte vermutlich nicht, dass du dir Sorgen machst.« Nachdenklich ging Paxtons Blick aus dem Fenster, von dem aus man ebenfalls eine herrliche Sicht auf das Meer hatte.

»Ja, das denke ich ebenfalls. Bisher hat er immer gut auf mich aufgepasst. Zum Beispiel, als er dich während der Mission angerufen hat«, entgegnete ich und zuckte mit den Schultern.

»Angerufen?« Stirnrunzelnd wandte sich Paxton wieder zu mir.

»Na, als wir auf dieser Mission waren. Elijah und ich haben einen Abstecher zum Rathaus gemacht. Währenddessen hat er mit dir telefoniert …«

Bereits an Paxtons verwirrtem Gesichtsausdruck konnte ich erkennen, dass das wohl nicht ganz der Wahrheit entsprach.

»Hat er nicht, Elanor.«

Unruhe stieg in mir auf und ich rutschte auf dem Stuhl hin und her. »Aber …«

Paxton seufzte. »Das war bestimmt ein Missverständnis.« Er lief zur Tür und bedeutete mir, ihm zu folgen. Plötzlich schien er es eilig zu haben. »Komm, wir sollten Ms O'Connor von der Vision erzählen.«

Ich erhob mich und folgte ihm auf den Gang. Immer wieder wanderten meine Gedanken zu dem Telefonat. Hatte Kylian mich angelogen? War es wirklich nicht Paxton gewesen, den er angerufen hatte? Aber … wen dann?

»Elanor, bist du bereit, mit Ms O'Connor zu sprechen? Keine Sorge, ich werde nicht von deiner Seite weichen«, versprach mir Paxton, während er sich noch mal das hellblaue Hemd glatt strich und sich durch das aschblonde Haar fuhr. Offensichtlich war er aufgeregter als ich. Doch ich wusste auch weshalb. Dieser Job als Lehrer an der Academy bedeutete ihm viel. Das hier wollte er schon seit seiner Kindheit.

Ich atmete tief ein und fokussierte die große Tür mit den feenhaften Verzierungen, vor der wir nun stehen blieben. »Ich bin bereit.«

Paxton trat vor und klopfte dreimal, mit Abstand von fünf Sekunden.

»Das ist eine Art Klopfzeichen für das Lehrpersonal. So weiß Ms O'Connor, dass es keine Schüler oder Schülerinnen sind«, erklärte Paxton, da er offensichtlich meinen verwunderten Blick bemerkt hatte.

»Ausgefuchst. Also, wenn ich mal einen Klopfstreich spielen will, dann –«, scherzte ich, verstummte aber im selben Moment, als die Tür aufschwang und Ms O'Connor vor uns auftauchte. Als sie uns entdeckte, nickte sie knapp. »Kommen Sie herein.« Die Direktorin drehte sich um und wir folgten ihr in den nahezu majestätischen Raum, in dessen Mitte ein imposanter Schreibtisch seinen Platz hatte. Dahinter spiegelte sich in drei bodentiefen Sprossenfenstern das Meer in all seiner Herrlichkeit. Viel mehr faszinierten mich jedoch die hohen Bücherregale, an denen eine Leiter befestigt war, sodass man problemlos an die obersten Bretter gelangen konnte.

Bevor ich mich allerdings zu sehr ablenken ließ, wandte ich mich wieder Ms O'Connor zu, die uns aufforderte, Platz zu nehmen, während sie sich auf dem Ledersessel hinter ihrem Schreibtisch niederließ.

Wir setzten uns auf die beiden anderen Sessel, wobei mein Blick auf den uralten Globus fiel, der an einem Holzgestell neben dem Tisch befestigt war. Mich kribbelte es in den Fingern, über die verschiedenen Länder zu streifen und mir vorzustellen, wie ich sie eines Tages mit Elijah bereiste.

»Nun, weshalb sind Sie hier?« Ms O'Connor räusperte sich und ich richtete meine Aufmerksamkeit wieder auf sie. Mit ineinander gefalteten Händen und einem abwartenden Ausdruck in den Augen schaute sie uns nacheinander an.

Zu meiner Erleichterung war es Paxton, der als Erster seine Stimme erhob. »Meine Schwester hatte erneut eine Vision, heute Morgen im Unterricht. Und ich glaube, Sie sollten darüber in Kenntnis gesetzt werden.«

Ms O'Connor nickte und musterte mich dann. »Dann berichten Sie mal.«

Und das tat ich. Genau wie kurz zuvor meinem Bruder erzählte ich ihr alles. Nur das mit Kylian ließ ich weg. Es hätte sich sonst wie ein Verrat angefühlt und ich wusste nicht, ob es Konsequenzen für ihn hätte.

Als ich endete, herrschte erst mal Stille. Unsere Direktorin sah mich nach wie vor mit undurchschaubarer Miene an, doch ich hatte das Gefühl, dass sich etwas in ihrem Blick veränderte. Er wurde überlegend und zweifelnd. Gleichzeitig lag darin aber auch ein Hauch von Sorge.

»Danke, dass Sie sich mir anvertraut haben, Elanor. Solch eine Vision ist nicht leicht zu verkraften und fordert einiges an Energie«, sagte sie dann nach einer gefühlten Ewigkeit. »Ich werde Ihre Vision den Obersten des Feenrats vortragen und sie um Rat bitten.«

Zögernd nickte ich. »Okay. Denken Sie, es ist etwas dran an der Vision?« Unruhig rutschte ich auf meinem Stuhl hin und her. Allein die Vorstellung, dass die Vision mit der Gegenwart zu tun hatte, ließ meinen Puls in die Höhe schießen.

»Nun, vor vielen, vielen Jahren gab es tatsächlich genau solch einen Vorfall. Allerdings sind die Feen der Verborgenen laut unserer Schriften seit einigen Jahren ausgestorben. Na ja, jedenfalls haben wir das angenommen.«

Meine Augen wurden groß. »Was meinen Sie damit?«

»Die Magie des Gefangenen, den wir dank Ihnen im Verlies halten, weist dieselben Spuren auf, wie wir sie von den Feen der Verborgenen kennen. Oder zumindest von den dazugehörigen Aufzeichnungen.«

»Aber Sie sind sich nicht sicher?«, hakte ich nach. Ich war unsicher, was ich von all dem halten sollte. Wenn es diese Feenart wirklich noch gab, hieß das nicht, dass Feen, die das Böse in sich trugen, nach wie vor unter uns weilten? Und … wie konnte es dann sein, dass der Gefangene bei Tag wandelte?

»Nun ja, wir können zwar durch verschiedene Bluttests herausfinden, zu welcher Art eine Fee gehört, allerdings ist das erst seit einigen Jahren möglich. Demzufolge fehlt uns natürlich jegliche Basis, die wir für einen Abgleich nutzen könnten. Außerdem fällt der Gefangene aus dem Rahmen, was die typischen Merkmale angeht. Aber wir werden weiterforschen.«

Ich fasste mir an die Schläfe, denn sich anbahnende Kopfschmerzen machten sich bemerkbar. Auch wenn der heutige Tag schöne Momente bereitgehalten hatte, so waren gerade die schattigen fordernd gewesen.

»Gut, es ist schon spät und zum Abendessen gibt es heute Shepherd's Pie. Das klingt doch wahrlich gut, oder?« Ms O'Connor erhob sich und wir taten es ihr gleich.

»Danke für Ihr offenes Ohr«, sagte Paxton noch und ich nickte zustimmend. Dann machten wir uns auf den Weg zum Abendessen. Shepherd's Pie klang definitiv gut.

KAPITEL 23

Es gibt einen magischen Tanz der Feen, der an die irische Folkmusik angelehnt ist. Dieser wird jedes Jahr zur Sommersonnenwende getanzt, da ihm nachgesagt wird, eine Art magisches Glücksgefühl bei den Tanzenden hervorzurufen.

ENZYKLOPÄDIE – WELT DER FEEN, KAPITEL 73

»Du siehst zauberhaft aus, Elanor.« Leona tauchte hinter mir im Spiegelbild auf und legte ihre Hände um meine Oberarme. »Ich bin froh, dass du und Elijah euch wieder näher seid.« Ein Lächeln stahl sich auf ihre Lippen, während das Gelb ihrer Augen zu schimmern begann.

»Danke, auch wenn es nicht leicht werden wird«, murmelte ich.

»Wann ist die Liebe jemals leicht?«, antwortete sie und zupfte dabei an ihrer Hochsteckfrisur herum. Nicht nur ich hatte mich für den heutigen Anlass in Schale geworfen, sondern meine Cousine ebenfalls. Sie trug ein schwarzes, enges Kleid, das über und über mit funkelnden Pailletten besetzt war, denen sie kurz zuvor mithilfe ihrer Lichtmagie eine extra Portion Glanz verliehen hatte.

Aufgeregt schaute ich an mir hinab und strich über das Kleid von Elijah. Den kleinen lavendelfarbenen Blütenblättern hatte Leona ebenfalls mit ihrer Magie ein Schimmern verpasst und das zarte Rosa fiel in sanften Bahnen an meinen Beinen herab. Meine schwarzen Haare hatte ich heute offen gelassen und sanft gewellt. Genau so, wie ich sie damals bei dem ersten Date mit Elijah getragen hatte. Allein das sorgte dafür, dass ich seit einigen Stunden nervös war – eigentlich schon seit gestern. Zumindest war der gestrige Abend eine gute Ablenkung gewesen. Nach dem Gespräch mit Ms O'Connor hatte mich Leona direkt im Speisesaal abgefangen, weil sie wissen wollte, wie das Treffen mit Elijah gelaufen war. Natürlich hatte ich ihr alles erzählt und als Clara kurz darauf zu uns gestoßen war, wollte auch sie alles bis ins kleinste Detail wissen. Es war ein schöner Abend gewesen. Mit einer Reise nach *Mystic Falls* hatten wir ihn dann ausklingen lassen. Und nun machten Leona und ich uns zurecht, um Clara und Elijah zu überraschen. Neben mir schien auch die Lichtfee immer aufgeregter zu werden. Ich konnte sie allzu gut verstehen.

»Bist du bereit?« Ich drehte die Musik meines Handys herunter, durch dessen Lautsprecher *What Makes You Beautiful* von One Direction trällerte.

»Los geht's. Unsere Dates warten bestimmt schon«, verkündete Leona kichernd.

Noch einmal warf ich einen Blick in den Spiegel und rückte die Kette mit dem goldenen Schlüssel zurecht. Dann atmete ich tief durch und folgte Leona auf den Korridor. Es war bereits viel los und alle schienen genauso hibbelig zu sein wie wir. Vorsichtig schritten wir die Treppe hinab und ich raffte mein Kleid mit der leichten Schleppe, damit ich die Stufen nicht übersah. Und am Fuße der Treppe stand Elijah gemeinsam mit Clara. Auf seinem Gesicht erschien der gleiche liebevolle Ausdruck wie auf dem der Tierfee. Elijahs Blick wanderte über meinen Körper und sein Lächeln wurde noch breiter. Als ich ihn erreicht hatte, legte ich meine Hand in seine und erwiderte sein Grinsen.

»Du siehst wunderschön aus, Elanor«, murmelte er andächtig und zwinkerte mir zu.

»Du auch«, erwiderte ich. Und das tat er wirklich. Die schwarze Hose und das weiße Hemd passten ihm wie angegossen. Aber allein seine funkelnden grünen Augen und die zuckenden Mundwinkel, mit denen er mir verschwörerisch zulächelte, ließen mich dahinschmelzen.

Dennoch schaffte ich es für einen Moment, mich von seinem einnehmenden Anblick loszureißen und mich Clara zu widmen.

»Und du siehst auch toll aus!«, begrüßte ich die Freundin meiner Cousine, die mich in einem langen, dunkelroten Kleid in A-Linie anstrahlte.

»Und du erst!«, erwiderte sie.

»Kommt, das Fest beginnt gleich«, mischte sich Leona ein und gemeinsam liefen wir durch die Eingangshalle, an dem schimmernden Wasser des Mondbrunnens vorbei, bis raus zu der geräumigen Terrasse, die uns in ihrer ganzen Pracht empfing. Mitten in der Luft, über unseren Köpfen, hingen Lichterketten und vertrieben die Dunkelheit der Wolkenfront, die am Himmel prangte. Vermutlich ein dekoratives Geschenk der anwesenden Hexen. Zudem spielte eine Band auf einer Empore irische Folkmusik. Fidel, Flöte und eine Bodhrán erklangen im Takt und auch die rhythmischen Töne eines Dudelsacks stachen heraus. Musik, wie es für ein Sommersonnenwendenfest hierzulande üblich war.

»Elanor! Wie schön, dich wiederzusehen!«, erklang eine warmherzige Stimme hinter mir, die sofort ein nostalgisches Gefühl in mir hervorrief.

Ich löste mich von Elijah und drehte mich zu der älteren Hexe um, die mich herzlich anlächelte, woraufhin sich ein Grinsen auf meinen Lippen ausbreitete. Allein ihr dunkelroter Umhang mit den Monden und Sternen versetzte mich wieder in meine Zeit an der Ravenhall Academy zurück.

»Mrs Campbell«, begrüßte ich Lillys Grandma.

»Du siehst bezaubernd aus!« Sie schaute mit einem Schmunzeln in Elijahs Richtung. »Ich korrigiere mich, ihr seht bezaubernd aus. Und das zusammen – was für eine erfreuliche Nachricht!«

»Es freut mich, Sie zu sehen«, sagte Elijah höflich und schüttelte ihr die Hand.

»Und vor allem ist es eine große Überraschung! Lilly hat bei unserem letzten Telefonat gar nicht erzählt, dass Sie hier sein werden«, entgegnete ich und dachte an das Gespräch mit meiner ehemaligen Zimmergenossin zurück. Normalerweise berichtete sie mir oft, was es Neues gab, auch in Bezug auf ihre Grandma. Schließlich verbrachten sie viel Zeit miteinander, was unter anderem daran lag, dass Mrs Campbell Kräuterkunde an der Hexen-Academy unterrichtete.

»Es war eine sehr spontane Entscheidung, ich wurde von eurer Schuldirektorin eingeladen. Wir kennen uns noch von früher. Außerdem verbringe ich gerne Zeit an der irischen Küste.« Sie zwinkerte mir unter ihrer schräg sitzenden Lesebrille zu, bevor sie weitersprach. »Lilly wäre eigentlich auch mitgekommen, aber sie wurde von Amelia zu einem ähnlichen Fest in der Halloweenstadt Rathcroghan eingeladen.«

Es war jetzt über ein Dreivierteljahr her, dass Lilly von ihrem mehrmonatigen Aufenthalt in dieser irischen Stadt zurückgekehrt war. Sicher hatte sie Amelia, die Hexe, die sie dort ausgebildet hatte, vermisst. Zu gerne würde ich selbst bald mal wieder in diese Stadt reisen. Ich hatte mit Lilly dort die Walpurgisnacht gefeiert und Rathcroghan hatte mit all den Kürbissen und Mythen einen besonderen Charme. Aber bestimmt konnte ich Elijah dazu überreden.

»Das kann ich verstehen. Ist an der Ravenhall sonst alles beim Alten?«

»Ja, es ist jedes Mal aufs Neue eine große Freude, die Schüler und Schülerinnen zu unterrichten.« Sie lächelte.

»Das ist schön zu hören.«

»Und wie geht es euch hier? Fühlt ihr euch an der neuen Academy wohl?«, erkundigte sich Mrs Campbell mit einem fürsorglichen Unterton.

»Die letzten Wochen waren ein wenig turbulent, es gab diese ganzen Überfälle auf Feen.« *Ganz zu schweigen von der Sache mit Elijah und Kylian*, schoss es mir durch den Kopf.

»Ich habe davon gehört. Schlimme Sache. Doch der Täter wurde geschnappt, nicht wahr? Und soviel ich gehört habe, ist das deiner Vision zu verdanken?«

»Ja, genau, das wurde er. Zwar hätte ich auf die Gabe, Visionen zu bekommen, verzichten können, aber immerhin hat sie einem Menschen geholfen.«

»Darauf darfst du auch stolz sein, mein Kind.« Sie richtete ihre Brille und schaute uns nacheinander an. »Also gut, ich möchte euch nicht aufhalten und schau mal weiter nach altbekannten Gesichtern. Passt auf euch auf.« Mit einem Winken verabschiedete sie sich und verschwand in der Menge.

»Ich vermisse die Zeit an der Ravenhall«, sagte ich an Elijah gewandt und merkte, wie sich bei dem Gedanken an die Zeit in London mein Herz wehmütig zusammenzog. »Wollen wir der Academy bald wieder einen Besuch abstatten?«

»Natürlich, jederzeit«, erwiderte er, doch plötzlich verhärtete sich seine Miene.

Gerade als ich ihn anstupsen und zu der Frage ansetzen wollte, was denn sei, erschien meine Mutter, dicht gefolgt von meinem Vater, in unserem Blickfeld.

»Elanor Felicitas Lightwell!«

Oh, verflucht. Wenn sie meinen Zweitnamen aussprach, war es ernst.

»Ja?«, krächzte ich. Doch im selben Moment spürte ich, wie sich Elijahs Hand um meine legte und sie sanft drückte. Er war an meiner Seite. Komme, was wolle.

»Was fällt dir ein, dich mit diesem Havswood hier sehen zu lassen? Vor allem in Anbetracht der Konsequenzen, die eure Liebelei mit sich bringen könnte!«, zischte sie.

»Esmé«, sagte mein Vater in ihre Richtung. »Können wir das nicht ein anderes Mal regeln?«

Ich musste ihm zustimmen. Es war merkwürdig für meine Mutter, dass sie hier in der Öffentlichkeit solch eine Szene machte. Aber das hatte sie schon bei den vergangenen Ratssitzungen getan. Offensichtlich war das »Problem« – also Elijah und ich – für sie so ein rotes Tuch, dass es ihr ausnahmsweise egal war, was andere denken könnten.

»Du kommst jetzt mit uns. Dieser Junge wird nicht deine Zukunft sein. Oder hast du den Familienstreit vergessen und auch den Fluch, der über euch lastet?« Ihre Stimme wurde mit jedem Wort zynischer.

Es fiel mir schwer, ruhig zu bleiben. Aber ich musste es. Für uns. »Nein, Mutter. Ich werde nicht mit euch gehen. Und wegen des Fluchs brauchst du dir keine Sorgen machen, wir werden eine Lösung für uns finden.« *Selbst wenn die Traumwelt die einzige Lösung ist,* fügte ich gedanklich hinzu.

»Für euch? Es gibt kein Euch!«, antwortete sie kopfschüttelnd.

»Doch, das gibt es.« Ich legte alle Kraft, die ich aufbringen konnte, in meine Worte. Es gab ein Uns.

»Ach, Esmé, Arthur! Gut, dass ihr da seid. Ich müsste euch kurz einmal entführen.« Plötzlich schob sich Mathilda zwischen uns.

Und ich war selten dankbarer als in diesem Moment gewesen. Ein Hoch auf meine Tante und ihr perfektes Timing!

»Wir sprechen uns später«, schnauzte meine Mutter. Mein Vater warf uns bloß einen entschuldigenden Blick zu. Ich wusste, dass er all das auch nicht guthieß, aber wenigstens war ihm sein Verhältnis zu mir wichtiger.

»Puh, jetzt müssen wir nur noch deine Eltern überleben«, scherzte ich.

»Ich habe bereits gestern mit ihnen geredet, nachdem ich dich wieder an der Academy abgesetzt hatte. Sie waren zufällig dort, um Ratsangelegenheiten zu regeln. Keine Sorge. Sie sind nicht begeistert, doch sie werden sich uns nicht in den Weg stellen.« Er schlang seinen Arm um mich und drückte mich an sich.

»So einfach? Ohne einen Aufstand?«, sprudelte die Frage aus mir heraus, bevor ich sie aufhalten konnte.

»Es war nicht leicht, aber ich habe ihnen klargemacht, dass sie mich verlieren, sollten sie sich gegen uns stellen.«

»Wirklich?«, wisperte ich. Das war wohl einer der größten Liebesbeweise, die er mir machen konnte. Elijah würde sich gegen seine Familie entscheiden, wenn sie uns nicht akzeptierte.

»Ja, Elanor. Weil es ohne ein *wir* ein *ich* nicht geben kann.«

»Du bist toll, weißt du das?« Ich drückte mich an ihn und sogleich begannen Gläser um uns herum zu klirren. Offensichtlich ein Zeichen, ruhig zu sein.

»Gut, dann lass uns mal schauen, was unsere verehrte Ms O'Connor zu erzählen hat«, flüsterte Elijah und wir wandten uns der Schuldirektorin zu, die soeben nach vorne geschritten war. Hinter ihr glitzerte das Meer in der Abendsonne und tauchte die Kulisse in ein warmes Ambiente.

»Willkommen zu dem diesjährigen Sommersonnenwendenfest!«, hallte ihre Stimme über uns hinweg und wurde mit überschwänglichem Applaus belohnt.

»Seit hundertfünfzig Jahren veranstalten wir dieses Fest zu Ehren unseres Seins. An diesem Tag ist unsere Magie besonders sensibel und wir können sie miteinander vereinen. Wenn der Tag am längsten und die Nacht am kürzesten ist, lädt das zu einem ausgelassenen Tanz ein. Deswegen möchte ich euch nicht weiter aufhalten und eröffne hiermit das Parkett der Moonlight Academy.«

Wieder erklang Applaus, bevor die Musik erneut einsetzte. Dieses Mal war sie noch rhythmischer und lud definitiv zum Tanzen ein. Genauer gesagt zu einem irischen Tanz.

»Wollen wir?« Elijah schaute mich fragend an und streckte mir elegant seine geöffnete Handfläche entgegen.

Ich legte meine Hand in seine und ließ mich von ihm auf die Tanzfläche führen. Ich schaute in die Augen des Jungen, den ich schon immer geliebt hatte. Auch wenn ich wusste, dass unsere Zukunft schwer werden würde und wir nie ein normales Paar sein könnten, so war ich überzeugt, dass wir es schafften.

Unsere Füße begannen im Takt zu steppen, während wir uns voneinander lösten und unsere verschlungenen Finger in die Luft erhoben. Ein irischer Folktanz. Wir gaben uns der Musik hin, den Klängen der Instrumente und wirbelten im Kreis herum. Ich spürte, wie immer mehr meiner Magie in mir aufkam und ebenfalls zu tanzen begann. Nach und nach ließ ich sie frei und schickte sie zu Elijahs Magie, die gleichzeitig aus seinen Fingerspitzen drang. Die schimmernden Lavendelfäden verwoben sich mit dem Dunkelgrün und glitten an uns vorbei, bis sie uns einhüllten.

Dasselbe geschah auch bei den meisten anderen Paaren, die auf der Tanzfläche waren. Clara und Leona umgab eine Mischung aus braun-goldenen Farben, die ihre Silhouetten funkeln ließ. Unwillkürlich breitete sich ein Lächeln auf meinen Lippen aus und ich legte meinen Kopf an Elijahs Brust. Und erst als das Lied endete und ich mich von ihm löste, bemerkte ich, dass mein Magen knurrte. Vermutlich hätte ich das Mittagessen nicht ausfallen lassen sollen, aber ich war zu nervös gewesen.

»Holen wir uns etwas zu essen?«, fragte ich schließlich.

»Gute Idee.« Elijah legte seine Hand auf meinen Rücken und gemeinsam liefen wir zum Büfett, das am Rande der Brüstung stand. Von Torten bis hin zu verschiedenen Pies, Gemüseplatten und noch mehr Kuchen gab es allerlei Köstlichkeiten. Ich schnappte mir einen Cupcake mit rosa Topping und Erdbeeren. Genüsslich biss ich rein. Mhmmm.

»Cupcakes? Das erinnert mich an die Feste an der Ravenhall, dort habt ihr, Lilly und du, doch Cupcakes immer regelrecht verschlungen.« Elijah lachte.

Ich hob eine Augenbraue. »Nicht nur an der Ravenhall. In der Zeit, wo du weg warst, brauchte ich eine Alternative zu Pommes. Und da ich Lilly stets gepredigt habe, dass Cupcakes am besten bei Liebeskummer helfen, wurden diese süße Verführung und ich beste Freunde.«

»Wäre ich damals bloß nicht Hals über Kopf nach Finnland abgereist. Vielleicht hätten wir schneller eine Lösung gefunden und einfach alles akzeptiert.« In seinen Augen spiegelte sich ein Hauch Bedauern.

»Und vielleicht wäre es ganz anders ausgegangen. Es ist, wie es ist. Hauptsache, wir sind wieder zusammen«, antwortete ich und biss ein letztes Mal in den Cupcake. Natürlich hätte es sein können, dass wir direkt eine Lösung gefunden hätten. Und ich war verletzt wegen Elijahs Reaktion. Sehr sogar. Aber vielleicht hatte der nötige Abstand auch gutgetan, um zu erkennen, dass wir es so schaffen konnten. Ohne die intensive Nähe. Nur mit unseren Träumen.

Nachdenklich schweifte mein Blick zu den anderen Pärchen auf der Tanzfläche. Sie konnten sich so nah sein, wie sie wollten. Konnten sich küssen und ihre Liebe jederzeit zeigen. Nur bei uns war es anders. Und würde es immer sein … Ich seufzte und schaute von Leona und Clara weiter zu Paxton, der gerade mit einer jungen Lehrerin redete, die ich nur vom Sehen kannte. Nicht allzu weit von ihm entfernt stand meine Mutter mit ihren Freundinnen, die uns allesamt böse Blicke zuwarfen. Schnell riss ich mich davon los und versuchte meine Aufmerksamkeit wieder auf Elijah zu lenken, aber es war zu spät. Ich hörte sie regelrecht über uns reden.

»Sie starren uns an«, murmelte ich leise.

»Wer?«

»Mutter und ihre Freundinnen.«

»Dann sollen sie doch. Wir haben uns«, erwiderte Elijah und obwohl er recht hatte, spürte ich die Blicke nach wie vor auf mir.

»Können wir woandershin? Nur für eine Weile?« Ich schluckte schwer.

»Natürlich«, sagte er zu meiner großen Erleichterung und griff nach meiner Hand, um mich an den Gästen vorbei nach draußen zu führen. Wir liefen durch die Eingangshalle, nahmen den Weg durch den Kreuzgang, bis wir letztendlich auf dem Pfad an den Klippen landeten. Tief atmete ich die klare Meeresluft ein und lauschte den Rufen der Möwen, die sich mit der dumpfen Geräuschkulisse des Festes vermischten.

»Dieses Mal ist die Sommersonnenwende anders«, sagte ich irgendwann.

»Wie meinst du das?«

»Nun, in den letzten Jahren haben wir uns stets Blicke zugeworfen und uns gewünscht, miteinander zu tanzen. Jetzt können wir es, dürfen uns aber nicht mehr küssen. Jedenfalls nicht in der realen Welt.«

»Da hast du recht«, stimmte Elijah zu und drückte meine Hand liebevoll.

»Zumindest etwas Gutes hat der Fluch«, fuhr ich fort und schaute gespannt zu Elijah. Wie erwartet runzelte er fragend die Stirn.

»Und was bitte?«

»Unsere Eltern haben von alldem erfahren. Wenn auch unfreiwillig, zugegebenermaßen.«

»Sie werden es akzeptieren. Eines Tages«, entgegnete er und ich hoffte so sehr, dass er recht behielt. Ich wollte meine Eltern nicht verlieren. Nicht wegen meiner großen Liebe. Aber sollte es darauf ankommen, würde ich mich für Elijah entscheiden. So wie er für mich.

»Hast du eigentlich schon mit deinem Bruder wegen der Vision geredet?«

Ich seufzte. »Ja, gestern Abend, nachdem wir zurückgekommen sind. Gemeinsam sind wir zur Direktorin. Aber auch sie hat keine Antwort.« Ich strich mir eine vom Wind verwehte Haarsträhne aus dem Gesicht. »Ich fühle mich trotzdem besser, ihnen davon erzählt zu haben. In gewisser Weise vertraue ich Kylian … und dennoch sagt mir mein Gefühl, dass es gut war, sich Paxton anzuvertrauen.«

Elijah nickte. »Du hast richtig gehandelt. Ich traue ihm nicht. Ob es daran liegt, dass er mein Mädchen für sich gewinnen wollte oder weil er nicht mit dir zur Direktorin ist, weiß ich nicht. Doch du hast die richtige Entscheidung getroffen, Elanor.«

»Ich denke auch.« Wieder brachte ein Windstoß mein langes, offenes Haar durcheinander. So bezaubernd es an der Küste Irlands war, der ständige Wind war definitiv nicht geeignet für schöne Frisuren.

»Wollen wir zurück? Sonst hat sich das stundenlange Lockenmachen nicht gelohnt.« Ich deutete mit dem Zeigefinger auf die schwarzen Haarsträhnen, die mir dank des stürmischen Wetters ins Gesicht fielen.

Elijah lachte auf und strich sie mir hinters Ohr. »Ich finde es süß.«

Und dann schauten wir uns für einen Moment einfach nur an. Das Bedürfnis, meine Lippen auf seine zu legen, wuchs ins Unermessliche. Früher hätte er mich in solch einem Augenblick geküsst. Das wusste ich. Er hätte mich zu sich herangezogen und mir so einen intensiven Kuss geschenkt, dass ich mich selbst dabei vergaß.

»Wird das immer so sein?«, flüsterte ich. »Dieses Gefühl?«

»Solange wir uns lieben«, gab er zurück. »Aber wir schaffen es.«

Er legte seine Hand an meine Wange und streichelte mit dem Daumen darüber. Ein paar Sekunden verstrichen, dann löste er sich von mir und schlang den Arm um mich.

»Los, lass uns zurückgehen. Bevor die Sonne hinterm Horizont verschwindet.« Er deutete aufs Wasser und ich folgte seinem Blick. Die Kulisse war atemberaubend schön. Auf den Wellen spiegelten sich die letzten Sonnenstrahlen und tauchten sie in ein warmes Rotorange. Und darüber tanzten die Möwen durch die Lüfte und trotzten dem Wind. Ich konnte mir wirklich kein schöneres Fleckchen Erde vorstellen als dieses.

Gemeinsam schlenderten wir zurück zur Academy. Immer wieder kamen uns Pärchen entgegen, die wohl ebenfalls auf einen Spaziergang zu zweit aus waren. Genau wie mein Bruder, der mit der jungen Lehrerin Arm im Arm unseren Weg kreuzte und mir nur ein breites Grinsen zuwarf.

»Dein Bruder scheint der Einzige von eurer Familie zu sein, der uns akzeptiert«, sagte Elijah, als wir durch den Kreuzgang liefen.

»Vermutlich haben meine Eltern ihm vorhin von meiner Entscheidung erzählt, denn bisher wusste er es nicht«, erwiderte ich stirnrunzelnd. »Ich kann mir jedoch vorstellen, dass er ebenfalls Zweifel hat. Wenigstens ist ihm klar, dass er mich verlieren würde, sollte er sich gegen uns stellen«, entgegnete ich und schloss für einen kurzen Moment die Augen, um die allerletzten Sonnenstrahlen in mich aufzunehmen.

»Vielleicht überzeugt er noch deine Eltern«, sagte Elijah, während wir in die Eingangshalle liefen. Wie immer, wenn ich diesen Weg einschlug, wanderte mein Blick zu dem Mondlichtbrunnen. Aber irgendetwas war merkwürdig. Das Wasser schien weniger geworden zu sein.

»Ja, das kann sein … sag mal, findest du auch, dass der Brunnen weniger Wasser führt?«, fragte ich ihn.

Er sah ebenfalls zu dem prächtigen Brunnen und runzelte die Stirn. »Ehrlich gesagt habe ich nie sonderlich darauf geachtet.«

»Nicht? Das ist doch das Erste, was den Blick anzieht, wenn man die Eingangshalle betritt.«

Ein Schmunzeln huschte über seine Züge. »Na ja, oder man hält Ausschau nach einer gewissen Mondfee, die einem den Kopf verdreht.«

»Du hast all die Zeit nur nach mir geschaut, wenn du hier entlanggelaufen bist?« Gerührt biss ich mir auf die Unterlippe.

»Du bist es, die meine Gedanken beherrscht. Und egal, was ich sehe, es wird niemals an den Ausdruck in deinen Augen heranreichen, wenn du mich anlächelst. Das ist alles, an was ich denken kann und will.«

Ich drückte meinen Kopf kurz an seine Schulter und hoffte, er würde auch ohne viele Worte wissen, was die seinen mit mir anstellten. Das war einer der Momente, in denen ich mir wünschte, ihn küssen zu können. Ihm zu zeigen, wie viel mir seine Worte bedeuteten. Und was er damit bewirkte. Aber wenn ich mich jetzt in einem Gedankenstrudel verlor, kämen wir so schnell nicht weiter. Daher lenkte ich meine Aufmerksamkeit zurück auf den Brunnen. Hatte Paxton an meinem ersten

Schultag nicht gesagt, dass es Gefahr bedeutete, wenn der Wasserfall nachließ, oder lag es einfach nur daran, dass morgen die Feenmagie am schwächsten war?

»Wollen wir noch ein wenig tanzen?«, fragte Elijah und lenkte meine Aufmerksamkeit wieder auf sich.

Ich nickte lächelnd. »Klingt gut.«

»Dann komm.« Er ergriff meine Hand und führte mich durch die Eingangshalle, zurück zum Fest.

Ganz konnte ich den Gedanken an den Brunnen jedoch nicht abschütteln. Aber vermutlich bildete ich es mir nur ein. Schließlich hatte unsere Direktorin nicht direkt so reagiert, als wäre Sorge angebracht. Oder?

KAPITEL 24

Es ist gängig, dass Feen unterschiedlicher Arten zueinanderfinden. Ihre Nachkommen können jedoch nur die Fähigkeiten von einer der beiden Feenarten annehmen. Eine Mischung ist nicht möglich.

ENZYKLOPÄDIE – WELT DER FEEN, KAPITEL 80

»Verflucht, echt jetzt? Das hatte ich ganz vergessen!« Ich stöhnte auf und vergrub das Gesicht in meinen Händen.

»Wie konntest du das vergessen?!«, kam es von Leona. »Ich bin schon ganz aufgeregt. Und natürlich musste es Ms Gibson auf den Tag legen, an dem unsere Feenmagie am schwächsten ist.«

Ich unterdrückte ein Gähnen und schaute wieder zu meiner Cousine, die mir im Speisesaal gegenübersaß. »Auch das noch!«

Für einen Augenblick dachte ich über ihre Worte nach. Der Traum, den Elijah und ich heute Nacht geteilt hatten, hatte mir tatsächlich mehr Energie geraubt, als es sonst der Fall war. Wie sollte ich es nur schaffen, die Pflanze von Elijah dazu zu bringen, sich zu beweg… Ach, Mist! Die Pflanze! Ich hatte sie im Zimmer vergessen.

»Leona ich muss los, sonst habe ich kein Arbeitsmaterial.« Ich schnappte mir den Bagel sowie meinen Rucksack und warf ihr einen entschuldigenden Blick zu. Aber sie war bereits auf Clara fokussiert, die nun meinen Platz einnahm.

Während ich nach oben eilte und im Gehen mein Frühstück verschlang, musste ich immer wieder Schülern und Schülerinnen ausweichen, die ebenso müde schienen wie ich. Ob es an der geschwächten Magie lag, die der Tag nach der Sommersonnenwende mit sich brachte, oder an dem fehlenden Schlaf, wusste ich nicht. Auf jeden Fall steckte mich ein Mädchen im Vorbeigehen mit ihrem Gähnen an, das auch nicht nachließ, als ich nach einem Sprint die Treppe hoch meine Zimmertür öffnete.

Für einen Moment verharrte ich und versuchte meinen rasenden Puls zu ignorieren, der meine verheilende Wunde am Bauch dazu brachte, erneut schmerzhaft zu pochen. Wie automatisch legte ich meine Hand auf die Stelle und konzentrierte mich darauf, wieder kontrollierter zu atmen. Mittlerweile hatte ich mich dank meiner Selbstheilungskräfte weitestgehend gut erholt, aber bei solchen Aktivitäten spürte ich das Ziehen und Stechen dann doch.

Ein letztes Mal atmete ich tief ein und aus und betrat kurz darauf mein Zimmer. Eilig steuerte ich auf meine Pflanze zu, die nach wie vor auf dem Schreibtisch stand, nur dass sie mittlerweile einen Stapel Bücher unter sich hatte. Kaum griff ich nach dem Topf, erklang der Schulgong. Verdammt, ich musste mich beeilen. Schnell klemmte ich sie mir unter den Arm und lief zurück. Mittlerweile waren die Gänge fast wie ausgestorben und die meisten wohl schon im Unterricht.

Ich versuchte mein Tempo zu beschleunigen, bemerkte jedoch, wie meine Narbe ziepte. Grummelnd wurde ich langsamer und nahm behutsam eine Stufe nach der anderen. Ich musste einfach akzeptieren, dass es noch eine Weile dauern würde, bis sich mein Körper vollständig erholt hatte und es immer wieder Tage gab, an denen ich nicht so fit war.

Aber bevor ich weiter im Selbstmitleid versinken konnte, entdeckte ich plötzlich meinen Vater, der durch die Eingangshalle lief, gefolgt von seinem alten Freund Christopher. Ich überwand die letzten Stufen und sah, wie sie gerade in den Südflügel einbogen.

»Was tut ihr hier?«, rief ich ihnen laut hinterher.

Beide wirbelten zeitgleich herum und blickten mich verwirrt an.

»Das Gleiche könnte ich dich fragen, Elanor. Du solltest dich schon im Unterricht befinden!« Mein Vater rückte die Brille auf seiner Nasenspitze zurecht. Was mich direkt misstrauisch machte. Irgendwas stimmte nicht. Denn diese Geste zeigte er bloß, wenn er angespannt war.

»Ich habe meine Pflanze vergessen.« Demonstrativ hob ich den Topf mit der Hortensie hoch.

Er runzelte nur die Stirn, erwiderte darauf aber nichts.

»Also, was macht ihr hier?«, hakte ich nach.

Zögernd schaute er zu mir und dann zu Christopher, der zaghaft nickte.

»Na gut, du wirst es sowieso früh genug erfahren.« Er winkte mich zu sich und lief voraus zu einem Fenster, von dem aus man einen Blick auf den Hof der Academy hatte.

Als ich sah, was dort draußen vor sich ging, wurden meine Augen groß und ich machte kopfschüttelnd einen Schritt rückwärts. Etliche Mitglieder des Feenrats hatten sich positioniert und schienen sich vorzubereiten. *Doch worauf?*, schoss es mir durch den Kopf.

»Was passiert hier?«, fragte ich ungläubig.

»Deine Vision hat uns zum Nachdenken gebracht und die Academy dazu verleitet, diesen Schutz bereitzustellen. Selbst wenn nichts passieren sollte, sind wir gewappnet.« Mein Vater atmete tief durch. »Jetzt zurück mit dir in den Unterricht.«

»Aber –«, warf ich ein, wurde jedoch von ihm unterbrochen.

»Kein Aber. Bisher ist es nur eine Sicherheitsmaßnahme und bis wir nichts Genaueres wissen, wirst du wie alle anderen auch am Unterricht teilnehmen.« Er warf mir einen eindringlichen Blick zu, der keine Widerrede duldete.

»Okay.« Ich seufzte und wandte mich mit einem verabschiedenden Nicken in Christophers Richtung ab, um das Klassenzimmer anzusteuern. Das mulmige Gefühl in meiner Magengrube versuchte ich zu ignorieren, obwohl es schwerfiel. Was, wenn die Academy wirklich angegriffen wurde? Und was, wenn nicht und meine Vision nun diesen Einsatz ausgelöst hatte? Ich rieb mir überfordert über die Schläfe, atmete dann tief durch und öffnete die Tür zum Klassenzimmer.

»Ach, wie schön, dass Sie uns auch beehren, Ms Lightwell«, begrüßte mich Ms Gibson.

Ich versuchte ein entschuldigendes Lächeln aufzusetzen. »Es tut mir leid. Ich habe meine Pflanze im Zimmer vergessen und mein Vater ist –«

Kaum, dass ich ihn erwähnte, fiel sie mir ins Wort. Als würde sie nicht wollen, dass ich weitersprach.

»Gut, wenn Sie gerade schon vorne stehen, dann können Sie jetzt Ihr Projekt gemeinsam mit Mr Havswood vorstellen.« Unsere Lehrerin warf einen auffordernden Blick in Elijahs Richtung, der sich sogleich erhob und wenige Sekunden später an meine Seite trat.

»Sehr gut. Ms Lightwell und Mr Havswood, die Zettel haben Sie noch?«

Wir nickten und ich fokussierte mich auf Elijah, der mich aufmunternd anlächelte.

»Weißt du noch, wie du die Pflanze zum Tanzen bringst?«, flüsterte er gerade so laut, dass nur ich es hören konnte.

»Ich hoffe es.«

»Das wird schon, du und die Hortensie habt doch eine Verbindung zueinander.« Ein warmherziges Lächeln huschte über seine Züge.

Mit seiner Zuversicht ging es mir direkt besser. Also atmete ich tief durch und konzentrierte mich auf die Pflanze in meiner Hand. Ich rief meine Magie und leitete sie durch meine Fingerspitzen. *Bitte bewege deine Blätter. Bitte, bitte, bitte,* flehte ich.

Doch obwohl die Magie in den Topf strömte, tat sich nichts. Wieso musste sie gerade jetzt zickig sein, verdammt. Leichte Panik stieg in mir auf. Ich musste es schaffen. Und als ich gerade versuchte meinen mittlerweile rasenden Puls zu beruhigen, sagte jemand aus der Klasse: »Ms Gibson, weshalb stehen dort draußen so viele vom Feenrat?«

Ich war dankbar für die Ablenkung.

»Das ist für Sie im Moment nicht wichtig. Wenn Sie noch mal den Unterricht unterbrechen, dürfen Sie nachsitzen, Mr Pakson«, sagte Ms Gibson streng und bedeutete uns mit einer Handbewegung fortzufahren.

Ich schaute wieder zu Elijah, der mich nach wie vor anlächelte. Allein diese Geste schenkte mir neue Zuversicht. Doch anstatt mich nun auf die Pflanze zu konzentrieren, fixierte ich weiterhin ihn. Erneut sammelte ich meine ganze Magie, die nur darauf wartete, in die Pflanze zu fließen. Deswegen ließ ich sie frei. Ich stellte mir vor, wie meine Magie die Hortensie umarmte und eins mit ihren Blättern wurde. Zusätzlich murmelte ich ihr in Gedanken noch ein Kompliment zu. So wie es mir Elijah geraten hatte. Vielleicht half es ja. Mein Blick blieb jedoch weiterhin auf ihn gerichtet. Zumindest, bis ich bemerkte, dass Oh- und Ah-Geräusche zu uns drangen. Gespannt musterte ich wieder die Hortensie und hätte in dem Moment vor Glück aufschreien können. Geschafft. Ich hatte es geschafft! Die Pflanze fuhr elegant ihre Blätter ein und aus.

»Sehr gut. Sie haben erfolgreich Pflanzenmagie praktiziert, Ms Lightwell.« Feierlich klatschte Ms Gibson in die Hand.

Freude machte sich in mir breit.

»Gut und jetzt sind Sie dran, Mr Havswood! Was werden Sie uns demonstrieren?«

»Ich werde ein gutes Gefühl hervorrufen, Ms Gibson.«

»Sehr schön.« Unsere Lehrerin machte einen Schritt auf ihn zu. »Dann los.«

Ein wenig zögernd legte Elijah seine Hand auf den ausgestreckten Unterarm unserer Lehrerin und schloss die Augen. Es dauerte keine zwei Sekunden, da erhellten sich auch schon Ms Gibsons Gesichtszüge und sie schien völlig verzückt zu sein.

»Ausgesprochen gute Leistung, Mr Havswood!«

Ein anerkennendes Klatschen ging durch die Klasse und Stolz machte sich in mir breit. Nachdem Ms Gibson uns bedeutet hatte, auf unsere Plätze zurückzukehren, wisperte ich in seine Richtung: »Echt jetzt? Ich verzweifle beim ersten Versuch und du schaffst es in so kurzer Zeit?« Ich knuffte ihn in die Seite, woraufhin er leise zu lachen begann.

»Tja, Moonshine, ich habe von der Besten gelernt.«

»Ich bin stolz auf dich«, gab ich zurück und ließ mich dann drei Reihen hinter ihm neben Leona nieder.

✦

»Und ich habe mich schon gewundert, warum die alle hier sind!«, rief Leona, als wir mittags nach draußen zum Kampftraining liefen. Ich hatte ihr von der Begegnung mit meinem Vater erzählt, nachdem auch Leonas Mutter unseren Weg gekreuzt und meine Cousine mich mit Fragen gelöchert hatte.

»Ja«, murmelte ich abwesend und scannte den Platz nach Kylian ab. Ich hatte ihn gestern auf dem Fest gar nicht gesehen.

Wo er wohl war? Nachdenklich zog ich meinen Pferdeschwanz straffer. Hier, im hinteren Hof der Academy, befand sich niemand vom Rat. Bis jetzt standen sie hauptsächlich vor dem Gebäude. Was vermutlich an Kylian lag, der so oder so Wache hielt.

Apropos Kylian. Ich entdeckte ihn im selben Moment. Er schien zu telefonieren und der Ausdruck in seinem Gesicht ließ nichts Gutes verheißen. Suchend schweifte mein Blick weiter. Wo war Elijah? Leichte Panik machte sich in mir breit, als ich feststellte, dass er nicht wie sonst bei Jade stand. Und auch sonst nirgends zu sehen war …

»Leona, Elijah ist nicht hier«, zischte ich in ihre Richtung.

»Wie meinst du –«, setzte sie an, wurde aber von Kylian unterbrochen, der sich nun an die Klasse richtete.

»Das Kampftraining fällt heute aus. Bitte begebt euch auf eure Zimmer.«

Erst konnte man eine Stecknadel fallen hören, doch es dauerte bloß wenige Sekunden, dann brach das Chaos aus. Alle redeten wie wild durcheinander und stellten erste Theorien auf.

»RUHE.« Kylians Stimme hallte über den gesamten Platz.

Er wirkte angespannt. Nur weshalb? Was passierte hier?

»Ich bin leider nicht befugt, euch Auskunft zu geben, aber bitte begebt euch jetzt auf eure Zimmer!« Sein Tonfall duldete keine Widerrede, was wohl auch den anderen klar wurde. Das hielt sie allerdings nicht davon ab, erneut wirr durcheinanderzureden. Zumindest setzten sie sich nun in Bewegung und steuerten auf das Schloss zu.

»Kommst du, Elanor?«

Ich spürte den sanften Druck von Leonas Hand auf meinem Oberarm, konnte mich aber nicht rühren. Erst musste ich mit Kylian reden und herausfinden, was hier los war.

»Geh schon mal vor und pass auf dich auf, ja?«, sagte ich zu meiner Cousine.

Zwiegespalten blickte sie mich an, entschied sich dann allerdings dafür, meiner Bitte nachzukommen. Sie wusste genauso gut wie ich, dass ich Antworten brauchte. Vor allem, da meine Vision all das hier ausgelöst hatte.

Nachdem sie sich ein paar Meter entfernt hatte und schlussendlich im Kreuzgang verschwunden war, eilte ich zu Kylian, der gerade ein weiteres Telefonat beendete.

»Kylian, was ist hier los?«, fragte ich.

»Elanor? Ich …« Abrupt verstummte Kylian und musterte mich mit einem Blick, den ich nicht deuten konnte. Dann kam Bewegung in ihn und er machte einen Schritt auf mich zu. »Es tut mir leid. Ich habe dir nicht die ganze Wahrheit über meine Fähigkeiten erzählt …«

Bevor ich realisierte, was geschah, begannen Kylians dunkelblaue Augen hell zu leuchten und eine unendliche Müdigkeit überkam mich. Schwärze hieß mich willkommen und ich schien zu fallen, immer tiefer und schneller …

KAPITEL 25

Etliche Ruinen in Irland waren einst Burgen, in denen Feen gelebt haben. Meistens handelte es sich bei ihnen um Clan-Oberhäupter, die sich mit ihren Familien dort angesiedelt hatten.

ENZYKLOPÄDIE – WELT DER FEEN, KAPITEL 136

Wie benommen versuchte ich gegen die Erschöpfung anzukämpfen. Mühsam konzentrierte ich mich darauf, meine schweren Lider zu öffnen, doch sie schienen unendlich schwer zu sein … aber da waren Stimmen, die mich aufhorchen ließen. Fremde Stimmen. Und doch glaubte ich, eine davon zu kennen. Sie gehörte zu jemandem, dem ich vertraut hatte … Wieder kämpfte ich gegen die Dunkelheit an und probierte die Augen zu öffnen. Schließlich schaffte ich es einen Spaltbreit, sodass ich eine Person vor mir ausmachen konnte, die gerade auf mich zukam. Wer war das? Und die wohl bessere Frage … Wo war ich?

»Bist du wach?«, erklang eine Frauenstimme. Sie klang fremd und distanziert … und dann war ich schlagartig wach.

»Was ist passiert?« Noch während ich die Worte aussprach, öffnete ich die Lider und starrte in zwei eisblaue Augen, die ich bisher nur bei einer bestimmten männlichen Fee gesehen hatte. Mein Puls beschleunigte sich und ich formte meinen Mund zu einem Schrei, doch ich brachte keinen Ton heraus. Panisch beobachtete ich, wie die Frau von einem Tablett, das neben ihr stand, eine Tasse nahm und sie mir unter die Nase hielt. Als mir der Geruch von Pfefferminze in die Nase stieg, kam in mir das Bedürfnis auf, die Tasse von mir wegzuschieben. Doch als ich meine erschöpften Glieder ausstrecken wollte, wurde mir mit Erschrecken eines klar: ich war gefesselt, mit den Händen an die Lehne eines Stuhls gebunden. Kalter Schweiß bildete sich auf meiner Stirn und ich versuchte mich aus meiner Gefangenschaft zu befreien. Vergebens. Zumindest sorgte diese Erkenntnis dafür, dass ich meine Stimme wiederfand. Und dann schrie ich. Ich schrie und schrie, so laut, bis die Frau die Tasse sinken ließ, um mir mit ihrer Hand wenige Sekunden später meinen Mund zuzuhalten.

»Ich weiß, du hast Fragen, aber sei bitte still!«

Ich wollte meinen Kopf von ihr wegdrehen, was jedoch dazu führte, dass ich nun bemerkte, wie jemand anderes den Raum betrat. Jemand, von dem ich gedacht hätte, ich könnte ihm vertrauen. Sogleich spürte ich, wie mir Tränen der Wut und Enttäuschung in die Augen stiegen, doch ich wagte es nicht, in seiner Gegenwart Schwäche zu zeigen. Das hatte er nicht verdient. Nicht, nachdem er mich verraten hatte!

»Nimm deine Hand von ihr!«, befahl Kylian der Frau mit fester Stimme, woraufhin sie von mir abließ und ohne ein weiteres Wort verschwand.

Erneut wollte ich schreien, doch mir fehlte die Kraft. Ich fühlte mich leer. So leer.

»Trink bitte ein bisschen Tee, damit du wieder fit wirst.« Kylian wandte sich mir zu und ich konnte nur ungläubig den Kopf schütteln. Als ob es ihn jetzt noch interessierte, wie es mir ging. Als würde es ihn interessieren, was er …

»Was hast du getan?«, fragte ich mit einem Krächzen in der Stimme.

Ohne mich aus den Augen zu lassen, schob Kylian einen Stuhl heran und ließ sich gegenüber von mir darauf nieder.

»Es tut mir leid, Elanor.« Seine Worte taten weh und fühlten sich gleichermaßen falsch an.

»Was hast du getan?«, wiederholte ich meine Frage und versuchte seinen Verrat nicht zu sehr an mich heranzulassen. Zumindest nicht so sehr, dass er bemerkte, wie ich mit den Tränen kämpfte.

»Es war der einzige Weg.« Er fuhr sich mit der Hand durch das mitternachtsschwarze Haar und für eine Sekunde meinte ich Bedauern in seinen Augen aufblitzen zu sehen. Was mich schmerzlich daran erinnerte, dass ich mich gefesselt auf einem Stuhl befand.

Für einen kurzen Moment schweifte mein Blick durch den heruntergekommenen Raum, der abgedunkelt war und nur von zwei lodernden Fackeln beleuchtet wurde. Und doch konnte ich die Züge der Fassade ausmachen, die diesen Ort als Burgruine kennzeichneten. Eine Ruine in der Nähe unserer Stadt. Ein Platz, den ich oft als Kind mit Leona besucht hatte. Und nun saß ich hier. Gefesselt und verraten von Paxtons bestem Freund, von dem ich geglaubt hatte, ihn zu kennen. Der meine Wunde versorgt hatte, als ich geblutet hatte. Der mir beigebracht hatte, wie ich mich selbst verteidigen konnte. Welch Ironie, wenn man bedachte, in welche Lage er mich nun gebracht hatte.

Ich stieß ein bitteres Lachen aus und blickte erneut zu Kylian, der mich nach wie vor musterte.

»Wieso bin ich hier?«, fragte ich und war froh, dass meine Stimme wieder kräftiger klang. Obwohl ich wusste, dass es der aufkeimenden Wut geschuldet war, die ich sogleich für Kylian empfand.

»Weil bald …« Plötzlich verstummte er und drehte den Kopf zu der Tür, durch die er kurz zuvor gekommen war.

Ich folgte seinem Blick und entdeckte wieder die Frau, die ihn anlächelte.

»Vater möchte dich sprechen«, richtete sie ihm aus, doch ich nahm ihre Worte bloß am Rande wahr. Denn in diesem Moment krempelte sie die Ärmel ihrer Jacke nach oben und ich erkannte das gleiche Tattoo, das Kylian auf seinem rechten Finger eingraviert hatte. Ein Blatt ... und dann dämmerte es mir. Ich hatte eine Pflanze mit diesen Blättern schon einmal gesehen! In dem geheimen Raum in der Burg Darkvangan. Sie war vor vielen Jahren von den Feen der Verborgenen gestohlen worden ... so wie es in dem Buch geschrieben stand, das mir Kylian vorgestern noch in der Bibliothek gezeigt hatte. Wieso war mir das nicht früher aufgefallen?

»Du ... du bist einer von denen ...« Mir fehlten die Worte. Fragen über Fragen prasselten wie ein Platzregen auf mich ein und es fühlte sich an, als würde jeder einzelne Tropfen mich erdrücken.

»Ich glaube, ihr habt noch ein paar Dinge zu besprechen«, hörte ich die weibliche Fee sagen, bevor sich Kylian räusperte.

»Elanor, es tut mir leid.«

Wieder diese Entschuldigung. Als würde das etwas ändern.

»Sag mir, was du bist!«, flüsterte ich und versuchte seinem Blick standzuhalten, auch wenn es mir schwerfiel.

»Elanor, ich ...« Er verstummte.

»Sag es!«, forderte ich, während mein Puls immer schneller und schneller wurde. Ich musste es hören, von ihm. Die Worte des Verrats aus seinem Mund.

Für einige Sekunden herrschte eine unerträgliche Stille.

»Ich gehöre zu den Feen der Verborgenen«, sprach er die Tatsache aus, von der ich niemals gedacht hätte, sie zu hören.

Er war einer von ihnen. Von einem Feenclan, der seit vielen Jahren als ausgestorben galt. Und dennoch saß einer von ihnen mir gegenüber. Ich konnte nicht begreifen – oder vielleicht wollte ich es auch nicht –, was das hieß.

»Wir sind nie ausgestorben. Das war nur eine Art Schutz, um uns zu sammeln und gestärkt zurückzukommen, wenn die Zeit reif ist«, fuhr er fort und am liebsten hätte ich mir die Ohren zugehalten, um seinen Worten zu entgehen. Doch ich war gefesselt. Und es war unmöglich, zu entkommen. Daran erinnerte mich schmerzlich das dicke Seil, das bei jedem Befreiungsversuch in meine Haut einschnürte.

»Wir verbergen unsere wahre Identität vor anderen Feen mithilfe von Kontaktlinsen, so wie ihr es vor den Menschen tut. Außer bei dir konnte ich meine Augenfarbe bisher immer kontrollieren und das Dunkelblau, das ich meinen Nachtfee-Genen zu verdanken habe, annehmen. Jede Fee der Verborgenen, die nur zur Hälfte dieser Linie angehört, hat zwei verschiedene Augenfarben. Obwohl es von ihnen weniger als eine Handvoll gibt … Doch du hast es geschafft, dass ich es nicht hinbekommen habe, mich zu konzentrieren … Glücklicherweise hast du anscheinend nicht gewusst, was unsere ursprüngliche Augenfarbe ist«, fügte er hinzu und sein Verrat fühlte sich mit jedem Wort noch realer an.

»Hör auf, Kylian! Ich will nichts davon hören!«, zischte ich. »Sag mir, wieso ich hier bin, und lass mich gefälligst frei!« Demonstrativ rüttelte ich an meinen Fesseln, was nur dazu führte, dass sie noch fester in meine Haut schnitten. Ich unterdrückte ein Fluchen und biss mir auf die Unterlippe.

Kurz zögerte Kylian, als würde er abwägen, was er erzählen durfte. Dabei nahm ich auch deutlich wahr, wie Traurigkeit in seinen Augen aufflackerte. »Ich kann dich nicht freilassen. Denn du bist die Lösung«, sagte er schließlich und die Bitterkeit in seinen Worten ließ mich schaudern.

Ich warf ihm einen ungläubigen Blick zu. »Wie bitte?!«

»Du bist die Lösung. Bevor mein Clan die Academy stürmt, musst du uns helfen.«

»Moment, sie werden was?!« Dann schüttelte ich vehement den Kopf, als zu mir hindurchsickerte, dass er um meine Hilfe bat. »Niemals helfe ich euch.«

»Dir bleibt leider keine andere Wahl. Entweder du hilfst uns oder …« Er stockte und sein Mund verzog sich zu einer schmalen Linie. Er schien den Satz nicht beenden zu können.

»Oder *was*?«, fragte ich zynisch und hob provozierend eine Augenbraue.

»Du hast keine andere Wahl. Ich bin gleich wieder zurück, so lange passt meine Cousine auf dich auf.« Seine Worte klangen endgültig und ließen mich erzittern, so kalt waren sie. Ohne mich eines weiteren Blickes zu würdigen, stand er auf und verschwand aus dem Raum, nur um sofort von seiner angeblichen Cousine ersetzt zu werden. Mittlerweile hatte sie ihr schulterlanges Haar zusammengebunden, was sie direkt ein paar Jahre älter wirken ließ. Dabei schätzte ich sie gerade einmal auf Ende zwanzig.

»Ich bin Lisea, aber du kannst mich gerne Lisi nennen.«

»Lisea? Wie Lisea Brennan?«, murmelte ich und dachte an die Tagebucheinträge zurück.

Lisea begann zu lachen und zu meiner Überraschung klang ihr Lachen viel zu herzlich. Zumindest für jemanden, der mit für meine Entführung verantwortlich war.

»Nein, das ist eine meiner Vorfahrinnen. Ich habe nur ihren Namen geerbt.«

Als Antwort nickte ich bloß und versuchte meine wirren Gedanken zu sortieren. Die Feen der Verborgenen gab es immer noch … sie waren also nicht ausgestorben, wie es in den Aufzeichnungen geschrieben stand. Ich hatte so viele Fragen, die sich mit einer unbändigen Angst vermischten. Aber ich würde ihr nicht die Genugtuung geben, schwach zu wirken. Oder gar überrascht. Nein. Also presste ich meine Lippen aufeinander und reckte mein Kinn in die Höhe.

»Trink bitte ein bisschen was, du brauchst die Kraft für das Ritual.« Lisea, oder Lisi, wie sie sich nannte, hob die Tasse, in der noch immer der Pfefferminztee drin war, hoch und führte sie in die Nähe meines Mundes.

Erneut drehte ich den Kopf weg. »Nein«, zischte ich. »Und ich werde an keinem eurer Rituale teilnehmen!«

»Nun, du hast keine andere Wahl. Eine Stärkung würde dir sicher guttun.«

»Ich glaube, das Einzige, was mir gerade guttun würde, wäre, dass ihr mich gehen lasst.«

»Das geht nicht, wir brauchen dich. Aber gut, dann essen wir jetzt eben etwas und du kannst dabei zusehen.« Sie lächelte mich entschuldigend an, stellte die Tasse wieder neben mir auf dem Tablett ab und lief in den Nebenraum, in dem sie ein Feuer in einem heruntergekommenen Kamin entfachte. Anschließend holte sie Kartoffeln aus einem Sack sowie einen großen Laib Brot. Die etlichen Kartoffeln legte sie vorsichtig in die Glut und deckte dann den alten Holztisch, unter dem ich mich als Kind beim Spielen vor Leona versteckt hatte. Auch wenn diese Burgruine größtenteils verfallen war, so gab es zumindest drei Räume, in denen man noch Erinnerungen an frühere Zeiten fand. So wie in dem Speisezimmer, in dem Lisi nun Geschirr aus einem urigen Holzschrank holte und auf dem Tisch verteilte.

Als mir der Geruch von den Kartoffeln in die Nase stieg, begann mein Magen verdächtig zu knurren. Verflucht. Wie viel Zeit war vergangen, seit ich zuletzt etwas gegessen hatte? Wie viel Zeit war überhaupt vergangen, seit mich Kylian kurzerhand gekidnappt hatte? Doch die abgedunkelten Fenster gaben mir keinerlei Hinweise darauf, welche Tageszeit war.

Ich wollte Lisi gerade danach fragen, als plötzlich mehrere Männer und Frauen das Speisezimmer betraten und an dem Tisch Platz nahmen. Ein paar von ihnen warfen verstohlene und teils neugierige Blicke in meine Richtung, andere wiederum ignorierten mich einfach. Doch alle hatten dieselbe Augenfarbe. Eisblau. So wie die von Kylian. Bei ein paar sah ich auch das Tattoo, das er und Lisi hatten. Vermutlich hatte jeder von ihnen so eins. Und bei dieser Überlegung probierte ich für einen Moment zu verdrängen, dass ich hier in Gefangenschaft war. Und dass ich verraten worden war. Von Kylian … der nun das Esszimmer gemeinsam mit einem Mann betrat. Die anderen hatten bereits fertig gegessen und räumten wieder ab.

Erst konnte ich das Gesicht von Kylians Begleiter nicht sehen, doch als er sich zu mir umwandte, stockte mir der Atem. Es war der Mann aus meiner Vision! Während er mit langsamen Schritten in meine Richtung kam, dicht gefolgt von Kylian, beschleunigte sich mein Herzschlag. Er war der Anführer der Feen der Verborgenen. Nicht nur, weil es in der Vision danach ausgesehen hatte, sondern auch die wachsamen Augen und der selbstsichere Ausdruck auf seinen Zügen ließen darauf schließen.

»Nun, wen haben wir denn da? Eine kleine Mondfee! Dann können wir ja gleich mit dem Ritual beginnen. Das hast du gut gemacht, Neffe.« Er lachte kurz auf, doch es klang anders als bei Lisi vorhin. Kälter. Dunkler. Aber noch mehr brachte mich die Erkenntnis aus der Fassung, dass es sich bei diesem Mann um Kylians Onkel handelte.

»Lisi, komm her und bring die Gegenstände für das Ritual!«, befahl der Mann, woraufhin Sekunden später Kylians Cousine den Raum mit einer Schale in der einen und einer kleinen spitzen Nadel in der anderen Hand betrat.

Allein der Anblick der Nadel sorgte dafür, dass sich kalter Schweiß auf meiner Stirn bildete. *Verdammt, was haben sie vor?*, schoss es mir in Dauerschleife durch den Kopf. Gleichzeitig fühlte ich mich wie gelähmt. Ich wollte schreien, doch kein Laut kam über meine Lippen. Dafür schrie alles in meinem Inneren.

Lisi kam mit der Nadel näher und näher, ein süßliches Lächeln auf den Lippen, mit dem sie mich wohl beruhigen wollte. Aber das klappte nicht. Mit jedem ihrer Schritte wurde ich unruhiger. Und kurz bevor sie mich erreichte, fand ich meine Stimme wieder.

»LASS MICH IN RUHE!«, schrie ich, so laut es ging, was sie tatsächlich kurz zusammenzucken ließ.

Doch dann trat Kylian plötzlich in mein Sichtfeld. »Es ist gleich vorbei. Du bekommst bloß eine Vision, die uns zu dem Elixier führen wird, nach dem wir suchen. Damit die Feen der Verborgenen endlich frei sein können und nicht mehr an die Nacht gebunden sind.«

»Ach, darum geht es euch? Ihr wollt dieses verdammte Elixier? Ich weiß aber nicht, wo es ist!«, schnauzte ich zurück und holte mit einem meiner Füße aus, in der Hoffnung, Kylian von mir wegzuschubsen, doch das führte nur dazu, dass mein Stuhl für einen Augenblick gefährlich ins Schwanken geriet.

»Das wissen wir. Eine Vision wird es uns jedoch verraten«, fuhr Kylians Onkel fort und trat neben seinen Neffen. »Und jetzt sei still. Umso schneller sind wir hier fertig!«

Kurz versteiften sich Kylians Züge und ich glaubte, einen Hauch von Missachtung darin zu sehen. Vielleicht hatte ich mir das aber auch nur eingebildet. Schließlich hatte er mich und alle anderen wochenlang getäuscht …

»Lasst mich in Ruhe!«, schrie ich mit allerletzter Kraft, doch meine Worte zeigten keine Wirkung. Es war zu spät.

Im nächsten Moment ging Kylian um mich herum, befreite meine rechte Hand aus den Fesseln und führte sie in die Richtung von Lisi, die mit der kleinen Nadel bereits auf mich wartete. Ich wollte die Augen schließen, wegschauen und nicht sehen, was gleich geschah. Dennoch gab ich ihnen nicht die Genugtuung, Schwäche zu zeigen.

»Das werdet ihr bereuen«, zischte ich ein Versprechen, das ich mir in dieser Sekunde schwor einzuhalten.

Als die Spitze der Nadel meine Haut berührte, biss ich mir auf die Unterlippe und versuchte den kurzen, brennenden Schmerz zu ignorieren. Wie automatisch wanderten meine Gedanken zu Elijah und den gemeinsamen Augenblicken der vergangenen Tage. Sie erfüllten mich mit Wärme und gaben mir Hoffnung. Die Hoffnung, dass das hier bald vorüber war und mein gerade gegebenes Versprechen bald Realität werden würde.

»So, das war's.« Kylians Cousine drehte meinen Finger so, dass mehrere Tropfen meines schimmernden Feenbluts in die Schale tropften. Aus diesem Winkel konnte ich auch die zerdrückten Blätter sehen, auf denen sich die rote Farbe nun ausbreitete.

»Was ist das und was haben sie mit meinem Blut zu tun?!«, fauchte ich in Lisis Richtung.

»Blätter von der Pflanze der Verborgenen aus der Burg Darkvangan, mit der einst der Trank gebraut wurde, der uns unsere Freiheit schenken kann. Die Mischung sorgt dafür, dass du uns mithilfe einer Vision zum Versteck des Elixiers leitest.«

»Ich werde euch nichts sagen!«, zischte ich und verengte die Augen zu schmalen Schlitzen.

»Das wirst du automatisch. Denn …« Sie brach ab und schaute zu Kylian, woraufhin dieser einen Dolch aus der Schnalle an seiner Hose zog und sich damit in den Finger pikste. Sofort erschien Blut, das zu meinem Erschrecken ganz anders aussah als das, was ich von uns Feen kannte. Doch weshalb war mir das nicht schon in der Burg aufgefallen, als Kylian ein wenig am Kopf geblutet hatte? Vielleicht, weil es schon ein wenig geronnen war? Denn dieses hier war beinahe schwarz. Da war kein Schimmern, kein helles Rot. Merkwürdig. Offensichtlich hatten die Jahre, in denen sie bereits an die Nacht gebunden waren, Spuren in ihren Körpern hinterlassen.

Ich schluckte und beobachtete, wie Kylian sein dunkles Blut ebenfalls in die Schale tropfen ließ.

»… Kylian wird dank der Blutsverbindung nun gemeinsam mit dir die Vision erleben. Ob du willst oder nicht«, fuhr Lisi fort und nickte ihrem Cousin dann zu.

»Du wirst jetzt ein bisschen schlafen, Elanor«, murmelte er, bevor seine Augen erneut das satte Dunkelblau der Nachtfeen annahmen. Wenige Sekunden später begannen sie zu leuchten und auch wenn ich noch einen Versuch wagte, gegen die hypnotisierende Wirkung seines Blickes anzukämpfen und damit gegen den Schlaf, der mich zu sich zog, schaffte ich es nicht …

Ich fand mich an der Küste wieder, in der unmittelbaren Nähe der Höhle, die ich erst vor Kurzem noch mit Kylian besucht hatte. Es war eine stürmische Nacht und der Himmel kündigte ein Gewitter an. Eine Frau, die plötzlich näher kam, zog meine Aufmerksamkeit auf sich. Ihr langes, schwarzes Gewand wurde von dem Wind aufgebauscht und die Kapuze sorgte dafür, dass ich nicht sah, wer sie war. Nur einen Teil ihres langen, grauen Zopfs erkannte ich.

Das Gefühl, ihr zu folgen, überkam mich. Meine Vermutung, sie würde die Höhle aufsuchen, bestätigte sich in dem Moment, als sie einen Bogen machte und direkt durch die Öffnung im Felsen verschwand. Ich setzte mich in Bewegung und beschleunigte meine Schritte, um mit ihr mitzuhalten. Aber kaum übertrat ich die Schwelle zur Höhle, bemerkte ich, dass sich hier keine bunten Muscheln an den Wänden befanden, so wie es wenige Wochen zuvor noch der Fall gewesen war.

Ich kam jedoch nicht dazu, länger darüber nachzudenken, denn die verhüllte Frau bog um eine Ecke und verschwand aus meinem Sichtfeld. Ich beschleunigte mein Tempo und folgte ihr, tiefer in die Höhle hinein. Es war dunkel, doch meine Fähigkeiten als Mondfee machten es mir leicht, etwas zu sehen.

Wir gingen tiefer und tiefer, bis die Frau schlussendlich stehen blieb und vorsichtig zwei große Schritte in einen Raum machte, in dessen Zentrum eine steinerne Stele aufragte. Andächtig umrundete sie diese, bis sie mir gegenüberstand.

Gespannt trat ich ebenfalls nach vorne und beobachtete, wie die Frau aus der Tasche ihres Umhangs eine Phiole mit einer milchig grünen Flüssigkeit zog, auf deren Siegel das Blatt eingraviert war, das auch die Feen der Verborgenen auf ihrer Haut trugen.

Behutsam stellte sie die Phiole auf die Stele und breitete ihre Arme aus. Dann sprach sie:

»So mögest du beschützt werden, vor den Feenwesen der Dunkelheit. Nur eine weibliche Mondfee meiner Nachfahren ist dazu bestimmt, den Schutz, der auf dir liegt, zu lösen. Dazu möge sie sprechen: Was einmal war, darf nie mehr sein.«

Obwohl wir uns tief in einer Höhle befanden, kam ein unnatürlicher Wind auf und umhüllte unsere Körper. Er nahm die Frau so stark ein, dass ihre Kapuze herunterrutschte und ihr Gesicht entblößte. Als sie ihren Kopf hob, stockte mein Atem. Sie war tatsächlich eine meiner Vorfahrinnen. Und zwar meine Ururgroßmutter. Auch wenn sie bereits graues Haar hatte und ihre Züge deutlich vom Leben gezeichnet waren, so konnte ich die Ähnlichkeit nicht leugnen. Außerdem hing ein Gemälde von ihr im Wintergarten meiner Eltern. Ich hatte es früher immer bewundert und mir vorgestellt, welche Abenteuer sie wohl erlebt haben musste. Denn schon ihr Porträt mit diesem selbstbewussten Lächeln und dem Funkeln in den Augen hatte darauf schließen lassen, dass sie eine starke Frau gewesen war.

Und nun stand sie vor mir und hob ihren Blick. Obwohl ich wusste, dass sie mich nicht sehen konnte, durchbohrten ihre lavendelfarbenen Augen, die meinen so ähnlich waren, regelrecht meine Seele. Dann schaute sie ein letztes Mal auf das Elixier, das jetzt von einem schimmernden Schleier umgeben war, und lief an mir vorbei, nach draußen. Gespannt folgte ich ihr und traute meinen Augen kaum, als wir wenig später zum Eingang der Höhle kamen. Denn nun funkelten die vielen bunten Muscheln an der Felswand. Genau wie in der Realität …

Mit einem Soggefühl, das mir für ein paar Sekunden die Luft zum Atmen nahm, kam ich wieder im Hier und Jetzt an. Ich keuchte auf und spürte, wie sich Erschöpfung über meine Glieder legte. Langsam schwand meine letzte Kraft und ich war im Begriff, erneut in den Schlaf abzudriften, als der Geruch von Pfefferminze in meine Nase stieg. Ich spürte, wie eine Tasse an meine Lippen gesetzt wurde, und schaffte es nicht, mich dagegen zu wehren. Vielleicht wollte ich es in diesem Moment auch nicht. Ein Teil von mir war zu schwach, um weiterzukämpfen. Deswegen ließ ich es zu und nahm ein paar kleine Schlucke des Teegebräus. Das warme Getränk war eine Wohltat für meinen Körper und half, dass mein Blick wieder klarer wurde und ich nach und nach zu Kräften kam.

»Ihr geht es besser. Dann wäre es jetzt Zeit für den Aufbruch.« Die Stimme von Lisi klang noch etwas dumpf, aber ich verstand sie ohne Probleme.

»Aufbruch?«, murmelte ich verwirrt und blickte von ihr zu Kylian, der nun an mir vorbeiging. Sekunden später merkte ich, dass er meine Fesseln löste. Sofort hatte ich das Bedürfnis, seine

Hände wegzuschlagen, doch es half nichts. Denn so schnell wie die Fesseln verschwanden, so schnell band er sie mir wieder um. Nur, dass meine Hände jetzt vor meinem Körper anstatt auf meinem Rücken zusammengebunden waren. Zumindest war es ein wenig angenehmer.

»Kylian, du hast ihre Vision miterlebt?«, fragte nun sein Onkel.

Kurz musterte ich ihn, wenn auch mehr aus Hass als aus Neugierde. Der Mann, der Kylian aufgezogen hatte, war kräftig gebaut, genau wie sein Neffe. Und doch so blass wie in meiner Vision. Seine Haare waren durchzogen von einem Dunkelgrau, doch an den vereinzelten mitternachtsschwarzen Strähnen konnte man die Ähnlichkeit zu denen von Kylian erkennen.

»Ja, klar und deutlich.« Kylian legte seine Finger um meinen Oberarm und half mir aufzustehen.

»Was habt ihr vor?«, fragte ich und versuchte stur zu bleiben. Aber ich war noch zu schwach und so hatte Kylian leichtes Spiel, als er mich durch die Burgruine schob, bis wir nach draußen traten. Inzwischen war es bereits dunkel geworden und wieder einmal war ich unglaublich froh über meine Nachtsicht. So erkannte ich auch, dass wir nicht allein waren. Offensichtlich folgten uns zwei weitere Feen. Und als ich sah, dass einer von den beiden der Täter war, den wir auf Burg Darkvangan gefangen genommen hatten, entglitten mir alle Gesichtszüge.

»Na, hat es dir die Sprache verschlagen, Mondfee?«, fragte er höhnisch und schenkte mir ein breites Grinsen, das mir eine Gänsehaut bescherte. Er war doch gefangen gewesen, wie also …

»Kylian hat mich freigelassen, kurz bevor er dich in Dornröschen verwandelt hat«, beantwortete er meine unausgesprochene Frage und auch wenn ich nicht angenommen hatte, Kylian könnte mir noch mehr seelischen Schmerz bereiten, so tat er es genau damit.

Er hatte den Mann freigelassen, der mich mit seiner Waffe verletzt hatte … Wie konnte er nur? Tränen der Wut brannten in meinen Augen, doch ich blinzelte sie fort. Dann richtete ich meinen Blick wieder starr geradeaus und versuchte die zwei Begleiter von Kylian zu ignorieren.

KAPITEL 26

Als die Feen der Verborgenen mit dem magischen Pakt an die Dunkelheit gebunden worden sind, führte das auch dazu, dass sie nicht mehr ans Tageslicht gehen konnten. Denn allein dieses sorgte dafür, dass sie boshaft wurden.

ENZYKLOPÄDIE – WELT DER FEEN, KAPITEL 55

»Wir sind da«, brummte der Fahrer unseres Wagens und kam holprig am Rande der Klippen zum Stehen.

Ich lehnte mich etwas vor und blickte durch das Fenster. In der Ferne blinkten die Lichter der Academy und ich fragte mich, ob Elijah und den anderen mein Verschwinden bereits aufgefallen war. Vermutlich schon. Ob sie wohl nach mir suchten? Andererseits war die Academy vom Feenrat umstellt und ich konnte mir nicht vorstellen, dass sie Schüler und Schülerinnen aus dem Gebäude ließen.

»Los jetzt«, sagte Kylian auffordernd neben mir und stieg aus dem Wagen. Ich wollte mich weigern, doch sein Griff um meinen Oberarm ließ mir keine andere Wahl, als ihm aus dem Auto zu folgen.

Mit den zwei anderen Feen im Nacken liefen wir schweigend einen schmalen Weg an den Klippen entlang, der nach unten zum sandbedeckten Ufer führte. Mit jedem Schritt, den ich tat, wurde ich unruhiger. Wenn das überhaupt noch möglich war.

Die Unruhe, Erschöpfung, Sorge, Angst und die Wut auf Kylian sorgten dafür, dass ich nicht mit den Gefühlen in mir klarkam und zu zittern begann.

»Ist dir kalt?«, flüsterte Kylian leise, sodass nur ich es hören konnte.

Ich blickte ihn verwirrt von der Seite an, weswegen ich beinahe einen Stein übersah und ins Taumeln geriet.

»Aufpassen«, hörte ich ihn noch sagen, bevor er mich festhielt und mir wieder Halt gab.

»Wieso interessiert es dich, ob ich friere?«, zischte ich, konnte die Kälte der Nacht allerdings nicht ignorieren. Vor allem, weil ich nach wie vor nur das dünne, langärmelige T-Shirt trug, das ich stets beim Kampftraining anhatte. Trotzdem war ich entschlossen, Kylian nicht noch mehr Angriffsfläche zu bieten, und so setzte ich ein Pokerface auf.

Inzwischen hatten wir auch den Strand erreicht und stapften am Ufer entlang. Leider konnten es die anderen zwei Feen nicht lassen, immer wieder Witze über die Nacht zu machen, in der einer von ihnen mich mit seinem Säbel getroffen hatte. Ich wollte sie anschreien und ihnen sagen, was ich von ihnen hielt. Aber das wollten sie doch nur. Sie wollten, dass ich litt. Und diese Genugtuung würde ich ihnen nicht geben.

Ich warf einen verstohlenen Blick in Kylians Richtung und musste überrascht feststellen, dass ihm die Worte ebenso wenig zu passen schienen wie mir. Er hatte die Lippen aufeinandergepresst und ich konnte deutlich sehen, wie sein Kiefer mahlte. Dabei war doch er derjenige, der mich in diese Situation gebracht hatte.

»Wir sind gleich da«, verkündete Kylian, als auch schon die Höhle in Sicht kam.

Nur noch wenige Schritte bis zum Eingang, aber was würde mich erwarten? Würden sie mich zwingen, das Elixier für sie von der Stele zu nehmen und damit die Feen der Verborgenen freizulassen? Nein, so weit durfte es nicht kommen. Es *durfte* einfach nicht geschehen …

Und dann passierte etwas, was alles veränderte.

Kylian ließ mich los, drehte sich um seine eigene Achse und trat der Fee, die mich verletzt hatte, direkt in den Magen. Diese ging sofort zu Boden und blieb regungslos liegen

»WAS SOLL DAS?«, schrie die andere Fee wutentbrannt durch die Nacht und ich sah dabei zu, wie sie sich kampfbereit auf Kylian stürzte, doch dieser schien nur darauf gewartet zu haben. Denn kaum erreichte die Fee der Verborgenen ihn, holte er mit der Faust aus und verpasste ihr einen Kinnhaken. Prompt ging sie neben der anderen bewusstlos zu Boden. Und dann herrschte für ein, zwei Sekunden Stille.

Augenblicke, in denen ich versuchte, das Geschehene zu verarbeiten. Fassungslos starrte ich von Kylian auf die beiden Feen und wieder zu Kylian.

»Komm, wir sollten keine Zeit verlieren«, sagte er schließlich und ging einen Schritt auf mich zu. Instinktiv wich ich zurück. »Elanor, bitte. Bleib stehen, ich will dir nur die Fesseln abnehmen!«

»Verdammt, was war das?« Die Verwirrung in meiner Stimme war kaum zu überhören.

»Gleich. Lass mich dir jetzt endlich diese beschissenen Fesseln abnehmen!«, fluchte er und kam mir erneut näher. Dieses Mal ließ ich ihn gewähren und er nahm mir tatsächlich die Fesseln ab, die Sekunden später neben den zwei Feen im Sand landeten.

»Jetzt komm, wir müssen uns beeilen.«

»Ich gehe nirgendwo mit dir hin!«, fauchte ich und fuhr mit den Fingern über eine aufgeschürfte Wunde an meinem Handgelenk.

»Bitte vertrau mir, ein letztes Mal!«

»Vertrauen? Dir?« Ich zeigte ihm die verwundete Stelle. »Jemandem, der dafür verantwortlich ist?«

Ein bedauernder Ausdruck huschte über seine Züge und er fuhr sich mit der Hand durch sein Haar. »Bitte, Elanor.«

Ich wusste nicht wieso, doch seine Worte ließen mich aufhorchen. Er schien es wirklich ernst zu meinen. Und auch wenn ich wusste, dass ich nicht bereit war, ihm noch einmal zu vertrauen, so vertraute ich auf die Hoffnung, dass es eine Möglichkeit gab, die Feen der Verborgenen aufzuhalten. Denn dort, vor uns im Sand, lagen zwei Feen seines Clans. Bewusstlos. Hatte er sich damit auf meine Seite gestellt? Ich wusste es nicht. Aber ich hoffte. Und das war alles, was in diesem Moment zählte.

»Okay, dann los«, entgegnete ich seufzend und als ich seinen erleichterten Gesichtsausdruck sah, betete ich, es nicht zu bereuen.

»Danke. Sobald wir sicher in der Höhle sind, erzähle ich dir alles.«

Seine Worte hingen zwischen uns, bis wir den Eingang der Höhle erreichten und von den unzähligen leuchtenden Muscheln begrüßt wurden. Wir gingen tiefer und tiefer, wussten, ohne nachzudenken, welchen Weg wir einschlagen mussten, der Vision sei Dank.

»In der Nacht des Lagerfeuers habe ich nach dem Elixier gesucht. Genau wie an allen anderen Tagen, seit ich hier bin. Aber es scheint, als würde der Raum nur in Anwesenheit einer Lightwell sichtbar«, durchbrach er schließlich die Stille und trat beiseite, damit ich einen Blick auf die Stele mit dem Trank werfen konnte, die in dem kleinen Raum stand, der nun vor uns lag.

»Hast du schon damals versucht, mich für dein Vorhaben zu benutzen?«, erwiderte ich zynisch und hob eine Augenbraue.

»Es war eine Überlegung, aber ich habe es nicht fertiggebracht … genau wie heute.« Er atmete tief ein und aus. »Und jetzt nimm bitte einfach dieses verdammte Elixier und lass uns von hier verschwinden«, raunte er.

»Erst, wenn du mir sagst, auf welcher Seite du stehst und was wir mit dem Elixier vorhaben«, gab ich fordernd zurück und verschränkte die Arme vor der Brust.

»Okay … wie ich dir ja bereits erzählt habe, besitze ich zwei Augenfarben. Das habe ich meinem Nachtfee-Erbe mütterlicherseits und dem Gen der Verborgenen zu verdanken …«

»Willst du dich jetzt dafür rechtfertigen, dass du nicht vollkommen zu den Feen der Verborgenen gehörst?«, erwiderte ich spitz.

»Nein. Ich möchte dir dennoch erklären, weshalb wir hier sind und was mein Plan war, bevor ich dich getroffen habe.«

Ein kurzes, wütendes Lachen entglitt mir. »Also war das alles geplant und du hast von Anfang an meinen Bruder hintergangen?«

Er nickte bloß.

Fassungslos kämpfte ich erneut gegen die aufkommenden Tränen an, wollte nicht, dass er mich weinen sah. Weil keine einzige Träne das wert war.

»Es war der Plan meines Onkels, unseres Clans. Mich hier einzuschleusen und mithilfe einer Mondfee der Blutlinie Lightwell an das Elixier zu kommen. Ich hatte keine Wahl und ehrlich gesagt habe ich es eine Zeit lang für richtig gehalten. Zumindest der Teil in mir, der eben auch eine Fee der Verborgenen ist. Aber dann … dann kamst du.«

»Es ist zu spät, dich herauszureden! Ich falle nicht auf dich herein.« Herausfordernd reckte ich das Kinn in die Höhe.

»Spätestens als wir auf der Mission waren und wir uns fast geküsst –«

»Rede NIE WIEDER darüber, was da vielleicht zwischen uns

war! Nie wieder!«, unterbrach ich ihn und konnte Kylian ansehen, dass ihn meine Worte trafen.

»Nein, auch schon davor habe ich begonnen zu zweifeln. Dein Bruder war immer ein guter Freund für mich und du … du hast dich mit deiner Art in mein Herz geschlichen.«

Ungläubig hob ich eine Augenbraue.

»Elanor, bitte …«

»Kylian, hast du versucht die Mission zu sabotieren? Hast du deinen Clan darüber informiert, dass wir Bescheid wissen?«

Er seufzte. »Ja, habe ich.«

»Und der Anruf, bevor wir zur Burg gefahren sind?«

»Ich habe sie gewarnt und dieser Mistkerl namens Rian, der dich auf der Burg angegriffen hat, wollte eigentlich nur mich mit dieser Aktion provozieren. Na ja, und die Burg wurde früher von unserem Clan besetzt. Er dachte wohl, es wäre ein prima Ort, um Feen zu töten«, gab er zu.

Für einen Moment schloss ich die Augen. Es fühlte sich so an, als würden die letzten Wochen, die Augenblicke mit ihm, wie ein schlechter Film an mir vorbeiziehen. Ich erinnerte mich an das zurück, was in der Burg passiert war. Daran, wie er mich nach dem Angriff verarztet und wie viel Glück ich gehabt hatte, dass unser Gegner mich nicht völlig niedergestoch-. Und dann fiel es mir wieder ein. Kylians Worte, als er sich auf ihn gestürzt hatte. *Nicht sie.*

Blinzelnd öffnete ich die Augen und starrte in die seinen, deren Farbe noch immer unruhig hin und her wechselte.

»Und die anderen Angriffe auf die Feen hier im Lande, wart das auch ihr?« Allein bei der Vorstellung machte sich Übelkeit in mir breit. Ich wollte nicht daran denken, dass Kylian tatsächlich mit dafür verantwortlich war, dass ein unschuldiges Feenmädchen getötet worden war.

»Ja, obwohl der Tod des Mädchens niemals geplant war, das

war ein Unfall. Der Clan hatte nur ein paar Feen als Geisel genommen, um sich an deren Magie zu bedienen, damit wir stärker werden. Nach all den Jahrzehnten in Dunkelheit wollten sie sich rächen. Und welcher Ort wäre dafür besser geeignet als der, an dem das Elixier unserer Erlösung versteckt ist?«

Ungläubig starrte ich ihn an. »Und wieso kannst du dann immer bei Tag wandeln? Du scheinst das Elixier schließlich nicht zu brauchen.«

»Nein. Da ich zur Hälfte den Nachtfeen angehöre, kann ich ebenfalls bei Tag wandeln.«

»Aber wieso das alles? Weshalb tust du das?«, erwiderte ich.

»Weil ich so aufgewachsen bin. Mit dem Glauben, dass ihr uns schaden wollt. Vor vielen, vielen Jahren haben sich die Feen der Verborgenen zurückgezogen und angefangen das Gerücht zu streuen, dass wir ausgestorben sind. Nur, um einen weiteren Angriff zu planen. Aber als ich dich besser kennengelernt habe, da konnte ich es nicht mehr.«

»Und was tun wir dann hier? Weshalb musstest du mich überhaupt erst entführen?« Ich verstand es nach wie vor nicht und ich war mir nicht sicher, wie viele Fragen noch nötig waren, bis ich Antworten hatte, die mir halfen zu verstehen.

»Weil wir ohne dieses Ritual nie erfahren hätten, wo das Elixier ist. Und nur mein Onkel und Lisi wussten, wo die Pflanze aufbewahrt wird, die für das Ritual mit der Vision nötig ist.«

Ich dachte an den Moment zurück, an dem Elijah und ich die Pflanze durch Zufall in Darkvangan entdeckt hatten. Das behielt ich allerdings für mich.

»Und bevor ich dich entführt habe, habe ich nach einer anderen Lösung gesucht. Doch als du die Vision bekommen hast, da wusste ich, dass es zu spät ist und ich meinen Clan nicht mehr aufhalten kann. Ich habe es mit allen Mitteln versucht und sie vertröstet. Aber sie kamen hinter meine leeren Versprechungen.

Vermutlich, weil der Gegner, der uns auf der Burg entwischt ist, gesehen hat, dass ich mich für dich einsetze.«

»Und wieso soll ich jetzt das Elixier nehmen?«, kam ich auf die wohl wichtigste Frage zu sprechen.

»Das ist der einzige Weg, diesen Kampf zu verhindern. Bitte glaub mir, Elanor.«

»Moment mal, du willst ihn verhindern?«

»Ich weiß, du vertraust mir nicht. Das kann ich verstehen. In den letzten Wochen habe ich viel in dem abgeschlossenen Raum der Bibliothek geforscht und alle möglichen Aufzeichnungen der letzten Jahrzehnte zusammengetragen. Dabei bin auf eine Art Reinigungselixier gestoßen, das die Feen früher bei Verurteilungen angewandt haben. In den Unterlagen wird beschrieben, dass Magie aus dem Totenreich für diesen Zweck verwendet wurde, auch wenn das heutzutage verboten ist. In der Nacht des Unwetters habe ich also hier abgewartet, bis ein Blitz, der von den toten Wetterfeen erzeugt wurde, in den Sand vor der Höhle eingeschlagen ist. Dabei ist ein Fulgurit entstanden, den ich als Gefäß für das Elixier verwendet habe. Und dieses Elixier sorgt dafür, dass die Magie der Feen der Verborgenen geschwächt wird. Da diese allerdings kaum noch vorhanden ist, liegt die Vermutung nah, dass die Feen letztendlich zu Menschen werden und der Fluch gebrochen wird.«

»Und was genau hast du jetzt vor?«

»Ich werde so tun, als würde ich dich zur Geisel nehmen, und du musst mitspielen. Ich werde ihnen das Elixier übergeben und sie werden es bei sich ins Trinkwasser leiten. Den Rest kennst du ja.«

»Und was ist mit dem richtigen Elixier?«, hakte ich nach.

»Das vernichtest du hier und jetzt.«

»Und weshalb sollte ich dir vertrauen?«

»Weil ich mich in dich verliebt habe, Elanor.«

Für einige Sekunden blieb mein Herz stehen. Seine Worte drangen zu mir durch, doch ich schaffte es nicht, sie anzunehmen. Ich wollte es nicht. Denn wenn ich es täte, dann müsste ich akzeptieren, dass wir uns so nahegekommen waren, dass starke Gefühle im Spiel waren. Obgleich auch nur von seiner Seite.

»Ich weiß nicht, was ich sagen soll«, flüsterte ich.

»Du brauchst nichts sagen. Ich weiß, dass du diese Gefühle niemals erwidern wirst. Aber du sollst wissen, dass sie mir die Augen geöffnet haben. Nun weiß ich, dass das Verhalten und der Plan meines Clans falsch war. Dennoch … sie haben viele gute Seiten, auch wenn sie in den Aufzeichnungen stets als böse dargestellt werden. Sie sind familiär, halten zusammen und stehen füreinander ein. Dennoch möchte ich verhindern, dass es noch mehr Opfer gibt.« Ein trauriger Ausdruck legte sich über sein Gesicht. »Jetzt sollten wir uns aber beeilen. Mein Onkel wird wahrscheinlich mit seinen Leuten bereits die Academy stürmen. Wahrscheinlich bringt er seine Schützen gerade in Stellung.«

Ich stieß hörbar die Luft aus. Konnte ich ihm wirklich ein letztes Mal vertrauen? Doch ich wusste, dass ich meine Liebsten beschützen musste. All die unschuldigen Feen, die dort oben waren. Und deswegen nahm ich all meinen Mut zusammen und nickte Kylian zu. Und auch wenn in mir erneut das Bedürfnis aufkeimte, wegzulaufen, so ging ich auf das Elixier zu.

»Kannst du dich noch an die Vision erinnern? An den Spruch, den die Mondfee gesagt hat?«, fragte Kylian, was dafür sorgte, dass die Vision wie ein Film vor meinem inneren Auge ablief. Meine Ururgroßmutter, die Phiole, der Spruch … verdammt! Wie ging er noch mal? *Nie mehr sein, darf* … nein, das klang falsch. *Das darf nicht sein* … hm, auch nicht ganz. Aber was war es dann? Ich atmete tief ein und aus und versuchte mich zurück in die Vision zu versetzen. Mich wieder an die Stimme meiner Vorfahrin zu erinnern und … *Was einmal war, darf nie mehr sein,* schoss es mir in diesem Moment durch den Kopf. Tief holte ich Luft, konzentrierte mich auf die Phiole, wobei mir die Staubschicht nicht entging, die sich über die Jahre hinweg auf das Glas gelegt hatte. Es waren offensichtlich schon viele Jahre vergangen, seit meine Ururgroßmutter den Trank in den Händen gehalten hatte.

Ich blickte noch einmal zu Kylian, der mir zunickte, und dann sprach ich die Worte aus: »Was einmal war, darf nie mehr sein.«

Kaum hallten sie von den steinernen Wänden wider, bildete sich das sanfte Schimmern, das schon in der Vision die Phiole eingehüllt hatte. Es vergingen jedoch nur wenige Sekunden, bis sich dieses wieder legte. Vorsichtig hob ich meine Hand, griff nach der Phiole, deren Glas sich alt anfühlte – sofern das möglich war –, und schmetterte sie auf den harten Boden, wo sie in tausend Teile zersprang. Die milchig grünliche Flüssigkeit sickerte in das Gestein zu unseren Füßen und hinterließ ein leichtes Schimmern.

»Gut, bist du bereit?«, erklang Kylians Stimme hinter mir.

»Ja, aber denk bloß nicht, dass ich dir das alles je verzeihe.«

KAPITEL 27

Die Feen der Verborgenen haben durch den Fluch, den die Wetterfeen einst sprachen, den Großteil ihrer Magie verloren, da diese von der Boshaftigkeit, die sie bei Kontakt mit dem Tageslicht befällt, unterdrückt wird.

ENZYKLOPÄDIE – WELT DER FEEN, KAPITEL 78

ELIJAH

Wo ist Elanor? Diese Frage geisterte unentwegt durch meinen Kopf. Verflucht, war sie in Sicherheit? In Gefahr? Wo. War. Sie? Seit heute Morgen hatte ich sie nicht mehr gesehen. Und ich wusste, dass auch Paxton sich Sorgen machte. Genau wie Elanors Vater, der nur ein paar Meter neben mir positioniert war. Während dieser eine Nachricht nach draußen geschickt hatte, dass die Leute in der Stadt Ausschau nach Elanor halten sollten, hatten Paxton, Leona, Clara und ich den Nachmittag damit verbracht, nach ihr zu suchen, aber die Academy zu verlassen, kam nicht infrage. Und das, obwohl wir regelrecht einen Aufstand bei den Mitgliedern des Feenrats, die das Gelände bewachten, veranstaltet hatten.

Wenigstens hatten sie daraufhin zwei ihrer Mitglieder auf die Suche geschickt. Doch bislang gab es keine neuen Erkenntnisse. Mit jeder Minute, die verstrich, wurde ich unruhiger. Die

Sorge um Elanor machte mir mehr zu schaffen als die Tatsache, dass unsere Angreifer mittlerweile näher rückten. Ich spürte jeden ihrer Schritte. Ihre Aura war unglaublich erdrückend und so düster wie die Nacht.

Die Anspannung in mir nahm weiter zu und mein Griff um den Bogen verkrampfte sich. Kurz blickte ich zu Paxton, der auf meiner anderen Seite stand. Dass wir uns eines Tages nebeneinander für den Kampf bereit machen würden, damit hätten wir wohl beide nicht gerechnet.

Doch nachdem mir heute Mittag gesagt worden war, ich sollte mich im Saal des Rats einfinden, hatte ich bereits ein ungutes Gefühl gehabt. Was sich letztendlich auch bestätigt hatte. Angeblich hatten Anwohner von Dungarvan in der gestrigen Nacht zwei Personen gesehen, deren Augenfarbe nicht für normale Feen gesprochen hatte. Und da die Feen der Verborgenen nur bei Nacht wandeln konnten, hatten Paxton, ich und noch einige andere Feen den Befehl erhalten, die Ratsmitglieder ab Sonnenuntergang bei ihrer Wache zu unterstützen. Und wie es schien, würde es wirklich zum Kampf kommen.

»Sie rücken vor«, murmelte ich in Paxtons Richtung, als mich die Aura beinahe umhaute, so präsent war sie.

Er reichte meine Information an die anderen Feen weiter und hakte nach: »Kannst du spüren, wie viele es sind?«

Tief atmete ich ein und versuchte mich auf die Auren zu fokussieren. So, wie ich es von meinem Vater gelernt hatte, der natürlich auch hier unter all den Feen des Rats war. Ich zählte die wabernden Auren, die sich wie kleine Schlangen über den Weg vor der Academy schlängelten. Es waren mindestens drei Dutzend. Schnell gab ich die Information an Paxton weiter. Immerhin waren wir ihnen von der Anzahl her überlegen. Trotzdem wussten wir nichts über ihre Stärke. Allgemein hatten wir nur alte Schriften über ihren Clan. Laut den Aufzeichnungen längst ausgestorben. Und doch griffen sie uns jetzt an. Ich konnte bloß hoffen, dass das alles gut ging.

»Alle bereit machen!«, brüllte die Ratsälteste über den Hof und alle griffen nach ihren Waffen.

Im selben Moment, in dem ich meinen Bogen hochhob und nach einem Pfeil greifen wollte, sah ich sie. Angeführt von einem Mann mit Vollbart, dessen eisblaue Augen bis hierher leuchteten. Für einen Moment blieb er mit seinem Clan an der Grenze zur Academy stehen. Gekleidet in einer schwarzen Kampfausrüstung reihten sie sich auf und begaben sich in Position. Erst herrschte Stille, bis das offensichtliche Oberhaupt des Clans einen Schritt nach vorne machte. Doch gerade, als er augenscheinlich seine Stimme erheben wollte, ging ein lautes Raunen durch die Menge. Verwirrt wandte ich mich um und noch während ich mich fragte, was los war, sah ich es. Sah ich *sie*. Meine Moonshine, an der Seite von Kylian.

Verdammt, was geschah hier?

Plötzlich packte Kylian sie am Oberarm und zerrte Elanor hinter sich her, in die Mitte des Vorhofs. In mir begann es vor Wut zu brodeln. Was sollte das alles? Allein der Ausdruck auf ihrem Gesicht ließ darauf schließen, dass sie nicht freiwillig mitkam. Na warte. Sollte ich den in die Finger bekommen, dann … im gleichen Augenblick spürte ich Paxtons Hand auf meiner Schulter, die mich zurückhielt.

»Wenn du jetzt Kylian angreifst, bricht das Chaos los, glaub mir. Warte.«

Ich schluckte schwer. Als Kylian im selben Moment an uns vorbeikam, mit Elanor im Schlepptau, musste ich mich sehr beherrschen. Doch als ich zu Elanor blickte, nickte sie mir kurz zu, bevor sie wieder nach vorne schaute. Was hatte diese Geste zu bedeuten? Und in ihren Augen … da lag keine Angst. Was war hier verflucht noch mal los?!

Da die beiden nur wenige Schritte von uns entfernt stehen blieben, nutzte ich die Chance und versuchte herauszufinden, ob sie Verletzungen davongetragen hatte. Doch zumindest körperlich schien sie unversehrt. Dann fiel mir auf, dass sie etwas in der Hand hielt. War das eine Phiole?

»Was wollt ihr von uns?«, hallte plötzlich die Stimme unserer Ratsältesten Ms Waith über den Hof.

»Gerechtigkeit. Wir holen uns, was uns zusteht«, entgegnete das Oberhaupt des Clans.

»Ihr habt mit dem Tod einer unschuldigen Fee und der Entführung einer weiteren zu tun. Von einer weiteren Fee haben wir nur ihr Blut gefunden!«

»Nun, mal nachdenken … weshalb solltet ihr mit uns kooperieren …« Ein höhnisches Grinsen breitete sich auf dem Gesicht des Mannes aus und er schien die Show richtig zu genießen. »Vielleicht, weil wir Geiseln haben?« Erneut ging ein Raunen durch die Menge, als zwei männliche Feen der Verborgenen hervortraten, mit zwei weiteren Feen, die mit Ketten gefesselt waren. Sie sahen völlig verwahrlost aus und ihre Kleidung war mit Blut beschmiert. Von der Angst in ihren Augen ganz zu schweigen.

Was hatten sie ihnen bloß angetan? Ich wollte es mir nicht ausmalen.

»Darf ich vorstellen? Das angeblich geflohene Opfer von der Nacht auf Burg Darkvangan. Und dann die einsame Fee, die wir hier in der Nähe aufgegabelt haben. Sie hat sich gewehrt … aber wir mussten euch ja eine kleine Botschaft zukommen lassen und auf eine falsche Fährte locken … Außerdem hat ihre Magie uns ein wenig Energie verschafft, was uns jetzt zugutekommt.«

Seine amüsierte Stimme brachte mich fast zur Weißglut. Genau wie die Tatsache, dass unsere Mission nichts gebracht hatte. Die Fee hatte nicht fliehen können. Das war nur eine Lüge von

Kylian gewesen. Verflucht, ich würde ihn fertigmachen, sobald ich die Gelegenheit dazu hatte. Schon allein, weil er mein Mädchen in die ganze Scheiße hineingezogen hatte.

»Übergebt uns die Geiseln, auf der Stelle. Ansonsten werden wir angreifen«, schrie Ms Waith.

»Dann versucht es, doch vielleicht muss es nicht so weit kommen. Denn zuvor möchte ich noch meinen ehrenwerten Neffen zurück an meine Seite bitten. Nachdem er euch die letzten Wochen ausspioniert und dafür gesorgt hat, dass diese kleine Mondfee das Elixier besorgt.«

Ein Durcheinander brach aus und der Schock über Kylians Verrat saß bei allen tief. Vor allem Paxton schien das Ganze sehr mitzunehmen, was nur allzu verständlich war.

In diesem Moment meldete sich Kylian zu Wort und riss Elanors Arm in die Höhe, mit den Fingern hielt sie noch immer das Elixier umklammert.

»Ich habe einen Vorschlag. Ihr nehmt dieses bescheuerte Elixier hier, befreit die Feen und verschwindet! Aber ich bleibe.«

»Du möchtest hierbleiben? Sie will dich doch gar nicht, Kylian. Du bist einer von uns«, rief eine andere männliche Fee der Verborgenen und brachte damit die restlichen Clanmitglieder zum Lachen.

Ich umklammerte das Holz meines Bogens fester, so wütend machten sie mich.

»Mr Collins, das wagen Sie nicht. Sie kriegen das Elixier nicht!«, schrie Ms Waith. Aber noch immer hatte sie nicht das Kommando zum Angriff gegeben. Es war jedoch bloß eine Frage der Zeit, bis sie den Befehl aussprach, das war klar.

Kylian ignorierte sie und deutete mit der Hand auf jemanden in der Menge. Sekunden später traten Jade und ein anderer Junge aus unserer Klasse, eine Wetterfee, vor. Als würden sie durch Kylian ferngesteuert werden, liefen sie zur Mitte des Hofes und hoben dann ihre Arme. Nur ein kurzer Augenblick verging, bis sich plötzlich die Wolken über unseren Köpfen verdunkelten und immer tiefer zu kommen schienen.

»MR COLLINS!«, warnte die Ratsälteste erneut.

»Jetzt, Elanor!«, rief Kylian und sogleich sah ich Moonshine nach vorne treten.

Zeitgleich gab unser Feenrat den Befehl zum Angriff und alle rannten los. Nur ich blieb stehen, erstarrt wegen dem, was mein Mädchen da gerade tat. Mit einer immensen Kraft und einer Portion Wind, die von der Wetterfee hervorgerufen wurde, schleuderte sie das geöffnete Gefäß mit der Flüssigkeit in Richtung der nun sehr tief hängenden Wolken. Kaum erreichte das Elixier diese, verfärbte sich der fallende Regen über unseren Köpfen in ein milchiges Grün.

Plötzlich schien die Zeit eingefroren zu sein. Alle blieben auf der Stelle stehen und blickten nach oben.

Fassungslos starrte ich von Elanor zu den Feen der Verborgenen, deren triumphierendes Lächeln sich in blankes Entsetzen wandelte. Teilweise krümmten sie sich vor Schmerz und hielten sich gerade noch so auf den Beinen.

»WAS HAST DU GETAN?«, brüllte Kylians Onkel entrüstet, während sein Neffe ihn nur traurig anschaute.

»Ich habe das Elixier ausgetauscht und ein neues gebraut. Es sorgt dafür, dass euch die Magie vollkommen entzogen wird. Nie wieder werdet ihr jemandem Leid zufügen. Ab diesem Tag seid ihr nichts mehr als gewöhnliche Menschen!«

»Das wirst du büßen. Du hast dich für die falsche Seite entschieden.« Und bevor ich wusste, was geschah, drehte sich das Clanoberhaupt zu einem seiner Bogenschützen. Dieser hob seinen Bogen, legte einen Pfeil ein und noch während ich den Befehl »TÖTE DAS MÄDCHEN!« hörte, rannte ich los.

Ich stieß die anderen Feen beiseite und warf mich vor Elanor.

Es verging keine Sekunde, als ich auch schon die Spitze des Pfeiles spürte, die sich schmerzhaft in meinen Körper bohrte. Mein letzter Gedanke galt meinem Mädchen. Und dann wurde alles schwarz.

KAPITEL 28

Feen heilen schneller als Normalsterbliche, was vor allem in der zunehmenden Mondphase stark ausgeprägt ist. Das ist auch der Grund, weshalb Feen keine Krankheiten bekommen.

ENZYKLOPÄDIE – WELT DER FEEN, KAPITEL 40

»NEIN!« Mein schmerzerfüllter Schrei hallte über den ganzen Hof, während um mich herum das Chaos ausbrach und die Feen der Verborgenen überwältigt wurden. Aber all das war für mich in diesem Moment nebensächlich. Schluchzend sank ich über Elijah zusammen und legte meine Hand auf seinen Brustkorb, in dem immer noch der Pfeil steckte. Langsam, aber stetig quoll Blut aus der Wunde. O Gott, bitte lass ihn nicht tot sein. Nicht meinen Elijah. Nein. NEIN!

»HILFE!« Ich schrie und schrie, gebeugt über den Jungen, den ich liebte. Meine zitternden, blutverschmierten Hände wanderten zu seinem blassen Gesicht. Er hatte den Pfeil für mich abgefangen. Den Pfeil, der mein Tod hätte sein sollen. Ich sollte jetzt dort liegen, nicht er.

»Elijah, du darfst nicht sterben, hörst du? Nicht hier und jetzt!« Ein Schluchzer nach dem anderen drang aus meiner zugeschnürten Kehle, bis ich spürte, wie mich kräftige Arme hochzogen.

»LASS MICH LOS!«, brüllte ich denjenigen an, der mich

von Elijah trennen wollte. Ich würde ihn nicht allein lassen. Nie wieder. Nie, nie, nie wieder! Erneut schrie ich. Der Schmerz. Der Anblick von all dem Blut. Ich hielt es nicht mehr aus.

»Schau mich an, Elanor.« Paxtons Stimme drang an mein Ohr und er wirbelte mich zu sich herum. »Sie werden versuchen Elijah zu helfen, aber du musst ihnen Platz machen, verstehst du?«

Ich nickte nur stumm, nicht in der Lage, irgendetwas Vernünftiges hervorzubringen. Bloß am Rande nahm ich wahr, wie Elijah auf eine Trage gehoben wurde.

»Komm, wir begleiten ihn auf die Krankenstation«, sagte Paxton behutsam und legte dann seinen Arm um mich.

Geschüttelt von Schluchzern lehnte ich mich stärker an meinen Bruder und gemeinsam folgten wir der Trage, auf der die Liebe meines Lebens bewusstlos lag.

Wie in Trance erklomm ich eine Stufe nach der anderen, lief durch die Eingangshalle bis zur Krankenstation, wo bereits die Krankenfee auf uns wartete. Sie legten Elijah auf dasselbe Bett, auf dem er bereits ein paar Tage zuvor nach seinem Unfall beim Klippenspringen gelegen hatte.

Ich wollte zu ihm und an seiner Seite sein, doch das Personal versperrte mir die Sicht. Und gerade, als ich mich an Paxton wenden wollte, sah ich *ihn*. Mit einem gehetzten Ausdruck in den Augen drückte Kylian sich an uns vorbei. Wie automatisch griff ich nach seinem Arm, sodass er mich anschauen musste.

»Was. Willst. Du. Hier?«, fragte ich bedrohlich leise. »Verschwinde!«

»Wenn du willst, dass dein Freund überlebt, würde ich mich lieber besser durchlassen!«

Hysterisch lachte ich auf. »Es war dein Onkel, der mich töten wollte und letztendlich Elijah getroffen hat. Was fällt dir ein, dich hier blicken zu lassen?«

Er riss sich von meinem Griff los. »Ich rette ihm jetzt das Leben.«

Ich schaute zu Paxton, dessen Kiefermuskeln angespannt mahlten. Auch er sah über die Anwesenheit seines wohl ehemaligen besten Freundes wenig begeistert aus, sagte aber nichts.

»Wieso tust du nichts dagegen?«, fuhr ich ihn panisch an.

»Weil Kylian in der Behandlung von Kriegsverletzungen ausgebildet ist. Wenn jemand Elijah helfen kann, dann ist es er.«

Ich schüttelte den Kopf. »Nein, das ist nicht euer Ernst.«

Paxton fuhr sich seufzend übers Gesicht. »Doch, Elanor. Und jetzt setz dich, bevor wir hier eine weitere Patientin bekommen, weil du mir zusammenbrichst.« Er führte mich zu einer leeren Liege gegenüber von Elijah, auf die ich mich nur widerwillig setzte. Paxton ließ sich neben mir nieder und fuhr mir mit der Hand beruhigend über den Rücken, während wir beobachteten, wie Kylian zusammen mit der Krankenfee Elijah den Pfeil aus der Brust zog. Allein dieser Anblick bereitete mir selbst körperliche Schmerzen und ich wusste nicht, wie lange ich diese ganze Situation noch aushalten würde.

Gegen die Panik ankämpfend verfolgte ich, wie zwei Mitglieder des Feenrats dazukamen, von denen ich wusste, dass sie eine medizinische Ausbildung hatten. Sie halfen dabei, Elijah zu behandeln, und sorgten dafür, dass benötigtes Verbandsmaterial vorhanden war.

»Soll ich dir ein wenig positive Gefühle schicken?«, fragte mich Paxton fürsorglich.

Vehement schüttelte ich den Kopf. Durch diesen Schmerz musste ich jetzt gehen. Ihn gemeinsam mit Elijah durchstehen. Ganz ohne die magischen Fähigkeiten einer Mondfee.

»Elanor, es tut mir leid, dass ich Kylian vertraut und in unser Leben gelassen habe«, flüsterte mein Bruder.

»Das ist nicht deine Schuld. Er hat uns alle hintergangen«, gab ich leise zurück und erneut spürte ich die Tränen in meinen Augen. Kylians Verrat tat weh. Und nun musste ich zulassen, dass er Elijah das Leben rettete. Es war zu viel für meine schmerzende Seele. Stumm weinend, an der Schulter meines Bruders, verbrachte ich die nächsten Stunden damit, zu beobachten, wie sie Elijah versorgten. Mittlerweile war seine Mutter zu uns gestoßen und weinte mit mir.

Irgendwann leerte sich die Krankenstation immer mehr. Sie hatten die Wunde gereinigt und zugenäht. Es war offensichtlich keine OP nötig gewesen. Was vermutlich auch den guten Heilkräften von uns Feen geschuldet war.

Als sich Kylian umwandte, lag in seinen Augen ein Hoffnungsschimmer. »Der Pfeil hat nicht sein Herz getroffen oder überlebensnotwendige Organe«, sagte er dann, bevor er uns kurz zunickte und aus dem Raum verschwand. Bloß die Krankenfee war noch da und teilte uns mit erschöpfter Stimme mit, dass Elijah die nächsten Stunden Ruhe bräuchte.

Nachdem sie ebenfalls gegangen war, blieben einzig Paxton, Elijahs Mutter und ich übrig. Mit wackeligen Beinen stand ich auf und setzte mich auf den Rand von Elijahs Bett. Vorsichtig strich ich ihm die Haare aus der Stirn.

»Wach bitte bald wieder auf, ja?«

Ich bettete den Kopf auf meinen angezogenen Knien und schlief dann neben ihm ein. Erst als die Krankenfee zur Kontrolle kam, schaute ich wieder auf. Ich brauchte einen Moment, um mich zu orientieren, doch als sich der Nebel in meinem Kopf etwas zurückgezogen hatte, hörte ich von draußen die gedämpften Stimmen von Paxton und meiner Mutter.

»Er hat Elanor das Leben gerettet.«

»Ich weiß.« Sie seufzte.

»Egal, was für einen Familienstreit ihr all die Jahre geführt habt, bitte sieh doch, was er für uns getan hat. Welches Opfer er erbracht hat.«

Kurz herrschte Stille. »Vermutlich hast du recht.«

Ich sog scharf die Luft ein, konnte nicht glauben, was ich da gerade gehört hatte. Kurz überlegte ich, aufzustehen und zu meiner Mutter zu gehen, aber im selben Moment nahm ich eine Bewegung neben mir auf dem Krankenbett wahr. Hoffnungsvoll drehte ich mich zu Elijah, der mich mit einem schwachen Lächeln angrinste. Meine Augen füllten sich mit Tränen und ich griff nach seiner Hand. Und bevor ich realisieren konnte, was gerade geschah, wurde ich in eine weitere Vision gerissen.

Ich stand in einem kargen Raum, der aus einem anderen Jahrhundert zu stammen schien, mir aber trotzdem bekannt vorkam. Ich war schon einmal hier gewesen. Nur dieses Mal stand in der Mitte des Raumes ein brodelnder Kessel, der stark an einen Hexenkessel erinnerte. Davor entdeckte ich auf einem Podest ein aufgeschlagenes Buch, das mich zu sich zu rufen schien. Ich folgte der Bitte und machte einen Schritt darauf zu. Neugierig begann ich die Zeilen zu lesen.

Wie man den Fluch der verbotenen Liebe bricht

Wer den Fluch der verbotenen Liebe ausspricht und ewiges Leid über die Familie bringt, muss, wie bei jedem anderen Fluch, mit seiner Auflösung rechnen. Diese geschieht, sollte sich einer der Liebenden für das Leben des jeweils anderen opfern. Denn wenn die Liebe zweier Menschen so tief geht, dass sie bereit sind, dem Tod ins Auge zu blicken, bricht selbst der stärkste Liebesfluch.

Mit pochendem Herzen las ich die Worte immer und immer wieder. Bedeutete das etwa, dass wir erlöst waren? Aber be-

vor ich mir weiter Gedanken darüber machen konnte, betrat dieselbe Frau, die bereits in meiner Vision in der Nacht meines neunzehnten Geburtstags vorgekommen war, den Raum. Das Bedürfnis, mich zu verstecken, keimte in mir auf, bis ich mich daran erinnerte, dass dies eine Vision war.

»Sie werden niemals so töricht sein, sich dem jeweils anderen zu opfern. Dieser Fluch wird für ewig Bestand haben und Leid über alle Nachfahren der Lightwells und Havswoods bringen«, murmelte sie in Richtung einer Katze, die auf ihrem Arm saß.

Und nach und nach verblasste die Vision …

Keuchend schlug ich die Lider auf und schaute in die grünen Augen von Elijah, der mich besorgt musterte. »Geht es dir gut?«, fragte er schwach.

»Das Gleiche sollte ich dich fragen.« Liebevoll lächelte ich ihn an und bemerkte sogleich den goldenen Schimmer, der sich um unsere Finger zog. Als würde er das Symbol für die Vision sein, die mir soeben eine glückliche Zukunft mit Elijah versprochen hatte.

»Elijah, endlich können wir ein *Wir* sein.« Freudentränen sammelten sich in meinen Augen.

»Das sind wir doch schon längst«, gab der Junge von sich, der für mich in den Tod gegangen wäre.

»Aber das *Wir*, das wir immer sein wollten.«

Und dann beugte ich mich zu ihm hinunter und legte meine Lippen auf die seinen.

EPILOG

»Weißt du, ich mag diese Ratsversammlungen nicht. Aber die Tatsache, dass du mir Pommes und einen Milchshake versprochen hast, macht die Sache deutlich besser.« Ich stellte mich auf Zehenspitzen und hauchte Elijah einen Kuss auf die Wange, bevor wir durch den Eingang der Academy nach draußen spazierten.

Nur wenige Wochen waren seit dem Moment vergangen, als ich vor diesem geheimnisvollen Schloss gestanden und auf einen Neuanfang gehofft hatte. So viel war seit diesem Tag geschehen. Ich hatte gelacht, geweint, gehofft. Und am Ende hatte die Liebe gesiegt. Und auch das Recht. Denn soeben hatte eine Ratsversammlung zu den jüngsten Geschehnissen stattgefunden. Der Onkel von Kylian war festgenommen worden und ihm drohte eine lange Haft, da er sowohl eine Fee hatte töten lassen als auch für die Entführung der anderen zwei verantwortlich war. Die restlichen Clanmitglieder hatten jetzt keinerlei magische Kräfte mehr, was der Grund war, weswegen das magische Gesetz des Pergaments seine Gültigkeit verloren hatte. Die Feen waren nun zwar eine Art Normalsterbliche, aber dafür konnten sie wieder bei Tag nach draußen. Einige der Verborgenen, die anwesend gewesen waren, hatten uns dafür gedankt. Zwar konnten sie keine Feenmagie mehr wirken, dafür jedoch die Sonnenstrahlen mit einem guten Gefühl genießen.

Und Kylian, nun ja, Kylian war freigesprochen worden. Da er rechtzeitig eingelenkt und die Academy vor größerem Unheil bewahrt sowie Elijah das Leben gerettet hatte, war der Rat gnädig mit ihm gewesen. Was jedoch nicht bedeutete, dass er jemals wieder einen Fuß in die Nähe der Academy setzen durfte. Er war für immer von hier verbannt worden. Seit der Nacht im Krankenhaus hatte ich ihn auch nicht mehr gesehen.

Mein Bruder wiederum hatte sich eine Auszeit genommen. Ihm ging der Verrat seines Freundes sehr nah, was ich gut nachvollziehen konnte. Schließlich hatte auch ich Kylian vertraut.

Aber meine und Elijahs Seelen begannen nach und nach zu heilen und die vielen gemeinsamen Gespräche halfen uns, nach vorne zu schauen. Vor allem, da uns nichts mehr im Weg stand. Kein Fluch und nicht einmal unsere Familien. Denn unsere Eltern hatten eine stumme Übereinkunft getroffen, unsere Liebe zu dulden, was vor allem der Tatsache geschuldet war, dass Elijah für mich sein Leben riskiert hatte.

Kurz flackerte in mir wieder die Erinnerung an diesen Moment auf und ich schlang meinen Arm um ihn. Mittlerweile hatte er sich fast vollständig erholt, was mich unendlich erleichterte.

»Elanor?« Plötzlich blieb er stehen und nahm mein Gesicht in seine Hände.

»Ja, Elijah?«

»Ich liebe dich.«

»Und ich liebe dich.«

Heartbreak Playlist

The Sun Is Rising – Britt Nicole
Head Above Water – Avril Lavigne
So Long Goodbye – Sum41
Catching Fire – Sum41
Airplanes – B.o.B, Hayley Williams
Because Of You – Kelly Clarkson
Let You Down – NF
Wonderwall – Oasis
Mein Herz – Tagtraeumer
Love The Way You Lie – Eminem, Rihanna

BONUSGESCHICHTE

RÜCKKEHR AN DIE RAVENHALL ACADEMY

Für alle, die noch einmal alte Bekannte wiedertreffen und bei Grandma Charlotte im Gewächshaus vorbeischauen wollen. Willkommen zurück an der Academy für Hexen und Hexer.

(Die Geschichte enthält Spoiler.)

KAPITEL 1

Mein Blick schweifte aus dem Autofenster und ich betrachtete den Ort, der ein Jahr lang mein Zuhause gewesen war. Vorfreude machte sich in mir breit, als wir auf dem geräumigen Parkplatz vor der Academy zum Stehen kamen. Ich öffnete die Beifahrertür und sprang aus dem Wagen, nur um sofort wieder innezuhalten. Mit einem Hauch von Nostalgie musterte ich die uralten Gemäuer der Ravenhall. Es sah alles genauso aus wie bei meinem letzten Besuch zur Walpurgisnacht. Etliche Raben flatterten über unseren Köpfen und es herrschte ein reges Treiben auf dem Hof.

»Hast du Lilly eigentlich gesagt, dass wir bereits heute anreisen?«, fragte Elijah, während er das Auto umrundete und das Gepäck auslud.

Grinsend schüttelte ich den Kopf. »Ich dachte, dass ich sie überrasche!«

Er seufzte. »Wieso habe ich mir das schon fast gedacht? Sicherheitshalber habe ich aber Jason eingeweiht.«

Ich wirbelte zu Elijah herum und stemmte meine Hände in die Hüften. »Hey, was ist, wenn er sich verplappert?«

»Wird er nicht«, versprach er mir.

Ich seufzte. »Na gut. Sollte er es doch tun, bist du schuld, wenn der Überraschungseffekt flöten geht.«

Und dann machten wir uns gemeinsam auf den Weg. Mit

jedem Schritt wurde ich aufgeregter. Zwar waren erst ein paar Monate seit meiner letzten Abreise verstrichen, aber ich hatte Lilly vermisst. Glücklicherweise fand morgen ein Ereignis statt, zu dem wir eingeladen worden waren. Jason würde nun offiziell seinen Posten als Schulleiter der Ravenhall übernehmen – inklusive Zeremonie und eines anschließenden Fests.

Unwillkürlich beschleunigte ich meine Schritte und begrüßte frühere Mitschülerinnen. Unter anderem kamen mir Tessa und Melina entgegen und schlossen mich in eine feste Umarmung. Kaum hatte ich mich von ihnen gelöst, stand auch Elijah wieder neben mir und gemeinsam betraten wir die Eingangshalle. Während ich ein wohliges Seufzen ausstieß und mein früheres Zuhause auf mich wirken ließ, spürte ich Elijahs Hand auf meinem Rücken.

»Weißt du noch? Wie wir uns immer in der Eingangshalle heimliche Blicke zwischen den Unterrichtsstunden zugeworfen haben?«

Ich grinste und gab ihm einen flüchtigen Kuss auf die Wange. »Wie könnte ich das vergessen?«

Auch hier an der Ravenhall hatten wir unsere Beziehung geheim halten müssen und außer Lilly und Jason hatte niemand Bescheid gewusst. Trotzdem hatten wir mehr Freiheiten gehabt als in unserem ersten Schuljahr auf der Skyfall Academy. Aber nun war alles anders. Endlich konnten wir ein richtiges *Wir* sein. Vier Monate waren seit diesem Moment, der alles verändert und uns zusammengeführt hatte, vergangen. Und es gab keinen Tag, an dem ich nicht mit einem Lächeln auf den Lippen aufwachte.

»Komm, ich will endlich Lillys Hündin Mrs Blueberry knuddeln«, sagte ich in Elijahs Richtung und einen Augenblick später erklommen wir schon die Stufen zu den Zimmern der Hexen und Hexer. Und mit jeder Stufe steigerte sich meine Vorfreude.

Kaum erreichten wir das Stockwerk der Mädchen, schnappte ich mir meinen Rucksack und drückte Elijah einen flüchtigen Kuss auf den Mund.

Verdutzt musterte er mich. »Was hast du vor, Moonshine?«

»Alsooo«, sagte ich langgedehnt. »Weißt du, ich brauche dringend eine Girlsnight mit Lilly. *Vampire Diaries* schauen, über unsere Jungs reden, Süßkram bis zum Umfallen, eben das halt.« Ich presste die Lippen aufeinander, um nicht laut loszulachen, als ich Elijahs Gesichtsausdruck sah.

»Na gut, dann lasse ich euch mal machen«, antwortete er grinsend, noch immer ein wenig überrumpelt von der Neuigkeit.

»Treffen wir uns später?«, fragte ich, während ich schon den Korridor entlangging, vorsichtig darauf bedacht, nicht dem geisterhaften Wischmopp in die Quere zu kommen.

»Natürlich«, erwiderte Elijah mit einem kurzen Winken und verschwand um die nächste Ecke.

Nun war es so weit. Ich stand vor meiner alten Zimmertür. Tief atmete ich ein und aus und drückte die Klinke hinunter. Leise zählte ich bis drei und stieß sie auf. Und als ich sah, was gerade in dem Raum geschah, brach ich in schallendes Gelächter aus. Vor mir stand Lilly und versuchte ein Buch aus der Schnauze ihrer Hündin zu zerren, die allerdings stur blieb. Als sie mich entdeckten, verharrten beide in ihrer Bewegung. Aber Mrs Blueberry war dann doch diejenige, die den Kampf mit dem Buch zuerst aufgab und auf mich zusprang. Hechelnd und mit einem freudigen Funkeln in ihren grün-blauen Augen blickte sie zu mir auf. Ich stellte mein Gepäck ab und kraulte sie hinter den Ohren, bis Lilly sich auf mich stürzte und mich in eine feste Umarmung zog.

»Ich habe dich so vermisst«, rief sie.

»Und ich dich!«, gab ich lächelnd zurück und schlang meine Arme um sie. Als wir uns schließlich nach einer weiteren Knuddeleinheit voneinander lösten, wurde ihr Blick spielerisch streng.

»Moment mal! Du wolltest doch erst morgen kommen oder habe ich da was falsch verstanden?«

»Ich wollte dich überraschen.« Kichernd zog ich meine Jacke aus, um sie über die Stuhllehne am Schreibtisch zu hängen, während Lilly die Tür hinter uns schloss.

»Ach, deshalb hat Jason mir für heute Abend abgesagt.« Sie hob schmunzelnd eine Augenbraue und griff dann nach meiner Hand, um mich hinter sich her auf die geräumige Fensterbank zu ziehen. Dort ließen wir uns auf die etlichen Kissen sinken, während Mrs Blueberry sich zwischen uns quetschte.

»Hat er eigentlich viel zu tun? Jetzt, da ihn seine Granny in seine Arbeit als Schulleiter einführt?«, fragte ich.

»Na ja … doch. Er ist viel im Büro und versucht sich einen Überblick über seine neuen Aufgaben zu verschaffen, aber er ist schon ein wenig aufgeregt, wegen der Zeremonie morgen.«

»Das kann ich mir vorstellen. Aber jetzt zu dir … hast du schon eine Antwort von dem Ausbildungsinstitut für Geisterjäger?« Erwartungsvoll starrte ich sie an.

»Jaaa«, antwortete Lilly langgezogen und wollte es offensichtlich spannend machen. Zumindest ließ ihr breites Grinsen darauf schließen.

»Erzähl!« Ich wusste, dass Lilly sich in den letzten Wochen ausgiebig damit beschäftigt hatte, was sie nach ihrer Zeit an der Ravenhall machen sollte. Und nachdem sie sich im vergangenen Jahr viel mit Aurendeutung und Geistern beschäftigt hatte, war sie auf den Gedanken gekommen, eine Ausbildung zur Geisterjägerin in einem Institut hier in London zu machen. Ich war von Anfang an davon begeistert gewesen, schließlich beherrschten nur wenige Hexen die Aurendeutung so gut wie Lilly und vermutlich waren auch die wenigsten mit so vielen verschiedenen Geistern in Berührung gekommen.

»Sie haben mich angenommen! Im kommenden April geht die Ausbildung los!«, verkündete sie schließlich und das aufgeregte Schimmern in ihren grünen Augen ließ mich noch breiter grinsen.

»Das freut mich so!« Stürmisch umarmte ich sie.

»Und jetzt erzähl, wo hast du Elijah gelassen?«, fragte Lilly, als wir uns wieder voneinander gelöst hatten.

»Ich habe ihm klargemacht, dass wir eine Girlsnight brauchen. Nur wir beide.«

»Oh, also eigentlich muss ich gleich in die Innenstadt und bei Alice Jasons Umhang abholen, den jeder Schulleiter bekommt. Da er ihn vor der Zeremonie nicht sehen darf, dachte ich, dass ich diese Aufgabe übernehme und ihn in London besorge.« Sie biss sich auf die Unterlippe und schaute mich leicht entschuldigend an.

Ich hingegen stand auf, griff nach meinem Rucksack und der Jacke, dann legte ich grinsend den Kopf schief. »Gut, ich bin bereit, wann sollen wir los?« Wir hatten schon unsere Ballkleider für die Walpurgisnacht letztes Jahr im kleinen Geschäft von Alice gekauft und es war bestimmt schön, die Hexe wiederzusehen.

Lilly lachte los und erhob sich, was Mrs Blueberry mit einem beleidigten *Wuff* kommentierte.

»Das wird großartig! Grandma fährt uns auch in die Stadt, da sie sich dort mit einer alten Freundin trifft.« Sie schnappte sich ebenfalls ihre Umhängetasche samt Jacke und bedeutete Mrs Blueberry, uns zu folgen. Kaum öffnete Lilly die Tür, quetschte sie ihr goldenes Fell durch den Spalt und eilte voraus.

Während wir uns den Weg zum Gewächshaus bahnten, begrüßte Lillys Gefährtin immer wieder andere Tiere und stupste sie fröhlich mit der Nase an. Ich hingegen ließ die Atmosphäre auf mich wirken. Das Gefühl von Nostalgie verstärkte sich um ein Vielfaches, als wir den Wintergarten durchquerten, der über und über mit Kürbissen geschmückt war. Schließlich war es nur noch eine Woche bis Halloween. Die Dekoration zog sich weiter, bis zur gläsernen Front, an der ein Meer aus Lichterketten hing. Natürlich durfte auch ein knisterndes Feuer im Kamin nicht fehlen, vor dem zwei Schülerinnen saßen und sich miteinander unterhielten.

Und bereits einen Moment später begrüßte uns eine kalte Regenfront, als wir nach draußen traten. Schnell murmelte Lilly einen Hexenspruch und wenige Sekunden später blieben wir trotz des Wetters trocken.

»Den Spruch habe ich von Ryan gelernt«, erklärte sie mir grinsend, als wir den Weg zum Gewächshaus entlangliefen.

»Kommt er morgen eigentlich auch?«, fragte ich.

»Natürlich kommt –«, Lilly brach mitten im Satz ab und fixierte etwas hinter mir.

Ich drehte mich um und erkannte sogleich zwei mir bekannte Raben, die auf uns zuflogen. Ein Lächeln schlich sich auf meine Lippen, denn Shadow und ihr Sohn Colin waren ein wirklich zuckersüßes Gespann, das jetzt vor uns landete. Colin kam ein wenig holpriger auf dem Boden auf als seine Mutter. Trotzdem schüttelten sie beide freudig ihre schwarzen Gefieder, was umliegende Blätter aufwirbelte und Lillys Gefährtin zum Niesen brachte. Beleidigt stupste sie Shadow an, die als Antwort ein lautes Krächzen von sich gab.

Im selben Moment ging auch die Tür zum Gewächshaus auf und Lillys Grandma kam heraus. Wie immer war sie in ein langes dunkelblaues Gewand mit Monden und Sternen gehüllt, nur dass der Saum mit weißem Kunstfell verziert war, passend zu den kühlen Temperaturen.

»Ich habe euch bereits von Weitem gesehen! Ist dieses herbstliche, trübe Wetter nicht herrlich?« Sie kam mit ausgestreckten Armen auf uns zu und drückte erst mich, dann ihre Enkelin an sich. Offensichtlich hatte sie den Anti-Regen-Zauber ebenfalls angewandt.

»Schön, dass du schon da bist und Lilly nach London begleitest. Ich hatte ein wenig Sorge, sie allein durch die Gassen ziehen zu lassen, aber du weißt ja, dass sie sich nicht umstimmen lässt«, sagte sie und bedeutete uns, ihr zu folgen.

Gemeinsam liefen wir einen schmalen Weg um die Academy herum, bis zu dem Parkplatz, wo der Jeep von Mrs Campbell stand. Und kaum öffnete ich die hintere Wagentür, schlüpfte Mrs Blueberry an mir vorbei und machte es sich auf einem der Sitze bequem. Natürlich so, dass sie die perfekte Aussicht aus dem Fenster hatte.

Grinsend ließ ich mich neben sie sinken und während wir uns von der Academy entfernten und Richtung Innenstadt fuhren, unterhielten wir uns ausgelassen. Doch als wir das Zentrum durchquerten, klebte Lillys Nase, genau wie die Schnauze von Mrs Blueberry, am Fenster. Ich wusste, dass die Stadt mit all ihren historischen Gebäuden, die zwischen den moderneren hervorstachen und uralte Geschichten erzählten, eine besondere Faszination auf sie ausübte.

Und als wir über die Tower Bridge fuhren, musste auch ich freudig aufseufzen. Der Anblick, wie der Tower of London sich nahezu majestätisch vor uns erstreckte, war einzigartig. Genauso wie der Piccadilly Circus, den wir nun erreichten. Mrs Campbell hielt in einer Seitenstraße und ließ uns raus.

»Passt auf euch auf«, rief sie uns zur Verabschiedung hinterher, bevor sie davonbrauste.

»Bist du bereit für eine kleine Shoppingtour?« Lilly stupste mir spielerisch in die Seite.

Bevor ich eine Antwort geben konnte, antwortete das dritte

Mädchen in unserer Runde mit einem *Wuff* und wir begannen laut zu lachen.

»Also, dann los. Und danach gehen wir etwas essen, okay?«

Ich nickte. »Perfekt.«

Zu dritt stürzten wir uns in das Getümmel und bahnten uns den Weg zu Alice' Laden, in dem es für jeden magischen Anlass die perfekte Robe gab. Kaum, dass wir den Laden betraten, kam sie schon auf uns zugeeilt.

»Schön, dass ihr da seid. Jasons Umhang ist bereits fertig. Und für euch habe ich noch eine kleine Überraschung«, rief sie uns strahlend entgegen.

»Überraschung?«, fragten wir im Chor, doch die Hexe zwinkerte uns nur zu und führte uns durch den Laden, bis ganz nach hinten, wo die prächtigsten Kleider hingen. Und zwei davon waren auf einer einzelnen Kleiderstange direkt in der Raummitte platziert worden. Das eine war in einem sanften Dunkelgrün gehalten und das andere in einem satten Lavendel.

»Das sind eure Kleider!«, sagte Alice und klatschte in die Hände.

»Moment mal … unsere Kleider?«, fragte ich und warf einen raschen Blick zu Lilly, die es ebenfalls nicht zu begreifen schien.

»Eure Jungs haben mich angerufen und die beiden Kleider zurücklegen lassen, für das Fest morgen.« Sie lief auf das dunkelgrüne Kleid mit den Pailletten zu und reichte es Lilly. Dann übergab sie mir das lavendelfarbene, das über und über mit kleinen weißen Perlen bestickt war.

»Los, probiert sie einmal an«, forderte Alice uns auf, was wir uns nicht zweimal sagen ließen.

Noch immer konnte ich nicht ganz glauben, dass Jason und Elijah diese Überraschung für uns geplant hatten. Vor allem, nachdem wir bei unserem letzten Besuch in diesem Laden beide ein wenig Liebeskummer gehabt hatten.

Mit der Erinnerung an diesen Tag vor über einem Jahr zog ich den Vorhang zur Umkleide hinter mir zu und schlüpfte in das wunderschöne Kleid, das sich eng an meinen Körper schmiegte. Als ich zeitgleich mit Lilly aus der Umkleide trat, entfuhr uns beiden ein »Oh«.

»Ihr seht toll aus! Dann kann das Fest ja kommen«, sagte Alice und lächelte uns an.

Mit drei großen Taschen verließen wir wenig später Alice' Laden. Den Umhang für Jason hatte die Hexe bereits eingepackt gehabt, weswegen wir ihn gar nicht zu Gesicht bekommen hatten. Aber laut Lilly war er dunkelgrün und mit schwarzen Ornamenten verziert, also passend zu ihrem Kleid.

»Zwei Straßen weiter gibt es einen tollen Pub, in dem ich schon öfter mit Jason war«, sagte Lilly, nachdem wir eine Straße überquert hatten. »Wollen wir dorthin?«

»Sehr gerne«, kommentierte ich lächelnd und folgte Lilly und Mrs Blueberry, die bereits genau zu wissen schien, wo wir hinwollten, denn sie lief zielstrebig voraus.

Wenig später tauchte vor uns der Pub auf und wir sicherten uns einen Platz direkt am Fenster in einer gemütlichen Sitzecke. Während uns Lilly zwei Ofenkartoffeln mit Sour Cream und Salat an der Theke besorgte, fütterte ich Mrs Blueberry mit den Hundekeksen, die Lilly extra mitgenommen hatte. Und jedes Mal, wenn einer in ihrer flauschigen Schnauze verschwunden war, schaute sie flehend zu mir auf.

»Du hast schon genug«, sagte ich nach dem sechsten Keks tadelnd und schob ihr das Schälchen Wasser rüber, das ihr eine Mitarbeiterin des Pubs freundlicherweise hingestellt hatte.

»Die Hundekekse habe ich von einem Markt in Greenwich.

Mrs Blueberry kriegt seitdem nicht genug davon«, erklärte Lilly, als sie mit vollbeladenen Tellern zurückkam. Sie stellte sie vor uns ab und ich sog den Duft tief ein. Erst jetzt merkte ich, wie mein Magen vor Hunger grummelte. Wir machten uns über das Essen her und kaum waren die letzten Krümel vom Teller verschwunden, ließen wir uns glücklich in die Polster zurücksinken.

»Weißt du, ich habe dich wirklich vermisst. Seit du nicht mehr da bist, fühlt sich das Zimmer so leer an.«

»Ich hätte bestimmt noch einen Platz für dich frei in meinem Zimmer an der Moonlight Academy.« Ich grinste.

»Ein Schloss an der irischen Küste? Das klingt durchaus verlockend. Aber leider bieten sie ja keine Austauschjahre an«, murmelte Lilly und nahm einen Schluck von ihrer Cola.

»Wenn Elijah und ich im Sommer fertig mit der Schule sind, werden wir unsere Ausbildung beginnen, um eines Tages für den Feenrat in der Welt herumzureisen. Ein Unterrichtsmodul findet für drei Monate in London statt.«

Überrascht blinzelte mich Lilly aus ihren grünen Augen an, bevor sich ein breites Grinsen auf ihre Lippen stahl. »Moment, echt jetzt? Das ist ja großartig!«

Ich nickte eifrig. »Ja, und wie. Dann können wir uns öfter sehen!«

»Das klingt toll.« Lilly seufzte glücklich.

»Ich bin froh, endlich meinen eigenen Weg gehen zu können. Fort von meinen Eltern.«

»Wie oft musst du dir von deiner Mutter anhören, dass du die Beziehung mit Elijah fünf Jahre verheimlicht hast?« Lilly hob eine Augenbraue, als könnte sie sich die Antwort bereits denken.

»Wir machen Fortschritte. Mittlerweile in etwa dreimal, wenn wir uns sehen. Vor zwei Monaten waren wir noch bei fünfmal«, antwortete ich schmunzelnd. Unsere Familien hatten zwar die Beziehung akzeptiert und waren Elijah dankbar, dass er mir das Leben gerettet hatte, aber trotzdem hielt mir meine Mutter das bis heute vor.

»Ich bin froh, dass ihr wieder zueinandergefunden habt und endlich richtig zusammen sein könnt.« Lilly griff über den Tisch nach meiner Hand und drückte sie sanft. »Ihr habt so viel durchgemacht, die Sache mit den Feen der Verborgenen, von der du mir erzählt hast … und dann das mit Kylian …« Lilly verstummte und presste die Lippen aufeinander, als wüsste sie nicht genau, ob sie das Thema ansprechen sollte.

»Ich habe seit dem Tag der Verurteilung nichts mehr von Kylian gehört«, entgegnete ich schulterzuckend und nahm einen Schluck von meiner Cola. »Und hast du in den letzten Wochen etwas Neues erfahren, was Chris angeht?« Das Thema sorgte regelmäßig für Gesprächsstoff in unseren Telefonaten. Seit letztem Herbst war er verschwunden und nur die Briefmarken vereinzelter Briefe, die er seiner Freundin Tessa schrieb, ließen darauf schließen, wo er war. Meistens erzählte er ihr, dass er versuchte einen Neuanfang zu wagen.

»Seit ein paar Wochen hat Tessa keinen Brief mehr erhalten, was sie erst mal in eine Art Liebeskummer gestürzt hat. Geholfen haben da nur viel Eiscreme und Serien.« Lilly griff ebenfalls nach ihrem Getränk und nahm einen kräftigen Schluck.

Gerade, als ich etwas erwidern wollte, hörte ich, wie im Hintergrund der Fernseher mit den Nachrichten lauter gedreht wurde.

»Der englische Thronfolger wurde entführt. In der Hexenwelt wird gemunkelt, dass Übernatürliche dahinterstecken könnten«, erklärte Lilly.

Ich riss die Augen auf und starrte dann auf den Bildschirm, der eine Reporterin zeigte, die live vom Buckingham Palace berichtete.

»Denkst du denn, es waren tatsächlich magische Wesen?« Ich wandte mich wieder zu Lilly um.

»Ich weiß es nicht. Doch das ist einer der Gründe, weshalb ich die Geisterjäger-Ausbildung absolvieren möchte. Um magische Wesen, die Böses im Sinn haben, zu stellen.«

»Das ist bestimmt eine gute Voraussetzung für die Ausbildung«, antwortete ich und zwinkerte ihr zu.

Noch für eine Weile saßen wir in dem Pub und tauschten Erinnerungen und Gedanken aus. Aber wir schmiedeten auch Zukunftspläne, wie wir Elijahs und meinen Aufenthalt in London in einem Jahr am besten nutzen würden.

Irgendwann machten wir uns dann wieder auf den Weg und kamen schließlich vollbepackt mit Taschen und guter Laune im Herzen zurück an die Academy.

»Elanor, wie schön dich wiederzusehen!«, begrüßte mich Jason, als er uns in der Eingangshalle entgegenkam. »Soll ich euch noch etwas aus der Küche besorgen oder habt ihr schon gegessen?« Er ging auf Lilly zu und schlang seinen Arm um sie.

»Das Kleid ist so schön!«, sagte sie zu Jason, ließ ihre Taschen sinken und schmiegte sich an ihn.

»Das freut mich zu hören.« Er gab ihr einen Kuss auf die Stirn. »Also? Wollt ihr noch etwas essen?«

»Eigentlich waren wir bereits essen. Obwohl …« Ein Schmunzeln stahl sich auf Lillys Lippen. »Wie wäre es mit einer Packung Kekse und einer heißen Schokolade? Ich weiß durch einen unserer nächtlichen Ausflüge in die Küche, dass die Keksdose ganz oben auf dem Regal neben dem Kühlschrank steht, und die heiße Schokolade kannst du uns ja vielleicht schnell noch machen …« Sie brach ab und ein breites Lächeln erschien auf ihrem Gesicht.

Jasons Züge wurden weich und er drückte ihr einen weiteren flüchtigen Kuss auf die Stirn. »Ausnahmsweise. Aber wenn ich nächstes Mal wieder um Mitternacht kochen will, machst du mit!« Er hob eine Augenbraue.

»Deal«, sagte Lilly triumphierend.

Mit einem Nicken verschwand Jason in Richtung Speisesaal und Lilly wandte sich zu mir um.

»Wollen wir in den Wintergarten oder Aufenthaltsraum?«

»Wintergarten.« Meine Antwort kam wie aus der Pistole geschossen und Lillys funkelnde Augen verrieten mir, dass sie auch nichts anderes erwartet hatte.

»Dann los.« Sie hakte sich bei mir unter und wenig später ließen wir uns schon auf dem gemütlichen Sofa mit Schottenmuster nieder und beobachteten das prasselnde Feuer im Kamin. Um uns herum saßen Schüler und Schülerinnen verteilt an Tischen. Manche lernten, andere unterhielten sich lebhaft. Auch Tessa und Melina kamen vorbei, allerdings waren sie auf dem Sprung und blieben nicht lange.

»Was macht Elijah heute Abend?«, erkundigte sich Lilly, während sie mithilfe von Magie einen Keks aus der Dose auf dem Tisch zu sich schweben ließ. Jason hatte uns inzwischen den versprochenen Süßkram vorbeigebracht. Was Mrs Blueberry natürlich genau registriert hatte. Jetzt verfolgte sie den schwebenden Keks mit ihren Augen ganz genau, als würde sie ihn gleich für sich beanspruchen.

»Er hat mir gerade geschrieben, dass er sich mit Finley trifft, um Jason von der Arbeit abzuhalten«, erwiderte ich und steckte mein Handy wieder ein.

»Das macht Finley andauernd, wenn er mit Vicky hier ist.«

»Das Herumreisen passt zu ihm.«

Im Gegensatz zu Lilly waren Jason, Finley und Vicky fertig mit ihrer Ausbildung an der Academy und während Jason seinen Posten als Schulleiter übernahm, erkundeten Finley und seine Freundin die Welt.

»Das stimmt. Aber er taucht dann immer aus heiterem Himmel hier auf, um Jason zu besuchen, ohne Ankündigung.« Sie unterdrückte ein Kichern, doch ich konnte sehen, dass es ihr schwerfiel. »Letztes Mal«, gluckste sie, »hat sich Finley den Spaß erlaubt und sich – sehr originell, wenn du mich fragst – in seinem Büro hinter einem Schrank versteckt und ihn überrascht.« Ihr Kichern wurde zu einem Lachanfall, in den ich mit einstimmte.

KAPITEL 2

Ein lautes, permanentes Klopfen riss mich aus dem Schlaf. Ich rieb mir über die Augen und schlug meine schweren Lider auf, wobei mein Blick auf die Uhr an der gegenüberliegenden Wand fiel. Acht Uhr! Acht! Grummelnd drehte ich meinen Kopf von der Uhr weg und vergrub mein Gesicht in Elijahs Armen, die mich noch immer fest umschlossen hielten.

»Elanor, Elijah! Aufwachen, wir brauchen eure Hilfe!«

Als das Wort *Hilfe* erklang, saß ich sofort hellwach im Bett und rüttelte Elijahs Schulter, bis er mich verschlafen musterte.

»Hey, Moonshine, wollten wir nicht ausschlafen?«

»Doch, aber …« Weiter kam ich nicht, denn Lilly klopfte erneut. Ich stand auf und war mit wenigen Schritten an der Tür unseres Gästezimmers. Als ich sie aufzog, sah ich mich Lilly gegenüber, die mit ihrer erhobenen Hand wohl gerade ein weiteres Mal gegen unsere Tür hatte klopfen wollen. Neben ihr saß Mrs Blueberry und blickte mich mit schräggelegtem Kopf an.

»Colin ist verschwunden und in wenigen Stunden ist die Zeremonie, da müssen Shadow und Colin dabei sein«, erklärte Lilly mit beunruhigtem Blick und senkte ihren Arm wieder.

»Wie, verschwunden?«, wiederholte ich.

»Shadow war gerade an Jasons Fenster, völlig aufgebracht.« Auf ihre Züge stahl sich ein Ausdruck der Sorge. »Und Colin hatte doch erst einen kleinen Flugunfall, weswegen er sich nicht mehr auf hohe Gebäude traut«, fügte sie leise hinzu.

»Wir helfen euch suchen«, entgegnete ich und gerade als ich Elijah Bescheid geben wollte, kam er schon fertig angezogen zu uns an die Tür.

»Gib mir einen Moment, ich zieh mir noch etwas über.« Kurz ging mein Blick erneut zu Lilly, die sich wohl in der Eile nur in eine schwarze Leggins und einen weiten Hoodie, der offensichtlich Jason gehörte, geschmissen hatte.

»Willst du eine Jacke von mir?«, fragte ich, während ich bereits zurück ins Zimmer eilte.

»Ich weiß, ich habe meine vergessen. Aber es wird auch so gehen. Ein Hoch auf die Magie, da bleibt mir auch ohne Jacke warm.«

»Das ist praktisch.« Ich wühlte im Kleiderschrank und entschloss, mich dem Look von Lilly anzupassen. Schnell schlüpfte ich ein dunkelrotes Sweatshirt mit den Gesichtern der *Vampire-Diaries*-Darstellern und eine schwarze Leggins. Dann zog ich mir die Jacke über und folgte Lilly und Elijah, die bereits auf den Flur getreten waren.

»Wo könnte Colin denn sein?«, fragte ich.

»Jason schaut gerade am See, beim Wasserrad. Danach wollte er den vorderen Teil der Academy absuchen. Und seit Colin sich nicht mehr auf hohe Gebäude traut, verbringt er viel Zeit auf einem Baum in der Nähe des Gewächshauses. Oder eben auf dem Familienfriedhof«, zählte Lilly die Orte auf, während wir die Treppenstufen nach unten zur Eingangshalle hinabeilten. Dort kam uns bereits Jason entgegen.

»Also, am See ist er nicht«, begrüßte er uns und auch wenn seine Miene undurchschaubarer war als die von Lilly, konnte ich die Sorge in seinen Augen dennoch aufblitzen sehen.

»Wollen wir uns aufteilen? Elanor und ich schauen bei dem

Baum und auf dem Familienfriedhof nach. Ihr im vorderen Bereich der Academy.«

»Wieso müssen gerade wir in den Wald?«, murmelte ich in ihre Richtung. Der Verhexte Wald der Ravenhall war bekannt für seine Geheimnisse und Legenden.

»Weil es im Herbst dort so schön ist … na ja, und vielleicht ein wenig schaurig. Aber das passt schließlich zu der Halloweenzeit!«, versuchte mich Lilly zu überreden. Als ich sie damals kennengelernt hatte, war sie definitiv schreckhafter gewesen.

Ich seufzte. »Na gut, für Colin.«

»Dann los.«

Wir verabschiedeten uns von unseren Jungs und liefen durch den Wintergarten nach draußen zum hinteren Teil der Academy. Zielsicher steuerten wir auf den Baum zu, den Lilly als mögliche Option genannt hatte. Aber außer einer Eule, die zu einer der Hexen aus meiner früheren Klasse gehörte, entdeckten wir kein Geschöpf der Lüfte. In der Hoffnung, dass Colin sich vielleicht doch irgendwo auf den Dächern niedergelassen hatte, wanderte mein Blick vom Gewächshaus bis hin zu den Turmspitzen der Academy. Doch auch dort war kein kleiner Rabe zu entdecken.

»Komm, auf in den Wald.« Lilly stupste mich an.

»Wieso finden Raben Friedhöfe eigentlich so faszinierend?«, fragte ich, während wir uns Bewegung setzten.

»Vermutlich, damit sie ihrem Ruf und den damit einhergehenden Legenden gerecht werden.« Über Lillys Züge huschte ein Schmunzeln.

Gerade als ich erwidern wollte, dass es im Falle von Raben, die mit Hexen zu tun hatten, wirklich Sinn ergeben könnte, kam ein Windstoß auf und sorgte dafür, dass einige Blätter direkt in unsere Richtung gewirbelt wurden. Schnell zupfte ich mir die nassen Blätter aus dem Haar und befreite meine Jacke von dem Zeug. Auch Lilly und Mrs Blueberry hatten eine Portion abbekommen, was sie aber wohl nicht störte.

Schließlich erreichten wir den Familienfriedhof. Lilly öffnete das Tor mit einem Quietschen, das bestimmt sämtliche Geister vertrieb. Als wir es passierten, musste ich unwillkürlich an die Nacht vor Halloween im letzten Jahr denken, als wir unten in der Gruft gewesen waren. Das war eine Erfahrung, die ich so schnell nicht noch mal machen wollte. Auch wenn dieser Ort nun friedlich zu sein schien, so bedeckt mit Laubblättern, bereitete mir die Erinnerung noch immer eine Gänsehaut. Aber nun galt es, diesen kleinen Raben zu finden, bevor die Kälte in sein Gefieder kroch. Leider war auch hier kein Lebenszeichen von ihm zu entdecken.

»Sonst hält er sich hier so gern auf«, murmelte Lilly und die Sorge in ihrer Stimme ließ mein Herz schwer werden.

»Wir finden ihn schon.« Ich warf ihr ein aufmunterndes Lächeln zu, während wir den alten Friedhof wieder verließen.

»Hast du eine Idee, wo er sonst sein könnte?«

Lilly seufzte. »Ich weiß es nicht. Normalerweise entfernt er sich nicht so weit von –«

Noch während sie die Worte sprach, kam ein weiterer Windstoß auf und sorgte dafür, dass wieder eine Ladung Blätter direkt auf mir landete. Ich versuchte mich zu ducken, doch das hielt die herumwirbelnden Blätter nicht ab. Blinzelnd den Kopf eingezogen, öffnete ich wieder die Augen … und dann sah ich es. Vor uns im Matsch waren Abdrücke.

»Lilly, schau mal«, forderte ich sie auf und deutete auf die Spur, während ich mich von den Blättern befreite.

»Das könnte Colin sein! Und wie es scheint, führen sie zu …« Sie stockte und ihre Augen wurden groß. »Er ist bei den zwei Felsen auf der Lichtung!«

Mit neuer Hoffnung eilten wir den Weg entlang, der zu der

Lichtung führte. Und als wir wenig später völlig aus der Puste die Felsen erreichten, trauten wir unseren Augen kaum. Vor uns, direkt unterhalb des Felsens, lauerte Mrs Campbells Kater Biscuit und beobachtete Colin, der ganz oben auf dem Gestein saß und immer wieder ein leises Krächzen von sich gab. Und obwohl er immer wieder seine Flügel ausbreitete, um davonzufliegen, schaffte er es nicht abzuheben.

»Biscuit, hast du dich mal wieder raus in den Wald geschlichen!«, schimpfte Lilly, war mit wenigen Schritten bei dem Kater und hob ihn hoch. Natürlich ließ es sich Mrs Blueberry nicht nehmen, Biscuit davor mit einem Nasenstupser zu begrüßen. Dieser gab ein mies gelauntes Schnurren von sich, schmiegte sich dann aber in Lillys Arme.

»Und wie bekommen wir Colin jetzt wieder runter?«, fragte ich in ihre Richtung.

»Moment, das haben wir gleich.« Lilly hob ihre Hand, murmelte einen Hexenspruch, den ich nicht ganz verstand, und binnen Sekunden formte sich aus den umliegenden Blättern eine Treppe, die bis zu Colin hochreichte.

Unsicher musterte dieser das Gestell und machte einen zögerlichen Schritt auf die provisorischen Stufen. Kurz legte er das kleine Köpfchen schief und sah zu Biscuit, als würde er abwägen, ob es wirklich sicher war, hinunterzukommen. Doch zu unserer großen Erleichterung hüpfte er schließlich mit federleichten Sprüngen die Treppe hinunter, bis er auf der letzten Stufe stehen blieb und einmal laut krächzte. Offensichtlich wollte er getragen werden. Also eilte ich auf ihn zu, streckte meinen Unterarm aus, wo er es sich mit einem Hops bequem machte. Dann schaute er mich dankbar an, woraufhin ich ihm einmal sanft über das kleine Köpfchen streichelte.

Lilly setzte sich in Bewegung und gemeinsam liefen wir zurück zur Academy.

»Ich sag es dir, das war jetzt schon das zweite Mal innerhalb einer Woche, dass er sich nicht mehr von seinem Aussichtspunkt weggerührt hat. Seit er diesen Flugunfall hatte, versucht er es zwar immer wieder mit dem Fliegen, aber traut sich dann nicht mehr runter. Letztes Mal haben wir ihn auf dem Dach von Grandmas Gewächshaus gefunden.«

»Ich hoffe, dass er bald wieder sorgenfrei fliegen kann«, flüsterte ich und warf Colin einen hoffnungsvollen Blick zu.

»Es wird mit jedem Tag ein bisschen besser. Shadow hilft ihm, so gut sie kann«, erwiderte Lilly. »Kommst du mit zu Grandma? Ich setze Biscuit kurz bei ihr ab.«

»Na klar.« Ich folgte ihnen zum Gewächshaus und kaum traten wir durch die gläserne Tür, entdeckten wir auch schon Mrs Campbell, die gerade dabei war, in einem Kessel zu rühren.

»Ich braue einen Trank für die Zeremonie, den kriegt Jason als Geschenk von mir. Wenn man zwei Tropfen davon in ein heißes Getränk gibt, verleiht er einem ein gutes Gespür für die richtigen Entscheidungen – obwohl es nur für ein paar Stunden wirkt«, begrüßte sie uns. Dann fiel ihr Blick auf Biscuit, der von Lillys Arm sprang und direkt zu seinem Körbchen unterhalb des Lehrerpults lief. »Ich habe mich schon gefragt, wo er geblieben ist.«

»Na ja, also …«, holte Lilly aus und erzählte ihr alles. Währenddessen gab Colin, der nach wie vor auf meinem Arm saß, immer wieder ein klagendes Krächzen von sich.

»Klingt ganz nach meinem mürrischen Kater«, sagte Lillys Grandma schlussendlich und richtete dann die Brille auf ihrer Nasenspitze.

KAPITEL 3

»Weißt du noch, als du mich gefragt hast, ob ich deine Begleitung für die Walpurgisnacht sein möchte?«, fragte ich grinsend und schaute Lilly durch den Spiegel in ihrem Zimmer an.

Sie lächelte warmherzig und strich mit den Händen über ihr neues Kleid. »Wie könnte ich das vergessen? Und nun können wir nächste Woche offiziell mit unseren Jungs den Halloweenball besuchen.«

»Wie die Zeit vergeht.« Etwas wehmütig dachte ich an die vielen schönen Momente zurück, die Lilly und ich hier an der Ravenhall Academy miteinander erlebt hatten.

»Aber jeder Augenblick an diesem magischen Ort wird als Erinnerung in unseren Herzen weiterleben. Vergiss das nie.« Lilly fasste nach meiner Hand und drehte mich einmal. »Das Kleid sieht wirklich toll aus.«.

Mit einem lauten Bellen stimmte ihr Mrs Blueberry zu.

Ich lachte. »Das Kompliment kann ich nur zurückgeben.«

»Ich bringe dich zu Elijah und nehme dann meinen Platz an Jasons Seite ein.« Lilly griff noch einmal nach ihrem Amulett, das um ihren Hals hing, und drehte es in die richtige Position. »Bist du bereit?«

»Es kann losgehen«, antwortete ich und zu dritt verließen wir das Zimmer. Ich konnte es kaum noch erwarten und Vorfreude machte sich in mir breit. Was aber vielleicht auch mit den vielen herbstlichen Verzierungen an den Wänden und den etlichen Lichterketten, deren Licht mit den Kronleuchtern an der Decke um die Wette funkelte, zusammenhing.

Wir erreichten die Treppe und ich musste mein Kleid raffen, da die lange Schleppe mir sonst den Weg erschwert hätte. Und mit jedem Schritt schlug mein Herz schneller. Schließlich war das Kleid ein Geschenk von Elijah. Und als ich ihn jetzt dort unten in der Eingangshalle stehen sah, wie er sich nervös am Hinterkopf kratzte, spürte ich, wie alle möglichen Emotionen in mir hochkamen. Dort stand der Junge, den ich so lange im Verborgenen geliebt hatte.

Im selben Moment schaute Elijah zu uns und als unsere Blicke sich trafen, stahl sich ein breites Lächeln auf meine Lippen. Ich konnte es kaum noch erwarten, die letzten Stufen zu überwinden, um endlich bei ihm zu sein. Dabei hatten wir den ganzen restlichen Tag zusammen verbracht. Doch jetzt wollte ich mit Elijah tanzen. Und diesem Ziel kam ich auch ein Stück näher, als wir ihn endlich erreichten.

»Du siehst bezaubernd aus, Elanor«, hauchte mir Elijah zur Begrüßung ins Ohr, bevor er mir einen Kuss auf den Mund drückte.

Ich legte meine Hand an seine Wange. »Und du erst.« Dann war ich diejenige, die auf die Zehenspitzen ging und meine Lippen auf die seinen legte.

»Ich verabschiede mich mal von euch, wir sehen uns später«, sagte Lilly zu uns und verschwand gemeinsam mit Mrs Blueberry in der Menge.

Und auch wir wurden regelrecht von den Leuten mitgerissen, die in den Festsaal strömten. Aber das hielt mich nicht davon ab, für einen Moment stehen zu bleiben, als wir die Schwelle überschritten hatten. Denn der Anblick, der sich uns bot, war wie ein wahrgewordenes Märchen. Die dunkelgrünen, schweren Samtvorhänge waren mit unzähligen Lichterketten dekoriert und harmonierten perfekt mit der untergehenden Sonne, die ihre letzten Strahlen durch die hohen Fenster warf. An den Wänden waren verschiedenste Wappen angebracht, die wohl für die Gemeinschaft standen. Unter anderem entdeckte ich auch das der Moonlight Academy. Dazu kamen etlichen Fackeln, die für eine wohlige Atmosphäre sorgten.

»Hey, Leute!« Ryan tauchte vor uns auf, an seiner Seite Amelia.

»Wie schön, euch zu sehen«, begrüßte ich die beiden. Amelia und Ryan hatten wir erst vor ein paar Wochen bei der Allratssitzung getroffen, die jährlich einberufen wurde. Sie diente dem Erhalt des freundschaftlichen Bündnisses zwischen irischen Feen und Hexen.

»Wir können uns doch die Zeremonie von Jason nicht entgehen lassen. Selbst wenn so kurz vor Halloween Hochsaison in Rathcroghan ist.« Ryan zwinkerte mir zu.

Von Lilly wusste ich, dass er und Jason sich wieder regelmäßig sahen und Zeit miteinander verbrachten. Wenn die Gerüchte stimmten, wollte Jason ihn wohl demnächst auch als Gastlehrer an die Ravenhall holen.

»Was macht deine Auren-Ausbildung, Elijah?« Amelia wandte sich interessiert an meinen Freund.

»Mein Vater will mehr als zuvor mit mir trainieren, vor allem im Hinblick auf meine Zeit nach der Academy. Auf Dauer ist es allerdings ziemlich anstrengend.«

»Die Auren von Feen zu sehen, fordert schon für mich einen enormen Tribut, da möchte ich mir nicht ausmalen, wie sehr dich das Kraft kostet. Aber mach weiter so, irgendwann wird es leichter«, munterte sie ihn auf.

Gerade als Elijah etwas erwidern wollte, begannen die Gäste mit ihren Gläsern zu klirren. Als auch das letzte Gespräch verstummt war, ertönten Trompeten-Klänge, die den Beginn der Zeremonie ankündigten. Die Gäste, die zuvor noch mittig im Saal gestanden hatten, gingen beiseite, sodass ein Mittelgang entstand. Und auch wir nahmen einen Platz an der Seite ein.

Kurz darauf flog auch schon die Flügeltür auf und Jason kam in einem schwarzen, schlichten Anzug in den Festsaal geschritten. Neben ihm liefen seine Granny mit ihrem Raben Murray auf der Schulter und Lilly mit Mrs Blueberry an ihrer Seite. Beide trugen ein schwarzes Gewand, auf dem goldene Raben abgebildet waren, und darunter dunkelgrüne Kleider. Dazu ein Strahlen auf den Lippen, das eindeutig ihr schönstes Accessoire war.

Würdevoll schritten sie den Weg entlang, bis zu einem Podest, hinter dem das Banner mit dem Wappen der Academy angebracht war. Jason ließ sich auf dem mittigen der drei imposanten Stühle nieder, während links und rechts von ihm Lilly mit Mrs Blueberry und Mrs Ravenwood mit Murray ihren Platz einnahmen.

Und gerade als ich dachte, die Zeremonie würde starten, verstummte plötzlich die Musik und aus Richtung der Eingangshalle ertönte ein lautes Krächzen. Sekunden später flatterten Shadow und Colin durch die Tür, um ihre Flugkünste unter Beweis zu stellen. Nach einer weiteren kreisenden Runde durch den Saal fanden sie schlussendlich ihren Platz auf der hohen, goldenen Stuhllehne von Jasons Stuhl.

Im nächsten Moment erhob sich Mrs Ravenwood. »Guten Abend und willkommen zur Zeremonie anlässlich der Einführung des neuen Schulleiters der Ravenhall Academy. Es ist mir eine Ehre, das Amt an meinen Enkel Jason Ravenwood übergeben zu dürfen.« Sie machte eine kurze Pause, um den Applaus abzuwarten, der ausbrach. »Lasset die Zeremonie beginnen.«

Kaum waren ihre letzten Worte verklungen, gingen alle

Fenster gleichzeitig auf und es strömte eine Schar Raben hinein. Einer von ihnen steuerte direkt auf Jason zu, in seinem Schnabel hielt er ein Stück Pergament und in einer Klaue eine Schreibfeder. Noch im Flug, direkt über Jasons Kopf, ließ er beides los. Sanft glitt die Feder in Jasons geöffnete Hand und das Stück Pergament flatterte vor ihm in der Luft.

Soviel ich wusste, handelte es sich dabei um ein Versprechen, dass er alles dafür tun würde, die Academy und ihre Raben zu beschützen.

Als Jason sich erhob und seine Unterschrift setzte, begannen die herumfliegenden Raben über unseren Köpfen zu krächzen, bevor sie wie ein Schwarm ein paarmal im Kreis flogen und dann wieder durch die Fenster nach draußen verschwanden. Währenddessen schwebten das Stück Pergament und die Schreibfeder zu einem kleinem Beistelltisch und blieben dort liegen.

»Und so möge der Umhang als Symbol für die Hexengemeinschaft stehen und dich beim Einhalten deines Versprechens stets unterstützen«, sagte in diesem Augenblick Mrs Ravenwood und trat mit dem Umhang, den wir bei Alice abgeholt hatten, nach vorne zu Jason. Andächtig legte sie ihn um seine Schultern. Danach stellte sie sich seitlich zu ihm und umfasste seinen Unterarm.

»Uralte Magie der Ravenhall, erwache und schicke deine kostbare Kraft in den Umhang des zukünftigen Schulleiters. Beschütze ihn, verleihe ihm Kraft und sei ihm stets treu. Und nun lasst uns den Abend gebührend feiern.« Kaum hatte Mrs Ravenwood die Worte ausgesprochen, tanzten die Flammen der Fackeln und Kerzen im Saal noch höher als zuvor und es schien ein magisches, beinahe greifbares Knistern in der Luft zu liegen. Alle schienen die Luft anzuhalten und eine bedächtige Stille legte sich über uns alle. Und dann erhob Jason seine Stimme.

»Ich freue mich, mein Amt als Schulleiter der Ravenhall Academy anzutreten. Mein Großvater war einst im gleichen Alter wie ich, als er diesen Posten übernommen hat. Ich werde jeden Tag aufs Neue mein Bestmögliches geben, um dieser Schule und dem Andenken an meinen Vater und meine Vorfahren gerecht zu werden.« Jason trat wieder beiseite und verwob seine Finger mit Lillys, die sich in der Zwischenzeit ebenfalls erhoben hatte. Sie warf ihm einen stolzen Blick zu und auch wenn tosender Applaus durch die Menge ging, so schien es, als würde es für die beiden in diesem Moment nur sie geben.

Hinter uns erklang Musik und ich warf einen Blick in die Richtung. Ich erkannte Ryan mit seiner Geige und neben ihm Finley, von dem ich bislang noch nicht einmal gewusst hatte, dass er Klavier spielen konnte.

»Gewährst du mir einen Tanz, Moonshine?«, fragte Elijah.

Lächelnd legte ich meine Hand in seine und ließ mich von ihm auf die Tanzfläche führen, auf der sich nun nach und nach die Leute einfanden. Irgendwann gesellten sich auch Jason und Lilly zu uns.

Und dann tanzten wir bis in die Nacht.

DANKSAGUNG

Mein drittes Buch. Elanors Geschichte. Eine Geschichte, die ich schon lange schreiben wollte. Und nun könnt ihr sie endlich in den Händen halten. Ohne euch wäre das alles nicht möglich gewesen. Danke, dass ihr mich auf meinen Entstehungsreisen zu meinen Büchern begleitet und mir mit all euren Worten ein Lächeln aufs Gesicht zaubert. Danke für euer Mitfiebern und eure Vorfreude. Danke, dass ihr meine Geschichten lest. Und ich danke euch für all eure Bilder und Videos. Danke für alles.

Ein großes Dankeschön geht auch an den Carlsen Verlag. Danke, dass ihr meinen Geschichten solch ein zauberhaftes und wundervolles Zuhause schenkt.

Danke an dich, Pia, dass du an meine Geschichten und an mich glaubst.

Und danke an Yvonne für all die wertvollen Ratschläge.

Elanor war ab dem Moment, als ich sie zum ersten Mal in der Ravenhall Academy als Charakter kennenlernen und schreiben durfte, wie eine Freundin für mich. Ihre Freundschaft mit Lilly habe ich oft in Verbindung mit der Freundschaft zu meiner eigenen besten Freundin gebracht.

Liebe Norena, ich habe dir dieses Buch gewidmet, weil du die beste Freundin bist, die ich mir immer gewünscht habe. Ich kann immer auf dich zählen. Und das seit mehr als 16 Jahren. Danke, dass du in einen strömenden Fluss gestiegen bist, um meinen Schlüssel zu suchen (und zu finden). Oder mit dem Fahrrad mitten in der Nacht durch zwei Dörfer – im Pyjama – geradelt bist, um an meiner Seite zu sein (immer noch meine liebste Story, I'm sorry). Du bist meine gute Fee. Du bist so stark, optimistisch und warmherzig. Ich danke dem Schicksal, dass es uns vor vielen, vielen Jahren zusammen in die Klasse 5a gesteckt hat.

Und wo wir gerade bei Freundschaft sind, möchte ich Elle danken. Danke, dass du immer ein offenes Ohr hast und nicht hinterfragst, wenn ich dir mal wieder Hühnersticker in WhatsApp sende. Ich bin so dankbar, dich an meiner Seite zu wissen.

Bibi und Andreas, danke, dass ich immer auf euch zählen kann und ihr für mich da seid.

Ein weiteres Dankeschön geht an meine Familie.

Mama und Papa. Danke, dass ihr immer an meiner Seite seid und ich euch stundenlang über mein Buch vollquasseln kann. Auch wenn es zum hundertsten Mal dasselbe ist.

Meine Geschwister Michi und Chrissi. Danke, dass ich so großartige große Geschwister wie euch haben darf.

Ein Dankeschön geht auch an meinen Ehemann. Danke, dass du immer an meiner Seite bist und mich unterstützt.

Zuletzt möchte ich noch meinen Testleserinnen danken. Danke für all eure wertvollen Anmerkungen.

Warthausen, den 23.11.2023

Wir produzieren nachhaltig
- Klimaneutrales Produkt
- Papiere aus nachhaltigen und kontrollierten Quellen
- Hergestellt in Europa

Lektorat: Yvonne Lübben
Umschlagbilder: shutterstock.com / @Muhammad Umair Karim; @vitek3ds; @momo sama; @Quardia; @Cattallina; @aregfly; freepik.com @diwdom5355; rawpixel.com @starline; @Avedarchi; @blancoblue; @signaturedesigns05; stock.adobe.com @lidiia; @satika; @ldinka; @korkeng; @Helen
Umschlaggestaltung: Makita Hirt, Berlin
Illustration Landkarte: Steffen Meier, Hamburg
Satz: Pinkuin Satz und Datentechnik, Berlin
Produktionsmanagement: Gunta Lauck
Litho: Margit Dittes Media, Hamburg
ISBN 978-3-551-58562-2

FSC www.fsc.org
MIX
Papier | Fördert gute Waldnutzung
FSC® C014496